CAX 一体化解决方案系列丛书

UG NX 7.5 产品设计一体化解决方案
（造型+装配+工程图设计篇）

野火科技　组编

李锦标　等编著

机械工业出版社

本书全面地介绍了使用 UG NX 7.5 进行 3D 产品造型、装配、工程图设计的方法和技巧。书中将基础知识与实例相结合，使读者在较短时间内具备使用 UG NX 7.5 软件进行实际设计工作的基本能力。

本书可作为大专院校及技工学校的教材，也可作为从事造型设计、分模的初中级用户的自学用书。

图书在版编目（CIP）数据

UG NX 7.5 产品设计一体化解决方案．造型+装配+工程图设计篇/野火科技组编；李锦标等编著．—北京：机械工业出版社，2011.6
（CAX 一体化解决方案系列丛书）
ISBN 978-7-111-34976-1

Ⅰ．①U… Ⅱ．①野… ②李… Ⅲ．①机械设计：计算机辅助设计—应用软件，UG NX 7.5 Ⅳ．①TP391.72

中国版本图书馆 CIP 数据核字（2011）第 106384 号

机械工业出版社（北京市百万庄大街 22 号　邮政编码 100037）
策划编辑：丁　诚　张淑谦
责任编辑：张淑谦　郭　娟
责任印制：杨　曦
保定市中画美凯印刷有限公司印刷

2011 年 7 月第 1 版·第 1 次印刷
184mm×260mm·25.25 印张·622 千字
0 001—3500 册
标准书号：ISBN 978-7-111-34976-1
　　　　　ISBN 978-7-89451-994-8（光盘）
定价：59.00 元（含 1DVD）

编委会成员名单

顾问团队（排名不分先后）

广州南方模具工业学校校长 杨勇

模具工业协会会刊《模具工业》副主编 谭平宇

深圳模具制造杂志社主编 杜贵军

野火科技主任

李锦标

委员（排名不分先后）

杨土娇	马 婷	李成国	陈希翎	易铃棋
杨晓红	肖丽红	李耀炳	沈宠棣	郭雪梅
周培新	龙雪峰	潘国锋	练汉辉	邓文锋

技术支持·学术交流方式

地址：广州国际白云机场高速路花山出口广州南方模具工业学校 B 号楼 208 室 模具工业系列教材创作编辑部

序　言

改革开放 30 年，我国的模具数控行业得到了快速发展，并取得了很大成就。由于企业引进新技术和新设备的速度在不断加快，企业迫切需要大量的模具设计、数控编程、数控机床操作和维护的应用型人才，尤其是既精通数控加工工艺和编程，又能熟练操作数控机床，同时对数控机床的维护、维修有一定基础的复合型模具专业技术人才。

为促进我国模具数控行业更好更快地发展，同时把企业一线经验和理论融入到模具数控应用教学中，培养更多的模具数控专业人才，本套丛书全体编委成员将自己宝贵的工作和教学经验凝结成这套《CAX 一体化解决方案系列丛书》，欢迎全国模具数控行业的专家、学者以及广大读者朋友对本丛书提出宝贵意见和建议。

模具工业系列教材创作编辑部顾问组长
广州南方模具工业学校校长

作为世界制造业强国，国家工业和信息化部提出了大力发展模具数控行业的要求，但与此同时，我国模具数控行业正面临着模具数控技术应用型人才严重短缺的问题。据统计，我国在未来 20 年内将需要 500 万模具数控人才。

《CAX 一体化解决方案系列丛书》是一套专门针对一体化应用型产品设计—模具设计—数控编程—CNC 加工专业编写的丛书，内容面向企业、面向生产实际，包含大量的典型 3D 产品设计、模具设计、典型数控加工实例，并由 CNC 加工机床来完成加工。本套丛书采用通俗易懂的语言，务求使刚接触模具数控行业的新手也能轻松读懂，也可供在模具数控企业生产第一线工作的技术人员参考。

广东省职业技能鉴定指导中心模具设计与制造专家组组长
模具设计师国家职业技能鉴定所所长

目前我国模具设计与加工工艺较落后，国家每年从外国进口模具及模具配件要花费大量外汇。然而我国模具人才市场缺口达数百万人之多，尤其是模具中高级人才。模具行业能够给青年学子提供一个可以发挥自己聪明才智和实现自己人生价值的好职业。

本丛书作者将自己宝贵的教学经验凝结成这套《CAX 一体化解决方案系列丛书》奉献给广大读者，将模具数控培训的专业知识与更多学子共同分享。

湖南省模具设计与制造学会常务理事
中南大学教授 博士生导师

前　　言

　　本书采用了集 CAD\CAM\CAE 于一体的三维参数化软件 UNIGRAPHICS（简称 UG）作为介绍工具。本书按照循序渐进、由浅入深的写作思路，将基础知识与操作实训有机地结合在一起，分别讲解了 UG NX 7.5 基础知识、草绘功能与实例精讲、特征应用与实例精讲、曲线造型功能与实例精讲、曲面造型功能与实例精讲、UG NX 7.5 标准化与定制、装配造型设计与实例精讲、工程图设计与实例精讲等内容。

　　为了使读者能够彻底掌握本书内容，并具备一定的解决实际问题的能力，本书将原始文件、结果文件和部分实例的操作制作成视频，读者可以从随书光盘中获得技术支持。

　　本书具有很强的实用性和操作性，特别适合作为大专院校及技工学校的教材，也可作为从事造型设计、分模的初中级用户的自学用书。

　　本书由野火科技组编，主要由李锦标编著，参加本书编写的还有杨土娇、马婷、沈宠棣、钟平福、张耀文、何胜江、何龙、钟国钊、李成国、郭雪梅、易铃棋、陈希翎、李耀炳、李月霞、杨胜中、杨晓红、陈海龙、邓文锋、刘春镇。在本书的编写过程中，我们力求精益求精，但难免存在一些不足之处，敬请广大读者批评指正。

目　　录

第1章　UG NX 7.5 入门

本章主要介绍 UG NX 7.5 的基础知识和一般操作，为后面的学习打好基础。

　本章要点

- UG NX 7.5 软件的启动
- NX 基础应用模块
- 工作界面
- 对象显示
- 对象选择
- 图层操作
- 用户默认设置

- 首选项设置
- 部件导航器
- 坐标系与基准 CSYS
- 基准平面
- 创建平面对象
- 点
- 基准轴

1.1　UG NX 7.5 软件的启动

UG NX（简称 NX）包括了最广泛的产品设计应用模块，具有高性能的机械设计和制图功能，能满足客户设计任何复杂产品的需要。 NX 优于通用的设计工具，具有专业的管路和线路设计系统、钣金模块、专用塑料件设计模块和其他行业设计所需的专业应用程序。

选择【开始】|【程序】|【UGS NX 7.5】|【NX 7.5】命令，或双击桌面上的 NX 7.5 图标，启动 UG NX 7.5。

1.2　NX 基础应用模块

下面介绍使用 NX 进行产品设计常用的应用模块。

1.2.1　基本环境

UG NX 的应用模块由一个名为 UG NX 基本环境（NX Gateway）的必备应用模块提供支持。每个 NX 用户必须安装 NX Gateway，而其他应用模块则是可选的，并且可以按用户的需要进行配置。基本环境提供了所有应用模块共用的常规工具，用户可以进行常规的文件编辑、格式以及分析等操作。

当用户新建文档时选择了空白的模板，或者打开旧的文档（条件是该文档上次保存时处于基本环境），就会进入 UG NX 的基本环境，如图 1-1 所示。

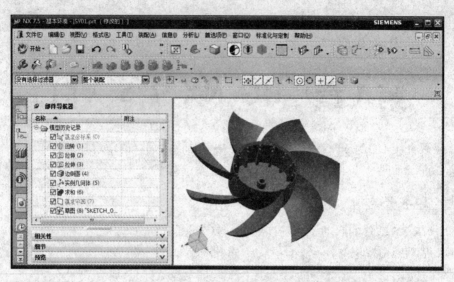

图 1-1　UG NX 7.5 基本环境

1.2.2　建模

　　建模应用模块提供了一个实体建模系统，可以进行快速的概念设计。用户可以交互地创建并编辑复杂的、实际的实体模型，可以通过直接编辑实体尺寸的方法或使用其他构造技术对实体进行更改和更新。

　　建模应用模块提供了设计产品几何结构的各种工具，包括创建和编辑草图、曲线、实体、特征以及曲面等工具。建模应用模块的界面如图 1-2 所示。

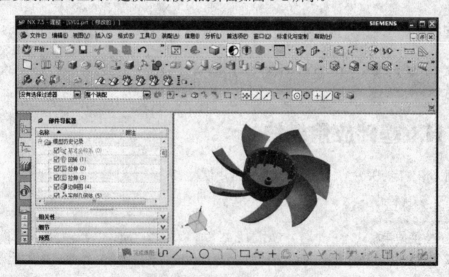

图 1-2　建模应用模块的界面

1.2.3　装配

　　装配是 NX 中集成的一个应用模块，用于部件装配的构造、装配关联中各部件的建模以及装配图样的零件明细表的生成。可通过多种不同的合并部件和子装配的方法来创建装配。

使用装配的一个好处是对某个部件文件进行的设计更改，可在使用该部件的所有装配中反映出来。在最初创建装配时，无须创建或改变任何几何体，系统将创建从装配到组件的链接，这使系统能够跟踪装配结构。

装配作为一个可开启或关闭的应用模块显示在应用模块工具条中。打开装配应用模块将显示【装配】工具条和展开【装配】下拉菜单中可用的功能。装配应用模块的界面如图 1-3 所示。

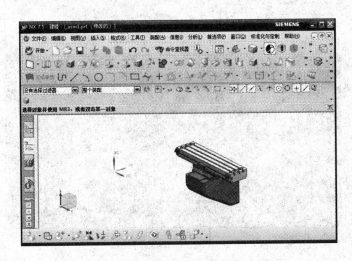

图 1-3　装配应用模块的界面

1.2.4　制图

制图应用模块可以创建并保留在建模应用模块中生成的模型而制作的各种图样。在制图应用模块中创建的图样与模型完全关联，对模型所做的任何更改都会在图样中自动反映出来。制图应用模块的界面如图 1-4 所示。

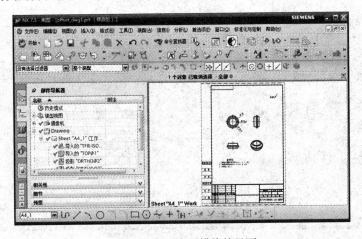

图 1-4　制图应用模块的界面

1.3 工作界面

1.3.1 初始界面

启动 UG NX 7.5，打开 UG NX 7.5 初始界面，如图 1-5 所示。在这个界面中，可以进行文件的新建或打开操作。

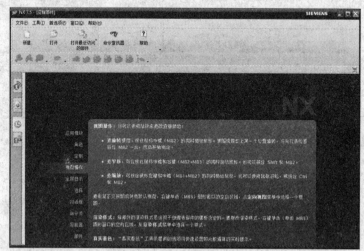

图 1-5 UG NX 7.5 初始界面

1.3.2 认识工作界面

单击工具栏上的【新建】按钮，在弹出的【文件新建】对话框中选择【模型】模板，然后单击【确定】按钮，打开 UG NX 7.5 的工作界面，如图 1-6 所示。

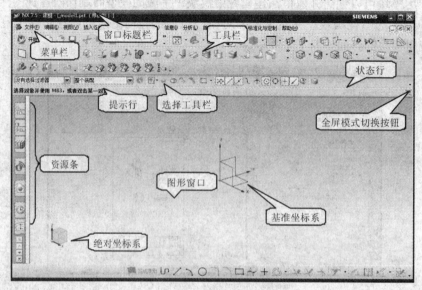

图 1-6 UG NX 7.5 的工作界面

1．窗口标题栏

窗口标题栏列出了软件版本、所在的应用模块，打开的文件名称以及文件修改状态。在标题栏右边有 3 个按钮 **_ □ ×**，分别是【最小化】、【最大化】和【关闭】按钮。

2．菜单栏

显示在菜单栏上的项目称为主菜单，其下都有下拉菜单。菜单项右边有▶标志的，说明此菜单下还有子菜单，如图 1-7 所示。建议读者浏览一下各菜单下的项目，熟悉各菜单的内容及分类。

3．快捷菜单

快捷菜单是上下文相关的，即在不同的对象上单击鼠标右键会有不同的菜单项目。如图 1-8 所示为在图形窗口空白处单击鼠标右键系统弹出的快捷菜单。

除了这种快捷菜单外，还有一种环绕形的快捷菜单，其激活方法是单击鼠标右键并按住一会儿，如图 1-8 所示。该菜单也是上下文相关的，它提供了一种更快捷的方式使用常用的命令。软件会捕捉鼠标的移动方向来推断用户要使用的命令。对于熟悉该软件的用户，甚至不用等菜单弹出就可以靠鼠标的移动来激活相应的命令。

图 1-7　【插入】菜单

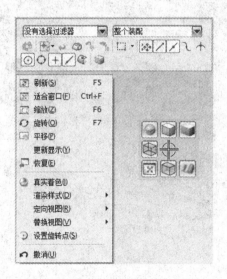

图 1-8　快捷菜单

4．工具栏

UG NX 7.5 拥有大量的命令，为了使工作界面简洁实用，并非所有的命令都出现在菜单或工具栏中，所显示的命令受"角色"的影响。用户可以完全自定义工具栏中所显示的命令。

将光标移到工具栏上的任何命令上暂停一会儿，就会出现该命令简单的提示信息，如图 1-9 所示。使用这些信息可以帮助用户快速了解各命令的功能。

图 1-9　命令提示信息

5．资源条

资源条有多个标签，单击每个标签会弹出相应的资源板，如图 1-10 所示是在建模应用模块中的资源条项目。

图 1-10　资源板

a) 装配导航器　b) 部件导航器　c) 互联网　d) 历史记录　e) 角色　f) 其他

- 装配导航器：显示和编辑装配结构，通过它对装配体的层次关系一目了然。
- 部件导航器：显示和编辑部件模型的特征历史记录。根据工作的顺序，导航器顺序记录了操作者每一步的操作。模型导航器在一个单独的窗口中以树形格式直观地再现了工作部件特征间的继承关系，并可以对这些特征执行各种编辑操作。例如，可以用模型导航器抑制特征或释放特征，也可以更改它们的参数或定位尺寸。使用【模型导航器】快捷菜单，可以很方便地对特征进行编辑操作。
- 互联网：提供浏览网页的窗口。
- 历史记录：方便用户重新打开最近使用的部件和装配。
- 角色：选择基于角色的用户界面。

资源板可以是锁住并打开的状态 🖉，也可以是不锁住的状态 🔟，即单击某一标签时资源板就会弹出来。

6．提示行与状态行

提示行显示当前操作步骤或对话框中高亮显示项的提示信息。

状态行显示已选定的对象的信息。

7．对话框

在执行各个命令的过程中，UG NX 7.5 对话框都提供了反馈和向导。在 NX6 的基础上，NX7.5 对话框进行了全新的设计，新的对话框设计有以下优点。

● 对话框命令的布置更加合理，按工作流的顺序设计，便于用户操作。

● 对相似的命令重用共同的对话框选项，用户界面更加一致化。

● 能记忆对话框中的设置，以适应用户的使用习惯。

● 对话框位置的管理方便，最小化时能防止对图形窗口的阻挡。

（1）对话框

对话框被组织到展开和折叠组内，用户一般是从上至下操作的。可以折叠不需要的对话框组，方法是单击选项组的标题：∧折叠，∨展开。也可以隐藏所有折叠的组，以简化用户界面，方法是单击对话框标题栏右上角的按钮：▤隐藏折叠的组，▥显示折叠的组。

对话框的当前选项会用橙色高亮显示，＊红色星号指出其中尚未选择几何图形的必需项；✔绿色打勾标记指出已完成的项，括号中的数字显示选定的对象数量，如图 1-11 所示。

可以在对话框中单击以激活相应的选项。当有多个必需项，且当前激活的不是最后一个时，单击鼠标中键，系统会自动前进到下一个必需项。

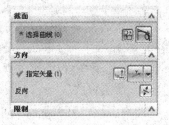

图 1-11　对话框选择

（2）对话框的其他选项

● 特征参数：要指定特征参数，在对话框的文本框以及图形窗口中的浮动文本框中都可以输入值，或者拖动图形窗口中的控制手柄，如图 1-12 所示。单击文本框的下拉箭头还可找到其他选项。

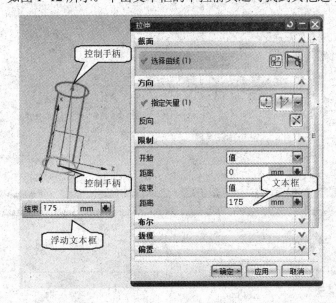

图 1-12　输入特征参数

> **野火专家提示**：通常情况下，用鼠标右键单击图形窗口中的控制手柄，从弹出的快捷菜单中
> 可以访问到对话框中的大部分选项。

- 重置：单击【重置】按钮 🔄，将对话框中的设定值重置为 NX 系统的默认值。
- 显示快捷键：当对话框提供多个类型的选项时，使用【显示快捷键】或【隐藏快捷键】命令，可以在列表和按钮两种显示方式之间切换，如图 1-13 所示。

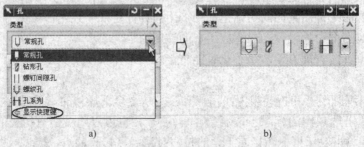

a)   b)

图 1-13   显示快捷键

a) 列表显示   b) 按钮显示

- 确定、应用与取消：完成所有输入后， 确定 和 应用 按钮即变为可用。 单击
确定 按钮应用当前参数设置并退出对话框；单击 应用 按钮应用当前参数设置但不退出对话框；单击 取消 按钮则放弃所有的输入并直接退出对话框。

8. 全屏模式

单击工具栏中的 ▣ 按钮可以进入全屏模式，此时图形窗口充满整个 NX 窗口，菜单和工具栏则在一个小窗口中显示，如图 1-14 所示。

图 1-14   全屏模式

1.3.3   鼠标操作

在 NX 的各项操作中，鼠标的使用非常频繁，因此，熟练掌握鼠标的操作方法特别重

要。表 1-1 列出了三键带滚轮鼠标各键的功能和用法。其中 MB1 指鼠标左键，MB2 指鼠标中键，MB3 指鼠标右键。

表 1-1　鼠标操作

鼠 标 操 作	功 能 描 述
单击 MB1	用于选择菜单命令或选择图素等
单击 MB2	等于单击对话框当前的默认按钮，在大多数情况下为确定
单击 MB3	显示快捷菜单
Shift+MB1	在图形窗口取消一个对象的选取，或在列表框中选取连续区域的所有条目
Ctrl+MB1	在列表框中选择多个条目
MB2（按住拖动）	在图形窗口中旋转对象
MB2+MB3 或 Shift+MB2（按住拖动）	在图形窗口中平移对象
MB1+MB2 或 Ctrl+MB2（按住上下拖动）	在图形窗口中缩放对象
MB2 滚轮（上下滚动）	在图形窗口中缩放对象

野火专家提示：只有当图形窗口获得输入焦点时，上下滚动鼠标滚轮才可以缩放图形窗口的显示。如果一个下拉列表获得输入焦点，上下滚动鼠标滚轮会改变该下拉列表的选项设置。

1.3.4　键盘快捷键

　　使用键盘快捷键是一种快速访问命令选项的方法。表 1-2 列出了部分常用的系统默认的快捷键。用户也可以定制或者更改这些快捷键设置。

表 1-2　常用快捷键

键盘按键	功 能 说 明	键盘按键	功 能 说 明
F1	激活联机帮助（如果没有安装 UG NX 帮助文档，联机帮助将不能使用）	Ctrl+J	编辑现有对象的显示
F2	重命名	Ctrl+B	隐藏所选对象
F3	在对话框激活的情况下，切换显示/隐藏图形窗口动态文本框和对话框	Ctrl+Shift+B	颠倒显示与隐藏
F4	显示信息窗口	Ctrl+Shift+K	从隐藏的对象中选择要显示的对象
F5	刷新视图	Ctrl+Shit+U	全部显示
F6	激活或退出区域缩放模式	Ctrl+T	激活【对象变换】命令
F7	激活或退出旋转模式	Ctrl+M	进入建模应用模块
F8	调整视图到正视于所选对象，或者最近的正交视图	Ctrl+Shift+D	进入制图应用模块
Ctrl+F	适合窗口显示	A	开启或关闭装配工具栏
Ctrl+N	新建文件	S	进入草图生成器
Ctrl+O	打开文件	Esc	取消选择或者退出当前命令

　　在各菜单命令的右边会显示该命令对应的快捷键（包括用户自定义的或系统默认的快捷键）。

1.3.5 定制工作界面

NX 系统提供了非常灵活的自定义工作界面的功能，用户可以按自己的工作需求以及使用习惯进行定制。

选择【工具】|【定制】命令，或者在工具栏任意位置单击鼠标右键，在弹出的快捷菜单中选择【定制】命令，系统弹出【定制】对话框，如图 1-15 所示。用户可以定制菜单、工具条、图标大小、屏幕提示、提示行和状态行位置，以及保存和加载角色。

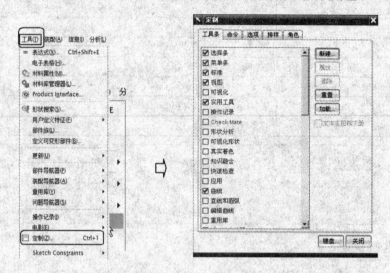

图 1-15 【定制】对话框

1. 显示/关闭工具条

在【工具条】选项卡中勾选/取消勾选，即可显示/关闭相应的工具条。

如果要将某个工具条恢复到它的初始状态（系统默认），应在列表中选中该工具条，然后单击 重置 按钮。

如果不知道工具栏中工具条的名称，可以将光标置于工具条起始端分隔线上停留片刻，就会出现该工具条名称的提示。另外，工具条可以停靠在窗口四周，也可以拖出来悬浮在窗口中。悬浮在窗口中的工具条具有标题栏，显示工具条名称和关闭按钮，如图 1-16 所示。

a)   b)

图 1-16 工具条

2. 添加/移除命令

在【命令】选项卡中可将菜单命令拖到主菜单栏或工具条中（添加），或从主菜单/工具条中拖出（移除），如图 1-17 所示。

3. 设置菜单及图标显示

在【选项】选项卡中可以设置个性化菜单、图标大小和屏幕提示显示，如图 1-18 所示。

图1-17　添加或移除命令

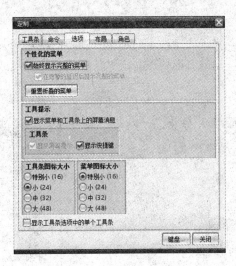

图1-18　选项设置

4. 窗口布局

在【排样】选项卡中可以对窗口布局进行设置，如图1-19所示。

5. 角色

在【角色】选项卡中可以加载或创建角色，可以将目前的界面布局保存到一个文件中，或者从之前保存的文件中恢复，如图1-20所示。一般情况下，可选择系统预设定的角色，进行适当修改后，再将修改后的角色保存。

图1-19　窗口布局

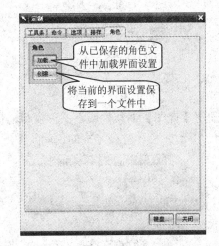

图1-20　创建及保存角色

如果要恢复系统内的角色设置，应在【角色】资源板中进行选择。对于初学者而言，推荐使用【基本】角色。

6. 定制工具条命令

要添加/移除单个工具条上命令的显示，单击工具条右端的向下箭头，在弹出的子菜单中勾选/取消勾选相应的选项即可，如图1-21所示。

7. 定制快捷键

单击【定制】对话框右下角的 **键盘** 按钮，系统弹出【定制键盘】对话框，如图 1-22 所示。用户可以更改系统默认的快捷键设置或者添加新的快捷键设置。

图 1-21　添加/移除工具条命令

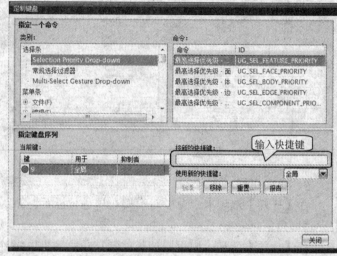

图 1-22　【定制键盘】对话框

1.4　对象显示

1.4.1　渲染方式

使用【视图】工具栏或者图形窗口的快捷菜单中的选项都可以切换对象的渲染方式，如图 1-23 所示。各种渲染方式的说明及图解见表 1-3。

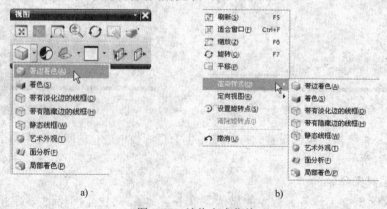

a)　　　　　　　　　　　　　　　b)

图 1-23　渲染方式菜单

a) 视图工具栏　b) 图形窗口的快捷菜单

表 1-3　渲染方式

渲染方式	说　明	图　解	渲染方式	说　明	图　解
带边着色	着色并突出显示边线		静态线框	线框显示，看见和看不见的线都以相同的方式显示	
着色	着色并隐藏边线		艺术外观	可以形象地显示部件的材质等外观特性	
带有淡化边的线框	线框显示，看不见的线以浅色线条显示		面分析	显示面分析结果	
带有隐藏边的线框	线框显示，隐藏看不见的线		局部着色	对定义了局部着色的对象着色显示，其他部分则以线框显示	

1.4.2　视图的定向

1. 标准视图

使用【视图】工具栏或者图形窗口的快捷菜单中的【定向视图】命令可以将视图定向到系统默认的 8 个标准视图方位。这些标准视图是以绝对坐标系为参照的，包括正二测视图、正等测视图、俯视图、前视图、右视图、后视图、仰视图和左视图，如图 1-24 所示。

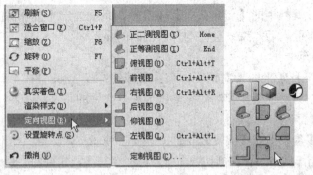

图 1-24　视图定向命令

2. 定向到最近的正交视图

要将视图定向到最近的正交视图，应按〈F8〉键。如果在选择一个平面的情况下按〈F8〉键，视图将会调整到与所选平面平行的方位。

3. 保存非标准的视图

先将视图旋转、平移和缩放到需要的方位和大小，然后选择【视图】|【操作】|【另存

为】命令，系统弹出【保存工作视图】对话框，如图 1-25 所示。在【名称】文本框中输入新视图的名称，单击【确定】或【应用】按钮即可。

4．调用已保存的视图

在图形窗口单击鼠标右键，从弹出的快捷菜单中选择【定向视图】|【定制视图】命令，系统弹出【定向视图】对话框。【现成视图】选项组下列出了前面讲到的 8 个标准视图。在其下方的列表中列出了用户保存的视图，单击相应的视图名称，图形窗口的显示就会更新到该视图。在【视图比例】选项组下还可以指定视图的比例，如图 1-26 所示。

图 1-25 【保存工作视图】对话框

图 1-26 【定向视图】对话框

> 野火专家提示：用户保存的视图也可以在制图应用模块中调用。

1.4.3 显示截面

显示截面是指显示剖切视图，从而可以观察到部件的内部结构。显示截面只是影响部件的显示，部件并没有真正地被剖切。要显示截面，部件中必须要有可显示的截面。

1．新建截面

单击【视图】工具栏上的【新建截面】按钮 ，系统弹出【查看截面】对话框。当使用该对话框定义剖切平面之后，系统会自动开启截面的显示。

2．切换截面显示

单击【视图】工具条上的【剪切工作截面】按钮 ，使其呈按下状态，则会显示剖切视图。再次单击该按钮，使其呈弹起状态，则会恢复部件的正常显示。

3．编辑剖切截面

单击【视图】工具条上的【编辑截面】按钮 ，或者按快捷键〈Ctrl+H〉，系统弹出【查看截面】对话框。当部件中不存在剖切截面时，此命令与【新建截面】命令的功能相同。

1.5 对象选择

1.5.1 选择首选项

选择【首选项】|【选择】命令，或者按快捷键〈Ctrl+Shift+T〉，系统弹出【选择首选

项】对话框,如图 1-27 所示。在该对话框中,可以设置对象选择行为,如多重选择的方式、对象高亮显示、快速拾取延迟或者选择球大小。

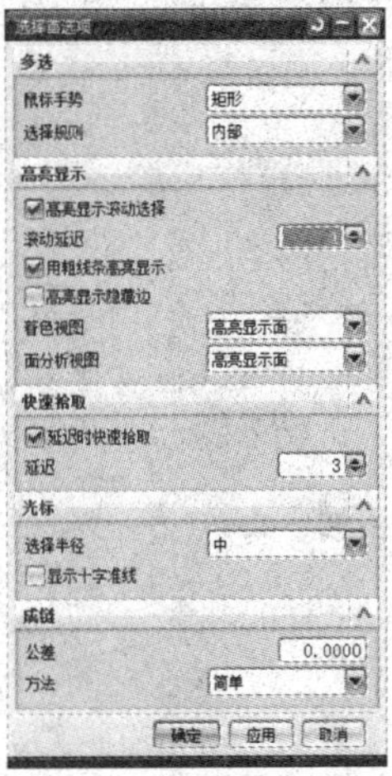

1.5.2 鼠标选择

1. 单击选择

用鼠标左键直接在图形窗口中单击对象来选择,可以连续选取多个对象,将其加入到选择集中。选择时要注意与选择条上的【选择过滤器】和【选择意图】配合使用。

2. 成链选择

链是一种快速选择连接对象的方法,对线框几何体或实体边界都可以使用成链选择。直接使用鼠标的成链选择方法如下。

1)在链的起点单击鼠标。成链的方向,为第一个对象的中点指向靠近单击位置的端点。

2)按下快捷键〈Alt+Shift〉并在链的终点单击鼠标。

3. 取消选择

1)按〈Esc〉键,取消选择所有对象。注意,如果对话框处于打开状态,按〈Esc〉键还会关闭对话框。

2)按住〈Shift〉键单击已选择的对象可取消对该对象的选择,即将其从选择集中移除。

图 1-27 【选择首选项】对话框

1.5.3 快速拾取

当图形窗口中对象比较多,在同一光标位置下有多个对象重叠在一起时,单击往往选不到想要的对象,这时要使用【快速拾取】对话框,如图 1-28 所示。对话框的列表中列出了在光标下方所有可选择的对象,可以很容易地在多个可选对象中选择一个对象。将光标在列表中的各项目间移动,图形窗口中就会高亮显示相对应的对象。在所需的项目上单击,即可将该对象选取。

用以下方法之一可以打开【快速拾取】对话框。

- 将光标置于欲选择对象的上方并停留片刻,待光标变成"快速拾取"指示器(3 个点)╬时再单击,系统弹出【快速拾取】对话框。

图 1-28 【快速拾取】对话框

- 将光标置于欲选择对象的上方并按住鼠标左键,待光标变成"快速拾取"指示器(3个点)╬时释放鼠标左键,系统弹出【快速拾取】对话框。
- 在欲选择对象的上方单击鼠标右键,从弹出的快捷菜单中选择 ╬ **从列表中选择**...命令,系统弹出【快速拾取】对话框。

1.5.4 【类选择】对话框

【类选择】对话框提供了选择对象的详细方法。可以通过指定类型、颜色、图层或过滤方法中的其他参数来指定哪些对象是可选的。

可以在【选择条】上单击【类选择】按钮 来激活【类选择】对话框。在使用一些命令时，系统也会弹出【类选择】对话框，比如在没有选择对象的情况下激活【隐藏】或者【删除】命令。【类选择】对话框如图 1-29 所示。表 1-4 为【类选择】对话框选项说明。

图 1-29 【类选择】对话框

表 1-4 【类选择】对话框选项说明

按　钮	名　称	说　明
	选择对象	可在图形窗口中选取对象
	全选	基于对象过滤器，选择工作视图中的所有可见对象
	反向选择	选择除去先前选定的对象的全部对象
	类型过滤器	单击后在【根据类型选择】对话框中，选择欲选对象的类型
	图层过滤器	根据图层选择对象。单击后在【根据图层选择】对话框中可以指定单一的图层、图层范围或现有类别。系统仅显示具有可选状态的图层
	颜色过滤器	设置基于颜色的选择过滤器
	属性过滤器	设置基于线型和线宽的选择过滤器
	重置过滤器	用于将所有"过滤方法"字段重置为其初始状态

1.6　图层操作

1.6.1　使用图层

NX 部件可包含最多 256 个不同的图层。一个图层可以包含一个部件的所有特征，或者部件的特征分布在多个图层。使用图层的目的是有效而方便地组织部件中的对象。

分门别类地将不同的对象放置在不同的层和类别中，可以方便用户对部件文件内大量数据信息的使用和管理，也能方便公司内其他员工为获得与部件有关的信息，对用户的部件文件进行浏览。表 1-5 列出了 UGS 公司有关层和类别设置的部分格式。

表 1-5　图层设置

图　层　号	类　别	说　明
1	Part, Solid in Assembly	最终设计结果实体，用于装配

（续）

图 层 号	类 别	说 明
01～20	Solid body	实体
15～20	Link body	链接实体
21～40	Sketch	草图
41～60	Curve	曲线
61～80	Datum	基准面和轴
81～100	Sheet body	片体
256	WCS	工作坐标系
以上对三维模型文件有效，其他文件不必定义		
101～120	Drafting	二维绘图
101～104	View	视图
105～107	Center line	中心线
108～110	Dimension	尺寸线
111～118	Others	绘图其他部分
119	Part list	明细表
120	Border/title block	图框及标题栏
以上对二维绘图文件有效，其他文件不必定义		

1.6.2 基本概念

1. 图层

图层是把不同类型的图素分门别类地放置，一般不同的对象在不同的层和类别中，可以方便用户对部件文件内大量的数据信息的使用和管理。

2. 工作图层

工作图层是当前图层，是 256 个可用的图层之一，在它上面生成对象。一次只能在一个图层上进行工作，且只能在工作图层上。当最初生成一个部件时，图层 1 是工作图层。用户可以将部件的任意图层变为工作图层。

3. 可选图层

可选图层上的对象被显示出来并可选择用于所有操作，如隐藏和删除，以及用于在工作图层上构造、定义或显示新对象。可选图层一定是可见的。

4. 不可见图层

不可见图层包含的对象不被显示，并且除了更改图层状态，不能用任何方法使它们可见。除工作图层外，任何图层都可以设为"不可见"状态。不可见图层上的对象是不可选择的。

5. 仅可见图层

仅可见图层上的所有对象被显示，但不可选择，除非把该图层指定为可选择。除工作图层外，任何图层都可以设为"仅可见"状态。

1.6.3 图层设置

【图层设置】命令用于设置全局图层状态。选择【格式】|【图层设置】命令，或者按快捷键〈Ctrl+L〉，系统弹出【图层设置】对话框，如图 1-30 所示。

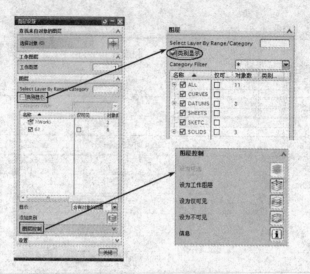

图 1-30 【图层设置】对话框

使用【图层设置】对话框的提示如下：

1）在【图层设置】对话框中，除了使用指示器在列表框中选择图层，还可以通过直接在图形窗口中选择对象来选择图层。可以选择图形屏幕上可见的任何对象，包括那些在非可选图层上的对象。对于每个选中的对象，在图层列表框中会显示它的图层。

2）使用〈Ctrl〉键和鼠标在列表框中进行多个非相邻的选择。使用〈Shift〉键和鼠标进行相邻的选择。例如，单击图层 1，然后按住〈Shift〉键并单击图层 10。结果是图层 1～图层 10 被选定。

3）只能通过选择一个新的工作图层来更改当前工作图层。先前的工作图层的状态变为"可选择"。

4）【设为可选】、【设为不可见】、【设为仅可见】和【设为工作图层】按钮，初始是不起作用的，当出现以下各项之一时，它们才起作用。

● 在【范围或类别】文本框中进行输入。

● 在图层列表框中进行了选择。

5）在图层列表框中可以使用快捷菜单。

1.6.4 图层类别

使用图层类别是为了更容易地使用图层功能，可以将一些分散的且相关的图层指定到同一类别，选择这一类别可以一次性地将这些图层选中，然后进行统一设置，避免了重复性工作。

一个图层可以同时属于多个类别。可以将图层指定给这些类别或从这些类别中删除图层。要添加新的类别，应按以下步骤进行操作，读者可参考图 1-31。

1）选中【类别显示】复选框，使图层列表框中以类别成组显示。

2）单击【添加类别】 按钮，新的类别默认为"New Category 1"、"New Category 2"，依此类推。用户可以编辑类别名称。

3）选择一个或多个图层，然后将其拖动到新添加的类别中。

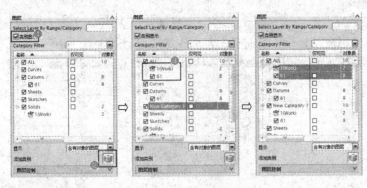

图 1-31　添加类别

1.6.5　视图中的可见层

如果窗口布局显示多个视图，或者在制图应用模块中，选择【格式】|【在视图中可见】命令，可以单独设置任何一个视图中哪些图层为可见图层。

1.6.6　移动至图层

1）选择【格式】|【移动至图层】命令，系统弹出【类选择】对话框，选择要移动的对象后单击【确定】按钮，系统弹出【图层移动】对话框，如图 1-32 所示。

2）在【目标图层或类别】文本框中输入目标图层号，然后按〈Enter〉键，或者在【图层】列表框中选择，然后单击【确定】或【应用】按钮，所选对象就被移动到指定的图层中。

1.6.7　复制至图层

图 1-32　【图层移动】对话框

选择【格式】|【复制至图层】命令，系统弹出【类选择】对话框，选择要移动的对象后单击【确定】按钮，系统弹出【图层复制】对话框。此命令与【移动至图层】命令类似，所不同的是所选对象是被复制，而不是被移动。

野火专家提示：可定制【实用工具】工具栏使之显示【工作图层】选项。在该文本框中直接输入图层号并按〈Enter〉键，或者从下拉列表中选择，可以快速地设置工作图层。

1.7　用户默认设置

通过用户默认设置可以定制 NX 的启动，许多功能和对话框的初始设置和参数都是由用户默认设置控制的。

用户默认设置的更改要到下一次 NX 会话才会生效，所以必须关闭后再重新打开 NX，才能看到那些更改。

要查看或者更改当前的用户默认设置，选择【文件】|【实用工具】|【用户默认设置】命令，系统弹出【用户默认设置】对话框，如图1-33所示。

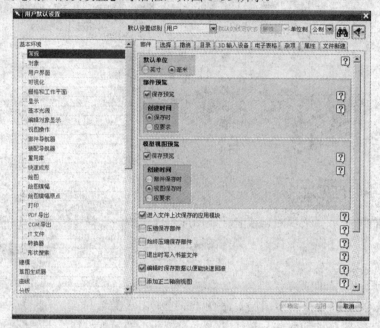

图1-33 【用户默认设置】对话框

用户默认设置可以在 3 个级别上控制：站点、组以及用户。站点是最高级别，用户是最低级别。根据用户默认设置环境变量在用户站点上的定义情况，可以访问任何或所有这些级别。

级别较高的管理者可以锁定那些他们不希望任何人员更改的用户默认设置。组级别可以锁定用户级别的用户默认设置，而站点级别则可以锁定组和用户级别的默认设置。无法在用户级别锁定默认设置。

要更改【用户默认设置】对话框中的默认设置，应按以下操作步骤进行。

操作步骤

STEP 1 检查【默认设置级别】选项（在对话框的顶部），确保在需要的级别上。

STEP 2 确保部件单位已设为正确的单位。

STEP 3 在对话框左侧的列表中，选择一个应用模块。选定的应用模块将展开以显示其类别。

STEP 4 在【用户默认设置】对话框左侧的列表中选择一个类别。对话框的右侧更改为显示选定类别中的选项卡。

STEP 5 单击各选项卡打开默认设置所在的页面。

STEP 6 更改需要的默认设置值。值可以通过多种形式出现，例如，切换开关、滑块、选项菜单、单选按钮、文本框或颜色框。如果当前的默认设置级别为只读，则将收到一条警告消息"无法保存更改"。此消息仅在首次尝试在对话框中进行更改时出现。

STEP 7 如果已完成所有需要更改的用户默认设置，单击【确定】或【应用】按钮保存这些更改（如果在只读默认设置级别上，这些选项将变灰）。用户默认设置的更改将在下一个 NX 会话中体现，而不会在当前会话中得到应用。如果要立即应用这些更改，应该关闭后并重新打开 NX。

1.8 首选项设置

使用【首选项】菜单来定义新对象、名称、布局和视图的显示参数。可以设置生成对象的图层、颜色、字体和宽度，还可以设计布局和视图，控制对象、视图名和边界的显示，更改选择球的大小，指定选择框方式，设置成链公差和方式，以及设计和激活栅格。对于相同的功能，使用【首选项】菜单所作的更改可替代任何相应部分的用户默认设置。

1.8.1 对象首选项

选择【首选项】|【对象】命令，系统弹出【对象首选项】对话框，如图 1-34 所示。

【对象首选项】对话框定义新对象的图层、颜色、字体和宽度。它不影响已有对象，也不影响通过复制已有对象而生成的对象。使用此对话框所作的改变与部件文件一起保存。

若要修改已有对象，则选择【编辑】|【对象显示】命令。

1.8.2 用户界面首选项

选择【首选项】|【用户界面】命令，系统弹出【用户界面首选项】对话框，如图 1-35 所示。

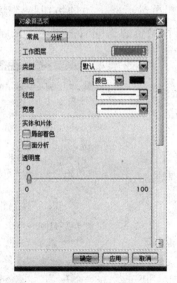

图 1-34 【对象首选项】对话框

图 1-35 【用户界面首选项】对话框

【用户界面首选项】对话框可定制 NX 如何工作以及如何与用户设置的规范进行交互，可以执行下列操作：

● 设置 NX 用于信息窗口中输入文本字段和所显示数据的小数位数（精度）。

● 设置 NX 会话（窗口）或资源条的外观、位置和行为。

● 控制主窗口、图形显示和信息窗口的位置、大小和可见性。

● 设置宏选项并启用用于【撤销】操作的确认对话框。

退出 NX 时，NX 窗口的"状态"会自动保存在文件中，对于 Windows 系统，是保存在注册表中。"状态"具体指的是对话框的位置、图形和背景窗口的大小和位置，以及加载的用户工具和工具栏及其在屏幕上的位置。

1.8.3 资源板首选项

选择【首选项】|【资源板】命令，系统弹出【资源板】对话框，如图 1-36 所示。

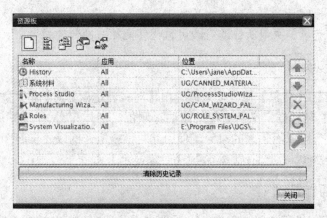

图 1-36 【资源板】对话框

使用【资源板】对话框来设置资源板的首选项。在对话框上边的按钮是资源板创建按钮，用于创建各种类型的资源板。在对话框右边的按钮是资源板编辑按钮，用来编辑【资源条】中资源板的位置和显示。

1.8.4 可视化首选项

选择【首选项】|【可视化】命令，系统弹出【可视化首选项】对话框，如图 1-37 所示。

此对话框控制在图形窗口中显示的属性。某些属性与部件或部件中的特定视图相关。这些属性的设置保存在部件文件中。对于这样的属性，当生成新部件或视图时，其设置被初始化为用户默认设置文件中指定的值。

其他属性与会话相关，可应用到会话中的所有部件。这些属性中的某些设置是按会话保存到注册表中的。

如果未打开部件，则除了【视图/屏幕】选项卡外，其他选项卡都不可用。当显示图样时，【视觉】、【小平面化】和【特殊效果】选项卡不可用。

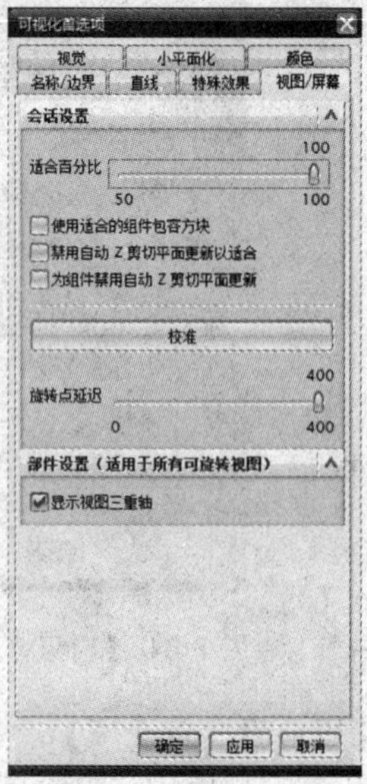

1.8.5 定制屏幕背景颜色

图 1-37 【可视化首选项】对话框

背景颜色指图形窗口背景的颜色。NX 支持所有显示模式的渐变背景，可以选择背景颜色进行"着色"或"线框"显示。背景可以是"普通"的或"渐变"的。

选择【首选项】|【背景】命令，系统弹出【编辑背景】对话框，如图 1-38 所示。单击右边的颜色图标，系统将弹出【颜色】对话框供用户选择颜色。然后单击【确定】或【应用】按钮，新颜色设置即可生效。

1.8.6 调色板

UG NX 7.5 增强了调色板的功能。选择【首选项】|【建模】命令，系统弹出【颜色】对话框，如图 1-39 所示。展开【资源板】选项，可设置需要的颜色，并可以将颜色加入到收藏夹中。还可以将颜色设置保存为 CDF 文件，或者从 CDF 文件中调入颜色设置。

图 1-38 【编辑背景】对话框

在设置对象显示时，单击对话框中的颜色图标也会弹出该对话框。

1.8.7 建模首选项

选择【首选项】|【建模】命令，系统弹出【建模首选项】对话框，如图 1-40 所示。使用【建模首选项】对话框设定建模参数和特性，如体类型、距离公差、角度公差、密度、密度单位和曲面网格。在多数情况下，一旦定义首选项，以后创建的对象便会使用该默认设置。但是，如果在特定的建模对话框中更改某些首选项参数，则在当前 NX 会话的整个持续期间，新定义的值都会保留在这些对话框中。

图 1-39 【颜色】对话框

图 1-40 【建模首选项】对话框

1.9 部件导航器

部件导航器以图形树的形式记录模型创建的历史记录，使用它可以方便地更新和了解部件的基本结构，并且可以选择和编辑树中各项的参数以及重新安排部件的组织方式。掌握部件导航器的操作非常重要。

1.9.1 部件导航器的结构

在资源条上，单击 选项卡，【部件导航器】就会弹出。单击左上角的 按钮，使其变为 ，这样就将部件导航器锁定在屏幕上，使其始终可见。【部件导航器】的组成如图 1-41 所示。

1．主面板

主面板提供了最全面的用户部件视图，可以使用它的树形结构查看实体、草图、特征、相关几何体、视图、图样、用户表达式、快速检查和引用集。

使用主面板可编辑各个选项的参数以及获取部件的整体视图。可以双击选项，或者使用快捷菜单，对所选择的选项进行编辑，以及选择和清除其复选框以控制其可见性或抑制状态。

也可以使用过滤器定制显示在主面板中的内容，只显示要查看的信息

2．【相关性】面板

使用【相关性】面板可查看在主面板中选择的特征几何体的父子关系。

图 1-41　部件导航器

3．【细节】面板

使用【细节】面板可查看在主面板中选择的特征的参数，在一些情况下，还可以对这些参数进行编辑。

4．【预览】面板

使用【预览】面板可查看在主面板中选择的选项的预览图像。只有保存的视图才可以预览。

1.9.2 部件导航器的操作

1．查看父子关系

在主面板中选择一个对象，例如，回转(2)，则与此相关联的对象会着色高亮显示。它的父对象显示为粉红色，子对象显示为蓝色。此外，在【相关性】面板中可以更清晰地查看父对象和子对象的列表清单。

2．查看特征参数

在主面板中的【模型历史记录】中选择一个特征，单击【细节】面板上的 按钮将其展开，可以查看所选特征的详细参数。

3．显示模式

在部件导航器的空白处单击鼠标右键，在弹出的快捷菜单中选择或清除【时间戳记顺序】选项，即可在"时间戳记顺序"和"设计视图"模式之间切换，如图 1-42 所示。

● 时间戳记顺序：时间戳记即顺序编号，它遵循每个特征在树中的名称，例如，草图 (1)。在此模式中，工作部件中的所有特征都按照其创建时间戳记的顺序显示为节点的线性列表。时间戳记顺序模式不包括设计视图模式中所有可用的节点。

图 1-42　部件导航器的显示模式

● 设计视图：在此模式中，工作部件中的所有体与其特征和运算一起显示。先显示最近创建的特征（按相反的时间戳记顺序）。这个视图与在时间戳记顺序中所得的不同。

4．编辑特征

双击树中的某一个特征，例如，回转(2)，或者在其上单击鼠标右键，在弹出的快捷菜单中选择 **可回滚编辑...** 或者 **编辑参数(P)...** 命令，系统弹出创建该特征的对话框，可以对该特征的参数进行修改。

> 野火专家提示：**可回滚编辑...** 会将所选特征设为当前特征，即回滚到创建此特征时的状态。**编辑参数(P)...** 不进行回滚操作。

5．抑制/取消抑制特征

每个特征前都有一个方框和小勾标记 ☑，单击此方框，使其变为 □，此时该特征被抑制，图形窗口将不会显示此特征创建的对象。如果此特征下有子特征，所有的子特征都将被抑制。再次单击此方框，使其变回 ☑，此特征就被恢复。如果此特征有父特征被抑制，在此特征被恢复之前会先恢复父特征。可以通过单击鼠标右键，在弹出的快捷菜单中选择 **抑制(S)** 与 **取消抑制(U)** 命令执行相同的功能。

> 野火专家提示：抑制、隐藏以及删除是不同的。隐藏只是影响对象的显示，删除则是将对象移除。抑制对象只是设置该对象的特征暂不生成，但其参数仍保留在部件文件中，可以随时恢复。

6．特征顺序重排

特征之间的顺序可以更改，一种方法是直接拖动所选特征到目标位置释放。另一种方法是通过快捷菜单中的 **重排在前 ▶** 或 **重排在后 ▶** 命令将特征放到其目标位置。需要注意的是，由于特征之间的参考关系，调整特征之间的顺序将会得到不同的结果，甚至造成再生失败。

7．插入特征

如果要在特征历史记录中间的某个位置插入特征，可在要插入位置的前一特征上单击鼠标右键，在弹出的快捷菜单中选择【设为当前特征】命令，系统会回滚到创建该特征后的状态，其后的特征均被抑制。待插入的特征创建之后，再在要恢复的最后一个特征上单击鼠标右键，在弹出的快捷菜单中选择【设为当前特征】命令，在此之前的特征均会被恢复。

8. 删除特征

在部件导航器中选中一个或多个特征，然后按〈Delete〉键，或者单击鼠标右键，在弹出的快捷菜单中选择【删除】命令，选中的特征以及它们的子特征都将被删除。

在图形窗口中选择对象也可以执行删除操作。此外，也可以选择【编辑】|【删除】命令来删除对象。

9. 建模模式

UG NX 7.5 在部件导航器的树形结构的根部新增了一个节点"History Mode"。在该节点中单击鼠标右键，可以在"历史模式"与"无历史记录模式"之间切换。更改建模模式时将移除参数，如图 1-43 所示。在"历史模式"下，创建部件的参数将随部件保存，而"无历史记录模式"则不会保存这些参数。

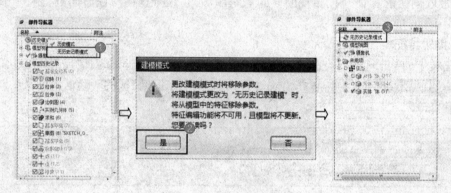

图 1-43　建模模式

1.10　坐标系与基准 CSYS

1.10.1　坐标系

坐标系（Coordinate System）是用来描述物体空间位置坐标的系统。常用的直角坐标系是由 3 个相互垂直平面的相交线构成直角坐标系统的 3 个轴 X、Y 和 Z，3 个轴的交点为原点，坐标为（0，0，0），空间任意点都参照原点用 X、Y、Z 的坐标值进行定位。在 3D 绘图软件中常用右手笛卡儿直角坐标系，其 X、Y、Z 轴的定向规定为，将右手的拇指和食指伸开相互垂直，中指弯曲垂直于掌心，此时拇指指向为 X 轴正向，食指指向为 Y 轴正向，中指指向为 Z 轴正向，如图 1-44 所示。根据这种关系，已知其中任意两轴，就可以根据右手法则求得第三轴的方向。

图 1-44　坐标系的右手法则

在 NX 中，主要有 5 种坐标系统。

1．绝对坐标系

绝对坐标系（Absolute Coordinate System，ACS）是软件内定的坐标系，显示在绘图区的左下角来指示方位，其 3 个轴分别标识为 X、Y 和 Z。绝对坐标系的位置是不可编辑的。

2．工作坐标系

工作坐标系（Working Coordinate System，WCS）是创建以及编辑对象时所使用的坐标系。工作坐标系是直接或间接参照绝对坐标系来定位和定向的。其 3 个轴分别标识为 XC、YC 和 ZC。在任何时候，在 NX 部件中都只有一个工作坐标系。

3．参考坐标系

参考坐标系（Reference Coordinate System，RCS）是用于参考的坐标系，其 3 个轴分别标识为 XR、YR 和 ZR。

4．加工坐标系

加工坐标系（Manufacturing Coordinate System，MCS）应用在加工模块，主要是确定加工工件时刀轴位置的坐标，其 3 个轴分别标识为 XM、YM 和 ZM。

5．基准 CSYS

基准 CSYS，即基准坐标系用于构造其他特征时的参考，它是局部的坐标系，可在一个部件中创建多个基准坐标系。一个基准坐标系由 3 个基准平面、3 个基准轴和一个原点组成。其基准平面、基准轴和原点都可以作为单独的对象进行选择和操作。

1.10.2 基准 CSYS

选择【插入】|【基准/点】|【基准 CSYS】命令，或单击【特征】工具栏上的【基准 CSYS】按钮，系统弹出【基准 CSYS】对话框，如图 1-45 所示。

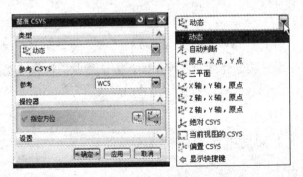

图 1-45 【基准 CSYS】对话框

【基准 CSYS】对话框包含了常用的动态、自动判断、原点与 XY 点、三个平面、原点与任意指定两坐标点等功能进行直接创建。【基准 CSYS】对话框中增加了【设置】选项组，其中：

- 比例因子：使用此选项可更改基准 CSYS 的显示尺寸。每个基准 CSYS 都可具有不同的显示尺寸，显示大小由比例因子参数控制，1 为基本尺寸，如果指定比例因子为 0.5，则得到的基准 CSYS 将是正常大小的一半；如果指定比例因子为 2，则得到的基准 CSYS 将是正常比例大小的两倍。
- 关联：使用此选项可使新的基准 CSYS 关联，而不是固定不变的，因此，它与其父特征（即创建基准 CSYS 时选择的对象）通过参数方式关联。

1.11 基准平面

基准平面是用于创建其他特征（如圆柱、圆锥、球、回转的实体等）的辅助工具，如图 1-46 所示。

选择【插入】|【基准/点】|【基准平面】命令，或者单击工具栏上的【基准平面】按钮 ，系统弹出【基准平面】对话框，如图 1-47 所示。

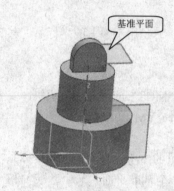

图 1-46 基准平面

图 1-47 【基准平面】对话框

可以创建如下两种类型的基准平面。

1. 相对基准平面

相对基准平面是根据模型中的其他对象而创建的。可使用曲线、面、边缘、点及其他基准作为基准平面的参考对象。

2. 固定基准平面

固定基准平面不参考，也不受其他几何对象的约束，除了在用户定义特征中使用外，也可使用任意相对基准平面方法创建固定基准平面，方法是取消选择【基准平面】对话框中的【关联】复选框。还可根据 WCS 和绝对坐标系并通过使用方程中的系数，使用一些特殊方法创建固定基准平面。

1.11.1 【基准平面】对话框选项剖析

1.【类型】选项组

在【基准平面】对话框中，可以从【类型】下拉列表中选择平面类型。各种平面类型的创建方法见表 1-6。

表 1-6 创建基准平面的方法

类 型	说 明
自动判断	根据所选的对象确定要使用的最佳平面类型
成一角度	使用与参考平面平行的平面绕指定轴旋转一定的角度创建基准平面
按某一距离	创建与一个平面或其他基准平面平行且相距指定距离的基准平面

（续）

类　型	说　明
平分	使用平分角在所选择的两个平面或基准平面的中间位置创建平面
曲线和点	使用一个点与另一个点、一条直线、线性边缘、基准轴或面创建平面
两直线	使用两条现有的直线，或者直线、线性边缘或基准轴的组合创建平面
相切	创建与一个非平面的曲面以及另一选定对象（可选）相切的基准平面
通过对象	基于选定对象的平面创建基准平面
在曲线上	创建一个与已知的曲线或边上的某一点相切、垂直或双向垂直的基准平面
点和方向	从一点沿指定方向创建平面
系数	通过使用系数 a、b、c 和 d 指定方程来创建固定基准平面
YC-ZC 平面	沿工作坐标系 (WCS) 或绝对坐标系 (ABS) 的 YC-ZC 轴创建固定基准平面
XC-ZC 平面	沿 WCS 或 ABS 的 XC-ZC 轴创建固定基准平面
XC-YC 平面	沿 WCS 或 ABS 的 XC-YC 轴创建固定基准平面
视图平面	创建与当前视图平行且通过 WCS 原点的基准平面
固定	仅当编辑基准平面时可用

编辑基准平面时，可以更改其类型、定义对象和关联状态。使用【YC-ZC 平面】、【XC-ZC 平面】、【XC-YC 平面】或【系数】类型创建的任何基准平面，或未选中【关联】复选框时使用的任何其他相对类型，在编辑过程中全部显示为【固定】类型。

2．【平面方位】选项组

1）（备选解）：当预览平面的备选解变为可用时显示。此选项用于在可能的不同平面解之间切换。还可以使用〈Page Down〉键和〈Page Up〉键在备选解之间进行切换。

2）（反转平面法向）：此选项对于所有类型均通用，单击后将平面法向反向。平面预览始终在其中心处显示箭头，该箭头指向平面法向的方向。在图形窗口中用鼠标右键单击法向方向箭头，然后从弹出的快捷菜单中选择【反向】命令，或者双击法向方向箭头，均可以将平面法向反向。

3．【设置】选项组

关联：对于基准平面，使基准平面关联而非固定，以便它与其父特征在参数上关联。如果取消选中此复选框，基准平面将固定而非关联。如果以后编辑非关联基准平面，则无论创建它时使用的是何种类型，它都在类型列表中显示为【固定】类型。

在部件导航器中关联基准平面显示名称为【基准平面】，而非关联基准平面显示名称为【固定基准平面】。

此选项对于所有非固定类型的基准平面都可用。

4．一般用法提示

1）如果选择对象，但是无基准预览，可能的原因有两种，一是选定对象的数量不足，无法创建基准平面。二是对指定的用来创建基准平面的类型方法而言，目前的对象组合无效。

2）在有多个解的情况下，可使用【备选解】按钮进行切换。基准的预览显示了每个可能的方案。

3）如果选中对象上有一个可见的手柄，将光标移至该手柄上，如果手柄可以拖动（例如，偏置手柄或角度手柄，或曲线上的点手柄），则光标更改为显示拖动手柄。当拖动手柄时，与手柄有关联的动态文本框中的值将更新。

4）如果在动态文本框中输入值或表达式，则手柄和动态文本框都调整至新位置且基准预览会更新。

1.11.2 【基准平面】操作演练

【自动判断】类型根据所选的对象确定要使用的最佳平面类型，根据判断的平面类型和选择的对象，支持它的附加选项组可能会出现在对话框中。通常使用【自动判断】类型便可满足大多数基准平面的创建。

创建自动判断的基准平面，可以先选择对象，然后启动【基准平面】命令；也可以先启动【基准平面】命令，然后选择对象。下面对前者进行说明。

1）设置【选择条】上的【类型过滤器】为 面 ▼，然后在图形窗口中选择两个面。

2）单击工具栏上的 ▢ 按钮，或者选择【插入】|【基准/点】|【基准平面】命令，系统弹出【基准平面】对话框，同时图形窗口显示自动判断的基准平面的预览，如图 1-48 所示。

3）单击【应用】按钮，创建基准平面。

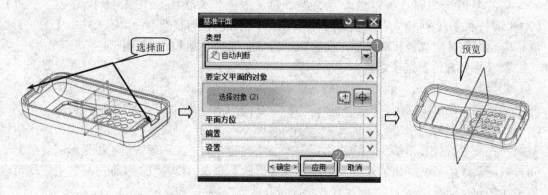

图 1-48　自动判断（先选对象）

注意事项：

1）使用此方法的前提是在激活命令时弹出的【基准平面】对话框中【类型】默认选择的是【自动判断】。因为对话框的记忆功能，如果使用【自动判断】命令创建基准平面前使用过其他类型创建基准平面，那么这种先选择对象后选择【基准平面】命令会自动出现【自动判断】方法失效。

2）【基准平面】对话框弹出后，用户可以附加对象或者取消选择对象，系统会尝试自动判断一个新基准平面，预览会根据所选对象更新。用户也可以更改为其他基准平面类型，并重新选择对象。

3）选择对象后，也可以用鼠标右键单击一个选定的对象，然后从弹出的快捷菜单中选择【基准平面】命令。不过此方法并不支持选定对象的所有组合。

读者可以尝试选择不同的对象组合来观察系统如何自动判断基准平面的类型。

野火专家提示: 基准平面显示的大小是可以调整的, 方法是在基准平面预览的状态下, 拖动基准平面四周的控制球; 也可以单击控制球, 然后在动态文本框中输入长度和高度值。

1.12　创建平面对象

　　平面的定义是表示一个向空间无限延伸的平面, 可在平面上绘制横截面曲线和曲面, 以及定义曲面的限制。平面对象使用【平面】对话框创建, 创建的平面由一个三角形符号来表示, 该符号的比例是固定的, 直角顶点位于平面的原点上, 短边沿着隐含的 X 轴, 长边沿着隐含的 Y 轴, 如图 1-49 所示。平面对象是非关联的, 且不显示在部件导航器中。

　　在默认情况下, 此命令没有显示在菜单栏或工具条中, 需要定制, 如图 1-50 所示。

图 1-49　【平面】对话框以及平面对象符号

图 1-50　显示【平面】命令

　　【平面】对话框与【基准平面】对话框相同, 这里不再重复。创建基准平面的各种方法都可以创建平面对象。

1.13　点

　　选择【插入】|【基准/点】|【点】命令, 或者单击【特征操作】或【曲线】工具栏上的 + 按钮, 系统弹出【点】对话框, 即【点构造器】, 如图 1-51 所示。此选项使用标准点创建方法创建关联点和非关联点。

1.【类型】选项组

　　在【点】对话框的【类型】下拉列表中提供了在三维空间指定点和创建点对象及位置的标准方法。

图 1-51　【点】对话框

野火专家提示：使用【光标位置】类型指定或创建点时，可以使用网格快速准确地定位点。方法是选择【首选项】|【格栅和工作平面】命令，系统弹出【格栅和工作平面】对话框。在该对话框中，可以设置网格的类型和大小，并勾选 ☑ 捕捉到栅格复选框。

2.【坐标】选项组

- 相对于 WCS：指定点相对于工作坐标系 (WCS)。要使该选项可用，必须取消勾选【设置】选项组下的【关联】复选框。
- 绝对：指定相对于绝对坐标系的点。

X、Y 和 Z 文本框/XC、YC 和 ZC 文本框：输入点坐标。

3.【偏置】选项组

可以从所指定的点或坐标位置进行偏置得到新的点。偏置的方法有【矩形】、【圆柱形】、【球形】、【沿矢量】和【沿曲线】。

4.【关联】选项

勾选 ☑ 关联复选框，使该点成为关联而不是固定的，使其以参数关联到其父特征。如果编辑非关联点，它将在类型列表中显示为固定。关联点将在部件导航器中显示为点。

1.14 基准轴

基准轴可以用做创建其他对象（如基准平面、回转特征和拉伸体）时的参考。

选择【插入】|【基准/点】|【基准轴】命令，或者单击【特征操作】工具栏上的【基准轴】按钮 ↑，系统弹出【基准轴】对话框，如图 1-52 所示。

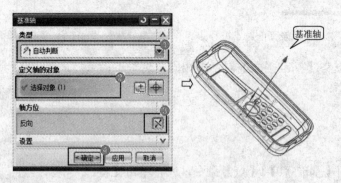

图 1-52 构造的基准轴

基准轴既可以是相对的也可以是固定的。

1．相对的基准轴

在创建过程中，相对基准轴由一个或多个其他对象参考和定义。所有相对的基准轴都是关联的。如果使相对基准轴成为非关联的，它将变为固定的。

2. 固定的基准轴

固定基准轴不是由其他几何对象参考，而是在创建位置保持固定。固定基准轴是非关联的。使用 WCS 的 XC 轴、YC 轴和 ZC 轴，或者在使用相对轴类型时清除关联选项，都可以创建固定基准轴。

【基准轴】对话框选项剖析如下：

（1）【类型】选项组

基准轴类型是用于创建基准轴的构造方法，可以从【类型】下拉列表中选择，见表 1-7。

表 1-7　创建基准轴的方法

类　型	说　明
自动判断	根据所选的对象确定要使用的最佳基准轴类型
交点	在两个平的面、基准平面或平面的相交处创建基准轴
曲线/面轴	沿线性曲线或线性边，或者圆柱面、圆锥面或圆环的轴创建基准轴
曲线上矢量	创建与曲线或边上的某点相切、垂直或双向垂直，或者与另一对象垂直或平行的基准轴
点和方向	从一点沿指定方向创建基准轴
两点	定义两个点，经过这两个点创建基准轴
XC 轴/YC 轴/ZC 轴	沿工作坐标系(WCS)的 XC 轴、YC 轴或者 ZC 轴创建固定基准轴
固定	仅当编辑基准轴时可用。使用 YC 轴、XC 轴或 ZC 轴创建的任何基准轴，或者在清除【关联】复选框的情况下使用的任何其他类型创建的基准轴，在编辑过程中都将显示为【固定】类型

（2）【轴方位】选项组

反向：用于切换轴的可能方向。对于所有类型均通用。

（3）【设置】选项组

关联：适用于非固定类型。勾选此复选框使新基准轴关联而非固定，以便它与其父特征在参数上关联。如果清除此复选框，基准轴将固定而非关联。

在部件导航器中关联基准轴显示名称为【基准轴】，非关联基准轴显示名称为【固定基准轴】。

1.15　本章小结

本章主要介绍了 UG NX 7.5 的基础应用模块、工作界面、对象显示、对象选择、图层操作、用户默认设置、首选项设置、部件导航器、坐标系与基准 CSYS、基准平面、创建平面对象、点、基准轴等基础知识，这些入门知识和基础操作技巧不是孤立的，在整个建模过程中都会经常用到，希望读者能熟练掌握本章内容。读者在对 NX 系统不断深入了解的过程中也会加深对本章内容的理解。

第 2 章　草绘功能与实例精讲

　　草图是在建模中最基本也是最重要的概念，一般复杂零件的建模都是从草图开始。本章主要介绍了草图的概念和由草图开始建模的优点，使读者能够比较熟练地使用绘制草图的命令，学会对草图进行尺寸约束和几何约束，初步学会从草图建立特征的方法，结合相关的实例操作达到掌握草绘命令的目的。

 本章要点

- 草图生成器
- 草图曲线
- 草图操作
- 草图约束
- 草图实例——盘转曲线造型

 本章案例

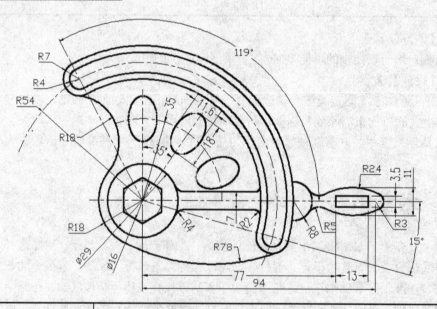

 光盘路径

 结果文件　　结果文件\cha02 文件夹。

 录像文件　　录像文件\cha02 文件夹。

2.1　草图生成器

草绘模块，也称为草图生成器，它是一个 NX 应用程序，可用于在部件内部创建二维几何形状。

2.1.1　基本概念

1．草图的应用

草图是驻留于指定平面的 2D 曲线和点的集合。通过扫掠、拉伸或旋转草图可以得到实体或片体，创建详细部件特征。旋转和拉伸是对草图生成特征常用的方法，如图 2-1 所示。

图 2-1　由 2D 草图到 3D 模型

建立草图，然后在草图的基础上建立特征，这样做的好处是如果草图改变了，那么由草图建立的特征也会随之改变，从而实现参数化设计。所谓参数化设计就是可以灵活改动设计。

2．草图平面

要创建草图，必须先指定草图位于哪个平面上。有两种方法定义它的平面和方向。

（1）原位绘制草图

原位绘制草图是指在现有平面上构建草图，或在新草图平面/现有草图平面上构建草图，其草图平面是相对固定的。当希望将草图特征关联到平面对象（如曲面或基准平面）时，可以创建原位绘制草图。

（2）基于轨迹绘制草图

这是一种特定类型的受约束草图，其草图平面沿着所指定的轨迹曲线变化且始终垂直于该曲线。这种草图可用来创建变化的扫掠特征的轮廓。

3．草图约束

草图约束是指组成草图的曲线和点之间的几何关系和尺寸关系。使用约束，草图生成器可以完整捕捉设计意图，创建容易更新且可预见的参数驱动的设计。草图生成器评估约束，以便确保这些约束完整而无冲突。当草图的几何形状和尺寸完全确定时，该草图为完全约束的草图。在 NX 系统中，草图不一定要完全约束，只要达到自己的设计目标就可以了，但当没有要求时，建议完全约束用来定义特征轮廓的草图。

4．内部草图与外部草图

（1）内部草图

在变化的扫掠、拉伸或旋转等命令中创建的草图都是内部草图。内部草图仅与使用它的特征相关联，该特征控制内部草图的访问和显示。内部草图不在部件导航器中单独显示。

（2）外部草图

单独使用草图命令创建的草图是外部草图。用外部草图可以保持草图的可见性，并且可以将它用在多个特征中。外部草图在部件导航器中作为特征显示。

> 野火专家提示：在部件导航器中，如果一个草图仅被一个成型特征所使用，在该特征上单击鼠标右键，然后从弹出的快捷菜单中选择【使草图成为内部的】或者【使草图成为外部的】命令，可以将内部草图与外部草图进行转换。

5．绘制草图的一般步骤

操作步骤

STEP ① 进入草图生成器，选择一个草图平面和水平轴，并可以重命名草图。

STEP ② 设置约束识别和草绘首选项。

STEP ③ 绘制草图几何，建立草图大致轮廓。根据设置，草图生成器自动创建若干约束。

STEP ④ 添加、修改或删除约束，精确地控制草图中的对象。

STEP ⑤ 拖动外形或修改尺寸参数。

STEP ⑥ 退出草图生成器。

2.1.2　草图生成器的操作

本章介绍的是在建模应用模块的基础上创建草图。要进入建模应用模块，可以在新建文件时选择【模型】模板，或者打开一个部件文件，启动建模应用模块，单击【标准】工具栏上的 开始·按钮，从下拉列表中选择【建模】命令；或者按快捷键〈Ctrl+M〉启动。

1．进入草图生成器

从建模应用模块进入草图生成器有以下几种方式：

1）选择【插入】|【草图】命令。

2）单击【特征】工具栏上的 按钮。

3）在需要草图截面的成型特征对话框（比如拉伸对话框）时，单击 按钮。

4）双击已存在的草图，或者单击鼠标右键，在弹出的快捷菜单中选择【编辑】命令，进入草图编辑。

5）在草图的特征上，单击鼠标右键，在弹出的快捷菜单中选择【编辑草图】命令，进入草图编辑。

2．退出草图生成器

草图绘制完毕，需要退出草图生成器，有以下几种方式，返回到建模应用模块：

1）单击【标准】工具栏上的 完成草图按钮。

2）单击鼠标右键，从弹出的快捷菜单中选择【完成草图】命令。

3）按快捷键〈Ctrl+Q〉。

4）选择【草图】|【完成草图】命令。

3．草图生成器快捷菜单

快捷菜单提供上下文相关的访问常用命令的快捷方式。这里不再一一说明。

4. 草图生成器首选项

选择【首选项】|【草图】命令，系统弹出【草图首选项】对话框，如图2-2所示。

图2-2　【草图首选项】对话框

使用【草图首选项】对话框可以更改草图的默认值（如捕捉角和草图原点），控制某些草图对象的显示，以及修改草图对象的颜色，并将更改应用于当前部件中的所有草图。

也可以在【用户默认设置】对话框（选择菜单【文件】|【实用工具】|【用户默认设置】命令）中设置所有草图首选项的默认值，包括指定所有的颜色。

要编辑活动草图的样式，需要选择【任务】|【草图样式】命令，系统弹出【草图样式】对话框，可设置尺寸的显示以及文本的高度，如图2-3所示。

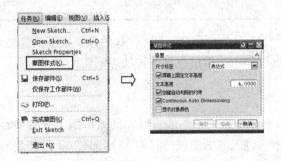

图2-3　编辑活动草图的样式

2.2　草图曲线

在 UG NX 7.5 中，【草图工具】工具栏整合了以前版本的【草图曲线】、【草图操作】和【草图约束】3 个工具栏上的命令。其中绘制草图几何的工具如图2-4和表2-1所示。这些命令也可以在【插入】菜单中找到。

图2-4　草图曲线工具

表 2-1　草图曲线工具

图　标	命令名称	功　　能
⌇	轮廓线	以线串模式建立一系列相连的直线或者圆弧
／	直线	用约束推断创建直线
⌒	圆弧	通过指定三点，或者指定其中心和端点创建圆弧
○	圆	通过指定三点，或者指定其中心和端点创建圆
⋉	派生直线	在两条平行直线中间创建与另一条直线平行的直线，或者在两条不平行的直线之间创建角平分线
⋌	快速裁剪	以任一方向将曲线修剪至最近的交点或选定的边界
⋋	快速延伸	将曲线延伸至另一临近曲线或选定的边界
⊥	制作拐角	延伸或修剪两条曲线以制作拐角
⌐	圆角	在两条直线或三条直线间生成相切的圆弧
▭	矩形	通过定义矩形两个对角点，矩形三个端点或矩形中心点和矩形上的两点，这三种方法之一创建矩形
∿	艺术样条	通过拖放定义点或极点并在定义点指派曲率或斜率约束，动态创建和编辑样条
∖	拟合样条	通过与指定的数据点拟合来创建样条
＋	点	创建点
⊙	椭圆	根据中心和尺寸创建椭圆

大部分按钮都有两个状态：“按下的”和“弹起的”。“按下的”表示该功能开启，“弹起的”表示该功能关闭。通过单击按钮可在这两种状态间切换。

2.2.1　轮廓线

【轮廓线】命令可以创建一系列相连的直线和圆弧，即上一条曲线的终点变成下一条曲线的起点，如图 2-5 所示。进入草图生成器时，这个选项默认是开启的。

1.【轮廓】选项条

单击【草图工具】工具栏上的 ⌇ 按钮，使其呈按下状态，系统弹出【轮廓】选项条，如图 2-6 和表 2-2 所示。

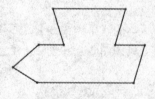

图 2-5　轮廓线

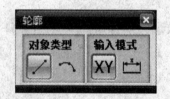

图 2-6　【轮廓】选项条

表2-2 【轮廓】选项条选项

选 项 名 称		说　明
对象 类型	 直线	允许创建直线。这是最初选择轮廓选项时的默认模式。如果还没有选定端点，则绘制的第一条线将使用 XY 坐标。如果选择了捕捉点或端点，系统将为线串中的第二条直线使用长度和角度参数
	圆弧	允许创建一个圆弧。当从直线连接圆弧时，将创建一个两点圆弧。如果从标准象限连接圆弧，将创建一个三点圆弧。如果在线串模式下绘制的第一个对象是圆弧，也可以创建一个三点圆弧
输入 模式	XY 坐标模式	允许使用 X 和 Y 坐标值创建曲线
	参数模式	允许指定曲线对象的参数。直线使用长度和角度参数，圆弧使用半径和扫掠角度参数，圆使用直径参数，圆角使用半径参数

2. 直线/圆弧过渡

按住鼠标左键(MB1)并拖动，可以从创建直线转换为创建圆弧。也可以单击／或◠按钮来改变创建曲线的类型。

3. 圆弧成链

在轮廓线串模式中，创建圆弧后轮廓选项将切换为直线模式。要创建一系列成链的圆弧，则双击【圆弧】按钮◠。

4. 停止线串模式

如果没有在屏幕上预览约束，则可通过单击鼠标中键(MB2)终止线串模式。如果预览约束，则单击 MB2 会锁定此约束。

当预览直线或圆弧时，按〈Esc〉键取消预览并结束当前轮廓绘制。绘制新轮廓之前按〈Esc〉键可退出【轮廓】选项。

2.2.2 直线

使用【直线】命令可以创建具有约束判断的线条。

单击【草图工具】工具栏上的／按钮，系统弹出【直线】选项条，如图 2-7 所示。在【坐标模式】下，通过输入 XC 和 YC 坐标值来定义端点；在【参数模式】下，通过指定直线的长度和角度来定义端点。要锁定一个模式，应双击相应的按钮。

坐标模式 ——— XY 凸 ——— 参数模式

图 2-7 【直线】选项条

1. 两点直线

分别指定起点和终点，即在两点间创建一条直线。通常使用坐标模式指定起点，可以使用【捕捉点】选项，或者通过单击鼠标左键来指定点，也可通过在动态文本框中输入 XC、YC 坐标值并按〈Enter〉键来指定点。按〈Tab〉键可在文本框之间切换。指定起点后，系统自动切换到参数模式，输入直线的长度和角度，如图 2-8 所示。当然也可以用坐标模式指定终点。

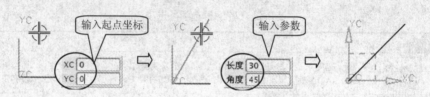

图 2-8　绘制两点直线

2. 过一点与现有直线平行的直线

使用草图生成器中的推断线（从光标处延伸出去的虚线）以及自动推断的约束，可以绘制与现有图素对齐、平行或相切等约束的直线。如图 2-9 所示为绘制一条与现有直线平行的直线。其他约束的情况不再一一列举。

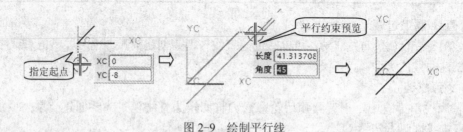

图 2-9　绘制平行线

2.2.3　矩形

单击【草图工具】工具栏上的□按钮，系统弹出【矩形】选项条，如图 2-10 所示。

创建矩形有 3 种方法，这里介绍从中心创建矩形的方法。

此方法先指定中心点、第二个点来指定角度和宽度，并用第三个点指定高度以创建矩形，如图 2-11 所示。

图 2-10　【矩形】选项条

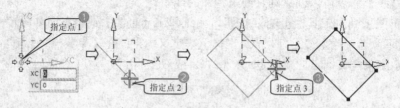

图 2-11　从中心创建矩形

2.2.4　圆弧

单击【草图工具】工具栏上的╲按钮，系统弹出【圆弧】选项条，如图 2-12 所示。

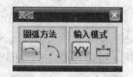

图 2-12　【圆弧】选项条

创建圆弧的方法有两种，下面介绍通过 中心点和端点创建圆弧的方法。

使用此选项通过指定圆弧的中心点和两个端点来创建圆弧，如图 2-13 所示。

如果以输入半径和扫掠角度的方式，在指定圆弧中心后，通过鼠标单击的位置确定圆弧的起始角和扫掠方向。

图 2-13　通过中心点和端点创建圆弧

2.2.5　圆

单击【草图工具】工具栏上的 ○ 按钮，系统弹出【圆】选项条，如图 2-14 所示。

创建圆的方法有两种，下面介绍通过 ⊙ 中心和半径创建圆的方法。

使用此选项通过指定圆心和半径来创建圆，如图 2-15 所示。

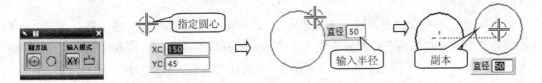

图 2-14　【圆】选项条　　　　　　　图 2-15　通过中心和半径创建圆

可以复制多个具有相同直径的圆。当指定圆心后，输入直径并按〈Tab〉键或〈Enter〉键，系统会记住该直径值。移动光标到新位置再单击鼠标左键以放置圆的副本。在指定新圆心前也可以重新输入半径值以创建不同大小的圆。单击鼠标中键可退出复制模式。

2.2.6　派生直线

使用【派生直线】命令可以根据现有直线创建新的直线。

单击【草图工具】工具栏上的 ＼ 按钮，提示行显示**选择参考直线**，光标变成 ＋ 符号。

下面介绍从基线偏置一条直线与角平分线。

1. 从基线偏置一条直线

STEP 1 在基线（即现有直线）上单击鼠标左键，移动光标，再次单击鼠标左键以放置这条新直线。也可以在选择基线后在动态文本框中输入偏置值并按〈Enter〉键。值的正负是由选择球的中心位于基线的哪一侧来确定的。在选择球中心这一侧偏置时为正，反之为负，如图 2-16 所示。

STEP 2 系统自动选中新直线成为下一次偏置的基线（红色高亮显示），如果连续按

〈Enter〉键，系统会在基线的左右侧轮流创建偏置线。图 2-17b 是在图 2-17a 的基础上按两次〈Enter〉键的结果。

图 2-16　从基线偏置一条直线

图 2-17　连续增量偏置

STEP 3 按〈Esc〉键，取消基线，再次按〈Esc〉键，退出该命令。

2. 角平分线

当选择两条不平行的直线时（不需要相交），草图生成器将构造一条角平分线。角平分线的起始点为两条基线的交点或延伸交点，终点可以在屏幕上指定，或在【长度】文本框中输入一个值，如图 2-18 所示。可以在两基线夹角的任意象限放置平分线，即有 4 种解。

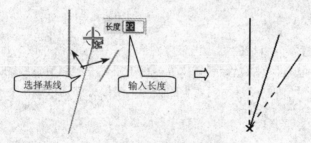

图 2-18　角平分线

2.2.7　艺术样条

使用【艺术样条】命令可用交互方式创建样条。创建样条后可以拖动定义点或编辑极点。下面简单介绍创建艺术样条的操作过程。

STEP 1 在草图上绘制两条圆弧曲线，如图 2-19 所示。现在要创建一艺术样条将这两条曲线光顺连接。

STEP 2 在图形窗口中双击圆弧曲线，系统进入草图生成器，并处于编辑草图的状态。单击【草图工具】工具栏上的 按钮，系统弹出【艺术样条】对话框，如图 2-20 所示。

图 2-19　圆弧曲线　　　　　　　　图 2-20　【艺术样条】对话框

STEP 3 选择艺术样条的创建方法:【通过点】∿或【根据极点】∿。在此例中,选择【通过点】方法,其他参数使用默认值。

STEP 4 在图形窗口中指定样条通过的点。当指定了两个点后,就会出现样条的预览。继续指定点,或将已指定的点拖到新位置。每次增加点或拖动点,样条的预览都会动态更新。样条的起点和终点利用捕捉点功能指定到已有曲线的端点上,如图 2-21 所示。

图 2-21　指定样条通过的点

STEP 5 分别在样条的两个端点单击鼠标右键,在弹出的快捷菜单中选择【自动判断G2】命令,如图 2-22 所示。图中样条与现有的两条曲线已曲率连续。关于约束符号的含义见表 2-3。

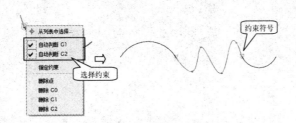

图 2-22　曲率连续

表 2-3　艺术样条约束符号的含义

约 束 符 号	名称及含义
●	无约束
◉	G0 约束,即相连
◉	G1 约束,即相切
◉	G2 约束,即曲率连续
◉	G3 约束,即曲率变化连续

STEP⑥ 单击【确定】或【应用】按钮，创建样条。

2.2.8 编辑样条

在图形窗口中双击样条曲线，或者在样条曲线上单击鼠标右键，在弹出的快捷菜单中选择【编辑】命令，不管该样条是用什么方法创建的，都会弹出【艺术样条】对话框。通过该对话框，可以对所选样条进行以下编辑操作：

1. 更改阶次

可在【阶次】文本框中直接输入值，或者单击上下箭头 ⬍ 来逐次增加或减少，如图 2-23 所示。

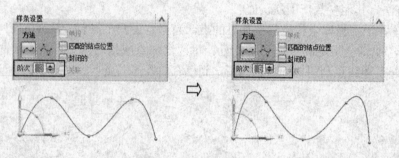

图 2-23 更改阶次

2. 将样条封闭

勾选【封闭的】复选框将开放的样条封闭，如图 2-24 所示。反之，也可将封闭的样条更改为开放的。

图 2-24 封闭样条

2.2.9 椭圆

下面举例说明创建椭圆的过程。

 操作步骤

STEP① 单击【草图工具】工具栏上的 ⊙ 按钮，系统弹出【点】对话框。

STEP② 利用【点构造器】中的方法指定椭圆中心点。在本例中，单击【点】对话框标题栏上的 按钮，以指定 WCS 的原点为椭圆中心点。然后单击【确定】按钮，系统弹出【椭圆】对话框。

STEP③ 输入椭圆的参数，然后单击【确定】按钮创建椭圆，如图 2-25 所示。

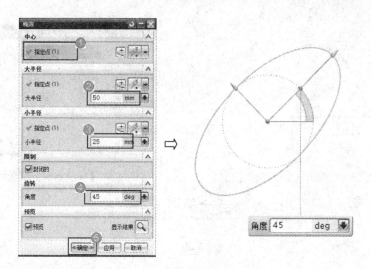

图 2-25　创建椭圆

> **野火专家提示:** 在【长半轴】文本框中输入的值可以比在【短半轴】文本框中输入的值小,
> 但椭圆角度仍相对于该 "长半轴" 测量。当旋转角度为 0° 时,该"长半
> 轴"沿 XC 方向。

2.2.10　点

在草图生成器中,单击【草图工具】工具栏上的十按钮,系统弹出【点】对话框,即
【点构造器】。利用【点构造器】提供的指定点的标准方法来创建点。由于【点构造器】指定
的是三维空间的点,如果在草图平面以外创建点,系统会将此点投影到草图平面上。

有关创建点的各种方法,参见【点构造器】的说明。

2.2.11　快速修剪

使用【快速修剪】命令可以将曲线修剪到任一方向上它与另一条曲线的实际交点或虚拟
交点。快速修剪有以下几种方式:

1. 直接修剪

STEP 1 范例文件中的草图如图 2-26 所示。

STEP 2 双击该草图进入编辑状态,然后单击【草图工具】工具栏上的按钮,系统弹
出【快速修剪】对话框,如图 2-27 所示。在该对话框中,【边界曲线】是可选的。如果不选
择边界曲线,则所有曲线都被视为边界曲线,可以用来修剪其他曲线。

STEP 3 将光标移到要修剪的曲线上,高亮显示的就是将要被修剪的部分,此时单击鼠
标左键就会执行修剪,如图 2-28 所示。

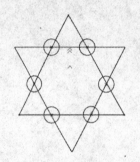

图 2-26　范例文件中的草图

图 2-27　【快速修剪】对话框

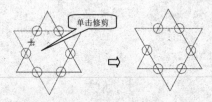

图 2-28　修剪单条曲线

2. 指定修剪边界

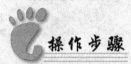

STEP 1 在【快速修剪】对话框中单击【边界曲线】选项组中的【选择曲线】按钮，以激活该步骤。

STEP 2 在图形窗口中选择如图 2-29a 所示的两条圆弧，将其定义为修剪边界。

STEP 3 单击鼠标中键，系统自动跳到【要修剪的曲线】选项组，或者在对话框中单击进行手动切换。然后按图 2-29b 所示操作，结果如图 2-29c 所示。

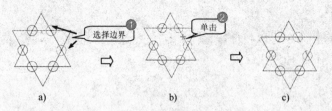

图 2-29　修剪边界

3. 修剪多条曲线

如果按住鼠标左键并拖动，凡是被光标接触到的曲线都会被修剪，如图 2-30 所示。每次修剪都是一个单独的操作，如果要撤销修剪，则需要按快捷键〈Ctrl+Z〉多次。

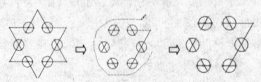

图 2-30　拖动修剪多条曲线

2.2.12 快速延伸

使用【快速延伸】命令可以将曲线延伸到它与另一条曲线的实际交点或虚拟交点处。此命令的用法与【快速修剪】类似。

1. 直接延伸单条曲线

STEP① 范例文件中的草图如图 2-31 所示。

STEP② 在该草图上双击，进入草图生成器。单击【草图工具】工具栏上的 ∑ 按钮，系统弹出【快速延伸】对话框，如图 2-32 所示。

图 2-31 范例文件中的草图

图 2-32 【快速延伸】对话框

STEP③ 与快速修剪类似，当没有指定【边界曲线】时，草图中的所有曲线都可以当做边界使用。将光标移到要延伸的曲线上，可以预览延伸的结果。鼠标靠近的那一端曲线将被延伸到最近的边界曲线。如果在该方向上没有其他曲线可作为边界曲线，则延伸不可用。当延伸预览出现时，单击鼠标左键执行延伸，如图 2-33 所示。

图 2-33 延伸一条曲线

2. 延伸多条曲线

按住鼠标左键将光标拖到要延伸的曲线上，可延伸多条曲线。读者可参见图 2-34，每次延伸都是一个单独的操作。如果要撤销延伸，则需要按快捷键〈Ctrl+Z〉多次。

图 2-34 延伸多条曲线

3. 延伸边界以及延伸到虚拟交点

当指定了延伸边界时，只有被指定的曲线可作为延伸的边界，如图 2-35 所示。

图 2-35　延伸边界

2.2.13　制作拐角

使用【制作拐角】命令通过将两条输入曲线延伸/或修剪到一个交点处来制作拐角。如果创建自动判断的约束选项处于打开状态，NX 会在交点处创建一个重合约束。

STEP 1 范例文件中的草图如图 2-36 所示。

STEP 2 在该草图上双击，进入草图生成器。单击【草图工具】工具栏上的 按钮，系统弹出【制作拐角】对话框，如图 2-37 所示。

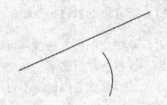

图 2-36　范例文件中的草图　　　　　　　　　　图 2-37　【制作拐角】对话框

STEP 3 选择如图 2-38 所示的两条曲线。

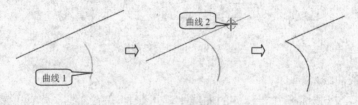

图 2-38　制作拐角

> 野火专家提示：选择曲线时，通过鼠标单击的位置确定曲线将被保留的部分。如果在延伸圆弧或二次曲线时可能会与其他曲线生成多个交点，选择时应注意保留曲线的位置。

2.2.14　创建圆角

使用【创建圆角】命令可以在两条或三条曲线之间创建一个圆角。下面举例说明。

1. 在两条曲线间创建圆角

操作步骤

STEP① 范例文件中的草图如图 2-39 所示。

STEP② 在该草图上双击，进入草图生成器。单击【草图工具】工具栏上的 按钮，系统弹出【圆角】选项条，如图 2-40 所示。

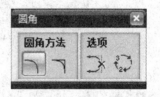

图 2-39　范例文件中的草图　　　　　　　图 2-40　【圆角】选项条

STEP③ 设置圆角选项。

STEP④ 选择要创建圆角的两条曲线。选择第二条曲线时，NX 会预览圆角，如图 2-41a 所示。

STEP⑤ 通过移动光标来调整圆角的尺寸和位置，或者在【半径】动态文本框中输入半径值，或者通过按〈Page Up〉或〈Page Down〉键预览互补的圆角。单击鼠标左键创建该圆角，如图 2-41b 所示。

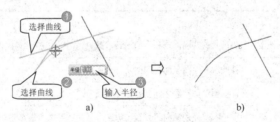

图 2-41　在两条曲线间创建圆角

可以使用蜡笔工具来创建圆角，方法是按住鼠标左键并在两条曲线上拖动光标。当松开鼠标左键时，NX 会为这些曲线创建圆角。如果选择的曲线多于两条，则只有前两条是圆角选项的输入。如果输入了一个有效半径，将使用该半径创建圆角。如果未输入半径值，NX 会通过蜡笔位于第一条直线上所在的点估计出半径值，如图 2-42 所示。

图 2-42　用蜡笔工具创建圆角

2. 在 3 条曲线间创建圆角

操作步骤

STEP① 继续前面的操作。按快捷键〈Ctrl+Z〉两次，退到未倒圆角之前的状态。

STEP② 根据需要选择【删除第三条曲线】选项，此时 按钮为弹起的状态。

STEP ③ 选择要倒圆角的两条曲线，如图 2-43a 所示。

STEP ④ 选择第三条曲线。创建的圆角与第三条曲线是相切的关系。单击鼠标左键创建该圆角，如图 2-43b 所示。

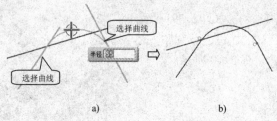

图 2-43　在 3 条曲线间创建圆角

2.3　草图操作

　　草图操作工具的相关命令如图 2-44 和表 2-4 所示。这些命令也可以在【插入】菜单中找到。

图 2-44　草图操作工具

表 2-4　草图操作工具的相关命令说明

图　标	命　令	功　能
	添加现有的曲线	将现有的共面曲线和点添加到草图中
	交点	在曲线和草图平面之间创建一个交点
	相交曲线	在面和草图平面之间创建相交曲线
	投影曲线	沿草图平面的法向将曲线、边或点（草图外部）投影到草图上
	偏置曲线	偏置位于草图平面上的曲线链
	镜像曲线	通过现有草图直线创建草图几何图形的镜像副本，并可将此镜像直线转化为参考直线
	修剪配方曲线	修剪配方（投影/相交）曲线到选定的边界
	阵列曲线	阵列所选的曲线或曲线链

2.3.1　添加现有的曲线

　　使用【添加现有的曲线】命令将绝大多数已有的曲线和点，以及椭圆、抛物线和双曲线等二次曲线添加到当前草图。要添加的现有的曲线和点必须与草图共面。下面举例说明。

STEP ① 在图形窗口 XC-YC 平面上绘制 2D 图形，如图 2-45 所示。

STEP2 单击【特征】工具栏上的 按钮，新建草图，草图平面使用默认的 XC-YC 平面。

STEP3 单击【草图工具】工具栏上的 按钮，系统弹出【添加曲线】对话框。在图形窗口选择如图 2-46 所示的曲线。

STEP4 单击【添加曲线】对话框中的【确定】按钮，选中的曲线就被添加到现有草图中，如图 2-47 所示（图中已把不属于草图的曲线隐藏）。

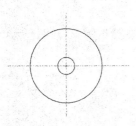

图 2-45　2D 图形

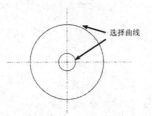

选择曲线

图 2-46　选择曲线

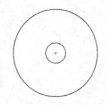

图 2-47　添加到草图的曲线

2.3.2　交点

使用【交点】命令查找指定的几何体与草图平面相交的点，并在该位置创建一个相关点和多个基准轴，它从现有的 3D 曲线/边缘中捕捉重合约束，以及连接面的相切和法向方向。

下面举例说明创建交点的操作过程。

STEP1 范例文件中的片体如图 2-48 所示。

STEP2 单击【特征】工具栏上的 按钮，系统弹出【创建草图】对话框，如图 2-49 所示。选择基准坐标系的 XZ 平面，然后单击【确定】按钮或者鼠标中键，进入草图生成器。

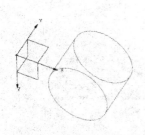

图 2-48　范例文件中的片体

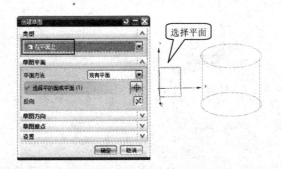

选择平面

图 2-49　创建草图

STEP3 单击【草图工具】工具栏上的 按钮，系统弹出【交点】对话框。在图形窗口选择一条曲线或边，交点的预览会显示，如图 2-50 所示。然后单击【应用】按钮创建交点。

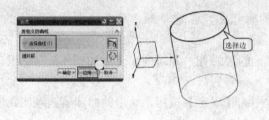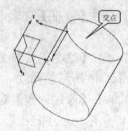

图 2-50　选择边线与草图平面求交

STEP④ 继续选择其他曲线求取与草图平面的交点。然后就可以捕捉所求得的交点，绘制其他曲线了。

> 野火专家提示：如果所选曲线与草图平面有多个交点，则【循环解】选项将变为可用，单击
> 按钮可以在几个备选解之间切换。

2.3.3　相交曲线

使用【相交曲线】命令，可以创建一组面与草图平面的相交线。下面举例说明创建相交曲线的操作过程。

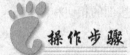

STEP① 范例文件中的曲面如图 2-51 所示。

STEP② 单击【特征】工具栏上的 按钮，系统弹出【创建草图】对话框，选择默认的XC-YC 平面为草图平面，然后单击【确定】按钮进入草图生成器。

STEP③ 单击【草图工具】工具栏上的 按钮，系统弹出【相交曲线】对话框，如图 2-52 所示。

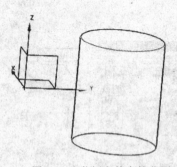

图 2-51　范例文件中的曲面　　　　　图 2-52　【相交曲线】对话框

STEP④ 在图形窗口选择如图 2-53 所示的曲面，将会显示相交曲线的预览。

STEP⑤ 单击【确定】或【应用】按钮创建相交曲线。

> 野火专家提示：如需要，可以设置 连结曲线选项。使用此选项将多个面上的曲线合并到单个样
> 条曲线中。如果该选项处于未选中状态，NX 会在每个面上单独创建草图曲线。

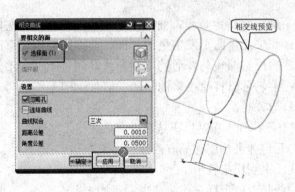

图 2-53　创建相交曲线

2.3.4　投影曲线

使用【投影曲线】命令通过沿草图平面法向将外部对象投影到草图的方法，可以创建曲线、线串或点。投影的线串是固定的曲线，可以通过关联方法或非关联方法将曲线投影到草图上。

以下是能够投影的对象：

- 关联和非关联曲线。
- 边。
- 面（选择一个面将自动选择投影它的边）。
- 其他草图或草图中的曲线。
- 点和捕捉点，包括直线的端点以及圆弧和圆的中心。

下面举例说明投影曲线的创建过程。

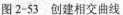操作步骤

STEP①　绘制实体如图 2-54 所示。

STEP②　单击【特征】工具栏上的 按钮，系统弹出【创建草图】对话框，选择基准坐标系的 XZ 平面为草图平面，然后单击【确定】按钮。

STEP③　单击【草图工具】工具栏上的 按钮，系统弹出【投影曲线】对话框，如图 2-55 所示。

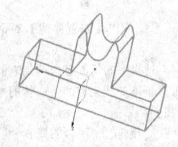

图 2-54　实体

图 2-55　【投影曲线】对话框

STEP④　如果需要，可以编辑【设置】选项组下的选项。本例使用对话框的默认设置。

● 关联：使用这个选项来指定是否将曲线关联地投影到草图。关联的对象保持到最初几何体的链接。如果几何图形发生更改，NX 会按需要更新草图中的投影线串。默认情况下，关联的投影曲线与普通的草图曲线在颜色上有所不同，以更好地区分它们。在编辑过程中，可以移除投影曲线的关联性，但是不能为草图中的任何非关联投影曲线重新添加关联性。

● 【输出曲线类型】下拉列表包括以下选项：

原先的：以原先的几何体类型创建抽取曲线。

样条段：抽取曲线由个别样条表示。

单个样条：抽取曲线是由单个样条连接和表示。

STEP 5 在工具栏的【选择条】上设置【曲线规则】为 相切曲线 ▼，然后按图 2-56 所示选择曲线。

STEP 6 单击【确定】或【应用】按钮创建投影曲线，结果如图 2-57 所示。

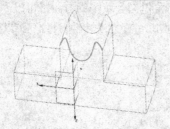

图 2-56　选择相切线串

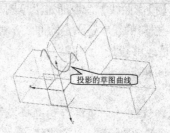

图 2-57　创建投影曲线

2.3.5　偏置曲线

使用【偏置曲线】命令对当前草图中的曲线链、投影曲线或曲线/边缘进行偏置。草图生成器使用图形窗口符号来标识基链和偏置链，并在基链（即输入曲线）和偏置链之间创建偏置尺寸。还可以选择使链的两端保持自由状态，或者使用端约束使它们受到输入曲线的约束。

下面举例说明偏置曲线的创建过程。

STEP 1 在基准坐标系的 XZ 平面上创建草图。

STEP 2 单击【草图工具】工具栏上的 按钮，系统弹出【偏置曲线】对话框，如图 2-58 所示。

STEP 3 要创建关联偏置，应确保【草图工具】工具栏上的【创建自动判断的约束】按钮 呈按下状态。创建关联偏置的意义在于，当通过为基本曲线创建圆角、修剪基本曲线、延伸基本曲线或删除基本曲线来编辑基链时，NX 会更新偏置链。

STEP 4 选择要偏置的曲线或曲线链。曲线链可以是开放的、闭合的或者一段开放一段闭合。选择时注意在工具栏的【选择条】上设置所需的【曲线规则】，即"选择意图"。在本例中设置曲线规则为 相连曲线 ▼，选择如图 2-59 所示的实体边线。

图 2-58 【偏置曲线】对话框

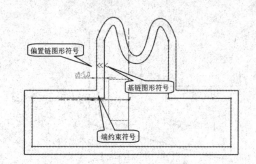

图 2-59 偏置曲线

STEP 5 选择要偏置的曲线链，输入偏置的距离为 5。单击【偏置曲线】对话框的【预览】按钮，如图 2-60 所示。

STEP 6 单击【确定】或【应用】按钮创建偏置曲线。如果所选的边线不在草图平面上，【偏置曲线】命令会将其投影到草图平面然后进行偏置，如图 2-61 所示。

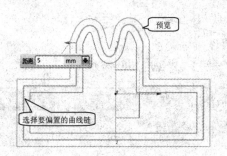

图 2-60 选择要偏置的曲线链

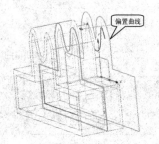

图 2-61 偏置曲线

2.3.6 镜像曲线

使用【镜像曲线】命令可以通过现有的草图直线创建草图几何体的镜像副本。草图生成器将镜像几何约束▷◁应用到与镜像操作关联的所有几何体中（【创建自动判断的约束】选项需开启），并可将镜像直线转换为参考直线。

下面举例来说明创建镜像曲线的过程。

STEP 1 范例文件中的草图如图 2-62 所示。

STEP 2 双击该草图进入草图生成器，然后单击【草图工具】工具栏上的 按钮，系统弹出【镜像曲线】对话框，如图 2-63 所示。

STEP 3 选择镜像中心线。在本例中选择草图左边的竖直线为镜像中心线，系统自动跳到【要镜像的曲线】。

STEP 4 选择要镜像的曲线。本例采用矩形框选的方式选择所有曲线，如图 2-64

所示。

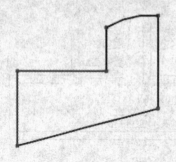

图 2-62　范例文件中的草图　　　　　　　　　图 2-63　【镜像曲线】对话框

STEP 5 单击【确定】或【应用】按钮，创建镜像曲线，如图 2-65 所示。

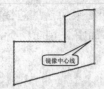

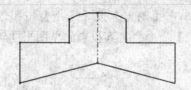

图 2-64　框选要镜像的曲线　　　　　　　　　图 2-65　创建镜像曲线

> 野火专家提示：在【镜像曲线】对话框的【设置】选项组下，如果取消勾选 ☐ 转换要引用的中心线
> 复选框，镜像中心线将不会被转换为参考直线。

2.3.7　修剪配方曲线

　　【修剪配方曲线】命令用来修剪投影或相交曲线并保留投影或相交曲线原来的参数，对投影或相交曲线如果使用【快速修剪】命令将会移除参数。

　　单击【草图工具】工具栏上的 按钮，系统弹出【修剪配方曲线】对话框，如图 2-66 所示。然后选择要修剪的配方曲线和边界对象并指定保持的区域，如图 2-67 所示。

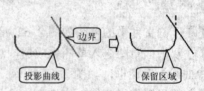

图 2-66　【修剪配方曲线】对话框　　　　　　　图 2-67　关联修剪投影曲线

2.3.8 阵列曲线

【阵列曲线】（Pattern Curve）命令用来阵列所选的曲线或曲线链，在草图平面上复制出一个或多个所选曲线或曲线链。

单击【草图工具】工具栏上的 按钮，系统弹出【Pattern Curve】对话框，如图 2-68 所示。然后选择要阵列的曲线、旋转中心及旋转阵列的角度，如图 2-69 所示。

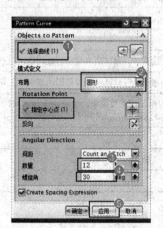

图 2-68 【Pattern Curve】对话框

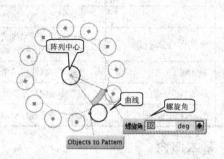

图 2-69 指定旋转阵列的中心和角度

2.4 草图约束

约束可以精确控制草图中的对象。约束有两种类型：几何约束和尺寸约束。草图约束工具如图 2-70 和表 2-5 所示。

图 2-70 草图约束工具

表 2-5 草图约束工具

图 标	命 令	功 能
	自动判断的尺寸	通过基于选定的对象和光标的位置自动判断尺寸类型来创建尺寸约束
	水平	在两点之间创建水平距离约束
	竖直	在两点之间创建竖直距离约束
	平行	在两点之间创建平行距离约束（两点之间的最短距离）
	垂直	在直线和点之间创建垂直距离约束
	成角度	在两条不平行的直线之间创建角度约束
	直径	为圆弧或圆创建直径约束
	半径	为圆弧或圆创建半径约束

（续）

图　标	命　令	功　能
	周长	创建周长约束以控制选定直线和圆弧的集体长度
	附着尺寸	将草图尺寸附着到新几何体上
	约束	利用几何约束草图几何图形
	自动约束	设置自动应用到草图的几何约束类型
	显示所有约束	显示应用到草图的全部几何约束
	不显示约束	隐藏应用到草图的全部几何约束
	显示/移除约束	显示与选定的草图几何图形关联的几何约束，并移除所有这些约束或列出信息
	动画尺寸	在指定的范围内更改给出的尺寸，并动态显示（动画）它对草图的影响
	转换至/自参考对象	将草图曲线或草图尺寸从活动转化成引用，或者反过来。下游命令（例如拉伸）不使用参考曲线，并且参考尺寸不控制草图几何图形
	备选解	替换尺寸或几何约束解算方案
	自动判断约束	控制哪些约束在曲线构造过程中被自动判断
	创建自动判断的约束	在曲线构造过程中启用自动判断约束

2.4.1　基本概念

1．几何约束

几何约束建立草图对象的几何特性（例如，要求直线有固定长度），或者两个或两个以上草图对象之间的关系类型（例如，要求两条直线垂直或平行，或者几个圆弧有相同的半径）。单击【草图工具】工具栏上的【显示所有约束】按钮，使其呈按下状态，可以看到当前草图中所有的几何约束，如图 2-71 所示。

2．尺寸约束

尺寸约束，也称为草图尺寸，建立草图对象的尺寸（如圆弧半径）或两个对象之间的关系，如两点之间的距离，如图 2-72 所示。

尺寸约束的显示类似具有尺寸文本、延伸线和箭头的制图尺寸。但是尺寸约束又不同于制图尺寸，如果更改尺寸约束值，随之也会更改草图对象的形状或尺寸。这是参数化的一个运用，即尺寸驱动几何。

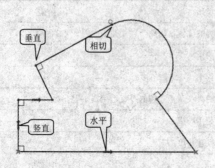

图 2-71　草图中的几何约束

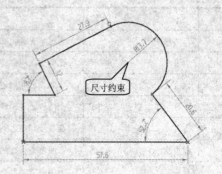

图 2-72　草图中的尺寸约束

3．自由度箭头

自由度（DOF）箭头标记指向可自由移动的草图。在创建约束的命令激活的情况下，图形窗口会显示这些箭头，如图 2-73 所示。这些箭头通过显示所需的各点的约束方向，帮助用户约束草图。当约束某一点时，NX 会移去 DOF 箭头。当所有箭头都消失时，说明草图已完全约束。

4．自动判断的约束

● 锁定自动判断的约束：在绘图过程中，移动光标时，约束符号显示在图形窗口中。当看见一条虚线辅助线时，可以单击鼠标中键锁定这个约束。如图 2-74 所示，在绘制直线时锁定一个水平约束，则移动光标时，就只能预览水平线。

图 2-73　自由度箭头

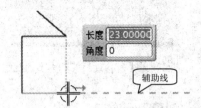

图 2-74　锁定自动判断的约束

● 创建自动判断的约束：单击【草图工具】工具栏上的【创建自动判断的约束】按钮，使其呈按下状态，草图生成器就会把在绘制草图过程中捕捉到的约束保留下来，使相关的草图对象保持相应的约束关系。如果该选项关闭，在绘制草图过程中捕捉到的约束将不被保留。

● 自动判断的约束设置：单击【草图工具】工具栏上的【自动判断的约束】按钮，系统弹出【自动判断的约束】对话框，如图 2-75 所示。勾选相应的复选框，就可以控制哪些约束将会在绘图过程中被判断或者创建。

● 自动约束：如果在绘制草图过程中没有创建自动判断的约束，或者是从其他图形转入的草图，可以使用该功能快速地创建 NX 系统能自动判断出来的约束。

单击【草图工具】工具栏上的【自动约束】按钮，系统弹出【自动约束】对话框，先设置要自动约束的类型，然后选择要进行约束的曲线，最后单击【确定】或【应用】按钮，如图 2-76 所示。

5．草图约束状态

草图生成器以不同的颜色显示草图不同的约束状态。这些颜色可以在【草图首选项】对话框中的【颜色】选项卡中进行设置。一般使用系统默认的颜色即可。

● 完全约束：当草图的形状、大小和位置都完全确定时，草图为完全约束状态，显示为绿色。

● 过约束：当草图中包含重复的几何或尺寸约束时，此时草图为过约束。过约束的曲线和尺寸以红色显示。

● 约束冲突：当草图中的几何或尺寸约束相互矛盾时，草图无解。冲突的曲线和尺寸以粉红色显示。

图 2-75 【自动判断的约束】对话框

图 2-76 【自动约束】对话框

2.4.2　创建几何约束

1. 几何约束类型

几何约束的类型见表 2-6。

表 2-6　几何约束类型

图　标	名　称	说　明
⏚	固定	根据选定几何体的类型，定义几何体的固定特性。如果选择的是点，则固定点的位置；如果选择的是直线，则固定直线的角度；如果选择的是圆弧、圆、椭圆弧或椭圆，则固定半径和中心的位置
⏚⏚	完全固定	创建足够的约束，以便通过一个步骤来完全定义草图几何形状的位置和方向
⌐	重合	定义两个或多个有相同位置的点
◎	同心	定义两个或多个有相同中心的圆或椭圆弧
∖∖	共线	定义两条或多条位于相同直线上或穿过同一直线的直线
↑	点在曲线上	定义一个点在曲线上的位置
⌐	点在线串上	定义一个位于抽取线串上的点的位置
┿	中点	定义一点的位置，使其与直线或圆弧的两个端点等距
→	水平	定义一条水平直线
↑	竖直	定义一条竖直直线
∥	平行	定义直线平行
⊥	垂直	定义直线互相垂直
⌀	相切	定义两个对象，使其相切
＝	等长度	定义两条或多条直线，使其长度相同

（续）

图 标	名 称	说 明
≈	等半径	定义两个或多个圆弧，使其半径相等
↔	固定长度	定义一条有固定长度的直线
∠	固定角度	定义一条有固定角度的直线
▷│◁	镜像	定义两个对象，使其互相成为对方的镜像
∿	缩放，均匀	当两个端点都移动时，样条会适当缩放，以保持其初始形状
∿	缩放，非均匀	当移动两个端点时，样条会在水平方向上缩放，但是保持竖直方向上的原始尺寸
》	偏置	【偏置曲线】命令对当前装配中的曲线链、投影曲线或者曲线/边缘进行约束，并使用偏置约束来约束几何体

2. 创建几何约束

 **操作步骤**

STEP① 单击【草图工具】工具栏上的【约束】按钮 ╱，使其呈按下状态。

STEP② 在图形窗口选择要添加几何约束的曲线或点，系统弹出浮动的【约束】选项条，并显示在所选对象上可用的约束类型。图 2-77 所示为当选择两条直线时可使用的约束。选择的对象不同，可用的约束类型也会不同。已应用过的约束将不再可用，如图 2-77 中的垂直约束 ╷。

图 2-77 【约束】选项条

STEP③ 要应用的约束，应在【约束】选项条上单击相应的按钮。NX 应用约束后将关闭【约束】选项条。如果要在相同的对象之间应用多重约束，选择对象时应按住〈Ctrl〉键，这样 NX 就不会自动关闭【约束】选项条。

2.4.3 创建尺寸约束

1.【尺寸】对话框

在【草图工具】工具栏上选择一种尺寸类型，比如【自动判断】 ，系统弹出【尺寸】选项条，如图 2-78 所示。

要设置尺寸样式，应在选项条中单击 按钮，系统将弹出【尺寸】对话框，如图 2-79 所示。

图 2-78 【尺寸】选项条

● 尺寸放置：可以指定 NX 放置尺寸的方法，从下拉列表中进行选择。

⊢×.×⊰→：自动放置，尺寸始终位于尺寸线中间，箭头在尺寸界线内或外由系统判断。

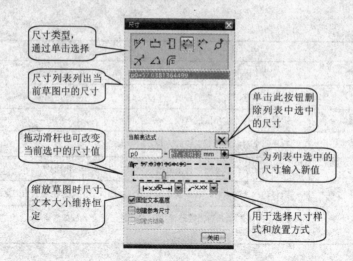

图 2-79 【尺寸】对话框

⊢×.××⟶: 手工放置，箭头在内。

→×.××←: 手工放置，箭头在外。

● 指引线方向：指定指引线从尺寸文本延伸的方向，从下拉列表中进行选择。

×.××: 指引线来自左侧。

×.××: 指引线来自右侧。

● 创建参考尺寸。

☑ 创建参考尺寸：选择此选项，以创建参考（非驱动的）尺寸。参考尺寸的值不可以直接编辑。这个复选框与【尺寸】选项条中的[RE]按钮等效。

☑ 创建内错角：选择此选项，NX 会计算草图曲线之间的最大尺寸，如图 2-80 所示。这个复选框与【尺寸】选项条中的[✓]按钮等效。

2. 创建自动判断的尺寸

使用【自动判断的尺寸】命令可以选择几何体，并允许系统根据光标位置和选定的对象智能地自动判断尺寸类型。下面举例说明如何创建自动判断的尺寸。

操作步骤

STEP 1 绘制草图如图 2-81 所示。

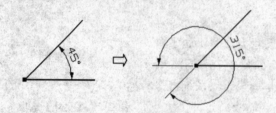

图 2-80 创建内错角   图 2-81 草图

STEP 2 双击该草图进入草图生成器。

STEP 3 单击【草图工具】工具栏上的【自动判断的尺寸】按钮，然后在图形窗口中选择最上面的直线，向上移动光标并单击以放置尺寸，此时显示尺寸动态文本框。输入 50，然后按〈Enter〉键。如图 2-82 所示。

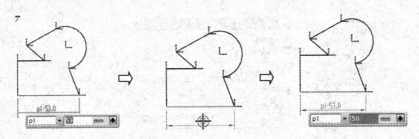

图 2-82　创建直线长度尺寸

STEP 4 继续添加尺寸。分别选择右下角的两条直线，移动光标，出现角度尺寸预览，然后单击放置尺寸，将角度修改为 60°。此时草图曲线变成绿色，表明已完全约束，单击鼠标中键结束尺寸命令，如图 2-83 所示。

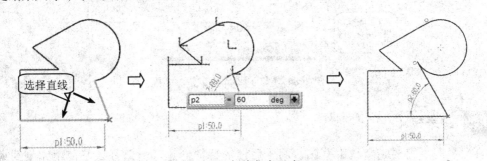

图 2-83　创建角度尺寸

2.4.4　显示/移除约束

1．移除尺寸约束

尺寸约束都会显示在屏幕上。移除尺寸约束有以下几种方法：

1）在没有命令被激活的情况下，选择要移除的尺寸，然后按〈Delete〉键。

2）在要移除的尺寸上单击鼠标右键，然后从弹出的快捷菜单中选择【删除】命令。

3）选择【编辑】|【删除】命令，或者按快捷键〈Ctrl+D〉，系统弹出【Delete Sketch Object】对话框，然后选择要移除的尺寸，单击该对话框中的【确定】按钮。

2．移除几何约束

在默认情况下，NX 会始终显示这些约束：重合、点在曲线上、中点、相切和同心。要显示所有几何约束，应单击【草图工具】工具栏上的【显示所有约束】按钮，使其呈按下状态。如果单击【不显示约束】按钮，使其呈按下状态，则会关闭所有几何约束的显示。

移除尺寸约束的方法也可以用来移除几何约束（选择几何约束时可将【选择条】上的【选择过滤器】设置为 草图约束 以辅助选择）。除此之外，移除几何约束还有一个专门的命令，即【显示/移除约束】。

单击【草图工具】工具栏上的 按钮，系统弹出【显示/移除约束】对话框，如图 2-84 所示。在图形窗口选择对象，与所选对象相关的几何约束就会显示在对话框中的列表窗口中。在此列表窗口中选中的约束，在图形窗口也会高亮显示。

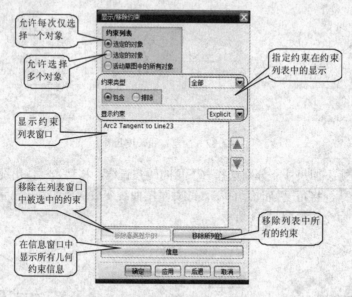

图 2-84 【显示/移除约束】对话框

2.4.5 约束技巧

1）尽管不需要完全约束草图，用于后续的特征创建，但最好还是使用完全约束的草图。完全约束的草图可以确保设计更改期间，使解决方案能始终一致。

2）一旦遇到过约束或发生冲突的约束状态，应该通过删除某些尺寸或约束的方法解决。

3）不要使用负值尺寸。在计算草图时，草图生成器仅使用尺寸的绝对值。

4）尽量避免零值尺寸。使用零值尺寸会导致相对其他曲线位置不明确。零值尺寸在更改为非零尺寸时，会引起意外的结果。

5）避免链式尺寸，尽可能尝试基于同一对象创建基准线尺寸。

2.4.6 转换至/自参考对象

使用【转换至/自参考对象】命令可以将草图曲线（但不是点）或草图尺寸（周长尺寸除外）由活动对象转换为参考对象，或由参考对象转换回活动对象。参考尺寸不控制草图几何图形；参考曲线也不参与成型。默认情况下，NX 用双点画线显示参考曲线，用青色显示参考尺寸。

下面举例说明此命令的操作过程。

操作步骤

STEP 1 绘制矩形草图如图 2-85 所示。

STEP 2 双击该草图进入草图生成器，然后单击【草图工具】工具栏上的【转换至/自参考对象】按钮，系统弹出【转换至/自参考对象】对话框，如图 2-86 所示。

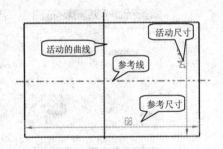

图 2-85　参考尺寸与参考线　　　　　图 2-86　【转换至/自参考对象】对话框

STEP③ 在图形窗口中选择中间的竖直线，然后单击对话框中的【应用】按钮，该直线就被转换成参考线，如图 2-87 所示。

STEP④ 接下来将该草图中的参考尺寸转换成活动的。在【转换至/自参考对象】对话框中将【转换为】选项组下的选项切换到 ⓞ Reference Curve or Dimension ，然后选择值为 68 的参考尺寸，最后单击对话框中的【确定】或【应用】按钮，该尺寸就被转换成活动尺寸，如图 2-88 所示。

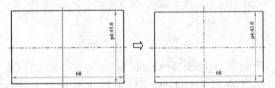

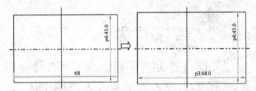

图 2-87　将直线转换成参考线　　　　　图 2-88　将参考尺寸转换成活动尺寸

野火专家提示：一种比较快捷的方法，就是先选择要转换的对象，然后单击 按钮，或者单击鼠标右键，在弹出的快捷菜单中选择 转换至/自参考对象(v)...命令，系统直接将所选对象在"参考的"和"活动的"之间进行转换。

2.4.7　动画尺寸

使用【动画尺寸】命令可以动态显示给定尺寸在指定的范围中发生变化的效果，受这一选定尺寸影响的任一几何体也将同时被动画。与拖动不同，动画不更改草图尺寸。动画完成之后，草图会恢复到原先的状态。

下面介绍此命令的使用。

STEP① 绘制一个直径为 30 的圆，如图 2-89 所示。

STEP② 双击该草图进入草图生成器。单击【草图工具】工具栏上的【动画尺寸】按钮 ，系统弹出【动画】对话框，选择草图中唯一的尺寸，然后在对话框中输入值的【上限】和【下限】，如图 2-90 所示。

STEP③ 单击【确定】或【应用】按钮，即可观察该尺寸在 20~50mm 范围内变化时整个草图的动态变化效果。

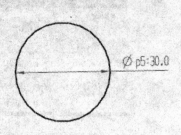

图 2-89　绘制圆　　　　　　　　　　图 2-90　【动画】对话框

2.4.8　备选解

　　【备选解】命令用于显示尺寸约束或几何约束的备选解，并选择一个结果。下面举例说明此命令的使用。

　　STEP ① 绘制两个相切的圆，直径分别为 10 与 30，如图 2-91 所示。

　　STEP ② 双击该草图进入草图生成器。单击【草图工具】工具栏上的【备选解】按钮，系统弹出【备选解】对话框，如图 2-92 所示。

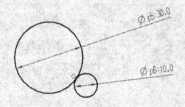

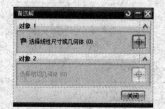

图 2-91　绘制相切的圆　　　　　　　图 2-92　【备选解】对话框

　　STEP ③ 在图形窗口选择值为 10 的竖直尺寸，两圆由外切变成内切，如图 2-93 所示。

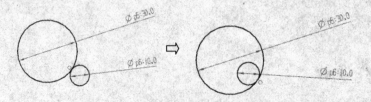

图 2-93　尺寸的备选解

2.4.9　表达式

　　在草图生成器中可以使用表达式来控制草图对象之间的数学关系。在模型中，也可以使用表达式来以参数化控制部件特征之间的关系或者装配部件间的关系。

1. 理解表达式

在标注草图尺寸时，系统会创建每个尺寸的表达式，比如 p2=3.5436。所有的表达式都有唯一的名称，且公式字符串由变量、函数、数字、运算符和符号等组成，见表 2-7。

表 2-7　表达式示例

变量名称	表达式	值
p2	p2=3.5436	3.5436
p3	p3=p2*2	7.0872
p4	p4=p3+20*sin30	17.0872

2. 创建表达式

创建表达式有以下几种方法：

1）在标注尺寸时直接在动态文本框中输入，如图 2-94 所示。

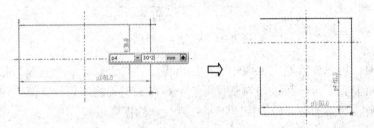

图 2-94　直接输入表达式

2）单击动态文本框右端的 ，其下拉菜单提供了更多选项，从主菜单中选择【工具】|【表达式】命令，或者按快捷键〈Ctrl+shift+E〉，也可以打开【表达式】对话框，如图 2-95 所示。

图 2-95　【表达式】对话框

2.5　草图实例——盘转曲线造型

本节通过实例来演示草图生成器中各种命令的综合运用。本例将绘制一个盘转的轮廓曲线，草图的详细尺寸如图 2-96 所示。

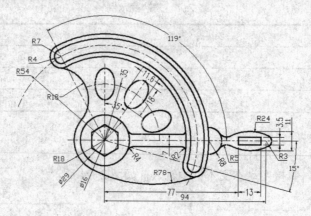

图 2-96　草图的详细尺寸

绘制草图时，可以先绘制出大致轮廓，然后再添加约束。对于一些圆弧相切较多的图形（比如本例），绘制完后再一起添加约束有可能不易得到正确的结果。本例采用的方式是在绘制草图的过程中及时添加必要的约束。下面介绍具体的操作过程。

STEP 1 运行 UG NX 7.5，新建模型文件，文件名为 panzhuang.prt。

STEP 2 单击【特征】工具栏上的 按钮，系统弹出【创建草图】对话框，在绘图区选择 XY 平面为草绘平面，并单击 确定 按钮，系统自动进入草绘界面，如图 2-97 所示。

STEP 3 设置草图样式。选择【任务】|【草图样式】命令，系统弹出【草图样式】对话框，在【尺寸标签】下拉列表选择【值】，【文本高度】设为 3，并单击 确定 按钮，如图 2-98 所示。

图 2-97　【创建草图】对话框

图 2-98　【草图样式】对话框

STEP④ 绘制两条参考线。单击【草图工具】工具栏上的 ╱ 按钮，向右绘制一条水平直线，直线的起点坐标值为 XC=0、YC=0，长度约为 100；再向下绘制一条竖直直线，直线起点坐标值为 XC=0、YC=0，长度约为 100。绘制完后单击鼠标中键结束直线命令。然后选择刚才绘制的两条直线，单击【草图工具】工具栏上的 ▓ 按钮，将其转换为参考线，如图 2-99 所示。

STEP⑤ 对参考线进行几何约束。单击【草图工具】工具栏上的 ╱ 按钮，然后在水平线和基准坐标系的 X 轴之间，以及竖直线和基准坐标系的 Y 轴之间分别添加共线约束 ▓。

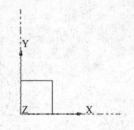

图 2-99 绘制参考线

STEP⑥ 隐藏基准坐标系的显示，后面绘制的曲线都参考两条参考线进行定位。按快捷键〈Ctrl+B〉，然后选择基准坐标系进行隐藏，结果如图 2-100 所示。

STEP⑦ 使用相同的操作方法绘制另外两条定位线，结果如图 2-101 所示。

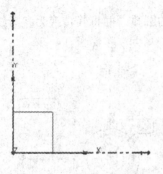

图 2-100 隐藏基准坐标系

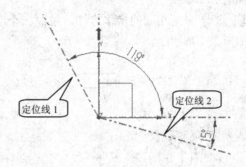

图 2-101 创建定位线

STEP⑧ 以坐标原点为圆心，绘制一个直径为 29 的圆，如图 2-102 所示。

STEP⑨ 使用同样的操作方法绘制一个半径为 18 的圆，如图 2-103 所示。

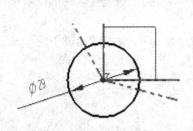

图 2-102 绘制直径为 29 的圆

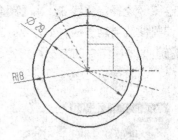

图 2-103 绘制半径为 18 的圆

STEP⑩ 绘制一个直径为 16 的外六边形。单击【草绘工具】工具栏中的 ⊙ 按钮，系统弹出【多边形】对话框，单击坐标原点为多边形的指定点，在【侧面数】文本框中输入 6，在【半径】文本框中输入 8，在【旋转】文本框中输入 0，单击鼠标中键，系统自动生成多边形，如图 2-104 所示。

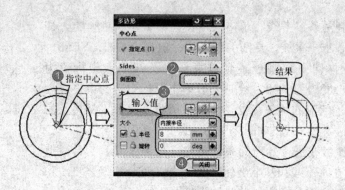

图 2-104　为两个圆弧添加几何和尺寸约束

STEP 11 绘制圆弧定位线。利用中心定圆弧的方式 ，以坐标原点为圆心点，绘制一个半径为 54 的圆弧，并选中此圆弧，单击【草绘工具】工具栏上的 按钮，将其转换为参考线，如图 2-105 所示。

STEP 12 采用相同的操作方法，绘制一个半径为 35 的圆弧，并将其转换为参考线，其结果如图 2-106 所示。

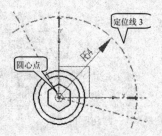

图 2-105　绘制半径为 54 的圆弧定位线

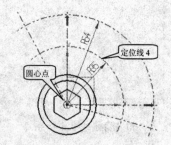

图 2-106　绘制半径为 35 的圆弧定位线

STEP 13 偏置圆弧。单击【草绘工具】工具栏上的 按钮，系统弹出【偏置曲线】对话框，在绘图区选择定位线 3，在【距离】文本框中输入 7，勾选 对称偏置复选框，单击 确定 按钮，偏置曲线自动生成，如图 2-107 所示。

STEP 14 采用同样的方法，将定位线 3 上下偏置距离为 4，如图 2-108 所示。

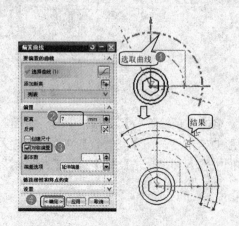

图 2-107　偏置距离为 7 的曲线

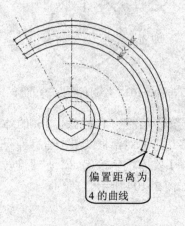

图 2-108　偏置距离为 4 的曲线

STEP 15 绘制圆。单击【草绘工具】工具栏上的○按钮，在定位线 1 和定位线 2 上的任意位置，分别绘制半径为 7、半径为 4 的圆，且圆心在定位线上，如图 2-109 所示。

STEP 16 约束圆。单击【草绘工具】工具栏上的 按钮，在绘图区选择半径为 7 的圆弧边，接着选取刚刚偏置半径为 7 的圆弧。单击○按钮，系统自动将其约束，结果如图 2-110所示。

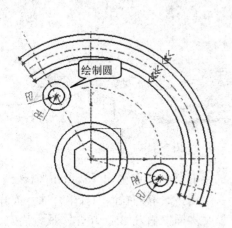

图 2-109 绘制圆

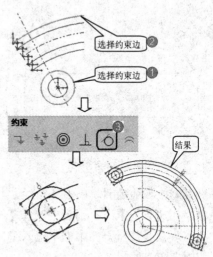

图 2-110 约束圆

STEP 17 参考步骤 13 的偏置方法，将 X 轴的参考线对称偏置，距离为 3.5，如图 2-111所示。

STEP 18 修剪曲线。单击【草绘工具】工具栏上的 按钮，进行如图 2-112 所示的修剪。

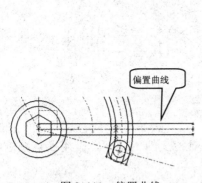

图 2-111 偏置曲线

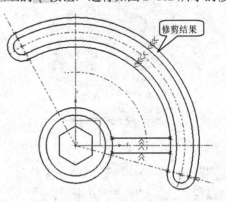

图 2-112 修剪曲线

STEP 19 倒圆角。单击【草绘工具】工具栏上的 按钮，在绘图区进行如图 2-113 所示的倒圆角操作。

STEP 20 绘制椭圆。单击【草绘工具】工具栏上的○按钮，系统弹出【椭圆】对话框，在绘图区选取定位线 4 与 Y 轴参考线的交点，在【大半径】文本框中输入 9，在【小半径】文本框中输入 5.8，在【角度】文本框中输入 90，单击 确定 按钮，系统自动生成椭圆，如图 2-114 所示。

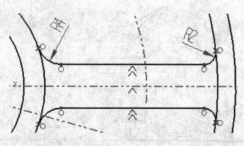

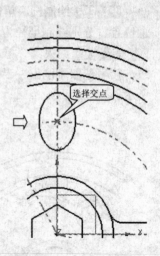

图 2-113　倒圆角　　　　　　　　　　　　　图 2-114　绘制椭圆

STEP ㉑ 阵列椭圆。单击【草绘工具】工具栏上的 ⊗ 按钮，系统弹出【Pattern Curve】对话框，在【布局】下拉列表中选择【圆形】选项，在绘图区选取椭圆，选择坐标原点为阵列中心点，在【数量】文本框中输入 3，在【螺旋角】文本框中输入 35，单击 确定 按钮，结果如图 2-115 所示。

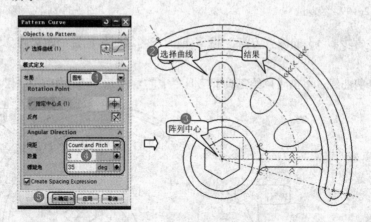

图 2-115　阵列椭圆

STEP ㉒ 绘制相切圆弧。单击【草绘工具】工具栏上的 ╲ 按钮，采用三点画圆的方式 ◠，圆弧相切结果如图 2-116 所示。

STEP ㉓ 绘制圆。单击【草绘工具】工具栏上的 ○ 按钮，在绘图区以 X 轴的参考线和之前偏置距离为 7 的圆弧的交点为圆心，绘制一个半径为 8 的圆，并将其修剪，结果如图 2-117 所示。

STEP ㉔ 同理，在 X 轴的参考线上绘制一个距离坐标原点为 94、半径为 3 的圆，结果如图 2-118 所示。

STEP ㉕ 参考步骤 7，创建一条与 X 轴参考线平行且距离为 5.5 的定位线，结果如图 2-119 所示。

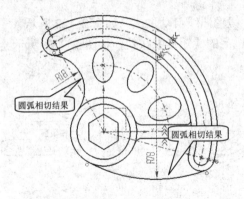

图 2-116　绘制相切圆弧

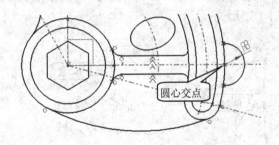

图 2-117　绘制并修剪的圆

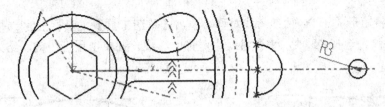

图 2-118　绘制定位圆

STEP 26 绘制一个分别与定位线 5 和上一步创建的圆相切且半径为 24 的圆，结果如图 2-120 所示。

STEP 27 在刚刚创建的圆与半径为 8 的圆弧相交处倒圆角，半径为 5，并将其修剪，结果如图 2-121 所示。

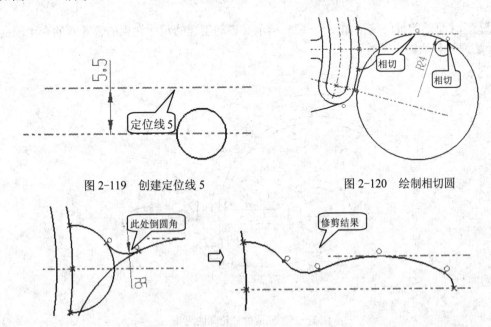

图 2-119　创建定位线 5　　　　　　图 2-120　绘制相切圆

图 2-121　创建倒圆角并修剪曲线

STEP 28 镜像曲线。单击【草绘工具】工具栏上的【镜像】按钮，在绘图区选取刚刚修剪的曲线，单击 X 轴的参考线，单击鼠标中键，镜像曲线自动生成，如图 2-122 所示。

STEP㉙ 绘制矩形。单击【草绘工具】工具栏上的【矩形】按钮，按图 2-123 所示绘制一个矩形。

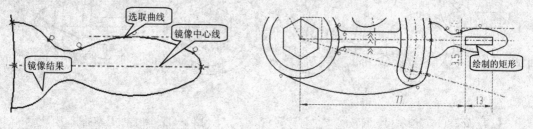

图 2-122　镜像曲线　　　　　　　　　图 2-123　绘制矩形

STEP㉚ 将矩形关于 X 轴参考线对称。单击【草图工具】工具栏上的▣按钮，分别单击矩形的两条边，选择 X 轴水平参考线为对称中心线，并单击鼠标中键，结果如图 2-124 所示。

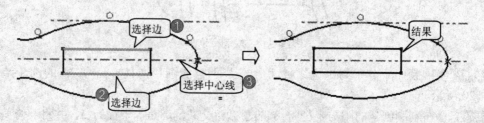

图 2-124　将矩形关于 X 轴参考线对称

STEP㉛ 草绘的最终结果如图 2-125 所示（自动创建的尺寸约束的放置有的会比较乱，需要手动调整到适当位置）。

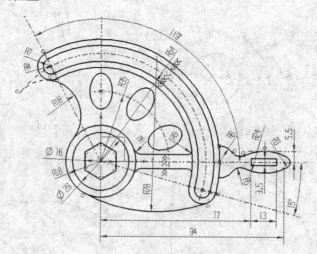

图 2-125　完成的外轮廓曲线

STEP㉜ 单击【草图生成器】工具栏上的 完成草图 按钮，完成该草图的绘制。

2.6　本章小结

　　本章主要介绍了 2D 草图的概念及绘制。需要牢记的是草图不是工程图，我们并不需要用它来绘制很复杂的图形。在可能的情况下，尽量让草图简单。草图是我们进行 3D 建模的基础，使用草图定义截面，然后通过某种成型特征生成实体。在构建产品模型时，尽量将复杂的结构和形状分解成多个简单形体的组合，这样截面草图就不会太复杂。草图的参数化，使其很容易被编辑，而在草图基础上创建的特征也会自动更新，这为今后的设计变更都提供了很大的方便，因此学好草图意义重大。

第3章 UG NX 7.5的特征与打印机上盖实例精讲

　　成型特征是 NX 最重要的功能模块之一，是使产品从二维绘图转换成三维造型的关键环节，是完成零件实体建模以及几乎所有后续工作的基础。本章主要介绍一些基础的成型特征（产生基本几何及扫掠形实体）以及部分细节特征的创建。通过学习本章，读者可以用 NX 设计绘制除复杂不规则曲面形状之外的大多数产品模型。

本章要点

- 拉伸
- 回转
- 设计特征
- 拔模
- 边倒圆
- 倒斜角
- 组合体

- 偏置与缩放
- 修剪
- 关联复制
- 移动对象
- 同步建模
- 打印机上盖实例精讲

本章案例

**光盘路径**

原始文件　　原始文件\cha03 文件夹

结果文件　　结果文件\cha03 文件夹

**录像文件**　　录像文件\cha03 文件夹

3.1 拉伸

使用【拉伸】命令可沿指定方向扫掠曲线、边、面、草图或曲线特征的 2D 或 3D 部分一段直线距离，由此来创建实体，如图 3-1 所示。

单击【特征】工具栏中的按钮，或者选择【插入】|【设计特征】|【拉伸】命令，或者使用快捷键〈Ctrl+E〉，系统弹出【拉伸】对话框，如图 3-2 所示。从该对话框可以看出创建一个拉伸特征必须定义的要素是截面线、拉伸方向以及拉伸距离。此外，【拉伸】对话框还提供了较多的附加选项，这些选项在默认情况下是折叠起来的，供需要时使用。

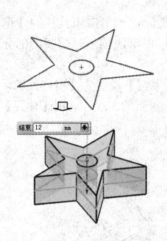

图 3-1　拉伸　　　　　　　　　　　图 3-2　【拉伸】对话框

> 野火专家提示：可以先通过选择现有草图、曲线、面的边或者片体的边，然后激活【拉伸】命令。也可以先激活【拉伸】命令，然后通过创建特征内部截面草图的方式来创建拉伸体。

下面进行拉伸的特征操作。

STEP① 打开随书配套光盘中的文件原始文件\cha03\03_1_1.prt，如图 3-3 所示。

STEP② 单击【特征】工具栏上的按钮，系统弹出【拉伸】对话框，且【选择曲线】按钮处于激活状态。

STEP③ 选择要拉伸的曲线，即截面线。选择时注意在工具栏的【选择条】上设置所需的【曲线规则】，本例中设置曲线的规则为 相连曲线。

STEP④ 设置【限制】选项组，单击下拉按钮，选择【对称值】选项，然后输入 10，单击【确定】按钮完成拉伸体的创建，如图 3-4 所示。

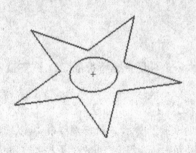

图 3-3　第一个拉伸体的截面草图

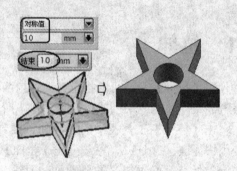

图 3-4　创建第一个拉伸体

3.1.1　运用拉伸需注意的问题

　　1）拉伸的截面不可以交叉。当拉伸的曲线有交叉时，则单击工具栏的【选择条】中【曲线规则】旁的【在相交处停止】按钮，这样就可以单段地选择想要的部分曲线，如图 3-5 所示。

　　2）拉伸可以创建实体，也可以创建片体。当【体类型】设置为【实体】时，只要满足生成实体的条件，就会生成实体，否则将生成片体。未封闭的曲线，利用【偏置】选项也可以生成实体，结果是具有一定壁厚的薄体，如图 3-6 所示。

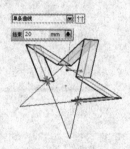

图 3-5　拉伸部分曲线段

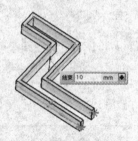

图 3-6　将未封闭的曲线拉伸为实体

3.1.2　【拉伸】对话框选项剖析

　　表 3-1 中将【拉伸】对话框的常用选项以表格的形式列出，以方便读者对比和理解。

表 3-1　【拉伸】对话框的常用选项

选项名称		说明及图解	
限制	值	指定拉伸起始（或结束）的值。在截面上方的值为正，在截面下方的值为负	
	对称值	将开始限制距离转换为与结束限制相同的值	

（续）

选项名称		说明及图解
限制	直至下一个	将拉伸特征垂直延伸到指定的平面
	直至选定对象	将拉伸特征延伸到选择的面、基准平面或体。选择的对象要足够大，足以将拉伸体完全修剪，否则特征不能生成
	直到被延伸	当截面延伸超过所选择面上的边时，将拉伸特征修剪到该面。系统会将该面延伸扩大以修剪拉伸体。如延伸后仍不能将拉伸体完全修剪，特征将不能生成
	贯通	沿指定方向的路径延伸拉伸特征，使其完全贯通所有的可选体
	距离	当【开始】和【结束】选项中的任何一个设置为【值】或【对称值】时出现。将拉伸特征的起始和终止限制设置为在文本框中输入的值
	选择对象	当【开始】和【结束】选项中的任何一个设置为【直至选定对象】或【直到被延伸】时出现。允许用户选择面、片体、实体或基准平面来定义拉伸的开始或结束边界范围
布尔	无	创建独立的拉伸实体
	求和	将两个或多个体的拉伸体合成为一个单独的体
	求差	从目标体移除拉伸体
	求交	创建一个体，这个体包含由拉伸特征和与之相交的现有体共享的体积
	选择体	允许用户选择目标体。当【布尔】选项设置为【求和】、【求差】或【求交】时出现

（续）

选 项 名 称	说明及图解
无	不创建任何拔模 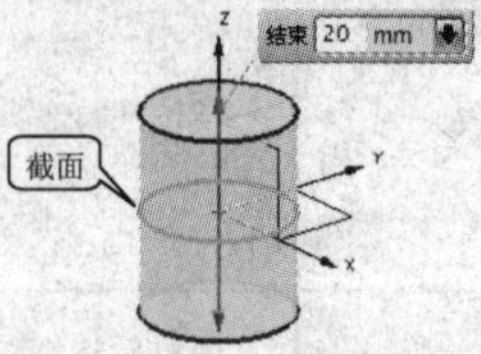
从起始限制	创建一个拔模，拉伸形状在起始限制处保持不变，从该固定形状处将拔模角应用于侧面 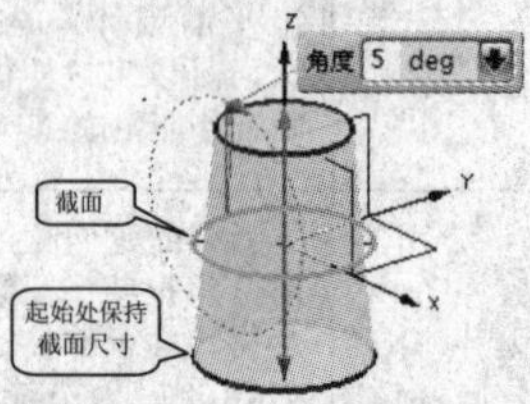
从截面	创建一个拔模，拉伸形状在截面处保持不变，从该截面处将拔模角应用于侧面。当【角度】选项为【单个】时，各侧面应用同一拔模角度。当【角度】选项为【多个】时，各侧面可分别指定不同的拔模角度 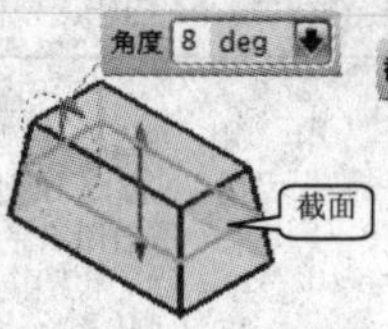 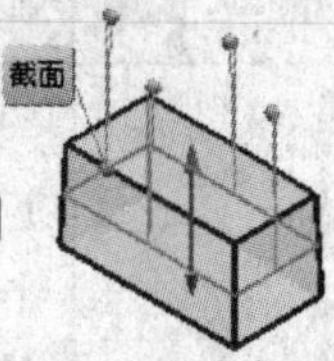
从截面-不对称角度	仅当从截面的两侧同时拉伸时可用。创建一个拔模，拉伸形状在截面处保持不变，但也会在截面处将侧面分割在两侧。可以单独控制截面每一侧的拔模角。【角度】选项可选择【单个】或【多个】，其意义同【从截面】 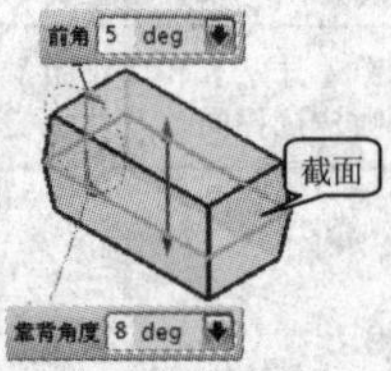 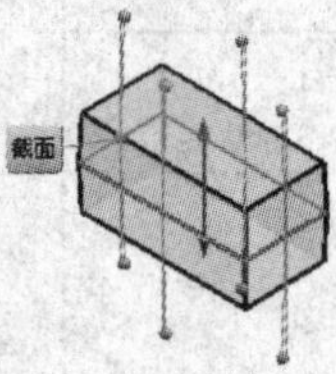
从截面-对称角	仅当从截面的两侧同时拉伸时可用。创建一个拔模，拉伸形状在截面处保持不变。将在截面处分割侧面，并且截面的两侧共享相同的拔模角 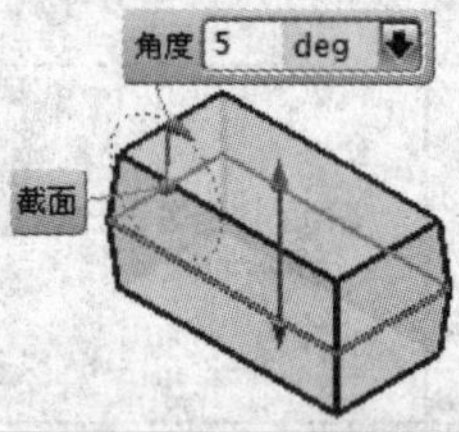
从截面匹配的终止处	仅当从截面的两侧同时拉伸时可用。创建一个拔模，截面保持不变，并且在截面处分割拉伸特征的侧面。终止限制处的形状与起始限制处的形状相匹配，并且起始限制处的拔模角将更改，以保持形状的匹配 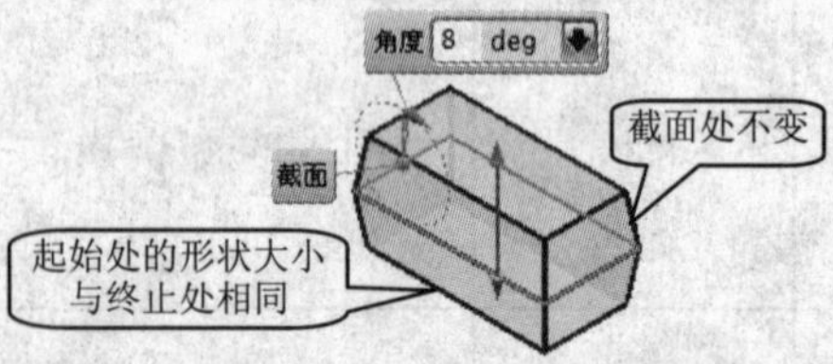
角度	允许用户为拔模角指定一个值。正角使得拉伸特征的侧面向内倾斜，朝向选中曲线的中心。负角使得拉伸特征的侧面向外倾斜，远离选定曲线的中心。角度值为零将导致无斜率 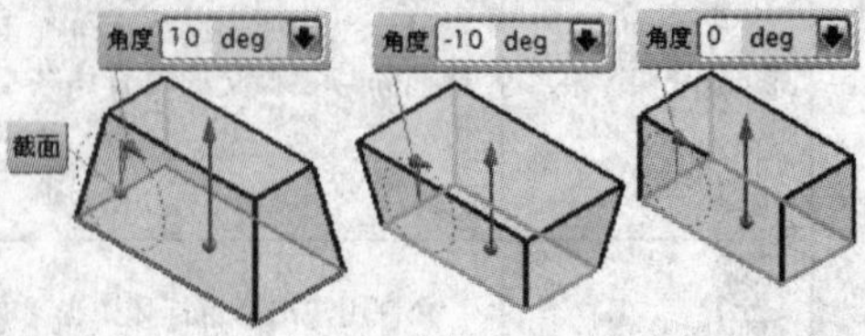

左列竖排标题：拔模

（续）

选项名称		说明及图解	
无		不创建任何偏置	
偏置	单侧	向拉伸添加单侧偏置。这种偏置可轻松填充孔，从而创建凸台，简化部件的开发。偏置值可以为正，也可以为负。如为负数，则偏置方向与图示方向相反	 结束 20 mm　截面
	两侧	向拉伸中添加具有起始和终止值的偏置	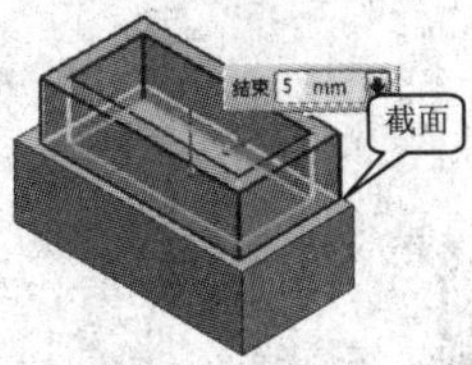 结束 5 mm　截面
	对称	向拉伸中添加具有完全相等的起始和终止值的偏置（从截面相反的两侧测量）。开始和结束位置的值由所指定的上一个值确定	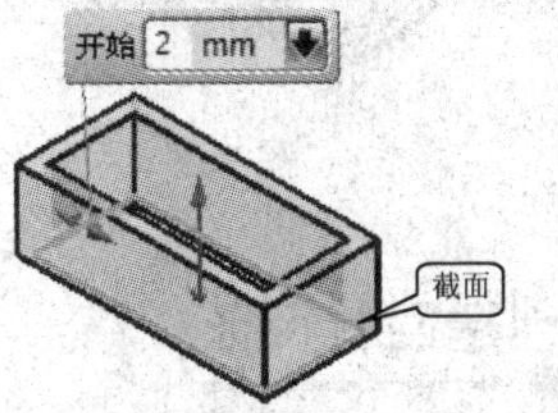 开始 2 mm　截面
	开始	将偏置开始值（从截面测量）设置为在文本框中输入的值	
	结束	将偏置结束值（从截面测量）设置为在文本框中输入的值	
设置	体类型 实体	指定拉伸特征为一个或多个实体	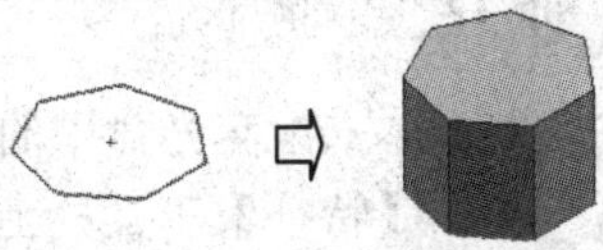
	体类型 片体	指定拉伸特征为一个或多个片体	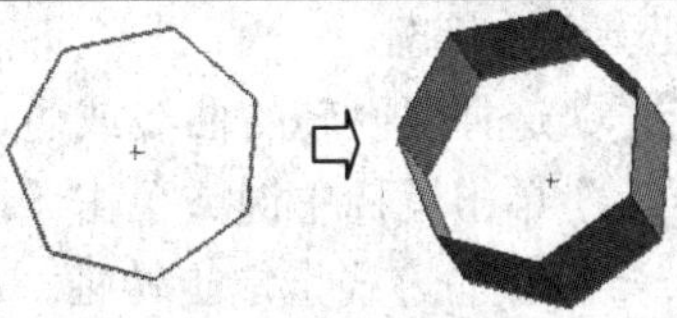
	公差	允许在创建或编辑过程中更改距离公差	
预览	☑预览	如勾选该选项，当指定了创建特征所需的最少参数时，会产生预览	
	🔍显示结果	计算特征并显示结果	
	↩撤销结果	退出结果显示，并返回到对话框	

3.2　回转

使用【回转】命令可使截面曲线绕指定轴回转一个非零角度，以此创建一个特征，如图

3-7 所示。

单击【特征】工具栏中的 ⑫ 按钮，或者选择【插入】|【设计特征】|【回转】命令，或者使用快捷键〈Ctrl+R〉，系统弹出【回转】对话框，如图 3-8 所示。

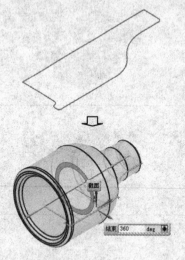

图 3-7　回转　　　　　　　　　　　　　　　图 3-8　【回转】对话框

3.2.1　创建回转特征

下面举例说明创建回转特征的操作过程。

STEP 1 打开本书配套光盘中的文件 example\ch03\03_2_1.prt，如图 3-9 所示。

STEP 2 单击【特征】工具栏上的 ⑫ 按钮，系统弹出【回转】对话框，且【选择曲线】按钮 ❚ 处于活动状态。

STEP 3 选择要回转的曲线或边，即截面线。

STEP 4 单击鼠标中键或单击【回转】对话框的【轴】选项组中的【指定矢量】按钮。然后以矢量和点的方式指定旋转轴。如果旋转轴对于该截面有效，则会显示回转的预览。在本例中，选择基准坐标系的 Y 轴，特征预览如图 3-10 所示。

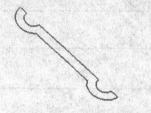

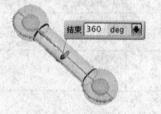

图 3-9　回转截面草图　　　　　　　　　　　图 3-10　回转特征预览

STEP 5 旋转角度从截面位置开始测量，其值可正可负，根据回转轴方向用右手定则来确定，默认为 0°～360°。如果需要，可以拖动开始/结束限制手柄到所需的角度，或者在对话框中的相应角度文本框中输入开始/结束角度值，然后单击【确定】或【应用】按钮创建回转特征，如图3-11所示。

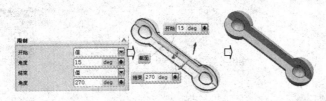

图3-11　编辑回转参数

野火专家提示: 和拉伸特征一样，除了选择现有曲线或者边绕指定轴创建回转特征之外，也可以单击对话框中的 按钮，新建特征内部的截面草图。

3.2.2 【回转】对话框选项剖析

　　【回转】对话框部分选项说明见表 3-2，其中部分选项与【拉伸】对话框中的选项相似，这里不再重复。

表3-2　【回转】对话框部分选项

选项名称		说明及图解
	值	使用角度值控制截面旋转的范围	
限制 (开始/ 结束)	直至选定对象	选择此选项时，需要有目标体进行适当的布尔运算。另外，所选对象的修剪面要够大，足以将回转截面完全阻挡，否则可能会出现意外的结果	
	角度	当【开始】限制或【结束】限制设置为【值】时显示。用于输入回转开始或结束位置的角度值（度数），也可以在图形窗口拖动限制手柄。角度值可正可负，回转轴方向用右手定则来确定	
	选择对象	当【开始】限制或【结束】限制设置为【直至选定对象】时显示。用于指定限制对象。可以选择面、实体、片体或相对基准平面来定义限制	

3.3　设计特征

3.3.1　孔

　　【孔】命令允许用户在实体上创建各种孔，比如简单孔、沉头孔或埋头孔。UG NX 7.5

新版本的【孔】命令还可以创建各种标准孔和螺钉间隙孔等，如图 3-12 所示。

单击【特征】工具栏上的 📦 按钮，或者选择【插入】|【设计特征】|【孔】命令，系统弹出【孔】对话框，如图 3-13 所示。

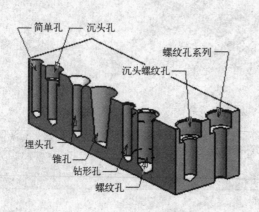

图 3-12　孔特征

图 3-13　【孔】对话框

STEP① 选择要创建孔的类型，如常规孔、钻形孔、螺钉间隙孔、螺纹孔或者孔系列。

STEP② 指定孔的位置。可以选择现有点或者使用草图生成器绘制点。一旦指定点，图形窗口将显示孔的预览。

STEP③ 指定孔的方向。默认方向为垂直于指定点所在的面。

STEP④ 输入孔的参数定义孔的形状和尺寸。不同类型的孔需要定义不同的参数，如图 3-14 所示为 3 种常规孔的参数含义。

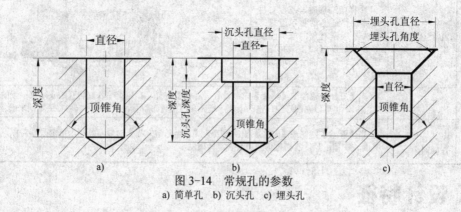

图 3-14　常规孔的参数
a) 简单孔　b) 沉头孔　c) 埋头孔

3.3.2　三角形加强筋

使用【三角形加强筋】命令将沿着两个面集的相交曲线来添加三角形加强筋特征，如图 3-15 所示。

单击【特征】工具栏上的 按钮，或者选择【插入】|【设计特征】|【三角形加强筋】命令，系统弹出【三角形加强筋】对话框，如图3-16所示。

图3-15 三角形加强筋   图3-16 【三角形加强筋】对话框

STEP 1 打开本书配套光盘中的文件原始文件\cha03\03_3_1.prt。

STEP 2 单击【特征】工具栏上的 按钮，系统弹出【三角形加强筋】对话框，选择第一组曲面的 按钮，选择面1，然后在【三角形加强筋】对话框中选择第二组曲面的 按钮，选择面2，然后按图3-17所示进行操作。

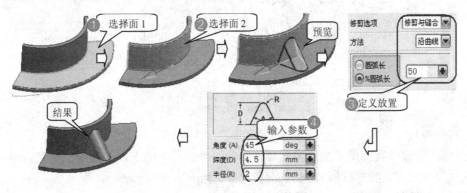

图3-17 创建三角形加强筋

3.3.3 螺纹

使用【螺纹】命令能在具有圆柱面的特征上创建符号螺纹或详细螺纹，如图3-18所示。这些特征包括孔、圆柱、凸台以及圆周曲线扫掠产生的减去或增添部分。

单击【特征】工具栏上的 按钮，或者选择【插入】|【设计特征】|【螺纹】命令，系

统弹出【螺纹】对话框，如图 3-19 所示。

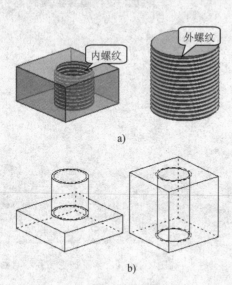

a)

b)

图 3-18　螺纹

a) 详细螺纹　b) 符号螺纹

图 3-19　【螺纹】对话框

创建螺纹需指定以下参数，如图 3-20 所示。

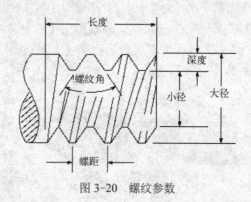

图 3-20　螺纹参数

1．符号螺纹

符号螺纹以虚线圆的形式显示在要攻螺纹的一个或几个面上。符号螺纹一旦创建就不能复制或引用，但在创建时可以创建多个副本和可引用副本。

下面举例说明创建符号螺纹的操作过程。

STEP 1　打开本书配套光盘中的文件原始文件\cha03\03_3_1.prt，此部件中已创建一个缺少螺纹的螺钉，其中的螺纹柱体为 φ30×55mm。

STEP 2 单击【特征】工具栏上的 ▤ 按钮，或者选择【插入】|【设计特征】|【螺纹】命令，系统弹出【螺纹】对话框。

STEP 3 在【螺纹类型】下选择 ⊙ 符号的，然后按图3-21所示进行操作。本例直接使用默认的螺纹参数。

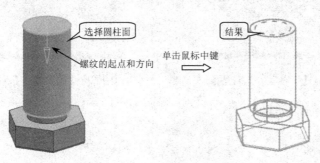

图3-21 创建符号螺纹

2. 详细螺纹

详细螺纹使用内嵌的默认参数表，可以在创建后复制或引用。

下面举例说明创建详细螺纹的操作过程。

STEP 1 在【螺纹】对话框中的【螺纹类型】下选择 ⊙ 详细。

STEP 2 在图形窗口选择圆柱体的圆柱面。

STEP 3 接受系统根据所选圆柱面计算出的螺纹参数值，单击【确定】或【应用】按钮创建特征，如图3-22所示。图3-22中将长度值加大的目的是为了使螺纹在圆柱上有较好的收尾。其他参数使用默认值。

图3-22 创建详细螺纹

3. 编辑螺纹

1）在部件导航器中找到要编辑的螺纹特征，在其上单击鼠标右键，在弹出的快捷菜单中选择 ▥ 编辑参数(P)...命令。系统弹出【编辑参数】对话框，如图3-23所示。

2）单击**特征对话框**按钮，系统弹出【编辑螺纹】对话框，如图3-24所示。可编辑的参数有大径（仅对内螺纹）、小径（仅对外螺纹）、长度、螺距、角度和旋转方向。

图 3-23 【编辑参数】对话框　　　　　　图 3-24 【编辑螺纹】对话框

3.4 拔模

　　【拔模】命令用于对模型、部件、模具或冲模的"竖直"面应用斜率，以便在从模具或冲模中拉出部件时，使其面向相互远离的方向移动，而不是沿彼此滑移，如图 3-25 所示。

　　单击【特征】工具栏上的 按钮，或者选择【插入】|【细节特征】|【拔模】命令，系统弹出【拔模】对话框，如图 3-26 所示。

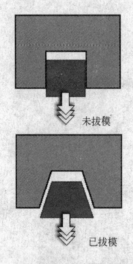

未拔模

已拔模

图 3-25 拔模的应用

图 3-26 【拔模】对话框

1．创建基本的拔模

　　对于所有类型的拔模，其操作过程基本相同，但不同的拔模类型需要指定拔模的几何体有所不同，并且系统会自动判断特定输入。

操作步骤

　　STEP ① 打开本书配套光盘中的文件原始文件\cha03\03_4_1.prt，如图 3-27 所示。本例将在该实体上应用【从平面】、【从边】以及【与面相切】类型的拔模。

　　STEP ② 单击【特征】工具栏上的 按钮，系统弹出【拔模】对话框，系统默认拔模方向为 Z 轴方向，可以接受此方向或重新指定。单击鼠标中键接受该方向，系统自动跳到下一步。

- ● 从平面：需要选择一个平面、一个基准平面或一个点作为固定几何体，然后选择要拔模的面。如果【预览】选项开启，则每选择一个面都会显示拔模的预览。按图 3-28 所示进行操作。

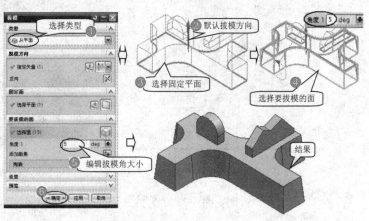

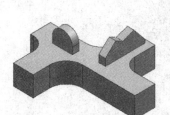

图 3-27　范例文件中的实体　　　　　　　　图 3-28　创建【从平面】类型拔模

- ● 从边：选择要在拔模操作过程中保持固定的边。根据这些边和拔模方向，NX 会自动判断要拔模的面，这些面围绕固定边缘旋转。按图 3-29 所示进行操作。

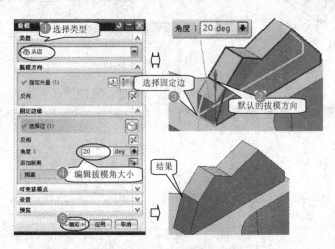

图 3-29　创建【从边】类型拔模

- ● 与多个面相切：选择拔模面和保持与它们相切的面。按图 3-30 所示进行操作。

　　如果根据需要指定不同的拔模角度给不同的面，可以在选择拔模面或边时单击【添加新集】按钮，或者单击鼠标中键，以完成当前的面集并创建一个新的空集。然后指定一个新的拔模角并选择目标面。所指定的新集出现在对话框的【列表】框中，如图 3-31 所示。第一组指定了 6° 的拔模角，第二组指定了 15° 的拔模角。

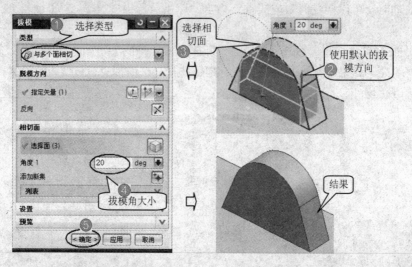

图 3-30　创建【与多个面相切】类型的拔模

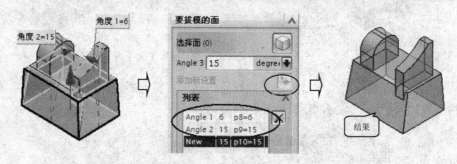

图 3-31　添加新设置

● 至分型边：如果在分型边缘处自动创建凸出边，应使用【至分型边】拔模类型。部件从固定平面至分型边之间的部分保持不变。下面举例说明其具体操作过程。

STEP① 打开本书配套光盘中的文件原始文件\cha03\03_4_2.prt，如图 3-32 所示。

图 3-32　范例文件中的实体

　　在创建【至分型边】类型拔模之前，必须使用适合的曲线分割目标面，以获得分型边。在本例中，该文件已使用【分割面】命令对面进行分割。

STEP② 单击【特征】工具栏上的 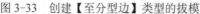 按钮，系统弹出【拔模】对话框，然后按图 3-33 所示进行操作。

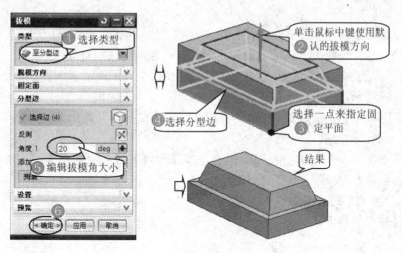

图 3-33　创建【至分型边】类型的拔模

2．可变角度拔模

针对于【从边】拔模类型，可以沿固定边缘选择点并为所指定的每个参考点输入不同的拔模角度。该选项位于【拔模】对话框中的【可变拔模点】选项组下，所指定的点都会出现在【列表】框下，如图 3-34 所示。

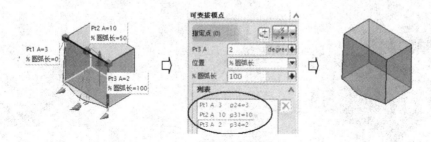

图 3-34　创建可变角度拔模

3．片体与【拔模】命令

对片体对象也可以应用【拔模】命令，如图 3-35 所示为在一个拉伸的片体对象上应用【从平面】类型的拔模。

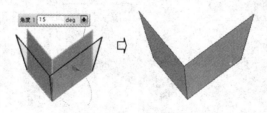

图 3-35　对片体进行拔模

3.5 边倒圆

使用【边倒圆】命令可使至少由两个面共享的边缘变光顺。边倒圆的工作方式类似于一个沿着边滚动的球，与相交于该边的面保持紧贴，并使用半径值对面应用圆形或圆角，倒圆球在面的内侧滚动会创建圆形边缘（去除材料），在面的外侧滚动会创建圆角边缘（添加材料），如图 3-36 所示。

【边倒圆】命令可以对实体或片体进行操作。如果是片体，则所选边必须是同一个片体（或缝合后）相邻面的公共边。

单击【特征】工具栏上的 按钮，或者选择【插入】|【细节特征】|【边倒圆】命令，系统弹出【边倒圆】对话框，如图 3-37 所示。

1．创建半径恒定的边倒圆

创建半径恒定的边倒圆只需要指定圆角半径，并选择要倒圆的边即可。下面举例说明。

操作步骤

STEP ① 打开本书配套光盘中的文件原始文件\cha03\ 03 _5_1.prt，如图 3-38 所示。

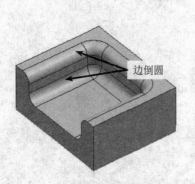

图 3-36 边倒圆　　　　图 3-37 【边倒圆】对话框　　　图 3-38 范例文件中的实体

STEP ② 单击【特征】工具栏上的 按钮，系统弹出【边倒圆】对话框，然后按图 3-39 所示进行操作。

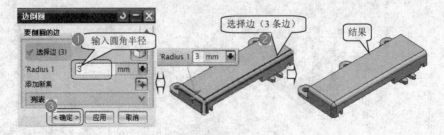

图 3-39 创建半径恒定的边倒圆

STEP⑶ 如果要对不同的边指定不同的圆角半径，应在选择边后单击【添加新设置】按钮 **♣**，或者单击鼠标中键，以将所选择的边加入边集中，然后输入新半径值，再选择将应用新半径值的边。所有边集都列在对话框的【列表】框下，可以随时选择【列表】框中的项目进行编辑，如图 3-40 所示。

图 3-40　使用【添加新设置】按钮

2. 创建可变半径的边倒圆

如果要在一条边或边链上创建可变半径的边倒圆，应使用对话框中的【可变半径点】选项。下面举例说明。

可以继续使用前面的文件。首先为边集选择边。然后打开对话框中的【可变半径点】选项组，单击【指定新的位置】选项以激活该步骤，在希望明确指定半径值的边集的边上指定一个或多个点（可以使用【点构造器】或【选择条】上的【捕捉】选项）。所添加的每个可变半径点将显示控制手柄，并标识为 V 半径 1、V 半径 2 等，并且同样出现在对话框和动态文本框中。按图 3-41 所示进行操作。

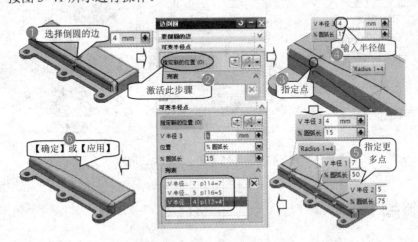

图 3-41　创建可变半径的边倒圆

3. 将倒角回切点添加到边倒圆拐角

使用对话框中【拐角回切】选项组下的选项，可以通过向拐角添加缩进点并调节其与拐角顶点的距离，来更改拐角的形状，创建球头圆角等。选择的端点必须是至少 3 个倒圆边所构成的拐角顶点。按图 3-42 所示进行操作。

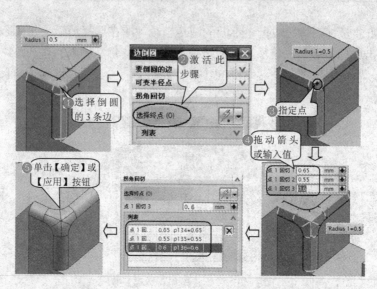

图 3-42　将倒角回切点添加到边倒圆拐角

4．将突然停止点添加到边倒圆

使用【拐角突然停止】选项组下的选项可以使边倒圆在该边上的某点处停止，而不是将圆角应用到整个边长。按图 3-43 所示进行操作。

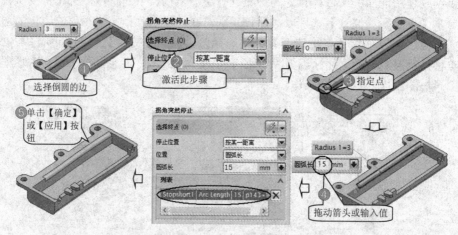

图 3-43　将突然停止点添加到边倒圆

3.6　倒斜角

使用【倒斜角】命令可在实体（或片体）上创建简单的斜边，如图 3-44 所示。对于由直线组成的简单横截面是可靠的，但当选择非线性边、非圆边时，或者当相邻面互不垂直时，简单倒斜角是近似的。

单击【特征操作】工具栏上的 ⬡ 按钮，或者选择【插入】|【细节特征】|【倒斜角】命令，系统弹出【倒斜角】对话框，如图 3-45 所示。

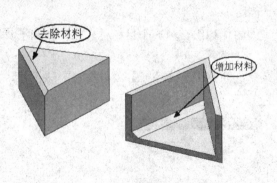

图 3-44　倒斜角　　　　　　　　　　　　图 3-45　【倒斜角】对话框

打开本书配套光盘的文件原始文件\cha03\03_6-1.prt，单击【特征操作】工具栏上的 按钮，系统弹出【倒斜角】对话框。按图 3-46 所示进行操作即可创建倒斜角。

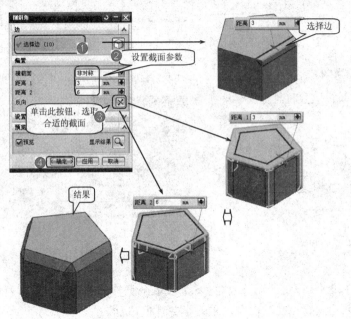

图 3-46　创建倒斜角

3.7　组合体

3.7.1　布尔运算

布尔运算允许将原先存在的实体和（或）多个片体结合起来，包括【求和】、【求差】以及【求交】命令。

使用布尔运算选项时，用户需指定一个目标实体和一个或多个工具实体。目标实体由这些工具实体修改，运算结束后这些工具实体就成为目标实体的一部分。用户还可以选择是否保存未修改的目标和工具体副本（在对话框的【设置】选项组下）。

1．求和

使用【求和】命令可将两个或更多个实体的体积组合为一个目标体。目标体和工具体必须重叠或共享面，这样才会生成有效的实体。

选择【插入】|【Combine】|【求和】命令，或者单击【特征】工具栏上的 按钮，系统弹出【求和】对话框，如图 3-47 所示。

图 3-47 【求和】对话框

图 3-48 所示为求和运算的操作过程，图中所有范例文件为原始文件\cha03\03_14.prt。

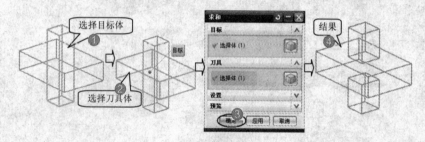

图 3-48 求和运算

2．求差

使用【求差】命令可从目标体中移除一个或多个工具体的体积。通常目标体和工具体都为实体，它们之间必须有相交的部分，求差运算才能成功。

选择【插入】|【Combine】|【求差】命令，或者单击【特征】工具栏上的 按钮，系统弹出【求差】对话框，然后按图 3-49 所示进行操作。

图 3-49 求差运算

3. 求交

使用【求交】命令可创建包含目标体与一个或多个工具体的共享体积或区域的体。可以将实体与实体、片体与片体以及片体与实体相交，但不能将实体与片体相交，如图 3-50 所示。目标体和工具体之间必须有相交的部分，求交运算才能成功。

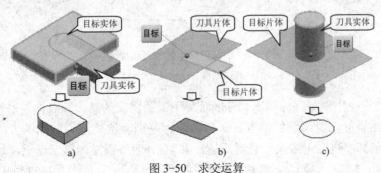

图 3-50　求交运算

a) 实体与实体　b) 片体与片体　c) 片体与实体

3.7.2 缝合与取消缝合

1. 缝合

使用【缝合】命令将两个或更多片体连接成一个片体，如果这组片体包围一定的体积，则创建一个实体，但所选片体之间的缝隙不能大于指定公差。如果两个实体共享一个或多个公共（重合）面，使用此命令还可以缝合这两个实体。

单击【特征】工具栏上的▇按钮，或者选择【插入】|【组合体】|【缝合】命令，系统弹出【缝合】对话框，如图 3-51 所示。

图 3-51　【缝合】对话框

通常产品设计的最终结果是要得到实体模型，但使用曲面造型设计得到的是片体。由片体得到实体通常有两种方法：缝合和加厚。另外，在不同文件格式转换的过程中有时也只能得到一些片体而非实体，比如转入 IGES 文件，此时【缝合】命令就非常有用。下面举例说明。

🐾 操作步骤

STEP① 打开本书配套光盘中的文件原始文件\cha03\03_7_1.prt。该部件是手表外壳，是由 IGES 文件格式转换得到的片体。本例将使用【缝合】命令将其转换成实体。

STEP② 单击【特征】工具栏上的▇按钮，系统弹出【缝合】对话框，单击🔘按钮以使用对话框的默认设置选项。【目标】选项组下的【选择片体】选项处于活动状态，在图形窗口选择一个面为目标面，如图 3-52a 所示。

STEP③ 系统自动跳到【刀具】选项组，使用矩形框选的方式选择所有片体，如图 3-52b 所示。然后单击【缝合】对话框【预览】选项组下的🔍按钮以显示结果。

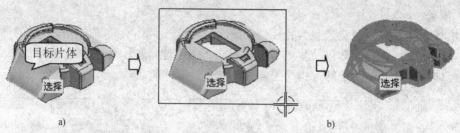

图 3-52　选择目标片体与刀具片体

a) 选择目标片体　b) 选择刀具片体

STEP④ 系统弹出"与目标体不相连的片体中"的错误信息，同时在图形窗口中以红色星号和线条高亮显示出现问题的地方。失败的原因是因为这些地方的间隙大于默认公差的值。单击【确定】按钮关闭错误信息对话框，并单击 按钮撤销显示结果，然后将公差加大。单击 按钮，【状态行】显示**实体已创建**说明可以缝合成功，如图 3-53 所示。

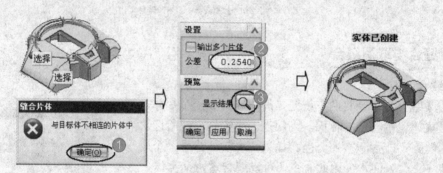

图 3-53　更改公差进行缝合

STEP⑤ 单击【确定】或【应用】按钮，以创建缝合特征。

> 野火专家提示：对象是片体还是实体，有时靠外观无法判断。一个简易的方法就是在没有任
> 何命令激活的情况下，将【选择条】上的【选择过滤器】设置为【实体】，
> 然后将光标移动到对象上方，如果可选，则该对象为实体。

以上讲解了【缝合】命令对片体的操作。下面介绍【缝合】命令对实体的操作。

缝合实体的前提条件是目标体和工具体必须有重合面，或者在公差范围内它们是重合的。但是可能会造成几何体在所指定公差范围内的变形，如图 3-54 所示。图 3-54 中所用范例文件为本书配套光盘中的原始文件\cha03\03_15.prt，两实体间有 0.01mm 的空隙，而且一个面比另一面周边大 0.7mm，因此缝合公差需大于 0.7mm，缝合才能成功。

2. 取消缝合

使用【取消缝合】命令可以将现有的片体或实体分割成多个体。选择的面会沿着其边取消缝合，从而生成多个体。

【取消缝合】命令对在现有模型的特定区域上执行额外的建模任务这样的工作流程非常有用。执行【取消缝合】命令，无须考虑其历史记录。

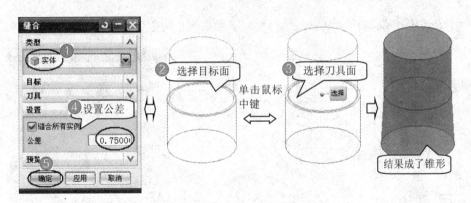

图 3-54　缝合实体

选择【插入】|【组合体】|【取消缝合】命令，系统弹出【取消缝合】对话框，然后选择想取消缝合的面，单击【确定】按钮即可取消缝合特征，如图 3-55 所示。图 3-55 中所用范例文件为本书配套光盘中的原始文件\cha03\03_7_2.prt。

图 3-55　取消缝合

【取消缝合】对话框中【设置】选项组下选项的说明见表 3-3。

表 3-3　【取消缝合】对话框的部分选项说明

选项名称		说　　明
设置	保持原先的	指定是否在所选择的体的副本上创建取消缝合特征（原始对象被保留）
	输出	允许用户指定在创建取消缝合特征时要为所选面创建的体的数目 相连的面作为一个体：取消缝合后，所选的相连面为一个体 一个面作为一个体：取消缝合后，所选的每个面为一个单独的体

3.7.3　补片

使用【补片】命令可以将实体或片体的面替换为另一个片体的面，从而修改实体或片体，如图 3-56 所示。

选择【插入】|【组合体】|【补片】命令，或者单击【特征】工具栏上的 按钮，系统弹出【补片】对话框，如图 3-57 所示。

1. 创建补片特征

成功创建补片体特征的条件是补片工具的片体要与目标体表面形成一个封闭的区域。补片可以对目标实体去除材料也可以添加材料。下面举例说明创建补片特征的操作过程。

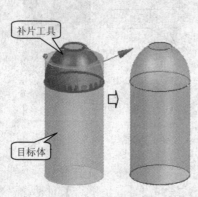

图 3-56　补片　　　　　　　　　　　　　　　　图 3-57　【补片】对话框

STEP① 打开本书配套光盘中的文件原始文件\cha03\03_7_3.prt，如图 3-58 所示。该部件中有一个实体和一个片体。本例演示利用上半部分片体来对实体进行补片（添加材料），读者可自行尝试利用下半部分片体对实体进行补片（去除材料）。

STEP② 单击【特征】工具栏上的 按钮，系统弹出【补片】对话框，然后按图 3-59 所示进行操作。

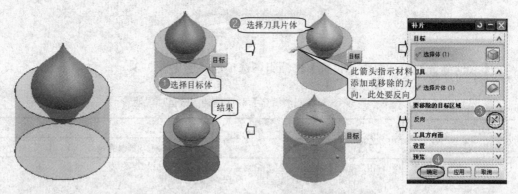

图 3-58　范例文件中的实体与片体　　　　　　图 3-59　创建补片特征

2. 【修补】对话框选项剖析

【修补】对话框选项的说明见表 3-4。

表 3-4　【补片】对话框选项的说明

选 项 名 称	说明及图解
工具方向面	如果工具片体包括多个面，可以利用此功能重新定义工具片体的矢量方向（所选面的法向）。请注意，工具片体的矢量方向必须与目标相交，否则修补将失败

(续)

选 项 名 称		说明及图解
设置	在实体目标中开孔	 □在实体目标中钻孔　☑在实体目标中钻孔
		勾选此复选框允许用户把一个封闭的片体补到目标体上以创建一个孔

3.8　偏置与缩放

3.8.1　抽壳

使用【抽壳】命令可根据用户指定的壁厚值抽空实体或在其四周创建壳体，还可为面单独指定厚度并移除单个面，如图3-60所示。

选择【插入】|【偏置/缩放】|【抽壳】命令，或者单击【特征】工具栏上的 按钮，系统弹出【壳】对话框，如图3-61所示。

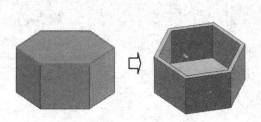

图3-60　抽壳

图3-61　【壳】对话框

下面举例说明创建抽壳的操作过程。

 操作步骤

STEP① 打开本书配套光盘中的文件原始文件\cha03\03_8_1.prt，如图3-62所示。

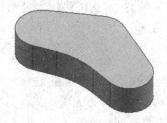

图3-62　范例文件中的实体

STEP② 单击【特征】工具栏上的 按钮，系统弹出【壳】对话框，然后按图 3-63 所示进行操作。

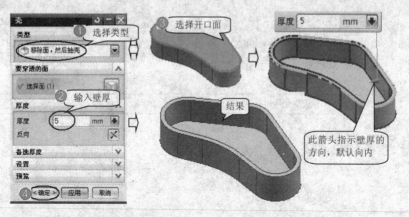

图 3-63 抽壳操作过程

3.8.2 偏置面

使用【偏置面】命令可以沿面的法向偏置一个或多个面，如果体的拓扑不更改，可以根据正的或负的距离值偏置面。

选择【插入】|【偏置/缩放】|【偏置面】命令，或者单击【特征】工具栏上的 按钮，系统弹出【偏置面】对话框，如图 3-64 所示。

要创建偏置面特征，只需选择要偏置的面，然后指定偏置方向和值即可，如图 3-65 所示。图 3-65 中所用范例文件为本书配套光盘中的文件原始文件\cha03\03_8_2.prt。

图 3-64 【偏置面】对话框

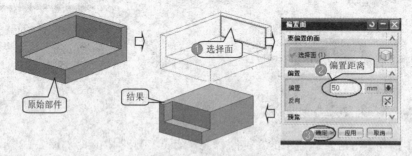

图 3-65 创建偏置面特征

3.8.3 偏置曲面

【偏置曲面】命令可以创建一个或多个现有面的偏置。系统用沿选定面的法向偏置点的方法来创建正确的偏置曲面，指定的距离称为偏置距离。可以选择要偏置的任何类型的面，还可以定义多个面集，每个面集均有不同的偏置值。

单击【特征】工具栏上的 按钮，或者选择【插入】|【偏置/缩放】|【偏置曲面】命

令，系统弹出【偏置曲面】对话框，如图 3-66 所示。

1．创建基本的偏置曲面

要创建基本的偏置曲面，只需选择要偏置的面，指定偏置方向，输入偏置距离即可。如图 3-67 所示，图中所有范例文件为原始文件\cha03\03_8_3.prt。选择面时要注意【选择条】上【面规则】的设置，在本例中设置为【相切面】选项。

要反转偏置方向，可单击【偏置曲面】对话框中的【反向】按钮，或者用鼠标右键单击图形窗口中的箭头，在弹出的快捷菜单中选择【反向】命令。为偏置距离输入一个负值也可以向与显示方向相反的方向进行偏置。

图 3-66 【偏置曲面】对话框

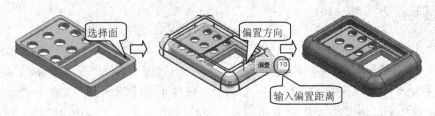

图 3-67 创建基本的偏置曲面

2．使用【添加新集】选项

使用【添加新集】选项，可将不同偏置参数的面放在不同的面集中，每个面集可以独立地设置偏置方向和距离。面集显示在对话框中【要偏置的面】选项组下的【列表】框中，使用该【列表】框可查看并更改选定面集的偏置值。具体操作可参考图 3-68 所示。

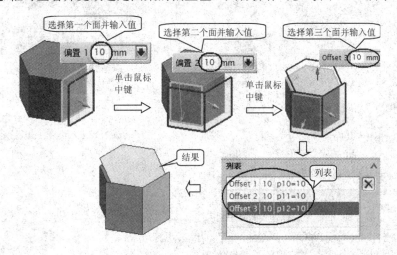

图 3-68 多个面集的偏置

3．【偏置曲面】对话框选项剖析

【偏置曲面】对话框中的【特征】和【设置】选项组下的选项说明见表 3-5。

表 3-5 【偏置曲面】对话框中的选项说明

选 项 名 称		说明及图解
输出	相连面的一个特征	指定是否为所有选定的连接面创建单个偏置曲面特征。当此选项活动时，如果选择的面未与其他选定面连接，则会显示一条警告消息。如果忽略该警告消息，则为每个选定面和每组连接面创建一个偏置曲面特征
	每个面一个特征	为每个选定面创建一个偏置曲面特征 如果在选择要偏置的面之后更改输出选项，则选择会丢失
设置	逼近偏置面	在创建时逼近偏置曲面，而不是用严格的定义来准确定义它们。这就允许计算过程中存在一些偏差，从而使偏置曲面特征的创建成功（否则会失败）
	相切边	选择【在相切边添加支撑面】可激活此选项，选择【请勿添加支撑面】可禁用此选项。使用此选项，可以在偏置距离有限的面和偏置距离为零的相切面之间的相切边上创建"步长"面。当没有光滑的边界边时，或者至少一个面集的偏置距离不是零时，此选项不起作用

3.8.4 缩放体

使用【缩放体】命令可以调整实体和片体的比例。比例应用于几何体而不用于组成该体的独立特征。可以使用 3 种不同的比例法：均匀、轴对称或常规，如图 3-69 所示。

选择【插入】|【偏置/缩放】|【缩放】命令，或者单击【特征】工具栏上的 按钮，系统弹出【缩放体】对话框，如图 3-70 所示。

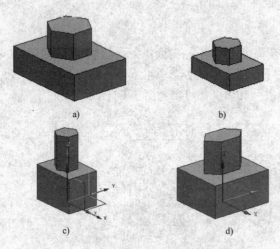

图 3-69 比例法

a) 原始模型　b) 均匀（比例 0.5）　c) 轴对称（轴向 0.5, 其他 0.2）
d) 常规（X 0.5, Y 0.8, Z 1）

图 3-70 【缩放体】对话框

在选择要缩放的体后，根据选择的比例类型，需要指定比例点、轴或 CSYS（如果不指定，系统会分别使用当前 WCS 的原点、ZC 轴或 WCS 坐标系）。

● 均匀：指定比例点。可使用【点构造器】。

● 轴对称：通过选择轴矢量和轴点来指定比例轴。可以使用【矢量构造器】。

● 常规：指定缩放 CSYS，可以使用 CSYS 对话框。

图 3-71 演示了创建比例特征的操作过程，图中所用范例文件为本书配套光盘中的文件原始文件\cha03\03_8_5.prt。

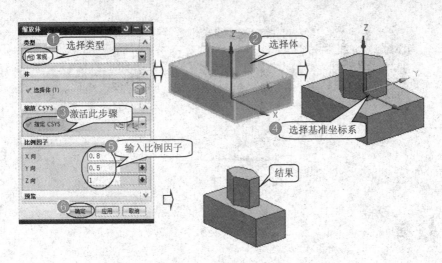

图 3-71 创建比例特征

在本例中，步骤 3 和步骤 4 可以跳过，系统会使用 WCS 为比例基准。

3.8.5 加厚

使用【加厚】命令可将一个或多个相互连接的面或片体偏置（加厚）为一个实体。加厚效果是通过将选定面沿着其法向进行偏置然后创建侧壁而生成的，如图 3-72 所示。

选择【插入】|【偏置/缩放】|【加厚】命令，或者单击【特征】工具栏上的 按钮，系统弹出【加厚】对话框，如图 3-73 所示。

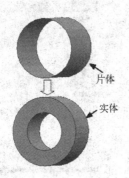

图 3-72 加厚

图 3-73 【加厚】对话框

可以加厚多个面，只要这些面是互相连接的。下面举例说明创建加厚特征的操作过程。

STEP 1 打开本书配套光盘中的文件原始文件\cha03\03_8_6.prt。该部件中有一个实体，本例将加厚该实体上的面来生成另一个实体。

STEP 2 单击【特征】工具栏上的 按钮，系统弹出【加厚】对话框，然后按图 3-74 所示进行操作。

图 3-74　创建加厚特征

3.9　修剪

3.9.1　分割面

使用【分割面】命令，可以通过一个操作用多个分割对象（如曲线、边缘、面、基准平面或实体）将现有体的一个或多个面进行分割，如图 3-75 所示。要分割的面和分割对象是关联的，即如果更改任一输入对象，则结果也会随之更新。【分割面】命令通常用于创建部件、图样、模具或冲模上模型的分型边。

选择【插入】|【修剪】|【分割面】命令，或者单击【特征】工具栏上的 按钮，系统弹出【分割面】对话框，如图 3-76 所示。

图 3-75　分割曲面

图 3-76　【分割面】对话框

下面举例说明创建分割面特征的操作过程。

STEP① 打开本书配套光盘中的文件原始文件\cha03\03_9_1.prt。

STEP② 单击【特征】工具栏上的 按钮，系统弹出【分割面】对话框，然后按图 3-77 所示进行操作。

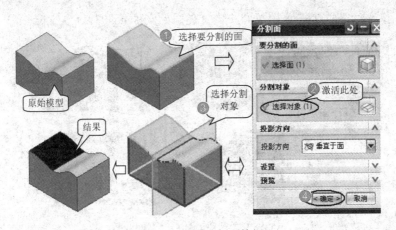

图 3-77　创建分割面特征

3.9.2　连结面

使用【连接面】命令可以将多个面连接成光顺的 B 曲面。

选择【插入】|【Combine】|【连结面】命令，或者单击【特征】工具栏上的 按钮，系统弹出【连结面】对话框，如图 3-78 所示。

图 3-78　【连结面】对话框

可以选取以下两种方法之一进行连结面操作。

● 在同一个曲面上：可以从选定片体和实体上移除多余的面、边缘和顶点。在执行【分割面】命令之后，可能需要使用这个选项，如图 3-79 所示。

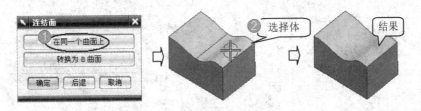

图 3-79　【在同一个曲面上】连结面

● 转换为 B 曲面：可以用这个选项把多个面连接到一个 B 曲面类型的面上。选定的面必须是相邻的，属于同一个实体，符合 U-V 框范围，并且它们连接的边缘必须是等参数的。

选择两个以上的面用于连接操作时，系统会尝试成对地匹配这些面。选择面时必须按照使匹配成对的面共享边的顺序进行。图 3-80 演示了执行【转换为 B 曲面】命令的操作过程，图中所用范例文件为本书配套光盘中的文件原始文件\cha03\03_9_2.prt。

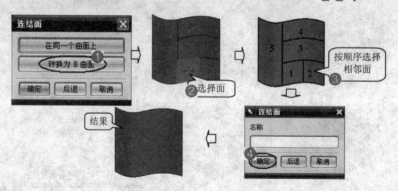

图 3-80 【转换为 B 曲面】连接面

3.9.3 修剪体

使用【修剪体】命令可以用一个面或基准平面修剪一个或多个目标体。可以选择要保留的体的某一部分，被修剪后的体具有修剪几何体的形状。

选择【插入】|【修剪】|【修剪体】命令，或者单击【特征】工具栏上的 按钮，系统弹出【修剪体】对话框，如图 3-81 所示。

创建修剪体特征的操作过程如图 3-82 所示，图中所用范例文件为本书配套光盘中的文件原始文件\cha03\03_9_3.prt。

图 3-81 【修剪体】对话框

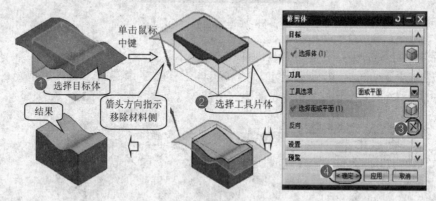

图 3-82 创建修剪体特征

3.9.4 拆分体

使用【拆分体】命令可以用面、基准平面或其他几何体分割一个或多个目标体。选择【插入】|【修剪】|【拆分】命令，或者单击【特征】工具栏上的 按钮，系统弹出【拆分体】对话框，具体操作过程如图 3-83 所示。

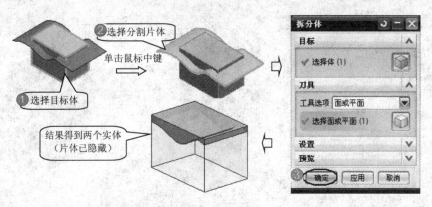

图 3-83　拆分体操作过程

3.9.5　修剪的片体

使用【修剪的片体】命令可同时修剪一个或多个片体，如图 3-84 所示。

选择【插入】|【修剪】|【修剪的片体】命令，或者单击【特征】工具栏上的 按钮，系统弹出【修剪的片体】对话框，如图 3-85 所示。

图 3-84　修剪的片体　　　　　　　　图 3-85　【修剪的片体】对话框

1．修剪片体的操作过程

下面举例说明修剪片体的操作过程。

STEP① 打开本书配套光盘中的文件原始文件\cha03\03_9_4.prt。

STEP② 单击【特征】工具栏上的 按钮，系统弹出【修剪的片体】对话框，然后按图 3-86 所示进行操作。

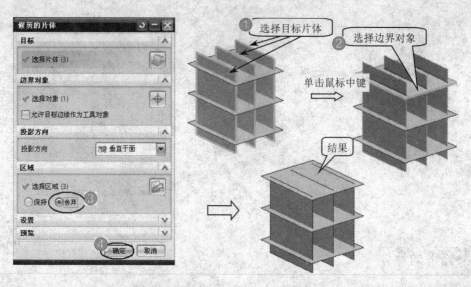

图 3-86　修剪片体的操作过程

> 野火专家提示：要成功修剪目标片体，边界对象沿投影方向压印到目标片体后必须足够大，可以将目标片体完全剪开。如果存在不能剪开的情况，系统会以星号高亮显示问题出现的地方。

2.【修剪的片体】对话框选项剖析

【修剪的片体】对话框的主要选项说明见表 3-6。

表 3-6　【修剪的片体】对话框的主要选项说明

选 项 名 称		说　明
投 影方 向	垂直于面	沿着目标片体面的法向将边界对象（曲线或边）压印到目标片体上
	垂直于曲线平面	当边界对象是平面曲线时，将投影方向定义为垂直于该曲线平面
	沿矢量	用于将投影方向定义为沿用户指定的矢量
	反向	仅当【投影方向】设为【沿矢量】时可用。使选定的矢量方向反向
	投影两侧	仅当【投影方向】设为【沿矢量】和【垂直于曲线平面】时可用。用于使矢量沿选定片体的两侧进行投影
设 置	保持目标	保持对修剪边界的选择，从而可以将其再用于其他目标片体
	输出精确的几何体	用于产生压印形式的相交线。当【投影方向】设为【垂直于面】，且边或曲线用于修剪对象时，软件使用公差值并在公差范围内生成边
	公差	用于定义在目标片体上压印修剪边时使用的公差值

3.9.6　修剪和延伸

【修剪和延伸】命令允许使用由边或曲面组成的一组工具对象来延伸和修剪一个或多个曲面，如图 3-87 所示。该命令可以用来延伸片体被修剪过的非等参数的边，弥补了【延伸】命令的不足；与【延伸】命令不同的是，它并不会创建新的片体，延伸的部分仍属于原片体的一部分。

单击【特征】工具栏上的 ⬚ 按钮，或者选择【插入】|【修剪】|【修剪和延伸】命令，

系统弹出【修剪和延伸】对话框，如图 3-88 所示。

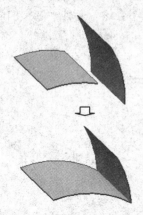 

图 3-87　修剪和延伸　　　　　　　　图 3-88　【修剪和延伸】对话框

1.　延伸片体

使用【按距离】和【已测量百分比】类型可以延伸片体的边。使用这两种类型都不会发生修剪。其中【按距离】使用值延伸边；而【已测量百分比】将边延伸到选中的其他"测量"边的总圆弧长的某个百分比，不会发生修剪。下面举例说明具体的操作过程。

STEP① 打开本书配套光盘中的文件原始文件\cha03\03_9_5.prt。该文件中有一个已被修剪过的片体。

STEP② 单击【特征】工具栏上的 按钮，系统弹出【修剪和延伸】对话框。延伸的距离有两种度量方式，图 3-89 所示为【按距离】类型，图 3-90 所示为按【已测量百分比】类型。

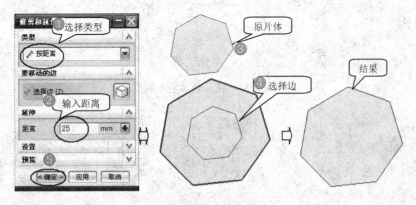

图 3-89　按距离延伸边

测量边只是延伸距离的长度参考，可以选择任何边来测量长度。

2.　使用片体修剪或延伸另一个片体

使用【直至选定对象】类型可以对目标片体进行修剪或延伸。该选项使用选中的边或面作为工具修剪或延伸目标。如果选择了边作为目标或工具，则可以在修剪之前进行延伸，其延伸量是系统自动决定的。如果选择了面，则在修剪之前不会进行延伸，选定的面仅可用于修剪。下面举例说明具体的操作过程。

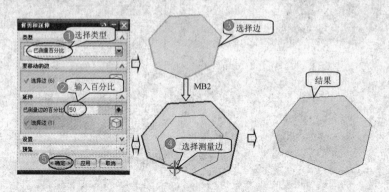

图 3-90　按已测量百分比延伸边

STEP① 打开本书配套光盘中的文件原始文件\cha03\03_9_6.prt。

STEP② 单击【特征】工具栏上的 按钮，系统弹出【修剪和延伸】对话框。然后分别按图 3-91 和图 3-92 所示进行操作。由图可见，即使所选的刀具对象不够大，系统也会自动将其延伸再对目标片体进行修剪。

图 3-91　延伸到指定对象

图 3-92　修剪到指定对象

3. 使用片体修剪实体

【修剪和延伸】命令还可以用来修剪实体，同样使用【直至选定对象】类型，如图 3-93

所示。图中所用范例文件为原始文件\cha03\03_9_7.prt。

要使用该命令将实体成功修剪，所选的片体应满足以下条件之一：

- 片体与实体相交，且片体足够大可将实体完全修剪。
- 如果所选片体未与实体相交，或者相交但不够大，但是延伸某一边后可以将实体修剪。这时在选择刀具时需选择片体上的这条边。

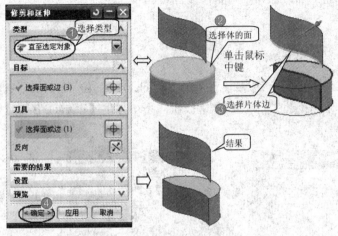

图 3-93　使用片体修剪实体

4. 创建拐角

使用【制作拐角】类型可以将两个片体相互修剪或延伸，并可以分别指定两片体需要保留的一侧。该选项会将修剪或延伸的两个片体缝合成一个片体。读者可参考图 3-94 所示进行操作，图中所用范例文件为原始文件\cha03\03_9_7.prt。

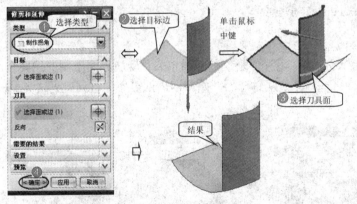

图 3-94　创建拐角

3.10　关联复制

3.10.1　抽取

使用【抽取】命令，可通过从一个体中抽取对象来创建另一个体。可以抽取面、面区域或整个体。如果抽取面或区域，则创建片体；如果抽取体，则新体的类型与原始体的类型相同（实体或片体）。

选择【插入】|【关联复制】|【Extract Body】命令，或者单击【特征】工具栏上【抽取】按钮，系统弹出【Extract Body】对话框，如图 3-95 所示。

1. 抽取面

使用该选项创建要抽取的选定面的片体。

STEP① 打开本书配套光盘中的文件原始文件\cha03\03_10_1.prt，该部件中为一个实体。

STEP② 单击【特征】工具栏上的 按钮，系统弹出【Extract Body】对话框，然后按图 3-96 所示进行操作。

图 3-95 【Extract Body】对话框

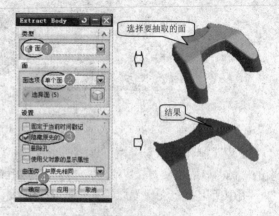

图 3-96 抽取面操作

2. 抽取面区域

使用该选项创建片体，该片体是与种子面相关且受边界面限制的面集合，即由种子面与边界面来定义的面区域。系统从种子面开始向四周搜寻面，直到碰到边界面时停止。图 3-97 演示了具体的操作过程。

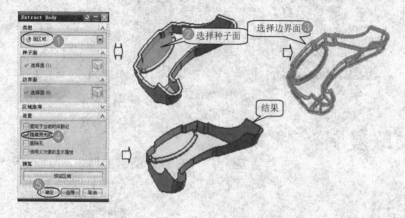

图 3-97 抽取面区域

3. 抽取体

使用该选项创建整个体的关联副本，具体操作如图3-98所示。

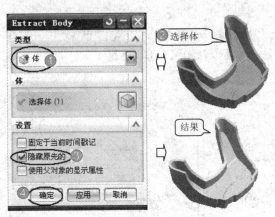

图3-98　抽取体

3.10.2 实例特征

使用【实例特征】命令根据现有特征创建实例特征阵列。可以定义矩形阵列或圆形阵列，关于基准平面对体进行镜像以及通过基准平面或平面来镜像特征。特征的所有实例是相关的，如果编辑特征的参数，则更改将反映到特征的每个实例上。

并不是所有特征都可以进行实例阵列，在创建实例过程中，系统会将可进行操作的对象以列表显示出供用户选择。不能实例化的对象有壳体、倒斜角、圆角、偏置片体、基准、修剪的片体、实例集、拔模特征、自由曲面特征以及修剪过的特征。

对于边倒圆、倒斜角或螺纹，使用的方法是将【倒圆所有的实例】、【对所有实例进行倒斜角】或【包含实例】选项分别打开，则圆角、倒斜角或螺纹将添加到该集所有当前的实例。最好总是将边倒圆、倒斜角或螺纹添加到主特征上，而不是其中的一个实例特征上。这样，如果以后更改阵列参数，边倒圆、倒斜角或螺纹将总是在实例集中保持可见，但这些选项不会影响在圆角或倒斜角之后创建的实例。

选择【插入】|【关联复制】|【实例特征】命令，或者单击【特征】工具栏上的 按钮，系统弹出【实例】对话框，如图3-99所示。

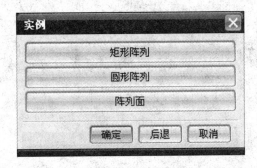

图3-99　【实例】对话框

1．矩形阵列

【矩形阵列】选项允许用户从一个或多个选定特征创建实例的线性阵列。矩形实例阵列既可以是二维的（即几行特征），也可以是一维的（即一行特征）。系统基于输入的数量和偏置距离产生的这些实例阵列平行于 XC 轴或 YC 轴，如图 3-100 所示。如果要阵列的方向与 WCS 的 XC 或 YC 方向不平行，可以先将 WCS 进行定向。

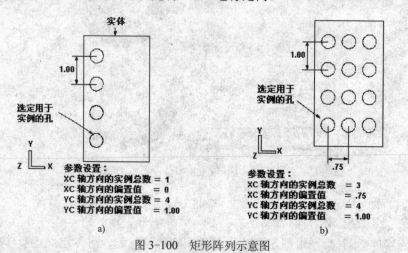

图 3-100　矩形阵列示意图
a) 一维阵列实例　b) 二维阵列实例

创建矩形阵列的具体操作过程如图 3-101 所示。图中所用范例文件为本书配套光盘中的文件原始文件\cha03\03_10_2.prt。【输入参数】对话框提供了 3 种创建阵列的方法。

● 常规：可以越过面的一条边，也可以从一个面跨越到另一个面。

● 简单：通过消除过多的数据确认和优化操作加速实例阵列的创建。

● 相同的：复制并平移主特征的所有面和边。每个实例都是原始对象的精确副本。

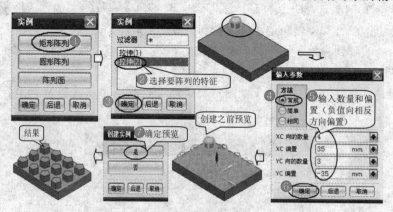

图 3-101　创建矩形阵列

图 3-102 显示了这 3 种方法之间的区别。

2．圆形阵列

【圆形阵列】选项允许用户从一个或多个选定特征创建实例的圆形阵列，需指定阵列方法、生成实例所基于的旋转轴、阵列中实例的总数（包括原始特征）以及实例之间的角度，如图 3-103 所示。

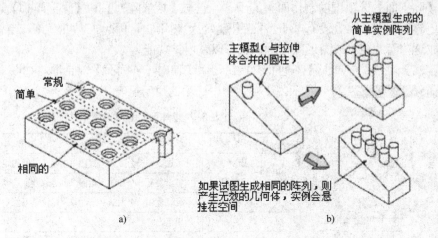

图 3-102　3 种阵列方法的比较

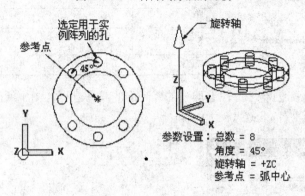

图 3-103　圆形阵列示意图

创建圆形阵列的操作过程如图 3-104 所示。图中所用范例文件为本书配套光盘中的文件原始文件\cha03\03_10_3.prt。其中步骤 4 中的阵列方法与矩形阵列中的相同。

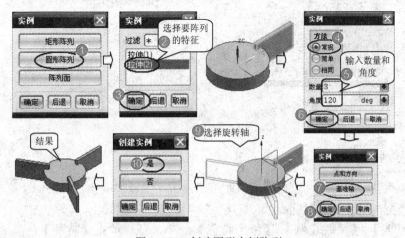

图 3-104　创建圆形实例阵列

3. 阵列面

使用【阵列面】选项可以制作面集的副本。它与【矩形阵列】和【圆形阵列】选项功能相似，但更容易使用，而且没有基于特征的模型也可使用它，用起来也更直接。当有一组面且需要制成这些面的矩形或圆形图样时，就可以使用该功能。

在【实例】对话框中单击【阵列面】按钮，系统弹出【阵列面】对话框，如图 3-105 所示。该对话框中选项的说明见表 3-7。

图 3-105 【阵列面】对话框

表 3-7 【阵列面】对话框中选项的说明

选项名称		说 明
类型	矩形阵列	可以复制一个面或一组面以创建这些面的线性图样
	圆形阵列	可以复制一个面或一组面以创建这些面的圆形图样
	镜像	可以复制一个面或一组面以生成这些面的镜像图样
面		用于选择要复制的面
X 向/Y 向		用于为【矩形阵列】类型定义【X 距离】和【Y 距离】方向
轴		用于为【圆形阵列】类型定义旋转轴
镜像平面		用于为【镜像】类型定义镜像平面。可以选择一个基准平面或平面
图样属性		用于输入矩形阵列或者圆形阵列的参数

如图 3-106 所示为创建【镜像】类型的阵列面的操作过程，图中所用范例文件为本书配套光盘中的文件原始文件\cha03\03_10_4.prt。

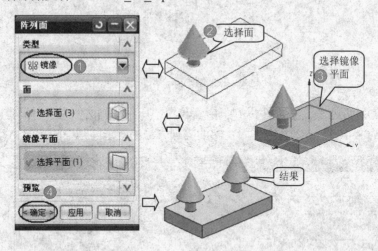

图 3-106 创建阵列面

3.10.3 镜像特征

使用【镜像特征】命令，可以用通过基准平面或平面镜像一个体上的一个或多个特征来创建对称的模型，如图 3-107 所示。

选择【插入】|【关联复制】|【镜像特征】命令，或者单击【特征】工具栏上的 按钮，系统弹出【镜像特征】对话框，如图 3-108 所示。

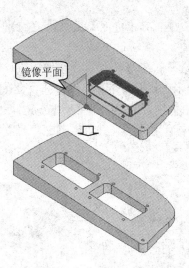

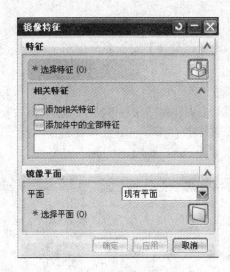

图 3-107 镜像特征   图 3-108 【镜像特征】对话框

下面举例说明创建镜像特征的操作过程。

 操作步骤

STEP 1 打开本书配套光盘中的文件原始文件\cha03\03_10_5.prt，如图 3-109 所示。

STEP 2 单击【特征】工具栏上的 按钮，系统弹出【镜像特征】对话框，然后按图 3-110 所示进行操作。

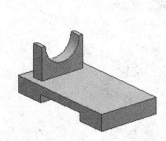

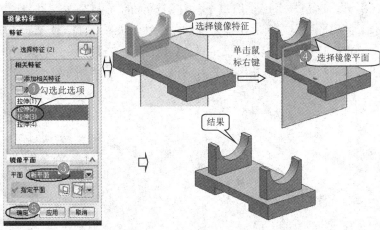

图 3-109 范例文件中的实体   图 3-110 创建镜像特征

3.10.4 镜像体

使用【镜像体】命令可以跨基准平面镜像部件中的整个体。例如，可以使用此命令来形成左侧或右侧部件的另一侧的部件。镜像体时，镜像特征与原体相关联，但不能在镜像体中编辑任何参数。

选择【插入】|【关联复制】|【镜像体】命令，或者单击【特征】工具栏上的 按钮，系统弹出【镜像体】对话框，如图 3-111 所示。

在该对话框中，如果【固定于当前时间戳记】复选框被勾选，那么在镜像体操作以后，对原体进行的任何修改都不会在镜像体中得到反映。如未选择此复选框，镜像体就会在历史记录中更改位置（始终在原体特征树中的最后），所有对原体进行的更改都会反映在镜像体中。

图 3-112 演示了创建镜像体特征的操作过程，图中所用范例文件为本书配套光盘中的文件原始文件\cha03\03_10_6.prt。

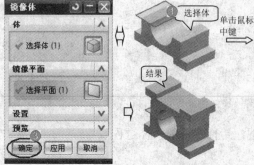

图 3-111 【镜像体】对话框　　　　　　　　图 3-112　创建镜像体特征

3.10.5　引用几何体

使用【引用几何体】命令创建对象副本，可以复制体、面、边、曲线、点、基准平面和基准轴。这是一个可供用户重复使用设计的强大工具，通过它可以轻松地复制几何体和基准，并保持引用与其原始体之间的关联性，如图 3-113 所示。

选择【插入】|【关联复制】|【实例几何体】命令，或者单击【特征】工具栏上的 按钮，系统弹出【引用几何体】对话框，如图 3-114 所示。

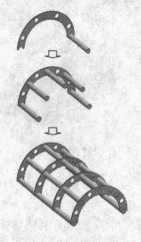

图 3-113　引用几何体　　　　　　　　　图 3-114　【引用几何体】对话框

1. 创建几何体引用

下面仅介绍通过在基准 CSYS 位置之间创建几何体引用。

 **操作步骤**

STEP 1 打开本书配套光盘中的文件原始文件\cha03\03_10_7.prt，此部件中已有两个实体和几个基准坐标系。

STEP 2 单击【特征】工具栏上的 按钮，系统弹出【引用几何体】对话框，将【复本数】设置为 1，然后按图 3-115 所示进行操作。

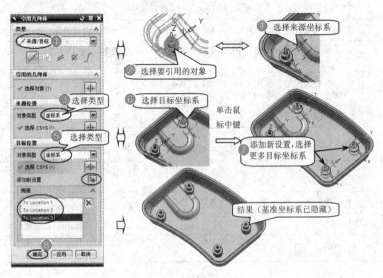

图 3-115　在基准 CSYS 位置之间创建几何体引用

目标位置可以选择多个，每选择一个目标坐标位置，就应单击鼠标中键，或者单击对话框中的【添加新集】按钮，所有位置都会显示在对话框的【列表】框中。

2.【引用几何体】对话框选项剖析

【引用几何体】对话框中选项的说明见表 3-8。

表 3-8　【引用几何体】对话框中选项的说明

选 项 名 称		说　明
类型	来源/目标	通过将对象从一个点或 CSYS 位置复制到另一个点或 CSYS 位置，创建引用几何体
	反射	通过沿镜像平面复制对象，创建引用几何体
	平移	通过按指定方向复制对象，创建引用几何体
	旋转	通过绕指定点旋转对象副本，创建引用几何体。可以添加旋转副本之间的偏置距离
	沿路径	通过沿曲线或边的路径复制对象，创建引用几何体。可以为每个引用添加偏置旋转角度
引用的几何体		用于选择要复制为几何体引用的对象。可以选择实体、片体、面、边、曲线、点、基准平面和基准轴
设置	☑关联	创建完全关联的引用几何体特征。如果清除此复选框，则获得单独的未参数化副本，而非引用几何体特征

（续）

选 项 名 称		说　明
来源位置		仅当【类型】设置为【来源/目标】时显示。定义引用几何体的源位置，可以选择【点】或者【坐标系】
目标位置		仅当【类型】设置为【来源/目标】时显示。定义引用几何体的目标位置。可以选择【点】或者【坐标系】
	添加新集	将坐标点设置或坐标系统设置添加到目标位置列表中。也可以通过单击鼠标中键来添加新集
	列表	点和坐标系位置显示在列表中。要选择点或坐标系位置，应在列表框中单击其条目。单击 ✕ 按钮可删除在列表框中选择的位置点或坐标系
份数	副本数	当【类型】设置为【来源/目标】时显示。设置要添加到引用几何体特征中的选定几何体的副本数
镜像平面		仅当类型设置为【镜像】时显示。用于选择或指定镜像平面
方向		仅当【类型】设置为【平移】时显示。用于指定引用的几何体的平移方向
距离和副本数		仅当【类型】设置为【平移】时显示。用于输入将复制的引用几何体和选定对象间隔的距离值以及要添加的副本数
路径		仅当【类型】设置为【沿路径】时显示。用于选择一组相切连续曲线或边来定义路径，从而沿该路径创建引用几何体特征的副本
距离角度和副本数		仅当【类型】设置为【沿路径】时显示
	距离选项	填充路径长度：沿路径总长度平均分布引用几何体特征的副本 圆弧长：按照圆弧长参数或圆弧长百分比参数，沿路径分布引用几何体特征的副本
	角度	使用指定的角度值，将递增旋转添加到引用几何体特征的每个副本中。在此文本框中输入一个从0到360的值
	副本数	设置要添加到引用几何体特征中的选定几何体的副本数
旋转轴		仅当【类型】设置为【旋转】时显示。用于指定引用几何体特征的旋转轴方向
角度、距离和副本数		仅当【类型】设置为【旋转】时显示。设置每个引用几何体特征和旋转轴之间的旋转角度、偏置距离和副本数

3.11　移动对象

使用【移动对象】命令可以将所选对象按所指定的方式进行移动或者复制。

选择【编辑】|【移动对象】命令，或者按快捷键〈Ctrl+T〉，系统弹出【移动对象】对话框，如图 3-116 所示。

图 3-116　【移动对象】对话框

选择要移动对象，然后指定变换运动的方式及其参数。该对话框主要选项的说明见表3-9。

表3-9 【移动对象】对话框中选项的说明

选 项 名 称		说明及图示
变换（运动）	动态	使用动态控制手柄对所选对象进行平移或旋转
	距离	将所选对象按所指定的方向平移一定的距离
	角度	将所选对象绕所指定的轴旋转一定的角度
	点之间的距离	将所选对象沿指定的矢量方向移动，移动的距离在指定的原点和测量点之间沿该矢量进行测量
	径向距离	将所选对象沿垂直于指定的矢量方向移动，移动的距离在指定的轴点和测量点之间沿移动方向进行测量
	点到点	将所选对象从源点移到目标点
	根据三点旋转	将所选对象绕指定轴旋转，旋转的角度在指定的起点和终点间进行测量
	将轴与矢量对齐	将所选对象由起始矢量的方向绕枢轴点旋转到终止矢量的方向
	CSYS 到 CSYS	将所选对象从一个坐标系的方位移动到另一个坐标系的方位
结果		指定是移动还是复制原始对象以及要创建的副本数量
设置		指定是否移动父项以及是否创建追踪线

3.12 同步建模

同步建模的工具位于【同步建模】工具栏上，或者从【插入】|【同步建模】命令中进行

选择，如图 3-117 所示。

下面仅对【同步建模】工具栏中的部分选项进行简要介绍。

1. 移动面

使用该选项可以移动几何模型的一组面并调整要适应的相邻面。

选择【插入】|【同步建模】|【移动面】命令，或者单击【同步建模】工具栏上的 按钮，系统弹出【移动面】对话框，如图 3-118 所示。

图 3-117 【同步建模】工具栏　　　　　图 3-118 【移动面】对话框

首先选择要移动的面，然后指定运动的方式（同【移动对象】命令中的运动方式），如图 3-119 所示。图中所用文件为本书配套光盘中的文件 example\cha03\03_12_1.prt。

图 3-119　移动面

2. 其他类型

其他类型的创建见表 3-10。

表 3-10　【同步建模】工具栏中的其他类型创建方法

类　型	说　明	图　解
	使用【拉出面】选项可以从模型中抽取面以添加材料，或者将面抽取到模型中以减去材料	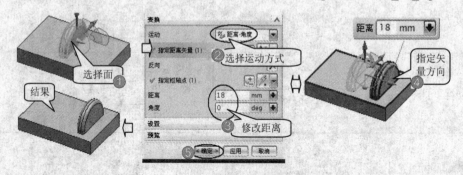

（续）

类型	说　明	图　解
	使用【偏置区域】选项可以从当前位置偏置一组面，并调节相邻圆角面以适应	
	使用【调整面的大小】选项可以更改圆柱面或球面的直径，以及锥面的半径，调整相邻圆角面以适应	
	使用【替换面】选项可以使一组面替换为另一组面，同时还能重新生成相邻的圆角。当需要更改面的几何特征时（如需要简化它或用一个复杂的曲面替换它时），可以使用该选项	
	【调整圆角大小】选项用于被转换的文件以及未参数化的实体，可以编辑圆角面的半径，同时保留相切属性	
	使用【删除面】选项可以从实体中删除一个面或者一组面，并调整其他面进行适应	
重用	复制面、剪切面、粘贴面、镜像面和图样面对所选面进行复制、剪切、粘贴或者镜像操作，其中粘贴面操作，或者指定了粘贴选项时，系统会通过增加或减少片体的面来修改体。在找不到解的情况下，操作就不能成功。【图样面】与【实例特征】中的【图样面】选项相同，这里不再重复	
约束尺寸	指对几何模型的面集添加几何或者尺寸约束，包括【设为共面】、【设为共轴】、【设为相切】、【设为对称】、【设为平行】、【设为垂直】、【线性尺寸】、【角度尺寸】以及【径向尺寸】命令	

3.13 打印机上盖设计实例精讲

操作步骤

STEP 1 运行 UG NX 7.5 软件，选择【文件】|【新建】命令，或单击工具栏中的 按钮，系统弹出【新建】对话框。

STEP 2 在【新建】对话框的【新文件名】选项组下的【名称】文本框中输入 dy02.prt，单击【确定】按钮进入建模界面。

STEP 3 选择【插入】|【设计特征】|【拉伸】命令，或单击【特征】工具栏上的 按钮，系统弹出【拉伸】对话框。在绘图区选择 XY 方向的基准平面，系统自动进入草绘界面，绘制截面如图 3-120 所示。

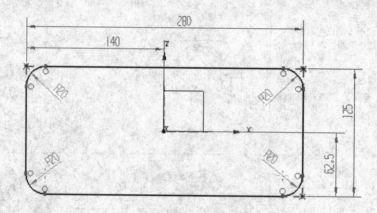

图 3-120 草绘截面

STEP 4 绘制好截面后，单击 完成草图 按钮，系统返回到【拉伸】对话框，在开始距离的文本框中输入 25，单击 <确定> 按钮，如图 3-121 所示。

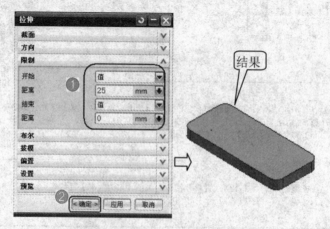

图 3-121 【拉伸】对话框及拉伸结果

STEP⑤ 选择【插入】|【设计特征】|【拉伸】命令，或单击【特征】工具栏上的 按
钮，系统弹出【拉伸】对话框，单击【设置】选项组下【体类型】下拉列表中的【片体】
命令，在绘图区选择刚刚拉伸的体的侧面为草绘面，进入草绘界面，绘制如图 3-122 所示
的截面。

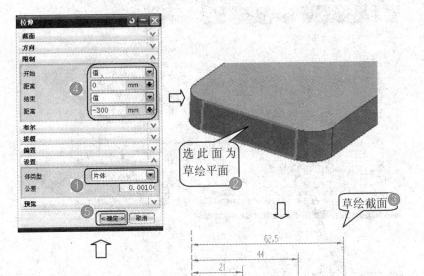

图 3-122 草绘截面

STEP⑥ 绘制好截面后，单击【草绘生成器】上的 按钮，返回【拉伸】对话
框，在结束距离的文本框中输入-300，单击 按钮，完成片体的创建。结果如图 3-123
所示。

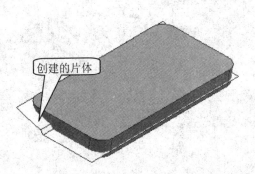

图 3-123 片体的创建结果

STEP⑦ 选择【插入】|【修剪】|【修剪体】命令，或单击【特征】工具栏上的 按
钮，系统弹出【修剪体】对话框，在绘图区选择实体为目标，选择片体为刀具，单击 确定

按钮。结果如图 3-124 所示。

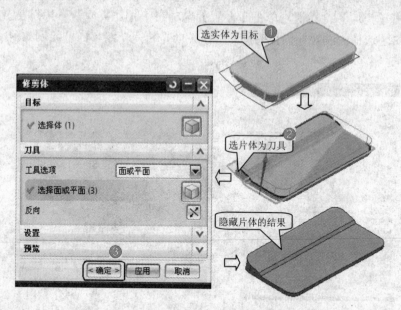

图 3-124　修剪片体

STEP 8 选择【插入】|【偏置/缩放】|【抽壳】命令，或单击【特征】工具栏上的 按钮，系统弹出【壳】对话框，在【厚度】文本框中输入 3，在绘图区选择实体的上表面为要穿透的面，单击 < 确定 > 按钮，系统自动将实体抽壳。结果如图 3-125 所示。

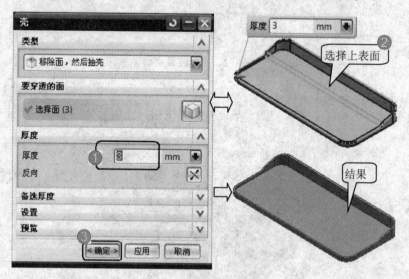

图 3-125　抽壳结果

STEP 9 选择【插入】|【基准/点】|【基准平面】命令，或单击【特征】工具栏上的 按钮，系统弹出【基准平面】对话框，在【距离】文本框中输入 55，在绘图区选择拉伸实体的一个侧面为偏置面，单击 < 确定 > 按钮，完成基准平面的创建，如图 3-126 所示。

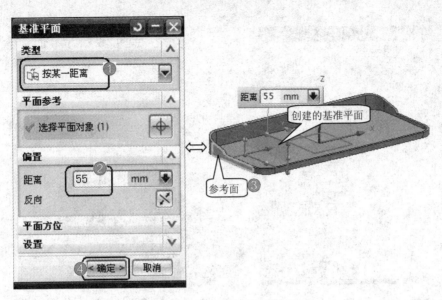

图 3-126 创建基准平面

STEP 10 选择【插入】|【设计特征】|【拉伸】命令，或单击【特征】工具栏上的 按钮，系统弹出【拉伸】对话框，绘图区选择刚刚创建的基准平面为草绘平面，进入草绘界面，绘制如图 3-127 所示的截面。

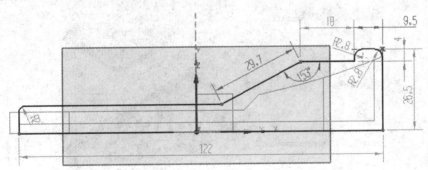

图 3-127 草绘截面

STEP 11 绘制好截面后，单击 完成草图 按钮，返回【拉伸】对话框，在【结束】下拉列表中选择【对称值】选项，在【距离】文本框中输入 1，在【布尔】下拉列表中选择【无】选项，单击 确定 按钮，如图 3-128 所示。

STEP 12 镜像实体。选择【插入】|【关联复制】|【镜像特征】命令，或单击【特征】工具栏上的 按钮，系统弹出【镜像体】对话框，在绘图区选择刚刚拉伸的实体为目标体，选择基准坐标系的 YZ 平面为镜像平面，单击 确定 按钮，如图 3-129 所示。

STEP 13 求和。选择【插入】|【Conbine】|【求和】命令，或单击【特征】工具栏上的 按钮，系统弹出【求和】对话框，在绘图区选取第一次的拉伸体为目标，选择第二次的拉伸体和镜像体为刀具，单击 确定 按钮，如图 3-130 所示。

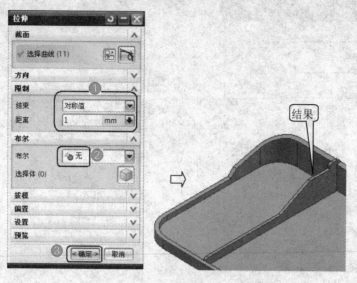

图 3-128　拉伸结果

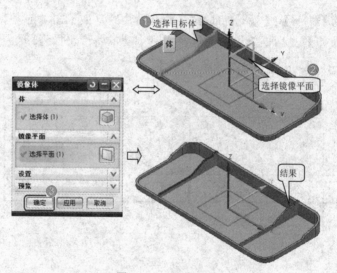

图 3-129　镜像实体

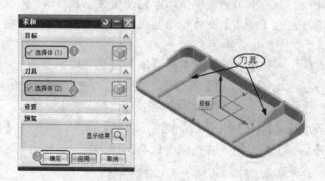

图 3-130　求和

STEP 14 拉伸。单击【特征】工具栏上的 按钮，系统弹出【拉伸】对话框，在绘图区选择实体的侧面为草绘平面，进入草绘界面，绘制如图 3-131 所示的截面。

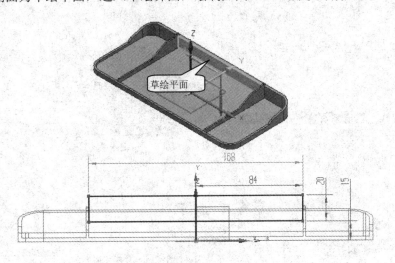

图 3-131 草绘截面

STEP 15 绘制好截面后，单击 完成草图 按钮，返回【拉伸】对话框，在【结束】下拉列表中选择【对称值】选项，在【距离】文本框中输入 5，在【布尔】下拉列表中选择【求差】选项，单击 确定 按钮，如图 3-132 所示。

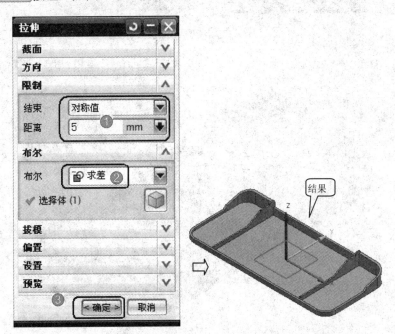

图 3-132 拉伸求差结果

STEP 16 拉伸。单击【特征】工具栏上的 按钮，系统弹出【拉伸】对话框，在绘图区选择实体的侧面为草绘平面，进入草绘界面，绘制如图 3-133 所示的截面。

STEP 17 绘制好截面后，单击 ✗完成草图 按钮，返回【拉伸】对话框，在【结束】下拉列表中选择【值】选项，在【距离】文本框中输入 5，在【布尔】下拉列表中选择【求和】选项，单击 <确定> 按钮，如图 3-133 所示

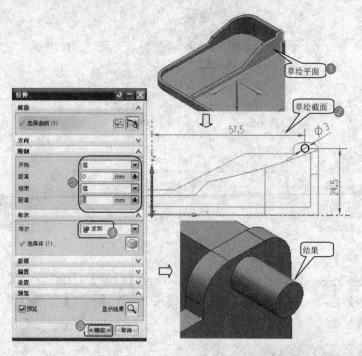

图 3-133 草绘拉伸截面

STEP 18 同理，在镜像体上拉伸一个直径为 3 的圆柱体。结果如图 3-134 所示。

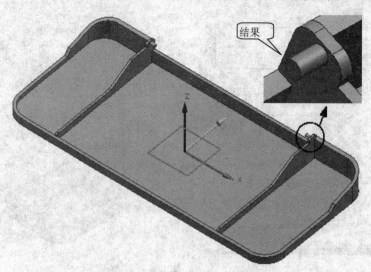

图 3-134 拉伸结果

STEP 19 使用步骤 9 的操作方法偏置一个距离为 90 的基准平面，如图 3-135 所示。

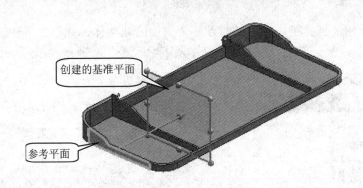

创建的基准平面

参考平面

图 3-135　创建基准平面

STEP 20 单击【特征】工具栏上的 ![按钮] 按钮，系统弹出【拉伸】对话框，在绘图区选择刚刚创建的平面为草绘平面，进入草绘界面，绘制如图 3-136 所示的截面。

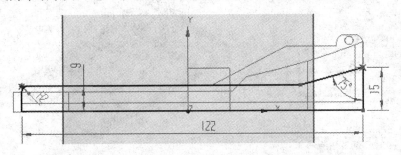

图 3-136　草绘截面

STEP 21 绘制好截面后，单击 ![完成草图] 按钮，返回【拉伸】对话框，在【结束】下拉列表中选择【对称值】选项，在【距离】文本框中输入 1，在【布尔】下拉列表中选择【无】选项，单击 ![确定] 按钮，如图 3-137 所示。

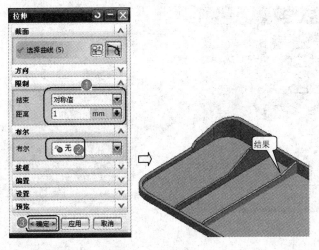

图 3-137　拉伸结果

STEP 22 平移实体。选择【插入】|【关联复制】|【引用几何体】命令，或单击【特征】工具栏上的 ![按钮] 按钮，系统弹出【实例几何体】对话框，在【类型】下拉列表中选择【平

移】选项，在绘图区选择刚刚创建的拉伸体为引用的几何体，选取要平移的矢量方向，在【距离】文本框中输入 35，在【副本数】文本框中输入 3，单击 < 确定 > 按钮。结果如图 3-138 所示。

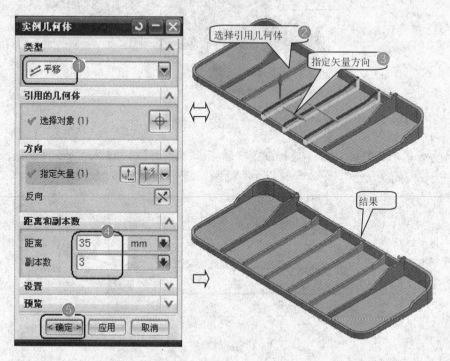

图 3-138　平移实体

STEP 23 使用步骤 13 的操作方法将刚刚创建的拉伸体和平移的实体求和。结果如图 3-139 所示。

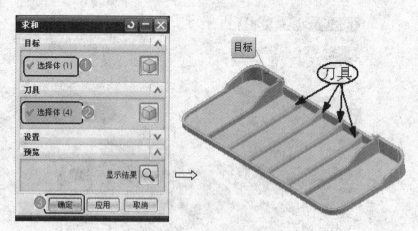

图 3-139　求和

STEP 24 边倒圆。选择【插入】|【细节特征】|【边倒圆】命令，或单击【特征】工具栏上的 按钮，系统弹出【边倒圆】对话框，在 'Radius 1 文本框中输入 0.5，在绘图区选择所有实体的边，完成后单击 < 确定 > 按钮。最终结果如图 3-140 所示。

图 3-140　打印机上盖的最终结果

3.14　本章小结

　　本章主要讲解了位于【特征】工具栏上的命令以及其他相关的编辑命令。使用这些功能可以在已有的几何体上添加细节特征，或者对现有几何体或特征进行操作以得到新的对象，或者进行编辑以得到所要求的几何属性等。最后通过一个综合实例，讲解了打印机上盖的设计过程。

　　对于产品的外观，有时并不是要求尺寸的精确，而是要求美观与实用。在实际工作中，要对产品不同的部分，按其功用采用不同的处理方法，比如，对于有装配关系的部分，就必须将对应的产品进行关联，要求定位和定形尺寸准确。

第4章 曲线功能与实例精讲

本章主要介绍在建模环境中的曲线功能，可以使用它来创建 3D 的空间曲线。曲线与草图有很大的不同，主要表现在以下几个方面：

- 草图上的曲线被严格地限制在一个平面上，而建模环境中的曲线可以是 3D 的。
- 建模环境中的曲线不能使用草图中的几何和尺寸约束来定义。
- 建模环境中的曲线可以是非关联的、非参数化的，而草图一定是参数化的。

 本章要点

- 直线和圆弧
- 基本曲线
- 组合曲线
- 创建文本
- 来自曲线集的曲线

- 来自体的曲线
- 编辑曲线
- 曲线分析
- 烟斗线架造型

 **本章案例**

 光盘路径	 原始文件	原始文件\cha04 文件夹
	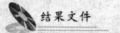 结果文件	结果文件\cha04 文件夹
	 录像文件	录像文件\cha04 文件夹

4.1 直线和圆弧

本章主要介绍曲线的创建及编辑，其命令位于【曲线】工具栏和【编辑曲线】工具栏上，也可以在【插入】和【编辑】菜单中找到，如图 4-1 所示。

4.1.1 直线

单击【曲线】工具栏上的 ✎ 按钮，或者选择【插入】|【曲线】|【直线】命令，系统弹出【直线】对话框，如图 4-2 所示。

当指定了直线的两个端点，在未应用之前，该直线处于编辑状态，系统在图形窗口显示动态控制手柄（直线的起点显示一个小球，终点则显示一个箭头）和动态文本框。可以拖动手柄来改变直线的长度，也可以在手柄上单击鼠标右键并选择不同的约束类型，如图 4-3 所示。

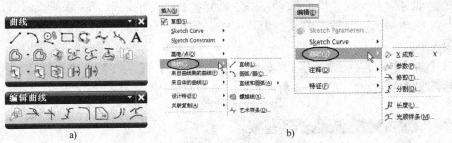

图 4-1 曲线命令

a) 【曲线】及【编辑曲线】工具栏 b) 【插入】及【编辑】菜单

图 4-2 【直线】对话框

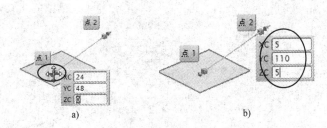

图 4-3 控制手柄

a) 拖动改变长度 b) 输入端点约束值

通过指定不同的组合方式及约束类型，直线的绘制有不同的方式，见表 4-1。

表 4-1 创建直线的方法

方 法	图 解
点	选择起点 ① 选择终点 ② 点 2 点 1
相切	点 1 ① 指定起点 ② 选择圆 长度 45.0112 点 1 相切 2

4.1.2 圆弧

使用【圆弧】命令可迅速创建关联圆和圆弧特征。所获取的圆弧类型取决于组合的约束类型。通过组合不同类型的约束，可以创建多种类型的圆弧。关联圆弧最好用于 3D 空间中与几何体相关以及相互关联的少数曲线。如果所有圆弧都在 2D 平面上，则使用草图更容易些。

单击【曲线】工具栏上的按钮，或者选择【插入】|【曲线】|【圆弧/圆】命令，系统弹出【圆弧/圆】对话框，如图 4-4 所示。

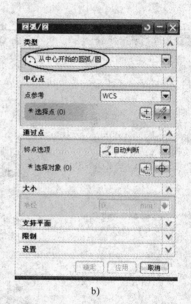

图 4-4 【圆弧/圆】对话框

a) 三点画圆弧 b) 从中心开始的圆弧/圆

【圆弧/圆】对话框中提供了两种类型：三点画圆弧和从中心开始的圆弧/圆。根据选择的类型和指定点约束的不同，有不同的创建圆弧/圆的方式，见表 4-2。

表 4-2 创建圆弧/圆的方法

方 法	图 解
通过三点	

（续）

方　法	图　解
使用相切点	
使用半径值	
使用三个相切点	a) 三点圆弧　　b) 选择相切　　c) 选择相切对象　　d) 结果
从中心开始的圆弧/圆	

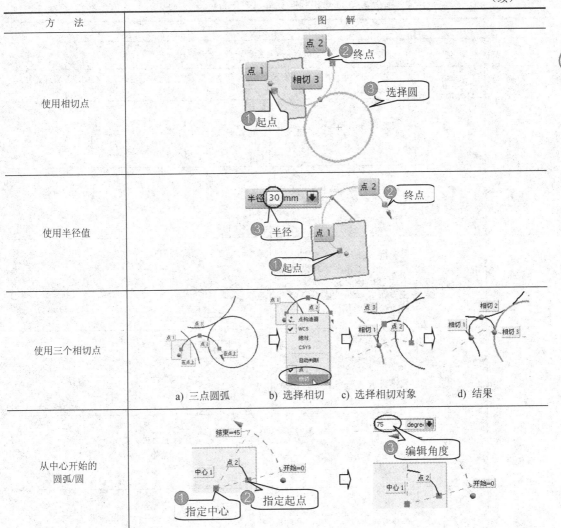

4.1.3 【直线和圆弧】工具栏

【直线和圆弧】是允许使用预定义约束组合迅速创建关联或非关联直线和曲线的专用下拉菜单和工具栏，而不必打开对话框或者操作任何按钮控件。

可以使用【直线和圆弧】工具栏（见图 4-5），或者选择【插入】|【曲线】|【直线和圆弧】来启动相关的直线和圆弧命令。

图 4-5 【直线和圆弧】工具栏

【直线和圆弧】工具栏上各命令的说明见表 4-3。

表 4-3 【直线和圆弧】工具栏中各命令的说明

图 标	名 称	说明及图解	
	关联	此选项是一个切换开关，按下此按钮，指定所创建的曲线是一个关联特征	
	无界直线	此选项是一个切换开关。按下此按钮，借助当前选定的直线创建方法，将创建的直线延伸到当前视图边界	
	直线 (点-点)	此选项使用起始和终止点约束创建直线	
	直线 (点-XYZ)	此选项使用起点和沿 XC、YC 或者 ZC 方向约束创建直线	
	直线 (点-平行)	此选项使用起点和平行约束创建直线。在选择起点和直线后，移动光标在适当位置单击或者输入值来指定直线的长度	
	直线 (点-垂直)	此选项使用起点和垂直约束创建直线。在选择起点和直线后，移动光标在适当位置单击或者输入值来指定直线的长度	
	直线 (点-相切)	此选项使用起点和相切约束创建直线。指定起点后，可以在动态文本框中输入一个值来限定直线的长度	
	直线 (相切-相切)	此选项使用相切到相切约束创建直线。指定起点后，可以在动态文本框中输入一个值来限定直线的长度	
	圆弧 (点-点-点)	此选项使用 3 个点约束创建圆弧	
	圆弧 (点-点-相切)	此选项使用起点和终点约束以及相切约束创建圆弧	
	圆弧 (相切-相切-相切)	此选项创建与其他 3 条圆弧有相切约束的圆弧。先选择与圆弧起点和终点相切的曲线，再选择与圆弧中间点相切的曲线	

（续）

图　标	名　称	说明及图解		
	圆弧 (相切-相切- 半径)	此选项使用相切约束并指定半径值创建与两曲线相切的圆弧。在选择两条相切曲线后，移动光标可以动态改变预览圆弧的方位	曲线1　曲线2 半径 半径值	
	圆 (点-点-点)	此选项使用 3 个点约束创建一个完整的圆	点3 点1　点2	
	圆 (点-点-相切)	此选项使用起始和终止点约束以及相切约束创建完整的圆	点1　曲线 点2	
	圆 (相切-相切- 相切)	此选项创建一个与 3 条曲线有相切约束的完整的圆	曲线1 曲线2 曲线3	
	圆 (相切-相切- 半径)	此选项使用起始和终止相切约束并指定半径约束创建一个完整的圆	曲线1 半径 15 半径 曲线2	
	圆 (中心-点)	此选项使用中心和起始点约束创建基于中心的圆	①中心点 ②圆弧起点	
	圆 (中心-半径)	此选项使用中心和半径约束创建基于中心的圆	②半径值 半径 20 XC 50 YC -5 ZC 0 ①中心点	
	圆 (中心-相切)	此选项使用中心和相切约束创建基于中心的圆	②曲线 ①中心点	

4.2 基本曲线

4.2.1 曲线概述

使用【基本曲线】对话框，可以绘制直线和圆弧。在一般情况下，所绘制的图形位于 WCS 的 XC-YC 平面，如果要绘制位于其他平面的图形，需要先旋转或定向 WCS。

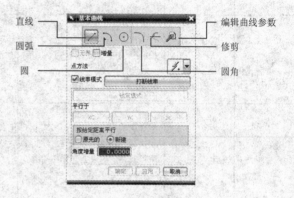

图 4-6 【基本曲线】对话框

1.【基本曲线】对话框

单击【曲线】工具栏上的 按钮，系统弹出【基本曲线】对话框，如图 4-6 所示。

该对话框顶部的按钮是可创建的曲线类型和两种编辑方法，单击按钮进入相应的模式，对话框上的选项也相应更新。有些选项是公共的，见表 4-4。其他的选项将在后面具体介绍。

表 4-4 【基本曲线】对话框的公共选项

选 项 名 称	说 明
☐ 增量	勾选该复选框，输入对话框的任何值都是相对于上一个定义点而言的
点方法	能够相对于现有的几何体，通过指定光标位置或使用【点构建器】来指定点
☐ 线串模式	勾选该复选框，一个对象的终点变成了下一个对象的起点。要中断线串模式并在创建下一个对象时再启动，可单击【打断线串】按钮或单击鼠标中键
打断线串	单击此按钮，结束当前曲线串的绘制，但【线串模式】复选框仍保持活动状态

2. 跟踪条

【跟踪条】是一系列数据输入字段，当【基本曲线】对话框活动时，会出现在图形窗口的底部。【跟踪条】中的数据输入字段将根据所要创建的曲线类型和已选中的选项而有所变化。图 4-7 为创建直线时的【跟踪条】对话框。

图 4-7 【跟踪条】对话框

（1）输入字段

在【跟踪条】对话框中有两种数据输入类型。

● 位置类型：XC、YC 及 ZC。这种类型会跟踪光标位置，也可以使用它们来输入固定的值。

● 参数类型：这种类型控制曲线的参数，例如，直线的长度或圆弧的半径。

（2）【跟踪条】选项

【用户界面首选项】对话框中有两个选项影响跟踪条交互，如图 4-8 所示（选择【首选项】|【用户界面】命令）。

- 小数位数：控制字段中显示的小数位数。
- 追踪：控制字段是否跟踪光标的当前位置。

（3）【跟踪条】使用的一般规则

- 按〈Tab〉键可在【跟踪条】各输入字段中切换输入焦点，或在所需字段中单击鼠标左键，单击为"插入"模式，双击为"替换"模式。
- 当 XC、YC 或 ZC 字段上具有焦点并按下〈Enter〉键时，系统就会接受指定的位置，而图形区域中也将显示一个星号来指示该点。
- 当参数字段（如长度、半径等）成为焦点，并按〈Enter〉键时，系统接受所有参数字段中的值，并应用于正在构造的曲线上。

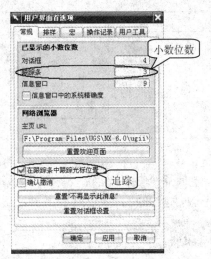

图 4-8 【用户界面首选项】对话框

- 一旦完成直线、圆弧或圆的创建，此时直线、圆弧或圆呈红色显示，可以在参数文本字段中输入新值，该对象也会相应地更新（除非正在使用【线串模式】）。

（4）对象创建预览

在【曲线】对话框中创建曲线时，除了圆角以外的所有曲线都可通过某些类型的拖动方法来创建。曲线的形状可以预览，即在实际创建该曲线之前，拖动时可以看到曲线的形状。当曲线显示为正确的形状时，可通过完成对当前高亮显示的几何体的选择或指定某个屏幕位置，来接受该曲线。

4.2.2 创建基本圆

1. 创建方法

创建基本曲线圆的方法见表 4-5。

表 4-5 创建基本曲线圆的方法

创 建 方 法	说明及图解
中心点，圆上的点	中心点 圆上点 ⇨
中心点，半径或直径	中心点 ⇨ 70.0001 ⊖ 140.0001 输入半径或直径值并按〈Enter〉键 ⇨
	不管以何种方式，在创建圆后立即在【跟踪条】输入半径或直径值并按〈Enter〉键，都可以得到指定中心点和半径的圆

（续）

创 建 方 法	说明及图解
中心点，相切对象	相切对象 中心点 选择对象时单击的位置确定切点的大致位置

2. 选项

☐ **多个位置**：勾选该复选框时，每定义一个点，都会创建先前创建的圆的一个副本，其圆心位于指定点。

图 4-9 【曲线倒圆】对话框

4.2.3 基本曲线圆角

单击【基本曲线】对话框中的☐按钮，系统弹出【曲线倒圆】对话框，如图 4-9 所示。使用该对话框可以"圆整"两条或三条选中曲线的相交处，还可以利用创建圆角修剪原先的曲线。

1.【曲线倒圆】对话框

【曲线倒圆】对话框选项说明见表 4-6。

表 4-6 【曲线倒圆】对话框选项说明

选 项 名 称		说明及图解
方法	1 简单圆角	在两条共面非平行直线之间创建圆角 选择此处
	2 曲线圆角	在两条曲线（包括点、直线、圆、二次曲线或样条）之间构造一个圆角。两条曲线间的圆角是从第一条选定曲线到第二条曲线沿逆时针方向生成的 1 2
	3 曲线圆角	在 3 条曲线间创建圆角，这 3 条曲线可以是点、线、圆弧、二次曲线和样条的任意组合 1 3 2
半径		输入圆角的半径值
继承		通过选择现有的圆角来定义新圆角的半径值
修剪选项		如果选择创建 2 曲线圆角或 3 曲线圆角，则需要选择一个修剪选项。修剪可缩短或延伸选中曲线，以便与圆角连接起来（根据选中的圆角选项的不同，某些修剪选项可能会发生更改或不可用）
点构造器		可使用【点构造器】选项定义的点代替一条、两条或全部三条曲线进行 2 曲线圆角或 3 曲线圆角，创建的圆角通过指定的点。【点构造器】会保持模态，直到单击【确定】或【后退】按钮为止

2．创建简单圆角

在【曲线倒圆】对话框中单击☐按钮，进入【简单圆角】模式，【修剪选项】和【点构造器】不可用。使用该选项在两条共面非平行直线之间创建圆角，输入的半径值决定圆角的尺寸，直线被自动修剪到与圆弧相切的点。

创建简单圆角的选择方式是指定一个点并选择两条直线，必须在选择球包含这两条直线时单击，选择球的中心指定圆弧的中心，如图 4-10 所示。

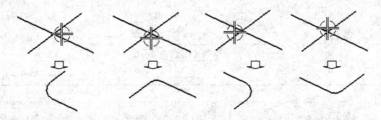

图 4-10 选择球的中心位置

3. 创建 2 曲线圆角

在【曲线倒圆】对话框中单击 按钮，进入【2 曲线圆角】模式，此时的【曲线倒圆】对话框如图 4-11 所示。

使用该选项在两条曲线（包括点、直线、圆、二次曲线或样条）之间构造一个圆角。圆角是从第一条曲线到第二条曲线沿逆时针方向生成的相切圆弧。选择曲线的顺序不同，生成的圆角也不同，如图 4-12 所示。

图 4-11 【曲线倒圆】对话框

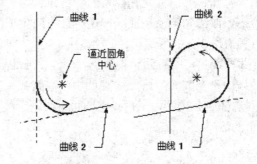

图 4-12 圆角圆弧的生成方向

创建 2 曲线圆角的操作方法见表 4-7。表中的图解均是在修剪选项都勾选的情况下绘制的。

表 4-7 创建 2 曲线圆角的操作方法

方 法	说明或图解
两曲线之间的圆角	① 选择曲线 1 ③ 单击指定圆角中心附近位置 ② 选择曲线 2
两点之间的圆角	① 选择点 1 ② 选择点 2 ③ 单击指定圆角中心附近位置 点 1、点 2 间距 30mm，圆角半径为 50mm

（续）

方 法	说明或图解
一点和另一条曲线之间的圆角	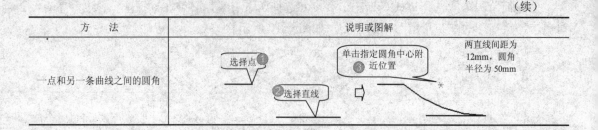 两直线间距为12mm，圆角半径为50mm

野火专家提示：每次选择点，应单击【曲线倒圆】对话框上的【点构造器】按钮，通过【点构造器】指定点后单击【后退】按钮回到【曲线倒圆】对话框。

4．创建 3 曲线圆角

在【曲线倒圆】对话框中单击⌒按钮，进入【3 曲线圆角】模式，此时【半径】和【继承】选项不可用，如图 4-13 所示。

使用此选项在 3 条曲线间创建圆角，这 3 条曲线可以是点、直线、圆弧、二次曲线和样条的任意组合。3 曲线圆角是从第一条曲线到第三条曲线按逆时针方向生成的圆弧，圆弧中心与这 3 条曲线等距。

在创建 3 曲线圆角时有两种类型。

图 4-13 【曲线圆角】对话框

- 3 曲线中没有圆弧：如果 3 曲线中没有圆弧，只要分别选择 3 条曲线，然后指定圆角中心附近位置即可。图 4-14 为在 3 条直线间创建圆角的情况。

图 4-14 在 3 条直线间创建圆角

- 3 曲线中有圆弧：如果 3 条曲线中有圆弧，在选择圆弧时，系统会弹出图 4-15 所示的对话框，在相应的按钮上单击就选择了与该圆弧相切的选项。为便于观察圆角与圆弧之间的相切关系，表 4-8 中的图示是在【修剪选项】设置为图 4-16 所示情况下绘制的。

图 4-15 选择圆弧时的对话框　　　图 4-16 修剪选项设置

表4-8 圆角与圆弧的相切选项剖析

相 切 选 项	说明及图解
外切	曲线1 曲线2 曲线3 大概圆角中心位置 选择曲线2后单击【外切】按钮
	如果要使选定的圆弧位于要创建圆角的外部，则使用该选项
圆角在圆内	曲线1 曲线3 大概圆角中心位置 曲线2 选择曲线2后单击【圆角在圆内】按钮
	如果要圆角位于选定圆弧内，则使用该选项
圆角内的圆	曲线3 大概圆角中心位置 曲线1 曲线2 选择曲线1和曲线2后均单击 【圆角内的圆】按钮
	如果要使选定的圆弧位于圆角内，则使用该选项

4.3 组合曲线

4.3.1 矩形

使用【矩形】命令通过选择两个对角点创建一个矩形。

STEP 1 单击【曲线】工具栏上的 ▱ 按钮，系统弹出【点】对话框。

STEP 2 分别指定两个点定义矩形的两个对角点，系统即可创建矩形。如果使用屏幕位置上的点，创建的矩形则位于 XC-YC 平面，如图 4-17 所示。

可以使用捕捉点或者输入的坐标值来指定对角点，如果指定的两点不在 XC-YC、YC-ZC 或 XC-ZC 平面内，系统则以平行于 YC 轴创建矩形的两条边，如图 4-18 所示。

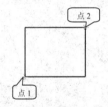

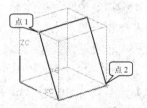

图 4-17 创建 XC-YC 平面内的矩形　　图 4-18 创建空间位置的矩形

4.3.2 多边形

使用【多边形】命令在平行于 WCS 的 XC-YC 平面的平面内创建一个多边形。

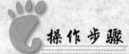

操作步骤

STEP① 单击【曲线】工具栏上的按钮，系统弹出【多边形】对话框，然后按图 4-19 所示进行操作。

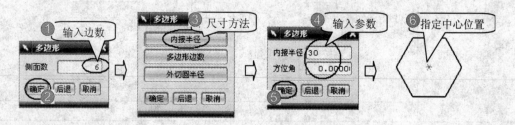

图 4-19　创建多边形

STEP② 【点】对话框保持打开，可以在其他位置继续指定点，每指定一个点，系统都会在新位置复制出相同的多边形。单击【后退】按钮可以退回输入新多边形的参数。单击【取消】按钮，则退出该命令。

【多边形】对话框中选项的说明见表 4-9。

表 4-9　【多边形】对话框中选项的说明

相切选项	说明及图解		
侧面数	指定的边数将确定多边形的形状		
尺寸方法	a) 内切圆半径	b) 外接圆半径	c) 多边形的边
方位角	是指多边形从 XC 轴逆时针方向旋转的角度。该角度指定多边形第一个角的位置		

4.3.3 椭圆

如果想按透视法画一个圆，创建椭圆是最有效的，因为它能够指定大径和小径。大径通常等于圆的实际直径。小径通常表示按透视原理缩短的量。默认的椭圆会在与工作平面平行的平面上创建，如图 4-20 所示。

单击【曲线】工具栏上的按钮，系统弹出【椭圆】对话框。在建模环境和草图生成器中，椭圆的定义方法是一样的，这里就不再重复。

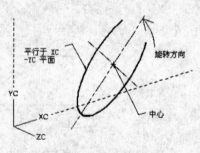

图 4-20　椭圆

4.3.4 艺术样条

【艺术样条】按钮 ～ 在第 2 章已介绍过，它们的定义是一样的，这里不再重复。

4.3.5 二次曲线

【曲线】工具栏上的【抛物线】按钮 ～、【双曲线】按钮 ～ 和【一般二次曲线】按钮 △ 都属于二次曲线。

在数学上，二次曲线是通过剖切圆锥而创建的曲线。根据截面通过圆锥的角度不同，剖切所得到的曲线类型也会有所不同，如图 4-21 所示。二次曲线位于平行于工作平面（XC-YC 平面）的一个平面上，其中心在指定点处。

二次曲线适用于当在两条现有曲线之间进行圆角过渡时出现斜率反向（或在过渡曲线中出现拐点）的情形中，如图 4-22 所示。

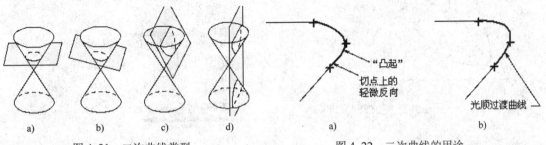

图 4-21　二次曲线类型

a) 圆　b) 椭圆　c) 抛物线　d) 双曲线

图 4-22　二次曲线的用途

a) 样条　b) 一般二次曲线

1. 抛物线

抛物线是与一个点（焦点）的距离和与一条直线（准线）的距离相等的点的集合，位于平行于工作平面的一个平面内，如图 4-23 所示。抛物线的参数说明见表 4-10，其创建步骤如图 4-24 所示。

表 4-10　抛物线的参数说明

参 数 名 称	说　明
焦距长度	是指从顶点到焦点的距离，焦距必须大于 0
最小 DY/最大 DY	最小 DY 和最大 DY 限制抛物线在对称轴两侧的扫掠范围
旋转角度	指对称轴与 XC 轴之间所成的角度。它是沿逆时针方向测量的，枢轴点在顶点处

图 4-23　抛物线

图 4-24　创建抛物线

2. 双曲线

根据数学定义，双曲线包含两条曲线，分别位于中心的两侧。在 NX 中，只会构造其中的一条曲线，其中心在渐近线的交点处，对称轴通过该交点。双曲线从 XC 轴的正向绕中心旋转而来，位于平行于 XC-YC 平面的一个平面上，如图 4-25 所示。双曲线的参数说明见表 4-11，其创建步骤如图 4-26 所示。

表 4-11 双曲线的参数说明

参 数 名 称	说 明
横轴和共轭轴	半横轴和半共轭轴参数指的是这些轴长度的一半。这两个轴之间的关系确定了曲线的斜率
最小 DY/最大 DY	双曲线的宽度参数。最小 DY 和最大 DY 限制双曲线在对称轴两侧的扫掠范围
旋转角度	半横轴与 XC 轴组成的角度，其枢轴点在双曲线的中心，旋转角度从 XC 正向开始计算，按逆时针方向测量

图 4-25 双曲线　　　　　　　　　　图 4-26 创建双曲线

4.3.6 螺旋线

通过定义圈数、螺距、半径方法（规律或恒定）、旋转方向和适当的方位，来创建螺旋线，其结果是一个样条，如图 4-27 所示。

单击【曲线】工具栏上的 按钮，系统弹出【螺旋线】对话框，如图 4-28 所示。

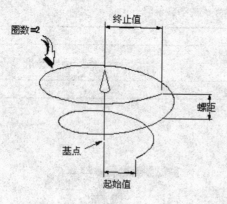 

图 4-27 螺旋线　　　　　　　　　　图 4-28 【螺旋线】对话框

指定螺旋线的基点，并输入螺旋线的参数，然后单击对话框中的【确定】按钮，系统就会创建所定义的螺旋线。【螺旋线】对话框选项的说明见表 4-12。

表 4-12　【螺旋线】对话框选项的说明

选项名称		说明
圈数		必须大于 0。可以接受小于 1 的值（比如 0.5 可生成半圈螺旋线）
螺距		沿螺旋轴方向相邻圈之间的距离。螺距必须大于等于 0
半径方式	使用规律曲线	使用规律函数来控制螺旋线的半径变化。如果选择该选项，【半径】文本框不可用，并且将会显示【规律函数】对话框
	输入半径	用于输入半径值，该值在整个螺旋线上都是恒定的
半径		如果选择了输入半径方法，则在此处输入半径值
旋转方向		右手螺旋线起始于基点并向右旋绕（逆时针方向）。左手螺旋线起始于基点并向左卷曲（顺时针方向）
定义方位		允许使用坐标系工具的【Z 轴，X 点】选项来定义螺旋方位
点构造器		可以使用点构造器来定义基点坐标方位

4.3.7　规律曲线与规律子函数

单击【曲线】工具栏上的xyz按钮，系统弹出【规律函数】对话框，如图 4-29 所示。该选项使用规律子函数创建样条，可以根据数值、方程或图形规律描述函数值。

图 4-29　【规律函数】对话框

最常用的函数是常数、线性或三次，也可以是一条现有曲线或一个方程（根据表达式输入）。规律曲线的类型见表 4-13。

表 4-13　规律曲线的类型

图标	名称	说明
	常数	给整个规律函数定义一个常数值。系统会提示只输入一个规律值（即该常数）
	线性	用于定义一个从起点到终点的线性变化率。系统会提示输入【起始值】和【终止值】
	三次	用于定义一个从起点到终点的三次变化率。系统会提示输入【起始值】和【终止值】
	沿脊线的值-线性	可以用两个或多个沿着一条脊线的点来定义线性规律函数。在选择脊线后，可以沿着该脊线指出多个点。系统会提示用户在每个点处输入一个值
	沿脊线的值-三次	可以用两个或多个沿着一条脊线的点来定义三次规律函数。在选择脊线后，可以沿着该脊线指出多个点。系统会提示用户在每个点处输入一个值
	根据方程	可以用表达式和"参数表达式变量"来定义规律
	根据规律曲线	用于选择一串光顺连接曲线来定义规律函数

4.3.8　实例应用——变形弹簧

下面结合螺旋线和规律曲线介绍一个应用实例。

STEP 1 打开本书配套光盘中的文件原始文件\cha04\04-03-8.prt，该部件中有两条曲线。

STEP 2 单击【曲线】工具栏上的◎按钮，系统弹出【螺旋线】对话框，然后按图 4-30 所示进行操作。

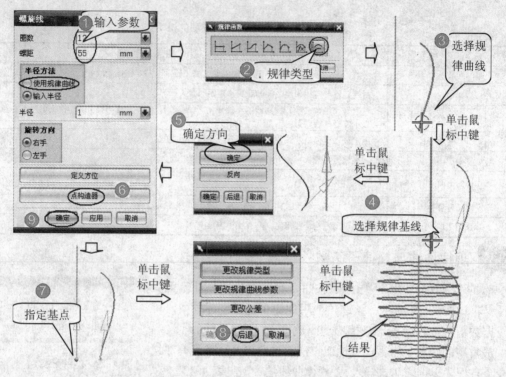

图 4 30　规律曲线控制的螺旋线

4.4　创建文本

使用【创建文本】命令可以选择 Windows 字体库中的 Truetype 字体生成 UG NX 曲线，指定字符属性（加粗、倾斜、类型、字母表），并在【文本】对话框字段中输入文本字符串，系统将追踪所选字体的形状，使用线条和样条生成文本字符串的字符外形，并在平面、曲线或曲面上放置生成的几何体。

单击【曲线】工具栏上的**A**按钮，系统弹出【文本】对话框，如图 4-31 所示。

有 3 种类型的文本：平面的、在曲线上和在面上，下面分别举例说明。

1. 创建平面文本

平面文本位于平面对象上，按图 4-32 所示进行操作创建平面文本。

2. 沿曲线创建文本

该选项用于沿相连曲线串创建文本。每个文本字符后面都跟有曲线串的曲率，可以指定所需的字符方向。如果曲线是直线，则必须指定字符方向。

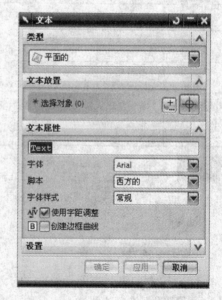

图 4-31　【文本】对话框

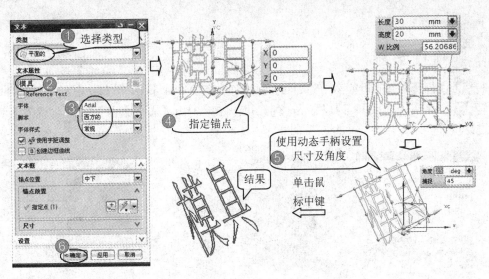

图 4-32 创建平面文本

操作步骤

STEP① 打开本书配套光盘中的文件原始文件\cha04\04_2.prt，该部件中有一条曲线。

STEP② 单击【曲线】工具栏上的**A**按钮，系统弹出【文本】对话框，然后按图 4-33 所示进行操作。

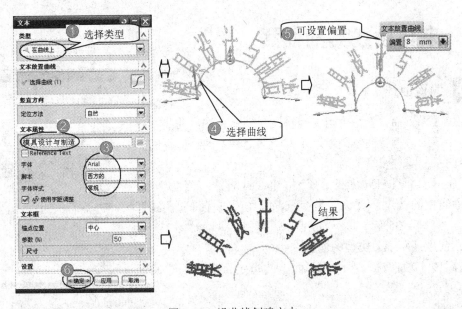

图 4-33 沿曲线创建文本

3. 在面上创建文本

该选项用于在一个或多个相连面上创建文本。

操作步骤

STEP① 打开本书配套光盘中的文件原始文件\cha04\04_04_3.prt，该部件中有一个 3D 曲面。

STEP② 单击【曲线】工具栏上的**A**按钮，系统弹出【文本】对话框，然后按图 4-34 所示进行操作。

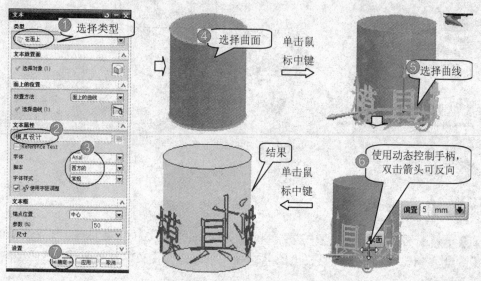

图 4-34　在曲面上创建文本

4.5　来自曲线集的曲线

4.5.1　偏置曲线

使用【偏置曲线】命令可偏置直线、圆弧、二次曲线、样条、边和草图。偏置曲线是通过垂直于选定基本曲线计算的点来构造的。

单击【曲线】工具栏上的按钮，或者选择【插入】|【来自曲线集的曲线】|【偏置】命令，系统弹出【偏置曲线】对话框，如图 4-35 所示。

1. 创建【距离】类型的偏置

使用该选项在输入曲线的平面上的恒定距离处创建偏置曲线。

图 4-35　【偏置曲线】对话框

操作步骤

STEP① 打开本书配套光盘中的文件原始文件\cha04\04-5-1.prt，该部件中已有一实体，本例将选择该实体上的边来进行偏置。

STEP 2 单击【曲线】工具栏上的 按钮，系统弹出【偏置曲线】对话框，然后按图 4-36 所示进行操作。选择曲线时为方便选取，应设置【选择条】上的【曲线规则】选项。

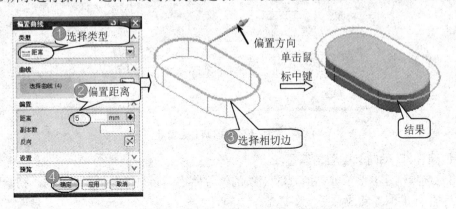

图 4-36 创建【距离】类型的偏置

STEP 3 单击对话框中的【应用】按钮，创建偏置曲线，此时偏置的曲线成了新偏置的基线，如果连续单击【应用】按钮，则会以相同的偏置距离创建递增的偏置曲线。如果单击【确定】按钮，系统创建偏置曲线并关闭对话框。

2. 创建【拔模】类型的偏置

使用此选项在与输入曲线平面平行的平面上创建指定角度的偏置曲线。一个平面符号标记出偏置曲线所在的平面。

在【偏置曲线】对话框中选择【拔模】选项（有的版本可能显示为【草图】），然后按图 4-37 所示进行操作。

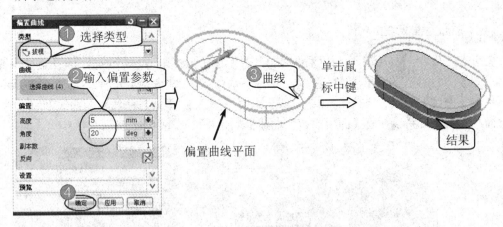

图 4-37 创建【拔模】类型的偏置

3. 创建【规律控制】类型的偏置

使用该选项在输入曲线的平面上，在规律类型指定的规律所定义的距离处创建偏置曲线。

在【偏置曲线】对话框中选择【规律控制】选项，然后按图 4-38 所示进行操作。

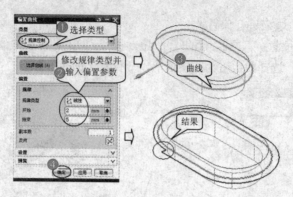

图 4-38　创建【规律控制】类型的偏置

4. 创建【3D 轴向】类型的偏置

使用此选项创建共面或非共面 3D 曲线的偏置曲线。必须指定距离和方向，初始默认值为 ZC 轴。生成的偏置曲线总是一条样条。

在【偏置曲线】对话框中选择【3D 轴向】选项，然后按图 4-39 所示进行操作。

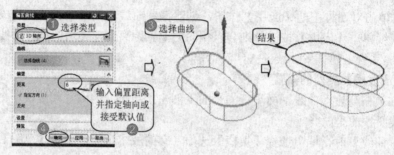

图 4-39　创建【3D 轴向】类型的偏置

4.5.2　在面上偏置曲线

使用【在面上偏置曲线】命令可根据曲面上的相连边或曲线，在一个或多个面上创建偏置曲线。曲线是在面上创建的，并且对其进行测量要沿着垂直于原始曲线的截面进行，如图 4-40 所示。

单击【曲线】工具栏上的 按钮，或者选择【插入】|【来自曲线集的曲线】|【面中的偏置曲线】命令，系统弹出【面中的偏置曲线】对话框，如图 4-41 所示。

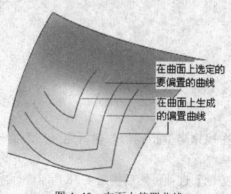

图 4-40　在面上偏置曲线

图 4-41　【面中的偏置曲线】对话框

1. 创建【恒定】类型的偏置曲线

 操作步骤

STEP 1 打开本书配套光盘中的文件原始文件\cha04\04-05 _3.prt，该部件中有一实体。

STEP 2 单击【曲线】工具栏上的 按钮，系统弹出【面中的偏置曲线】对话框，然后按图4-42所示进行操作。

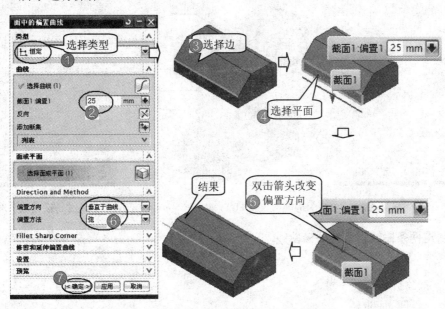

图4-42　创建【恒定】类型的偏置曲线

STEP 3 在选择一条或多条边或曲线后，如果单击鼠标中键或者 按钮，则将所选择的边或曲线加到一个曲线集中，并开始新的曲线集，新选择的曲线将被增加到新集中。一个曲线集称为一个截面，在对话框的【列表】框中将一一列出。对于同一截面中的曲线只能使用相同的偏置距离，而对于不同截面的曲线可应用不同的偏置距离。

2. 创建【可变】类型的偏置曲线

 **操作步骤**

STEP 1 打开本书配套光盘中的文件原始文件\cha04\04-05 _3.prt，该部件中有一实体。

STEP 2 单击【曲线】工具栏上的 按钮，系统弹出【面中的偏置曲线】对话框，然后按图4-43所示进行操作。

4.5.3　桥接曲线

使用【桥接曲线】命令可在现有几何体之间创建桥接曲线并对其进行约束。

单击【曲线】工具栏上的 按钮，或者选择【插入】|【来自曲线集的曲线】|【桥接】

命令，系统弹出【桥接曲线】对话框，如图 4-44 所示。

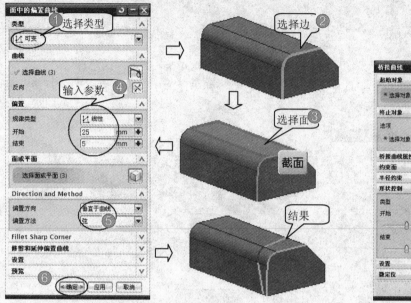

图 4-43　创建【可变】类型的偏置曲线　　　　　图 4-44　【桥接曲线】对话框

1. 创建两条曲线之间的桥接曲线

 **操作步骤**

STEP① 打开本书配套光盘中的文件原始文件\cha04\04_05-3.prt，该部件中有两条曲线。

STEP② 单击【曲线】工具栏上的 按钮，系统弹出【桥接曲线】对话框，然后按图 4-45 所示进行操作。

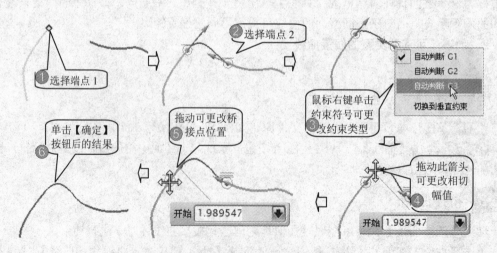

图 4-45　创建两条曲线之间的桥接曲线

2. 创建面与点之间的桥接曲线

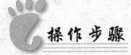

STEP① 打开本书配套光盘中的文件原始文件\cha04\04_05_4.prt，该部件中有一个曲面和一条曲线。本例将桥接该曲面和曲线上的点。

STEP② 单击【曲线】工具栏上的 按钮，系统弹出【桥接曲线】对话框。然后按图 4-46 所示进行操作。在选择起点和终点时，应设置【选择条】上的【捕捉点】选项。图 4-46 中在更改约束类型时，使用了快捷菜单，使用对话框中相应的选项也可以达到同样的目的。

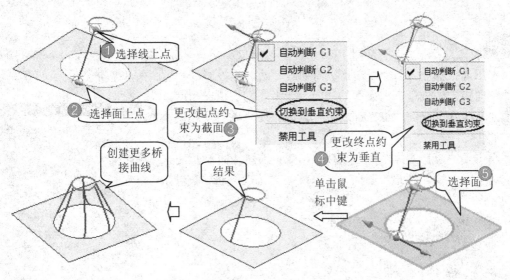

图 4-46 创建面与点之间的桥接曲线

4.5.4 连结曲线

使用【连结曲线】命令可将一系列曲线或边连接到一起，以创建单个 B 样条曲线。该命令与简化曲线的功能刚好相反。

单击【曲线】工具栏上的 按钮，或者选择【插入】|【来自曲线集的曲线】|【连结】命令，系统弹出【连结曲线】对话框，如图 4-47 所示。

下面举例说明创建连结曲线的过程。

STEP① 打开本书配套光盘中的文件原始文件\cha04\04-05-4.prt，本例将三角平台的 3 条边连接成样条。

STEP② 单击【曲线】工具栏上的 按钮，系统弹出【连结曲线】对话框。然后按图 4-48 所示进行操作。

图 4-47 【连结曲线】对话框

图 4-48　连接有拐角的曲线

4.5.5　投影曲线

使用【投影曲线】命令，可以将曲线、边和点投影到片体、面和基准平面上；可以调整投影朝向指定的矢量、点或面的法向，或者与它们成一角度。投影的曲线在孔或面边缘处都要进行修剪，还可以自动连接输出的曲线。

单击【曲线】工具栏上的 按钮，或者选择【插入】|【来自曲线集的曲线】|【投影】命令，系统弹出【投影曲线】对话框，如图 4-49 所示。

下面举例说明投影曲线的创建过程。

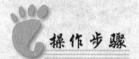

图 4-49　【投影曲线】对话框

STEP 1 打开本书配套光盘中的文件原始文件\cha04\04-05-5.prt，该部件中有一条曲线和片体。本例将该曲线投影到片体上。

STEP 2 单击【曲线】工具栏上的 按钮，系统弹出【投影曲线】对话框，然后按图 4-50 所示进行操作。

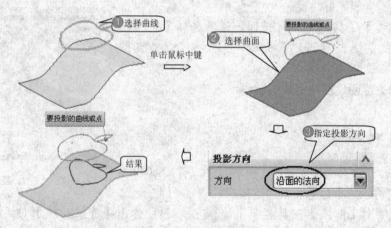

图 4-50　创建投影曲线

STEP 3 在单击【确定】按钮之前，可以先在对话框的【预览】选项组下单击【显示结果】按钮 🔍，确认无误后再单击【确定】或【应用】按钮创建投影曲线。

4.5.6　镜像曲线

使用【镜像曲线】命令通过基准平面或者平面复制关联或非关联曲线和边，如图4-51所示。

单击【曲线】工具栏上的 按钮，或者选择【插入】|【来自曲线集的曲线】|【镜像曲线】命令，系统弹出【镜像曲线】对话框，如图4-52所示。

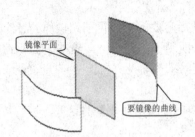

图 4-51　创建镜像曲线　　　　　　　图 4-52　【镜像曲线】对话框

4.6　来自体的曲线

4.6.1　相交曲线

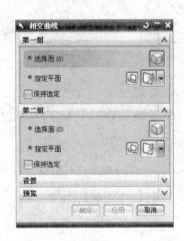

使用【相交曲线】命令可在两组对象之间创建相交曲线。

单击【曲线】工具栏上的 按钮，或者选择【插入】|【来自体的曲线】|【求交】命令，系统弹出【相交曲线】对话框，如图4-53所示。

下面举例说明创建相交曲线的过程。

图 4-53　【相交曲线】对话框

STEP 1 打开本书配套光盘中的文件原始文件\cha04\04-06-1.prt，该部件中有一个实体和一个片体，本例要求它们之间的交线。

STEP 2 在【曲线】工具栏上单击 按钮，系统弹出【相交曲线】对话框，然后按图4-54所示进行操作。选取辅助面，应设置【选择条】上的【面规则】选项。

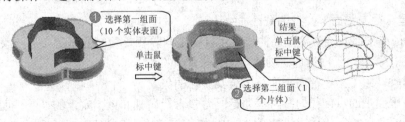

图 4-54　创建相交曲线

4.6.2　剖切曲线

使用【剖切曲线】命令可在指定的平面与体、面、平面或曲线之间创建相交几何体。其中平面与曲线相交将创建一个或多个点。

单击【曲线】工具栏上的　按钮，系统弹出【剖切曲线】对话框，如图 4-55 所示。

剖切曲线有 4 种类型，下面分别举例说明其创建过程。本节使用同一个范例文件原始文件\cha04\04-06-2.prt，该部件中有一个实体作为剖切对象。

1. 创建【选定的平面】类型的截面曲线

创建【选定的平面】类型的截面曲线，可以指定要用于执行剖切操作的各个平面和基准平面。可以是现有平面，也可以定义一个临时平面用于剖切平面。这些平面将使体、面、平面和曲线与选定对象相交。

1）打开范例文件。

2）在【曲线】工具栏上单击　按钮，系统弹出【剖切曲线】对话框，然后按图 4-56 所示进行操作。

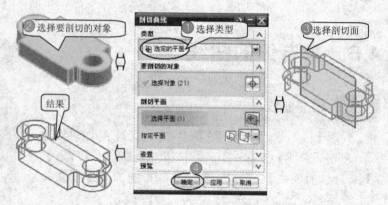

图 4-55　【剖切曲线】对话框　　　　图 4-56　创建【选定的平面】类型的截面曲线

2. 创建【平行平面】类型的截面曲线

创建【平行平面】类型的截面曲线，可以通过指定一组临时平行平面的基本平面、步长值以及起始和终止距离来创建截面曲线。这组临时平行平面以相等的距离间隔，可供软件用于剖切选定对象。

1）继续前面的操作，按快捷键〈Ctrl+Z〉撤销创建的截面交线，或者重新打开范例文件。

2）在【曲线】工具栏上单击　按钮，系统弹出【剖切曲线】对话框，然后按图 4-57 所示进行操作。

3. 创建【径向平面】类型的截面曲线

创建【径向平面】类型的截面曲线，可以指定间隔相等角度的平面（从一条公共轴线开始以扇形展开），以用于剖切选定的体、面、平面和曲线。

● 径向轴：用于指定径向平面将围绕其旋转的矢量。

● 参考平面上的点：径向参考平面是同时包含径向轴和该指定点的唯一平面。

1）继续前面的操作，按快捷键〈Ctrl+Z〉撤销创建的截面交线，或者重新打开范例文件。

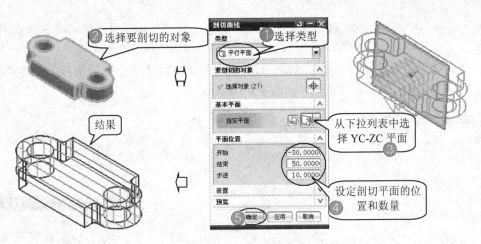

图 4-57 创建【平行平面】类型的截面曲线

2）在【曲线】工具栏上单击 按钮，系统弹出【剖切曲线】对话框，然后按图 4-58 所示进行操作。

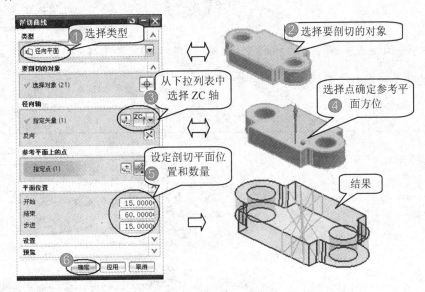

图 4-58 创建【径向平面】类型的截面曲线

4．创建【垂直于曲线的平面】类型的截面曲线

创建【垂直于曲线的平面】类型的截面曲线，可以指定数据以定义一组垂直于选定曲线或边的临时平面。可以使用多种方法来控制剖切平面沿曲线或边缘的间隔。

1）继续前面的操作，按快捷键〈Ctrl+Z〉撤销创建的截面交线，或者重新打开范例文件。

2）在【曲线】工具栏上单击 按钮，系统弹出【剖切曲线】对话框，然后按图 4-59 所示进行操作。

4.6.3 抽取曲线

使用【抽取曲线】命令可以由一个或多个现有体的边和面创建几何体（直线、圆弧、二次曲线和样条）。大多数抽取曲线是非关联的，但也可选择创建关联的等斜度曲线或阴影轮廓曲线。

在【曲线】工具栏上单击 按钮，或者选择【插入】|【来自体的曲线】|【抽取】命令，系统弹出【抽取曲线】对话框，如图 4-60 所示。

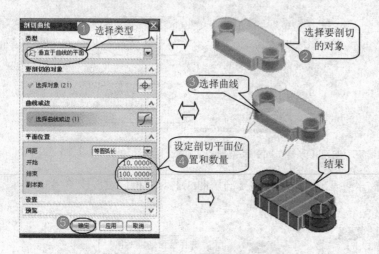

图 4-59 创建【垂直于曲线的平面】类型的截面曲线　　　　图 4-60 【抽取曲线】对话框

【抽取曲线】对话框选项的说明见表 4-14。

表 4-14 【抽取曲线】对话框选项的说明

类 型	说 明	图 解
边缘曲线	从指定边抽取曲线。每次选择一条所需的边，或使用对话框选项选择面上的所有边、体中的所有边、按名称或按成链选取边。如果体没有边（如整球情况），此时可以考虑使用"最大轮廓线"方法	选择边　结果（已隐藏实体）
等参数曲线	使用该选项沿面上给定的 U/V 参数生成曲线	选择面　U恒定①　V恒定　设置参数② 曲线数量 2 百分比 最小值 50.0000 最大值 100.0000
轮廓线	轮廓曲线是与当前视图方位相关的，即从当前视图方位看到的体的轮廓曲线	轮廓曲线
工作视图中的所有边	使用该选项创建所有边缘曲线，包括轮廓线。在工作视图中如果隐藏边不可见，则曲线只沿着可见边创建；如果隐藏边为虚线或细灰色，则隐藏的曲线以虚线或细灰色线型创建。注意，使用该选项创建的曲线是从显示的曲线逼近的，与用【边缘曲线】选项创建的曲线是不同的。用【边缘曲线】创建的是选定边缘的完整副本	

（续）

类 型	说 明	图 解
等斜度曲线	等斜度曲线是根据指定的参考矢量，由面集上的拔模角为恒定的一系列点组成的曲线	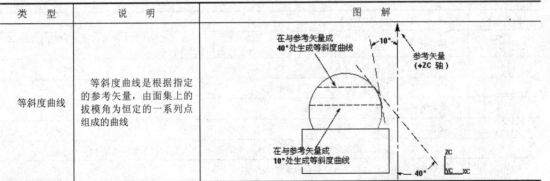

4.6.4 抽取中心曲线

使用【抽取中心曲线】（Extract Virtual Curve）命令可以抽取圆柱体面的中心线、倒圆角面的中心线等。在【曲线】工具栏上单击 按钮，系统弹出【Extract Virtual Curve】对话框，如图 4-61 所示。

【Extract Virtual Curve】对话框部分选项的说明见表 4-15。

图 4-61 【Extract Virtual Curve】对话框

表 4-15 【Extract Virtual Curve】对话框部分选项的说明

类 型	说 明	图 解
旋转轴	既可以抽取圆柱体面的中心线，也可以抽取倒圆角面的中心线	
Blend Centerline	只能抽取圆角面的中心线，且中心线的位置在倒圆角面的内侧	
Virtual Intersection	只能抽取倒圆角的中心线，且中心线的位置在倒圆角面的外侧	

4.7 编辑曲线

编辑曲线的功能位于菜单【编辑】|【曲线】下和【编辑曲线】工具栏上。编辑曲线各命令的说明见表 4-16。

表 4-16　编辑曲线各命令的说明

图　标	名　称	说　明
	修剪曲线	根据选中的边界实体（曲线、边、平面、面、点或光标位置）和选中用于修剪的曲线来调整曲线（直线、圆弧、二次曲线或样条）的端点
	修剪角	修剪两条曲线至其交点，从而形成拐角
	分割曲线	将曲线分割为一连串类似的段
	编辑圆角	允许编辑现有圆角
	拉长曲线	允许在拉长或收缩选中对象的同时移动几何对象
	曲线长度	通过给定曲线长度增量修剪或延伸曲线，或根据曲线总长修剪或延伸曲线
	光顺样条	自动移除 B 样条曲率属性中的瑕疵

4.7.1　修剪曲线

使用【修剪曲线】命令可以修剪或延伸直线、圆弧、二次曲线或样条，可以修剪到（或延伸到）曲线、边缘、平面、曲面、点或光标位置，还可以指定修剪过的曲线与其输入参数相关联。

单击【编辑曲线】工具栏上的 按钮，或者选择【编辑】|【曲线】|【修剪】命令，系统弹出【修剪曲线】对话框，如图 4-62 所示。

下面举例说明修剪曲线的操作过程。

图 4-62　【修剪曲线】对话框

操作步骤

STEP 1 打开本书配套光盘中的文件原始文件\ch06\trim_2.prt，如图 4-63a 所示。本例要求将其修剪成图 4-63b 所示的形状。读者可以先自行操作看是否能将其正确地修剪。

STEP 2 单击【编辑曲线】工具栏上的 按钮，系统弹出【修剪曲线】对话框，在选择曲线进行修剪之前，先修改对话框中的设置，如图 4-64 所示。

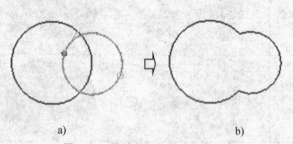

图 4-63　待修剪及修剪后的曲线

a) 待修剪的曲线　b) 修剪后的曲线

图 4-64　【修剪曲线】对话框的设置

STEP 3 按图 4-65 所示进行操作。注意选择曲线时鼠标单击的位置，而且要避开曲线的控制点。在修剪第一条圆弧后，因为边界对象是保持选定的，所以，后面的修剪只需要选择要修剪的曲线，系统就会立即执行修剪。

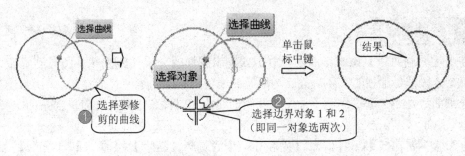

图 4-65 完成第一阶段的修剪

> **野火专家提示：**对于圆弧对象的修剪，当所选边界与圆弧的交点不止一个时，如果仅选择该边界对象一次，则系统会在该圆弧的起点或端点与其中一个交点之间执行修剪。

STEP ④ 执行完第一阶段的修剪后，单击【修剪曲线】对话框上的 按钮，清除所选的边界对象，同时该对话框的设置也恢复到系统默认。重新进行设置，如图 4-66 所示，其中在【曲线延伸段】下拉列表中选择【无】选项，并取消勾选【保持选定边界对象】复选框。

STEP ⑤ 按如图 4-67 所示进行操作。

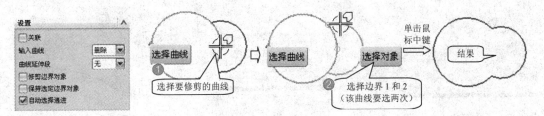

图 4-66 修改设置 图 4-67 完成修剪曲线

4.7.2 修剪拐角

使用【修剪拐角】命令可对两条曲线进行修剪，将其交点前的部分修剪掉，从而形成一个拐角。

单击【编辑曲线】工具栏上的 按钮，或者选择【编辑】|【曲线】|【修剪拐角】命令，系统弹出【修剪拐角】对话框。该对话框只有一个按钮，就是退出修剪拐角命令，如图 4-68 所示。

图 4-68 【修剪拐角】对话框

在图形窗口中用一次单击选择两条要修剪的曲线，要注意选择球的位置，使它包括两条曲线，系统立即执行修剪。具体操作过程如图 4-69 所示。注意，修剪圆时是沿修剪方向一直修剪到圆的起点位置，如图 4-69 中的第二次操作。

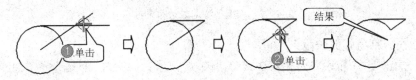

图 4-69 创建修剪拐角

4.7.3 分割曲线

使用【分割曲线】命令将曲线分割为一连串同样的分段（线到线、圆弧到圆弧）。所创建的每个分段都是单独的实体，并且与原始曲线使用相同的线型且放在同一图层上。

分割曲线是非关联操作，不适用于草图曲线。当对样条进行操作时，样条的定义点将被删除。

单击【编辑曲线】工具栏上的 $\int$ 按钮，或者选择【编辑】|【曲线】|【分割】命令，系统弹出【分割曲线】对话框，如图 4-70 所示。

1. 将曲线分割为等分段

该选项使用曲线的长度或特定曲线参数，将曲线分割为相等的几段。曲线参数取决于所分段的曲线类型（直线、圆弧或样条）。创建【等分段】类型分割曲线的操作过程如图 4-71 所示。

图 4-70 【分割曲线】对话框   图 4-71 将曲线分割为等分段

2. 根据边界对象分割曲线

该选项使用边界对象（如点、曲线、平面和/或面等）将曲线分成几段。创建【按边界对象】类型分割曲线的操作过程如图 4-72 所示。

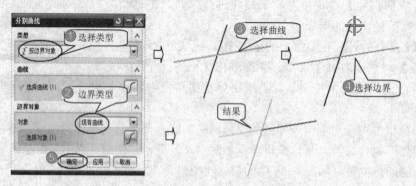

图 4-72 根据边界对象分割曲线

3. 将曲线分割为圆弧长段

使用该选项时，在靠近要开始对曲线分段的端点处选择曲线。一旦选择了曲线，状态行就会显示该曲线的总长度。然后根据曲线的总长输入每个分段的长度（其值不能大于总长）。软件从选择的端点开始，沿曲线创建指定长度的分段，直至到达另一端，系统会显示分割后的段数，其剩余部分的长度将作为部分长度显示。

创建【圆弧长段数】类型分割曲线的操作过程如图 4-73 所示。

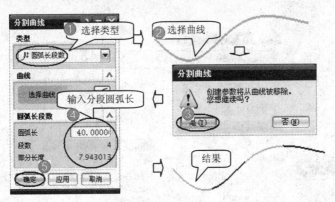

图 4-73　将曲线分割为圆弧长段

4．在结点处分割曲线

该选项使用选定的结点分割曲线。结点是样条分段的端点。创建【在结点处】类型分割曲线的操作过程如图 4-74 所示。

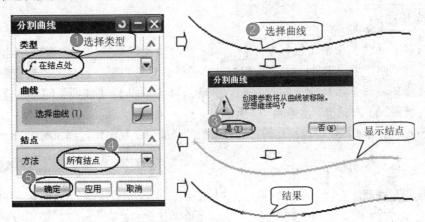

图 4-74　在结点处分割曲线

5．在拐角上分割曲线

该选项在拐角上分割样条。拐角是样条中存在弯曲的位置处的结点。只能对存在拐角的非光顺样条曲线进行操作，如果所选的样条没有任何拐角，则自动取消选择该曲线，并且软件会显示出错消息。创建【在拐角上】类型分割曲线的操作过程与【在结点处】类型相似，这里不再重复。

4.7.4　编辑圆角

【编辑圆角】命令用于编辑现有的圆角，操作类似于两个对象圆角的创建方法。

单击【编辑曲线】工具栏上的▢按钮，或者选择【编辑】|【曲线】|【圆角】命令，系

统弹出【编辑圆角】对话框，如图 4-75 所示。该对话框提供 3 种修剪方法：自动修剪、手工修剪和不修剪。这些方法和创建圆角所使用的方法是相同的。

编辑圆角的操作过程如图 4-76 所示。注意，选择对象时必须按逆时针方向选择，以保证新的圆角以正确的方向画出。

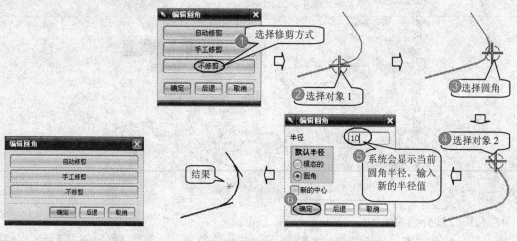

图 4-75 【编辑圆角】对话框   图 4-76 编辑圆角

4.7.5 拉长曲线

使用【拉长曲线】命令可以移动几何对象，同时拉长或缩短选中的直线。【拉长曲线】命令可用于除草图、组、组件、体、面和边以外的所有对象类型，但只能拉长或缩短直线。

单击【编辑曲线】工具栏上的按钮，或者选择【编辑】|【曲线】|【拉长】命令，系统弹出【拉长曲线】对话框，如图 4-77 所示。

可以输入增量值或者使用点到点的方式移动或拉长曲线，其操作过程如图 4-78 所示。

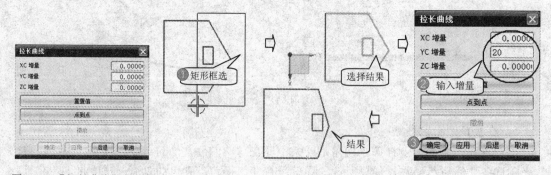

图 4-77 【拉长曲线】对话框   图 4-78 拉伸曲线

4.7.6 曲线长度

使用【曲线长度】命令，可以根据给定的曲线长度增量或曲线总长来延伸或修剪曲线。

单击【编辑曲线】工具栏上的按钮，或者选择【编辑】|【曲线】|【长度】命令，系

统弹出【曲线长度】对话框，如图4-79所示。

选择要编辑的曲线或曲线串时，图形窗口会显示动态控制手柄和文本框，可以拖动手柄动态调整曲线的长度或者输入准确的数值。具体操作过程如图4-80所示。

图4-79 【曲线长度】对话框

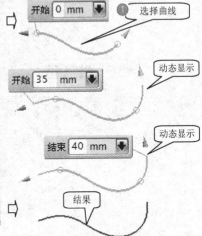

图4-80 编辑曲线长度

4.7.7 光顺样条

使用【光顺样条】命令可自动移除 B 样条曲率属性中的瑕疵，方法是使曲线内的曲率或曲率变化最小。手工创建的样条通常由于选取点的数量和位置的不同而产生细小的瑕疵，这一功能对这样的样条很有用。使用该命令会移除原始曲线的参数。

单击【编辑曲线】工具栏上的 按钮，或者选择【编辑】|【曲线】|【光顺样条】命令，系统弹出【光顺样条】对话框，如图4-81所示。

下面举例说明创建光顺样条的操作步骤。

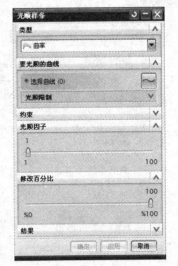

图4-81 【光顺样条】对话框

STEP 1 打开本书配套光盘中的文件原始文件\cha04\04-07-7.prt，该文件中有一条由两条圆弧和一条样条曲线组成的曲线串。

STEP 2 单击【编辑曲线】工具栏上的 按钮，系统弹出【光顺样条】对话框，然后按图4-82所示进行操作。

STEP 3 在得到所希望的形状之前，可以多次单击【应用】按钮，也可以更改边界约束。最后单击【确定】按钮，创建光顺样条并退出对话框。

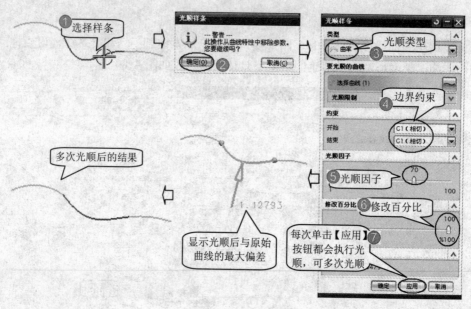

图 4-82　创建光顺样条

4.8　曲线分析

4.8.1　曲线分析概述

在产品造型过程中，曲线常用来做线架，作为曲面造型进行铺面的基础，曲线的质量决定着曲面的质量。曲线是否光顺，不可能用人的肉眼来判断，这时要利用 NX 系统提供的分析工具。曲线分析工具位于菜单【分析】|【曲线】下，也可使用【形状分析】工具栏，如图 4-83 所示。

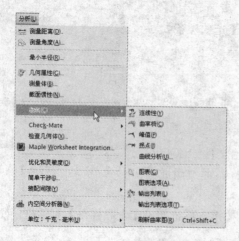

图 4-83　曲线分析工具

曲线分析选项允许显示选定曲线和边的属性。当改变分析元素所在的曲线，或者改变分析参数时，分析元素（如曲率梳图、峰值、拐点和控制多边形）会实时地动态更新。【图表】选项可打开一个由"电子表格"派生的特殊图表窗口，允许用户在编辑曲线时进行分析。【输出列表】选项可打开【信息】窗口，显示选定曲线的所有分析数据。

图 4-84 所示为具有峰值、拐点、曲率梳和极点这些分析元素的曲线，这些分析元素显示于所选曲线上。

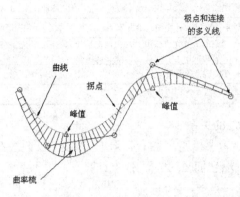

图 4-84　曲线分析元素

要启用或禁用选定曲线或边的任何分析元素，可单击【形状分析】工具栏上相应的切换按钮，或者使用【分析】|【曲线】下拉菜单上的选项。

由于篇幅所限，本节仅对曲线的曲率分析进行介绍，其他分析功能的操作与此类似。

4.8.2　曲率分析

1. 显示或关闭曲线的曲率梳

显示选定曲线或样条的曲率梳后，更容易检测曲率的不连续性、突变和拐点，在多数情况下不希望这些存在。显示曲率梳后就可以编辑该曲线，直到使曲率梳显示出满意的结果为止。

要显示曲线的曲率梳，首先要选择该曲线，然后选择【分析】|【曲线】|【曲率梳】命令，或者单击【形状分析】工具栏上的 按钮，系统就会在图形窗口所选曲线上显示该曲线的曲率梳。要关闭曲率梳的显示，与显示曲率梳进行同样的操作即可。【曲率梳】按钮其实是一个切换开关。

如果显示的曲率梳比例失调，可以对曲率梳的显示进行设置。

2. 设置曲率梳的显示

选择【分析】|【曲线】|【曲率梳选项】命令，或者单击【形状分析】工具栏上 旁边的 ▼ 按钮，系统弹出【曲线分析-曲率梳选项】对话框，如图 4-85 所示。在该对话框中，可以指定显示曲率梳的选项，包括针比例、针密度、梳状范围和投影平面。这些选项的说明见表 4-17。

图 4-85　【曲线分析-曲率梳选项】对话框

表 4-17 【曲线分析-曲率梳选项】对话框中选项的说明

选 项 名 称	说　　　明
建议比例因子	勾选此复选框可将比例因子自动设置为优化的大小
针比例	其数值表示曲率梳上齿的长度（此因子与曲率值的乘积为曲率梳的长度）。可以通过拖动比例滑块或者输入值来控制曲率梳的长度或比例
针密度	控制曲率梳中出现的总针（齿）数。这个数字不能小于 2，默认为 50
内部针	指定两条连续针形线之间要计算的其他曲率值。在某些情况下可以得到更平滑的帽形线
限制针长度	允许指定曲率梳元素的最大允许长度。如果曲率梳绘制的线比此处指定的阈值大，则将其修剪至最大允许长度。在线的末端绘制星号 (*) 表明这些线已被修剪
梳状范围	指定曲率梳显示在曲线上的位置，是百分比值，其默认分别为 0% 和 100%
投影平面	允许指定分析曲线在其上进行投影的平面

3. 曲率梳与曲线连续性的关系

图 4-86 显示了曲线在 G0（相连）、G1（相切）以及 G2（曲率连续）3 种情况下的曲率梳，读者可以通过对比来发现它们之间的区别。

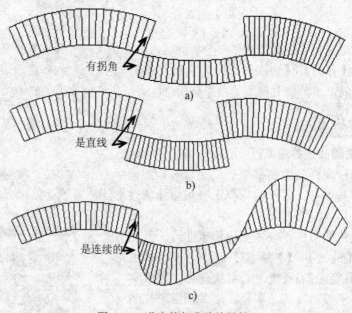

图 4-86　曲率梳与曲线连续性

a) G0 连续　b) G1 连续　c) G2 连续

4.9　烟斗线架造型

STEP 1 绘制一个直径为 23 的圆。单击【特征】工具栏上的 按钮，系统弹出【创建草图】对话框，在绘图区选择 XY 平面为草绘平面，系统自动进入草绘界面，在此界面中绘

制一个直径为 23 的圆，完成草绘后单击 按钮，如图 4-87 所示。

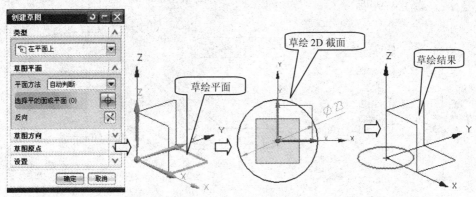

图 4-87 草绘圆

STEP 2 创建平面。单击【特征】工具栏上的 □ 按钮，系统弹出【基准平面】对话框，在绘图区选择 XY 平面为参考平面，在【距离】文本框中输入 6，单击 <确定> 按钮，如图 4-88 所示。

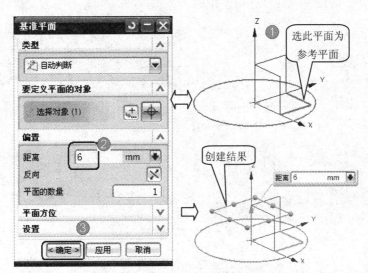

图 4-88 创建平面

STEP 3 同理，创建一个以 XY 平面为参考平面、距离为 12 的平面，如图 4-89 所示。

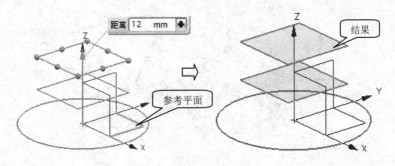

图 4-89 创建平面

STEP 4 参考步骤 1，使用相同的操作方法以刚刚创建的两个平面分别绘制直径为 23 和 20 的圆，结果如图 4-90 所示。

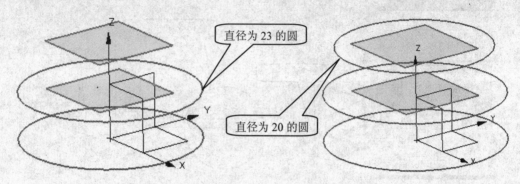

图 4-90　草绘圆

STEP 5 单击【特征】工具栏上的 按钮，系统弹出【创建草图】对话框，在绘图区选择 XZ 平面为草绘平面，单击对话框中的 按钮，系统进入草绘界面，绘制图 4-91 所示的 2D 截面，单击 按钮，完成草绘操作。

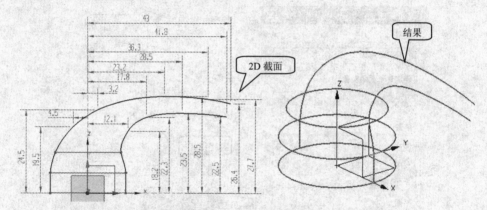

图 4-91　草绘线架

STEP 6 参考步骤 2 创建图 4-92 所示的基准平面。

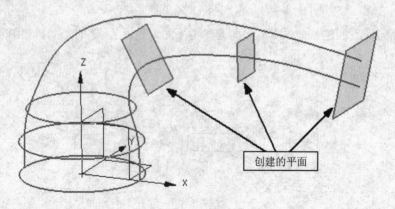

图 4-92　创建基准平面

STEP⑦ 参考步骤 1 草绘圆的操作方法，分别以刚刚创建的 3 个平面为草绘平面，在草绘界面中使用⚃、⚄约束命令绘制线框，并且约束线框对称。结果如图 4-93 所示。

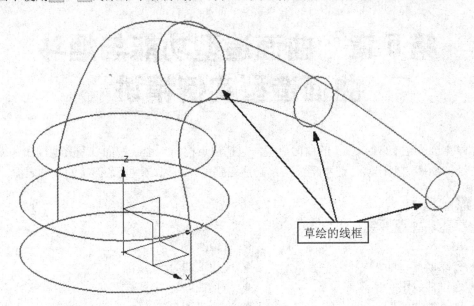

图 4-93　草绘的线框

4.10　本章小结

本章主要介绍了 UG NX 7.5 在建模环境下曲线的创建、编辑以及分析，读者应通过大量的练习掌握常用命令的操作要领并能够灵活运用。通过学习本章，将为创建曲面造型打下坚实的基础，有了好质量的曲线框架，才能建构出高质量的曲面。

第5章 曲面造型功能与烟斗
曲面造型实例精讲

本章主要介绍 UG NX 7.5 的曲面造型，包括由点构面、由线构面以及其他构面和编辑曲面的方法。曲面造型比实体造型更灵活，功能更强大，可以成型复杂形状的光顺表面。

 本章要点

- 由点构面
- 直纹面
- 通过曲线组
- 通过曲线网格
- 扫掠
- 沿引导线扫掠
- 变化的扫掠

- 管道
- N 边曲面
- 桥接曲面
- 有界平面
- 四点曲面
- 曲面操作及编辑
- 烟斗曲面造型实例精讲

 本章案例

 光盘路径

原始文件	原始文件\cha05 文件
结果文件	结果文件\cha05 文件夹
录像文件	录像文件\chao5\烟斗曲面造型文件

曲面造型的相关命令位于【曲面】和【编辑曲面】工具栏，或者使用【插入】和【编

辑】|【曲面】菜单中的命令,如图 5-1 所示(有些命令默认没有显示,可以使用【定制】功能将其显示)。

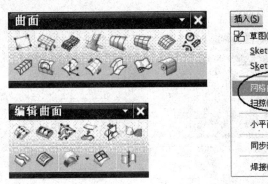

图 5-1 曲面工具栏及菜单

5.1 由点构面

5.1.1 通过点

使用【通过点】命令指定片体将要通过的矩形阵列点。在指定点时,应该使用近似相同顺序的行来选择它们,否则,可能会得到不需要的结果。

单击【曲面】工具栏上的 按钮,系统弹出【通过点】对话框,如图 5-2 所示。该对话框可以设置曲面补片的参数。

一旦设置了参数并单击【通过点】对话框中的【确定】按钮,就必须选择一种方法来指定每一行的点。指定每行点的方式与创建样条曲线相同。当指定的行数足够满足阶次时(阶次加1),可以完成点的指定并创建体,或者继续指定更多的行。下面举例说明使用该命令的具体操作过程。

操作步骤

STEP① 打开本书配套光盘中的文件原始文件\cha05\05_01-1.prt,如图 5-3 所示。根据该文件中点的布局,为方便点的选取,将视图切换到俯视图。

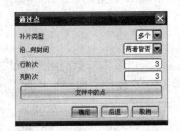

图 5-2 【通过点】对话框

图 5-3 范例文件中的点

STEP② 执行【曲面】|【通过点】命令,系统弹出【通过点】对话框,按图 5-4 所示进

行操作。

STEP ③ 片体创建后，【通过点】对话框会保持打开，可以继续指定点以构造新的体，或者单击【取消】按钮关闭该对话框。

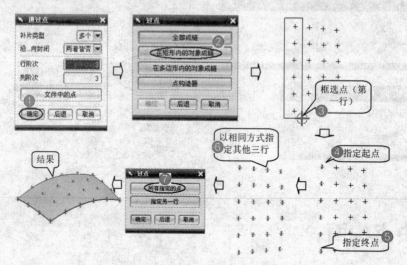

图 5-4　使用【通过点】命令创建片体

5.1.2　从极点

使用【从极点】命令指定定义片体外形的控制网极点（顶点）的点，除了第一行和最后一行的起点和终点 4 个点之外，创建的片体并不通过其他的点。

单击【曲面】工具栏上的 ⬦ 按钮，系统弹出【从极点】对话框，如图 5-5 所示。

【从极点】命令的操作过程与【通过点】命令类似，但只能使用【点构造器】来指定点。图 5-6 所示为使用【从极点】命令创建的片体。

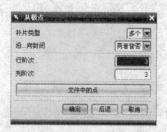

图 5-5　【从极点】对话框

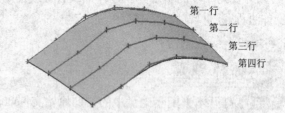

图 5-6　使用【从极点】命令创建片体

5.1.3　从点云

【从点云】命令用于创建片体，近似于一个大的数据点"云"，通常由扫描和数字化产生。虽然有一些限制，但此命令可以从很多点中用最少的交互操作创建一个片体，而且所得到的片体比较"光顺"，但与原始点存在一定的偏差。

单击【曲面】工具栏上的 ⬦ 按钮，系统弹出【从点云】对话框，如图 5-7 所示。

通常，通过此命令创建片体对使用的点几乎没有要求，对点的数量也没有限制，所得片体的阶次和补片数由用户控制，而不是由指定点的数量决定。

使用该命令的要点是，必须提供一个临时的坐标系，当沿着该坐标系的 Z 轴观看时，计划中的片体一定不能"折叠在自己下面"，即点不要重叠。下面举例说明使用【从点云】命令创建片体的快速方法。

STEP① 打开本书配套光盘中的文件原始文件\cha05\cloud_point.prt，如图 5-8 所示。根据该文件中点的布局，从俯视图的方位看，重叠的点最少，即视图中任意给定的点都仅有一个明确的位置。【从点云】对话框中坐标系的默认设置是【选择视图】选项，所以，本例先将视图切换到俯视图。

图 5-7 【从点云】对话框

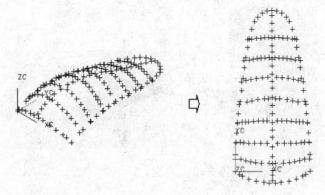

图 5-8 范例文件中的点云

STEP② 单击【曲面】工具栏上的 按钮，系统弹出【从点云】对话框，然后按图 5-9 所示进行操作。

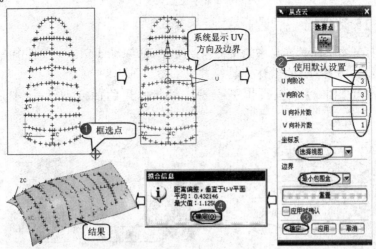

图 5-9 使用【从点云】命令创建片体

野火专家提示： 使用由点构面的命令创建的体与所指定的点都不存在关联性。也就是说，在创建体后，即使删除这些点，所创建的体也不会受到影响。

5.2 直纹面

使用【直纹】命令可创建通过两条轮廓曲线的直纹体（片体或实体）。轮廓曲线称为截面线串，可由单个对象或多个对象（曲线或实体边）组成。第一个截面也可以是一个点，如图 5-10 所示。如果两条截面线串均为封闭的 2D 对象，则创建实体，否则创建片体。

单击【曲线】工具栏上的 按钮，或者选择【插入】|【网格曲面】|【直纹】命令，系统弹出【直纹】对话框，如图 5-11 所示。

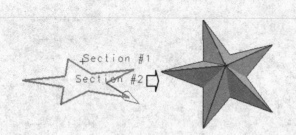

图 5-10 直纹面   图 5-11 【直纹】对话框

1. 创建直纹面

下面举例说明创建直纹面的操作过程。

STEP① 打开本书配套光盘中的文件原始文件\ch05\ruled.prt，该文件中有两组线串，本例将使用这两组线串来创建直纹体。

STEP② 单击【曲线】工具栏上的 按钮，系统弹出【直纹】对话框，然后按图 5-12 所示进行操作。

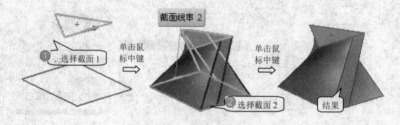

图 5-12 创建直纹体

STEP③ 结果发现创建的体有些扭曲，下面对直纹体的参数进行适当调整，按图 5-13 所示进行操作。

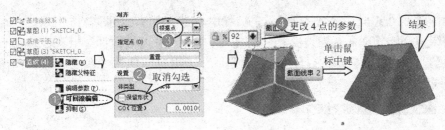

图 5-13 调整直纹体参数

2.【直纹】对话框选项剖析

【直纹】对话框选项的说明见表 5-1。

表 5-1 【直纹】对话框选项的说明

选项名称		说 明
截面线串 1		用于选择第一个截面线串。当选择了一个截面时，该截面上会出现一个矢量，指示截面方向。该方向取决于用户选择的端点。对于大多数直纹面，应该选择每个截面的相同端点，以便得到相同的方向，否则可能会得到一个形状扭曲的曲面
截面线串 2		用于选择第二个截面线串
脊线串		此步骤只对于【脊线】对齐方法，且仅当清除勾选【保持形状】复选框时才可用
对齐	参数	沿定义截面曲线将等参数曲线要通过的点以相等的参数间隔隔开。当组成各截面线串的曲线数目及长度比较协调时，可以使用该选项
	圆弧长	沿定义曲线将等参数曲线将要通过的点以相等的圆弧长间隔隔开。当组成各截面线串的曲线数目及长度不协调时，可以使用该选项
	根据点	软件会沿截面放置对齐点及其对齐线条。用户可以添加和删除对齐点，并可通过在截面上拖动来移动这些点
	距离	在指定方向上将对齐点沿每条曲线以相等的距离隔开，这样会得到全部位于垂直于指定方向矢量的平面内的等参数曲线。体的范围取决于定义曲线
	角度	在指定轴线周围将对齐点沿每条曲线以相等的角度隔开，这样得到所有在包含有轴线的平面内的等参数曲线。体的范围取决于定义曲线
	脊线	将对齐点放置在截面线串与垂直于选定脊线的平面的相交处。体的范围取决于脊线
保留形状		允许保留锐边，覆盖逼近输出曲面的默认值。此选项只针对【参数】和【根据点】的对齐方法才有效
G0（位置）		指定输入几何体与得到的体之间的最大距离。如果选定的截面包含尖角，建议将公差定义为 0.0 来实现精确拟合，以便保留所有尖角

5.3 通过曲线组

使用【通过曲线组】命令将通过一组多达 150 个的截面线串来创建片体或实体。该命令类似于【直纹】命令，但是可以指定两个以上的截面线串。另外，此命令还提供了更多选项，可以将新曲面约束为与相邻曲面 G0、G1 或 G2 连续。

单击【曲面】工具栏上的 按钮，或者选择【插入】|【网格曲面】|【通过曲线组】命令，系统弹出【通过曲线组】对话框，如图 5-14 所示。

1. 创建基本的【通过曲线组】曲面

操作步骤

STEP 1 打开本书配套光盘中的文件原始文件\cha05\05_03-1.prt，该文件中有 6 条曲线串，各由两条曲线组成。本例将通过这些曲线串来创建片体，如图 5-15 所示。

STEP 2 单击【曲面】工具栏上的 按钮，系统弹出【通过曲线组】对话框。

STEP 3 在工具栏的【选择条】上设置适合于用户部件的【曲线规则】。本例中使用【相切曲线】选项。

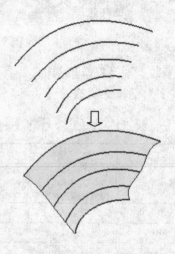

图 5-14 【通过曲线组】对话框　　　　　　　　图 5-15 范例文件中的曲线与要创建的片体

STEP 4 选择第一条曲线段的上端并单击鼠标中键，将其添加到曲面中。继续选择第二条曲线串，直至选完视图中的 5 条曲线串，如图 5-16 所示。每次单击鼠标中键就完成一条截面线串的选取，并在该条曲线串上显示标签，如 Section 1。按〈F3〉键可以切换这些标签的显示。

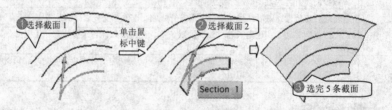

图 5-16　选择截面线串

STEP 5 在图形窗口的预览中可以看出该片体有些扭曲。在【通过曲线组】对话框的【设置】选项组下，清除勾选【保留形状】复选框，在【对齐】选项组下从【对齐】下拉列表中选择【圆弧长】选项，单击【确定】按钮创建片体，如图 5-17 所示。

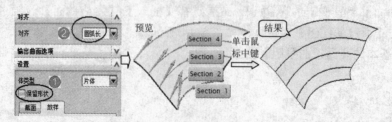

图 5-17　调整参数并创建片体

2. 创建并约束【通过曲线组】曲面

下面举例说明创建并约束【通过曲线组】曲面的操作过程。

STEP 1 打开本书配套光盘中的文件原始文件\cha05\05_04_1.prt，该部件中有两个待光顺连接的面组。本例将使用【通过曲线组】命令将其光顺连接，如图 5-18 所示。

图 5-18 范例文件及要创建的曲面

STEP 2 首先使用创建基本的【通过曲线组】曲面的方法创建连接的片体，然后再添加边界约束，按图 5-19 所示进行操作。

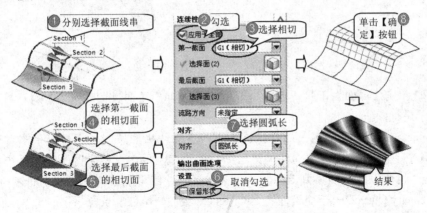

图 5-19 创建并约束【通过曲线组】曲面

5.4 通过曲线网格

使用【通过曲线网格】命令将从几个主线串和交叉线串集创建体。每个集中的线串必须互相大致平行，主线串必须大致垂直于交叉线串，即主线串和交叉线串组成网格。该命令可以较容易地控制新曲面与相邻曲面之间进行 G0、G1 或 G2 连续。

单击【曲面】工具栏上的 按钮，或者选择【插入】|【网格曲面】|【通过曲线网格】命令，系统弹出【通过曲线网格】对话框，如图 5-20 所示。

1. 创建基本的【通过曲线网格】曲面

选择主曲线串和交叉曲线串，按照一定的顺序，并且起点和方向要一致。每组曲线串的选择方法同【通过曲线组】命令的操作。主曲线和交叉曲线在公差范围内要相交，组成的网格越规整，做出来的曲面质量就越好。

操作步骤

STEP ① 打开本书配套光盘中的文件原始文件\cha05\05_4.prt，该部件中有曲线网格的线架，本例将通过该曲线网格来创建片体，如图 5-21 所示。

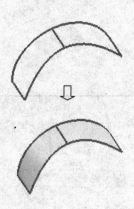

图 5-20 【通过曲线网格】对话框　　　图 5-21 范例文件与要创建的曲面

STEP ② 单击【曲面】工具栏上的 按钮，系统弹出【通过曲线网格】对话框，然后按图 5-22 所示进行操作。

每选完一条曲线串，单击鼠标中键进入下一条曲线串的选取，也可以单击对话框中的【添加新集】按钮 。当选完主曲线的最后一条曲线串，单击鼠标中键两次，系统会自动跳到交叉曲线，也可以手动切换到该步骤。每条选择的曲线串上都有标签，主曲线为 Primary Curve 1、Primary Curve 2……交叉曲线为 Cross Curve、Cross Curve 2 ……

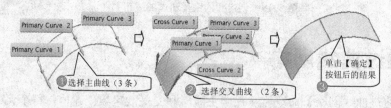

图 5-22 创建基本的【通过曲线网格】曲面

2. 创建并约束【通过曲线网格】曲面

使用【通过曲线网格】命令创建的曲面可以约束到与周边的曲面相连续。

操作步骤

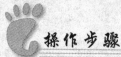

STEP ① 打开本书配套光盘中的文件原始文件\cha05\mesh_2.prt。该部件中有一个片体对象，但缺少了中间的曲面，本例将利用【通过曲线网格】命令创建曲面将其光顺修补，如

图 5-23 所示。

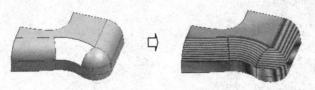

图 5-23 范例文件及要修补的面

STEP 2 单击【曲面】工具栏上的 ![btn] 按钮，系统弹出【通过曲线网格】对话框，然后按图 5-24 所示进行操作。选择约束面时，可以设置【选择条】上的【面规则】选项，以便快速地选到需要的面。图 5-24 中分别为第一条和最后一条主线串以及第一条和最后一条交叉线串指定了约束面。

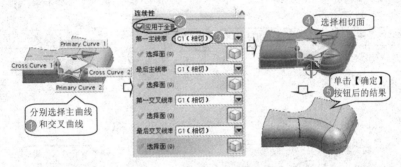

图 5-24 创建并约束【通过曲线网格】曲面

5.5 扫掠

使用【扫掠】命令可通过沿着一条、两条或三条引导线串扫掠一个或多个截面线串，来创建实体或片体。与【沿引导线扫掠】命令相比，此命令的功能强大得多。

单击【曲面】工具栏上的 ![btn] 按钮，或者选择【插入】|【扫掠】|【扫掠】命令，系统弹出【扫掠】对话框，如图 5-25 所示。

使用一条引导线串，可以指定截面沿着导线扫掠时的方位和缩放。下面举例说明其操作工程。

操作步骤

STEP 1 打开本书配套光盘中的文件原始文件\cha05\05-05-1.prt，如图 5-26 所示。

STEP 2 单击【曲面】工具栏上的 ![btn] 按钮，系统弹出【扫掠】对话框，然后按图 5-27 所示进行操作。

STEP 3 在【扫掠】对话框中单击【预览】选项组下的 ![btn] 按钮撤销显示结果，然后设置【截面选项】选项组下的【缩放方法】选项，之后再次单击【预览】按钮 ![btn]，如图 5-28 所示。

STEP 4 读者可以尝试选择不同的方法或数值，然后预览结果。单击【确定】按钮创建扫掠体。

图 5-25 【扫掠】对话框

图 5-26 范例文件中的曲线

图 5-27 用一条引导线串进行扫掠

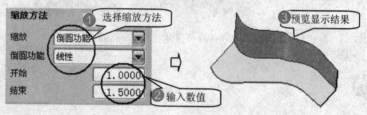

图 5-28 控制截面缩放

5.6 沿引导线扫掠

　　【沿引导线扫掠】命令允许用户通过沿着由一个或一系列曲线、边或面构成的引导线串（路径）扫掠开放的或封闭的边界草图、曲线、边缘或面来创建单个体。在这个特征中，只允许用户选择一个截面和一条引导线串。

　　单击【曲面】工具栏中的 按钮，或者选择【插入】|【扫掠】|【沿引导线扫掠】命令，系统弹出【沿引导线扫掠】对话框，如图 5-29 所示。

　　下面通过实例讲解沿引导线扫掠的操作过程。

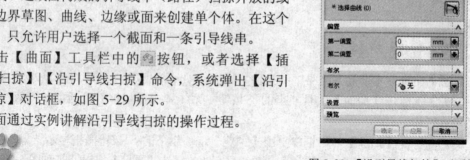

图 5-29 【沿引导线扫掠】对话框

操作步骤

STEP① 打开本书配套光盘中的文件原始文件\cha05\05_2.prt，如图 5-30 所示。

STEP 2 选择截面线串。单击【曲面】工具栏中的 按钮，系统弹出【沿引导线扫掠】对话框。在图形窗口中选择如图 5-31 所示的截面线串，然后单击鼠标中键进入下一步的操作。

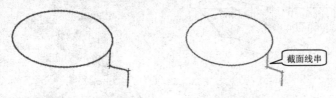

图 5-30　范例文件中的曲线　　　　图 5-31　选择截面线串

STEP 3 选择引导线串。选择如图 5-32 所示的相切线串为引导线，图形窗口显示扫掠的预览。

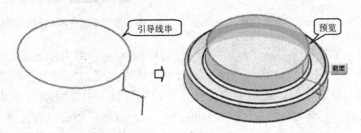

图 5-32　选择引导线串

STEP 4 输入偏置值。默认的偏置值为 0。在输入了偏置值的情况下，会生成具有一定厚度的薄体，如图 5-33 所示。

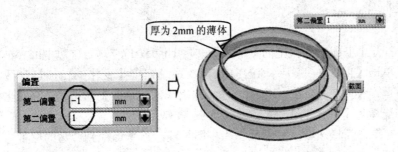

图 5-33　输入扫掠偏置

STEP 5 如果需要，可以设置【布尔】选项组。然后单击【确定】或【应用】按钮创建体。【体类型】选项决定创建实体还是片体。

5.7　变化的扫掠

使用【变化的扫掠】命令沿一条或多条引导线创建有变化的扫掠特征，可以扫掠主横截面和辅助截面（可选的）来生成实体或片体，如图 5-34 所示。

单击【曲面】工具栏上的 按钮，或者选择【插入】|【扫掠】|【变化的扫掠】命令，或者按快捷键〈V〉，系统弹出【变化的扫掠】对话框，如图 5-35 所示。

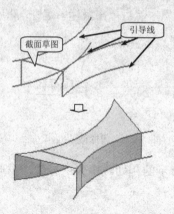

图 5-34 已有的路径和截面曲线　　　　图 5-35 【变化的扫掠】对话框

创建变化的扫掠特征的要点是截面草图与引导线之间必须具有通过的约束关系。选择的第一条引导线称为主引导线，它与截面草图之间的关系是通过创建基于轨迹的草图来建立的。主引导线控制截面在扫掠过程中的方位（截面始终与主引导线垂直）。其他的引导线则在进入草图生成器后，通过求取交点的功能来实现。截面草图可以在激活【变化的扫掠】命令前先绘制好，也可在激活【变化的扫掠】命令后，使用【草图截面】按钮来创建特征内部的草图。

1. 创建基本的【变化的扫掠】特征

STEP 1 打开本书配套光盘中的文件原始文件\cha05\ 05_7_1.prt，如图 5-36 所示。

STEP 2 单击【曲面】工具栏上的 按钮，系统弹出【变化的扫掠】对话框。在【截面】选项组下单击【草图截面】按钮，系统弹出【创建草图】对话框，在【平面方位】选项组中已自动选择为【垂直于轨迹】选项，如图 5-37 所示。

STEP 3 在图形窗口选取一条曲线作为主引导线，将平面拖到合适的位置，让它与已有的其他曲线都相交，如图 5-38 所示。

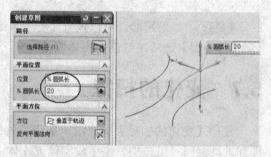

图 5-36 扫掠的路径　　　图 5-37 创建草图　　　　　图 5-38 平面位置

STEP 4 单击 确定 按钮或鼠标中键进入草图生成器。在【草图操作】工具栏上单击

【交点】按钮 ，系统弹出【交点】对话框，在图形窗口选取另一条曲线，求取该曲线与草图平面的交点，然后单击 应用 按钮。以同样的方式分别求取其余 3 条曲线与草图平面的交点，如图 5-39 所示。

STEP 5 捕捉交点，绘制如图 5-40 所示的样条曲线。单击工具栏上的 完成草图 按钮，完成草图并回到【变化的扫掠】对话框。

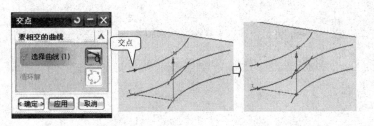
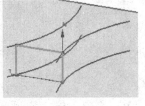

图 5-39 求取交点   图 5-40 绘制样条曲线

STEP 6 在【限制】选项组下可以设置【开始】或【结束】的限制条件，也可以在图形窗口拖动控制手柄将生成的片体进行修剪或延伸，单击 确定 按钮或者鼠标中键创建扫掠特征，如图 5-41 所示。

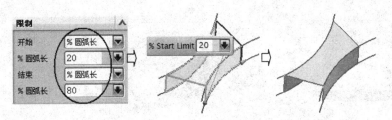

图 5-41 设置扫掠限制及扫掠结果

2. 创建有约束限制和辅助截面的【变化的扫掠】特征

STEP 1 打开本书配套光盘中的文件原始文件\cha05\05_7_2.prt，文件中的两个片体如图 5-42 所示。

STEP 2 按快捷键〈V〉，系统弹出【变化的扫掠】对话框。在图形窗口中选取其中一个片体的一条边，系统自动弹出创建基于轨迹的草图对话框，调整草图平面在路径上的位置，如图 5-43 所示。单击 确定 按钮或者鼠标中键进入草图生成器。

图 5-42 范例文件中的片体   图 5-43 定义草图平面

STEP ③ 利用求交功能 ⬦ 求取另一个片体对应边与草图平面的交点。注意观察在两个交点处都有两个相互正交的矢量，它们分别是在该点处与曲面的相切和垂直矢量。利用这些矢量，可以指定草图曲线与相接曲面之间的几何约束关系。捕捉交点绘制如图 5-44 所示的草图，建立约束并标注尺寸，直至完全约束草图。单击工具栏上的 ▨ 完成草图 按钮，完成草图并回到【变化的扫掠】对话框。

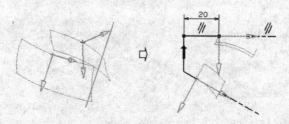

图 5-44　有约束关系的截面草图

STEP ④ 在【辅助截面】选项组下单击【添加新集】按钮 ⬥，截面列表中列出 3 个截面，分别是开始和结束处的截面和新添加的截面 1(默认位于草绘平面，即主截面的位置)。从该列表或者在图形窗口中都可以选择相应的截面来编辑其位置和尺寸，如图 5-45 所示。

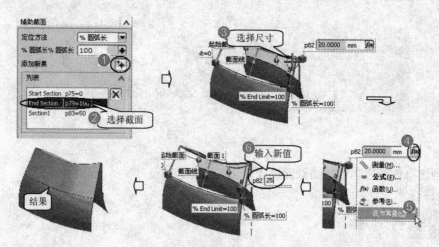

图 5-45　添加辅助截面并编辑尺寸

STEP ⑤ 可以继续添加更多的辅助截面并赋予不同的尺寸值。如果添加多个辅助截面，各辅助截面的位置不能重合。单击【确定】或【应用】按钮创建特征。

> 野火专家提示：主截面处的尺寸不能使用编辑辅助截面尺寸的方式更改。如果要更改主截面处的尺寸，应单击【截面线】选项组下的 ▨ 按钮进入草图生成器编辑草图。

5.8　管道

　　【管道】命令通过沿着一个或多个相切连续的曲线或边扫掠一个圆形横截面来创建单个实体，如图 5-46 所示。

单击【曲面】工具栏上的 按钮，或者选择【插入】|【扫掠】|【管道】命令，系统弹出【管道】对话框，如图5-47所示。

图5-46 管道　　　　　　　　　图5-47 【管道】对话框

下面说明创建管道的操作步骤。

 操作步骤

STEP 1 打开本书配套光盘中的文件原始文件\cha05\ 05_8.prt。

STEP 2 选择管道路径。如果选择一系列相连的曲线或边，它们必须是相切连续。

STEP 3 设置管道的外直径为 15，还可以选择性地设置内直径的值。如果内直径为 0，则创建实心的管道。本例的内直径值为12，如果管道与其他对象相交，可设置【布尔】选项组。

STEP 4 在【设置】选项组下选择输出选项，可多段也可单段。如果选择【单段】选项，则生成单段的光滑的体，本例为单段的输出，如图5-48所示。

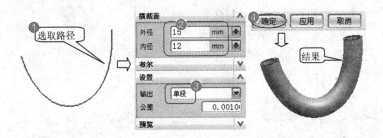

图5-48 单段的输出

5.9 N边曲面

【N 边曲面】命令用于通过使用不限数目的曲线或边建立一个曲面，并指定其与外部面的连续性（所用的曲线或边组成一个简单的开放或封闭的环）。如图 5-49 所示，其中图 5-49a 为未修补的开放面；图 5-49b～图 5-49e 为【已修剪】类型且【UV 方位】选项组设置为【面积】选项；图 5-49f 为【三角形】类型。

单击【曲面】工具栏上的 按钮，或者选择【插入】|【网格曲面】|【N 边曲面】命令，系统弹出【N 边曲面】对话框，如图 5-50 所示。

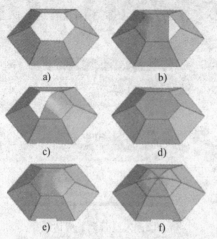

图 5-49　N 边曲面的示例　　　　　　　　图 5-50　【N 边曲面】对话框

a) 未修补的开放面　b)~e)【已修剪】类型且【UV 方位】

选项组设置为【面积】　f)【三角形】类型

1. 创建【已修剪】类型的 N 边曲面

该选项允许用户创建单个曲面覆盖选定曲面的开放或封闭环内的整个区域。下面举例说明。

操作步骤

STEP① 打开本书配套光盘中的文件原始文件\cha05\05_9_1.prt，如图 5-51 所示。本例使用【N 边曲面】命令来填补该片体中的孔，并使其光顺连接。

STEP② 单击【曲面】工具栏上的  按钮，系统弹出【N 边曲面】对话框，然后按图 5-52 所示进行操作。当指定了约束面，系统自动设置【形状控制】选项下的约束面为 G1 相切。

图 5-51　范例文件及要创建的 N 边曲面

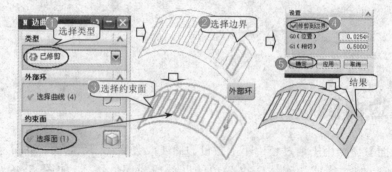

图 5-52　创建【已修剪】类型的 N 边曲面

STEP③ 继续修补其他孔，尝试使用不同的【UV 方位】选项，最后将所有孔修补完成。

2. 创建【三角形】类型的 N 边曲面

该选项用于在选中曲面的封闭环内创建一个由单独的、三角形补片构成的曲面，每个补片由每条边和公共中心点之间的三角形区域组成。下面举例说明具体操作过程。

操作步骤

STEP① 打开本书配套光盘中的文件原始文件\cha05\05_9_2.prt。

STEP② 单击【曲面】工具栏上的 按钮，系统弹出【N边曲面】对话框，在【类型】下拉列表中选择【三角形】选项，然后按图5-53所示进行操作。

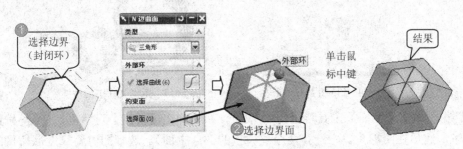

图5-53 创建【三角形】类型的N边曲面

3.【N边曲面】对话框选项剖析

【N边曲面】对话框有关选项的说明见表5-2。

表5-2 【N边曲面】对话框有关选项的说明

选 项 名 称		说　明
外部环		用于选择曲线或边的封闭环作为N边曲面结构的边界
约束面		用于选择施加斜率和曲率约束的面
UV方位		用于指定生成新曲面时遵循的方向，可以选择【面积】、【脊线】或者【矢量】选项。这些选项只用于【已修剪】类型。该选项组下的其他选项均是可选的
形状控制	中心控制	仅用于【三角形】类型。可以更改中心点的位置及倾斜；使用【中心平缓】滑块可更改中心点周围曲面的平面度
	流路方向	仅用于【三角形】类型。可用于指定曲面流动方向
	约束面	用于指定N边曲面与约束面的连续性。当指定了约束面后，可以设置为G1连续
修剪到边界		将新曲线修剪到边界曲线或边
尽可能合并面		如果此选项为开，则系统把环上相切连续的部分视为单个的曲线，并为每个相切连续的截面建立一个面。如果此选项为关，则系统为环中的每条曲线或边建立一个曲面。仅对【三角形】类型可用

5.10　桥接曲面

使用【桥接】命令可以创建一个光顺连接两个面（主面）的片体。可以在桥接和定义面之间指定相切连续性或曲率连续性。可任意选择两个侧面或线串，使用【拖动】选项来控制桥接片体的形状。

单击【曲面】工具栏上的 按钮，系统弹出【桥接】对话框，如图5-54所示。

下面举例说明创建基本桥接曲面的操作步骤。

操作步骤

STEP① 打开本书配套光盘中的文件原始文件\cha05\05_10_1.prt，该部件中有两个片体，如图 5-55 所示。

图 5-54 【桥接】对话框

图 5-55 范例文件中的片体

STEP② 单击【曲面】工具栏上的 ⬚ 按钮，系统弹出【桥接】对话框，使 ⬚ 按钮处于可用状态，然后在图形窗口中选择两个要桥接的面（主面）。选择面时要靠近欲桥接的边单击，图形窗口会高亮显示该面并沿着选择的边显示一个箭头（桥接方向）。两个主面的桥接方向应一致，否则桥接面会扭曲。按图 5-56 所示进行操作。

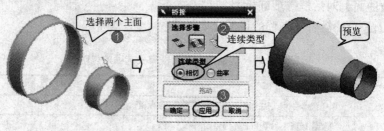

图 5-56 创建桥接曲面

STEP③ 此时【桥接】对话框中的【拖动】按钮显示为可用状态。如果接受当前的形状，则单击【取消】按钮退出【桥接】对话框。如果要编辑桥接曲面的形状，则单击【拖动】按钮，系统弹出【拖拉桥接曲面】对话框。在桥接曲面一边的附近按下鼠标左键并拖动，该边上将会出现一组锥形箭头矢量，桥接曲面的形状也随鼠标的拖动动态更新。按图 5-57

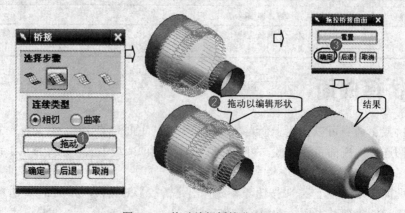

图 5-57 拖动编辑桥接曲面形状

所示进行操作。如果在该过程的任何时候希望将特征返回到其（拖动操作之前的）原始状态，在【拖拉桥接曲面】对话框上单击【重置】按钮即可。

STEP④ 单击【拖拉桥接曲面】对话框中的【确定】按钮后，系统会重新显示【桥接】对话框，可以继续创建另一个桥接特征或者单击【取消】按钮退出。

5.11 有界平面

【有界平面】命令利用首尾相接的边界曲线串来生成一个平面片体。所选线串必须共面并形成一个封闭的环，如有必要，还可以定义所有的内部边界（孔）。边界线串可以由单个或多个对象组成，每个对象可以是曲线、实体边缘或实体面。

单击【曲面】工具栏上的 按钮，或者选择【插入】|【曲面】|【有界平面】命令，系统弹出【有界平面】对话框，其操作过程如图 5-58 所示。

图 5-58　创建有界平面

5.12 四点曲面

使用【四点曲面】命令，通过在屏幕上或扫描数据上简单地指定四边形的四角来创建阶次为 1×1 的曲面。指定的四个点在空间位置上必须可以构成一个四边形，而且必须按一定的顺序（顺或逆时针）指定点才能创建曲面的形状，否则无法创建曲面。图 5-59 所示为按正确的顺序创建的四点曲面。

单击【曲面】工具栏上的 按钮，或者选择【插入】|【曲面】|【四点曲面】命令，系统弹出【四点曲面】对话框，如图 5-60 所示。

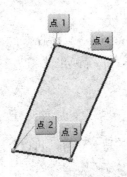

图 5-59　四点曲面

图 5-60　【四点曲面】对话框

可以使用【捕捉点】工具及【点构造器】来指定点。当指定了四个点，系统即可显示曲面的预览，用户在最终确定曲面形状之前仍可以修改点的位置。最后单击【确定】或【应用】按钮创建曲面。

5.13 曲面操作及编辑

5.13.1 扩大曲面

当使用片体创建模型时，建造大的片体可以消除下游实体建模的问题。使用【扩大】命令可以使创建的新片体和原始的未修剪面关联，并允许更改各个未修剪边的尺寸，可以根据给定的百分率更改每条未修剪的边。

单击【编辑曲面】工具栏上的◇按钮，或者选择【编辑】|【曲面】|【扩大】命令，系统弹出【扩大】对话框，如图 5-61 所示。该对话框选项的说明见表 5-3。

图 5-61 【扩大】对话框

表 5-3 【扩大】对话框选项的说明

选 项 名 称		说　明
调整大小参数	全部	指定是否将所有 U/V 最小值/最大值滑块作为一个单独的组进行控制
	%U 起点、%U 终点、%V 起点、%V 终点	拖动滑块或在相应的文本框中输入值来更改扩大片体的未修剪边尺寸。输入的值或拖动滑块达到的值是原始尺寸的百分比
重置调整大小参数		把所有的滑块重置回其初始位置
设置	模式 线性	在单一方向上线性地延伸扩大片体的边。使用该类型只能扩大，不能减小曲面的大小
	自然	沿着边的自然曲线延伸扩大片体的边。使用该类型既可以扩大，也可以减小曲面的大小。这是默认选项
	编辑副本	指定是否创建片体的副本，在副本上执行扩大操作，而非编辑原始曲面。如果选择的是实体面，则此选项不可更改

下面举例说明该命令的操作过程。

STEP① 打开本书配套光盘中的文件原始文件\cha05\05_13_1.prt。

STEP② 单击【编辑曲面】工具栏上的◇按钮，系统弹出【扩大】对话框，然后按图 5-62 所示进行操作。

5.13.2 编辑片体边界

使用【编辑片体边界】命令可以修改或替换片体的现有边界，可以移除修剪或片体上独立的孔，可以延伸单面片体的边界。该操作将会移除原片体中的参数。

单击【编辑曲面】工具栏上的◇按钮，或者选择【编辑】|【曲面】|【边界】命令，系

统弹出【编辑片体边界】对话框，如图 5-63 所示。

指定一个选项后，在图形窗口选择要编辑的片体，接下来必须从弹出的对话框中选择一个选项，如图 5-64 所示。

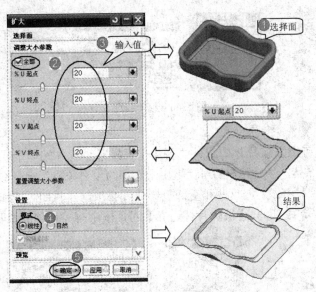

图 5-62 扩大曲面

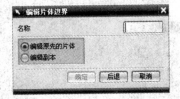

图 5-63 【编辑片体边界】对话框 1

图 5-64 【编辑片体边界】对话框 2

1. 移除孔

【移除孔】选项用于从片体中移除孔。移除孔操作如图 5-65 所示。图 5-65 中所用范例文件为原始文件\cha05\05_13_2.prt。

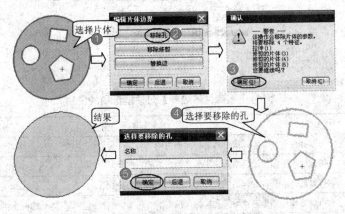

图 5-65 移除孔

2．移除修剪

【移除修剪】选项可移除在片体上所作的修剪（即边界修剪和孔），并将片体恢复至原来的形状，其操作如图 5-66 所示。

图 5-66　移除修剪

3．替换边

【替换边】选项可用当前片体内或外的新边来替换某个片体的单个或连接的边，其操作如图 5-67 所示。图 5-67 中步骤 6 的对话框用于选择约束对象。当选择约束对象时，相交或投影曲线将显示在基本片体上，这些相交或投影曲线必须创建封闭区域或从基本片体的一边延伸到另一边，才能完成延伸。【编辑片体边界】对话框中有关选项的说明见表 5-4。

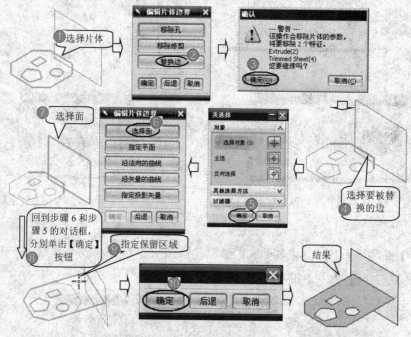

图 5-67　替换边

表 5-4　【编辑片体边界】对话框选项的说明

选 项 名 称	说　　　明
选择面	可选择现有体（实体或片体）的面作为约束对象
指定平面	可以使用平面构造器来指定平面作为边界的一部分
沿法向的曲线	可以选择沿基本片体的法向投影到基本片体上的曲线和边
沿矢量的曲线	可以选择那些沿着使用矢量构造器指定的方向矢量投影到基本片体上的曲线和边
指定投影矢量	指定沿着矢量将曲线进行投影的方向

5.14 烟斗曲面造型实例精讲

下面通过一个实例演示使用曲面工具进行产品造型的过程，以帮助读者将所学的知识和命令进行综合运用，举一反三。

1. 明确造型思路

表 5-5 列出了本例的造型思路。

表 5-5 烟斗曲面的造型思路

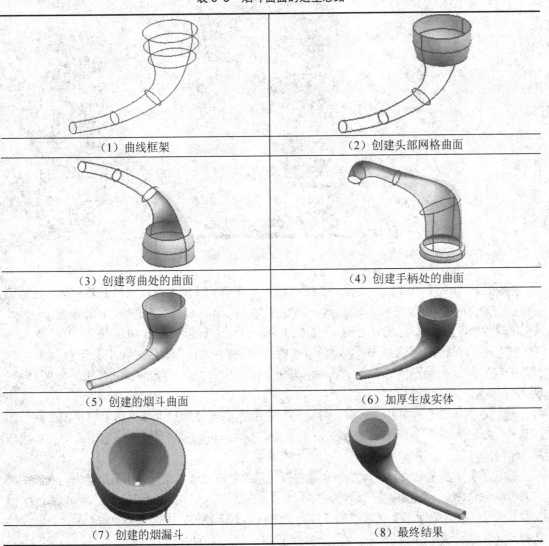

（1）曲线框架	（2）创建头部网格曲面
（3）创建弯曲处的曲面	（4）创建手柄处的曲面
（5）创建的烟斗曲面	（6）加厚生成实体
（7）创建的烟漏斗	（8）最终结果

2. 用【通过曲线网格】命令创建烟斗曲面

操作步骤

STEP ① 打开本书配套光盘中的文件原始文件\cha05\slt.prt，文件中已创建了烟斗的框架，如图 5-68 所示。

STEP ② 单击【曲面】工具栏上的 按钮，系统弹出【通过曲线网格】对话框，在绘图区选择 Primary Curve 1 、 Primary Curve 2 为主曲线，Cross Curve 1 、 Cross Curve 2 为交叉曲线，单击 <确定> 按钮，如图 5-69 所示。

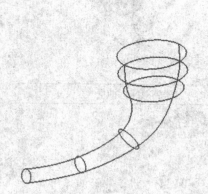

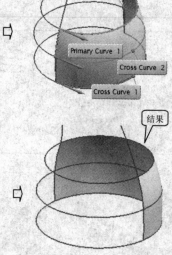

图 5-68 曲线框架　　　　　　　　　图 5-69 通过曲线网格创建曲面

STEP ③ 单击【曲面】工具栏上的 按钮，系统弹出【通过曲线网格】对话框，在绘图区选择 Primary Curve 1 、 Primary Curve 2 为主曲线，Cross Curve 1 、 Cross Curve 2 、 Cross Curve 3 为交叉曲线，在【连续性】选项组的【第一主线串】下拉列表中选择 G1（相切） ，在绘图区选择与 Primary Curve 1 相接的曲面；在【最后主线串】下拉列表中选择 G1（相切） ，在绘图区选择与 Primary Curve 2 相接的曲面，单击 <确定> 按钮，如图 5-70 所示。

STEP ④ 单击【曲面】工具栏上的 按钮，系统弹出【通过曲线网格】对话框，在绘图区选择 Primary Curve 1 、 Primary Curve 2 为主曲线，Cross Curve 1 、 Cross Curve 2 为交叉曲线，单击 <确定> 按钮，如图 5-71 所示。

STEP ⑤ 单击【曲面】工具栏上的 按钮，系统弹出【通过曲线网格】对话框，在绘图区选择 Primary Curve 1 、 Primary Curve 2 为主曲线，Cross Curve 1 、 Cross Curve 2 、 Cross Curve 3 为交叉曲线，在【连续性】选项组的【第一交叉线串】下拉列表中选择 G1（相切） ，在绘图区选择与 Cross Curve 1 相接的曲面，单击 <确定> 按钮，如图 5-72 所示。

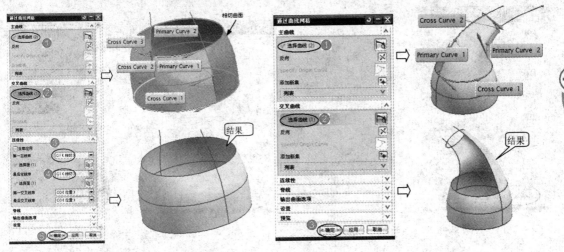

图 5-70　通过曲线网格创建曲面 2　　　　　图 5-71　通过曲线网格创建曲面 3

STEP 6 同理，创建网格曲面。结果如图 5-73 所示。

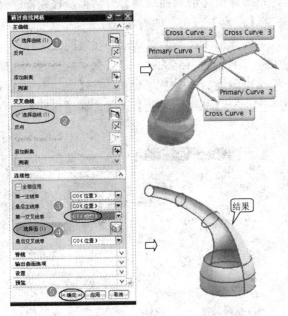

图 5-72　通过曲线网格创建曲面 4

图 5-73　创建曲面结果

3．缝合曲面

单击【特征】工具栏上的　按钮，系统弹出【缝合】对话框，在绘图区选择一个曲面为目标，选择其余的曲面为刀具，单击 <确定> 按钮，如图 5-74 所示。

4．加厚

曲面造型完毕，接下来就是加厚生成实体。

单击【曲面】工具栏上的　按钮，系统弹出【加厚】对话框，输入偏置为 0.5，然后在图形窗口选择片体，如果有必要可反转偏置的方向使之指向烟斗的内部，最后单击【确定】按钮，如图 5-75 所示。

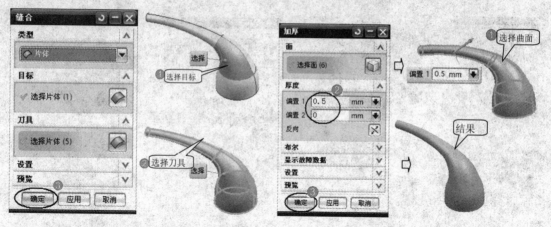

图 5-74　缝合曲面　　　　　　　　　　　　　　　　　　图 5-75　加厚

5. 创建烟斗

1）隐藏加厚实体和片体。

2）单击【曲面】工具栏上的 按钮，系统弹出【通过曲线组】对话框，在绘图区选择 Section 1、Section 2、Section 3 曲线，单击【确定】按钮，如图 5-76 所示。

3）单击【特征】工具栏上的 按钮，系统弹出【拉伸】对话框，在绘图区选择一个实体的上表面为草绘平面，进入草绘界面绘制一个直径为 15 的圆，单击 完成草图 按钮，系统返回【拉伸】对话框。在【限制】选项组下的结束距离文本框中输入 15，在【布尔】下拉列表中选择【求差】选项，在【拔模】下拉列表中选择【从起始限制】选项，在【角度】文本框中输入 30，单击 确定 按钮，如图 5-77 所示。

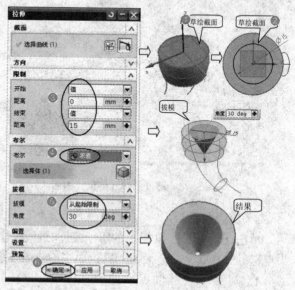

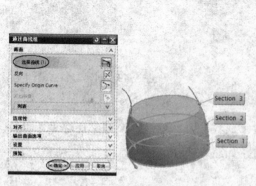

图 5-76　通过曲线组创建实体　　　　　　　　　　　　图 5-77　拉伸实体

6. 求和

单击【特征】工具栏上的 按钮，系统弹出【求和】对话框，在绘图区选择加厚的实体为目标，选择刚刚创建的烟斗为刀具，单击 < 确定 > 按钮，如图 5-78 所示。

7. 倒圆角

单击【特征】工具栏上的 按钮，系统弹出【倒圆角】对话框，在绘图区进行如图 5-79 所示的倒圆角。

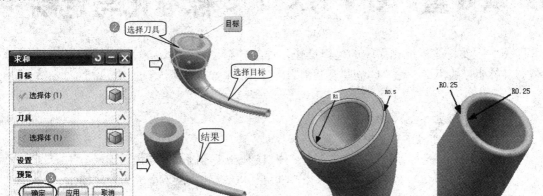

图 5-78　求和　　　　　　　　　　　　图 5-79　倒圆角

8. 最终结果

烟斗的最终结果如图 5-80 所示。

图 5-80　烟斗的最终结果

5.15　本章小结

本章通过实例介绍了与曲面造型相关的命令和操作。通常构建曲面首先要有线架，而线架的质量直接影响曲面的质量，比如曲线之间不相切，创建的曲面也就不能相切。对于比较复杂的曲面造型，读者要学会如何做辅助线或者修剪曲面以创建条件来使用相关的命令，如使用【通过曲线网格】命令需要的网格线架。希望读者多练习，做到举一反三。

第6章　UG NX 7.5 标准化与定制

本章主要讲述标准化齿轮的建模操作，详细介绍了柱齿轮、锥齿轮、格林森弧齿锥齿轮、奥林康摆线齿锥齿轮等的创建及其啮合的操作过程。

本章要点

- 柱齿轮
- 锥齿轮建模
- 格利森弧齿锥齿轮建模
- 奥林康摆线齿锥齿轮建模

- 格利森弧齿准双曲面齿轮建模
- 奥林康摆线齿准双曲面齿轮建模
- 显示齿轮

光盘路径	原始文件	原始文件\cha06 文件夹
	结果文件	结果文件\cha06 文件夹

【齿轮建模-标准化与定制】是 UG NX 7.5 版本新加载的功能。它的出现不但节省了设计时间，而且更便于用户对齿轮的了解，【齿轮建模-标准化与定制】的菜单和工具栏如图 6-1 所示。

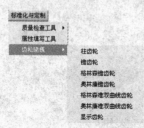

图 6-1　【齿轮建模-标准化与定制】的菜单和工具栏

6.1　柱齿轮

6.1.1　创建一个主动齿轮

操作步骤

STEP① 选择【标准化与定制】|【齿轮建模】|【柱齿轮】命令，或单击【齿轮建模-标准

化与定制】工具栏上的 ✓ 按钮,系统弹出【渐开线圆柱齿轮建模】对话框,如图 6-2 所示。

STEP② 在【渐开线圆柱齿轮建模】对话框中选择 ◉ 创建齿轮 单选按钮,单击 确定 按钮,系统弹出【渐开线圆柱齿轮类型】对话框,如图 6-3 所示。

STEP③ 在此对话框中选择齿轮的类型为【直齿轮】,啮合方式为【外啮合齿轮】,加工方法为【滚齿】,单击 确定 按钮,系统弹出【渐开线圆柱齿轮参数】对话框。

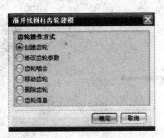

图 6-2 【渐开线圆柱齿轮建模】对话框　　　图 6-3 【渐开线圆柱齿轮类型】对话框

STEP④ 在【渐开线圆柱齿轮参数】对话框中选择【变位齿轮】选项卡,单击【默认参数】按钮,重新赋予参数值,如图 6-4 所示。

STEP⑤ 单击 参数估计 按钮,系统弹出【输入配合齿轮参数】对话框,在【齿数】文本框中输入 57,在【变位系数】文本框中输入-0.1,单击 确定 按钮。此时系统返回【渐开线圆柱齿轮参数】对话框,且【节圆直径】文本框中的数值变为 82.5,单击 参数估计 按钮,【顶圆直径】文本框的数值变为 88,单击 确定 按钮,如图 6-5 所示。

STEP⑥ 系统弹出【矢量】对话框,在绘图区选择 Z 轴的正方向为矢量方向,单击 确定 按钮,如图 6-6 所示。

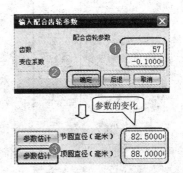

图 6-4 设置齿轮参数　　　图 6-5 【输入配合齿轮参数】对话框

STEP⑦ 系统弹出【点】对话框,在绘图区选择坐标原点,单击【点】对话框中的 确定 按钮,系统自动生成变位齿轮,如图 6-7 所示。

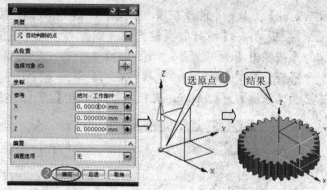

图 6-6 【矢量】对话框　　　　　　　　　　图 6-7　创建变位齿轮

6.1.2　创建一个从动齿轮

操作步骤

STEP 1　参照 6.1.1 节的步骤 1~步骤 3 的操作，创建从动齿轮的类型、方式和加工方法。

STEP 2　在【渐开线圆柱齿轮参数】对话框中选择【变位齿轮】选项卡，单击 默认参数 按钮，并修改齿轮的参数，如图 6-8 所示。

STEP 3　单击 参数估计 按钮，系统弹出【输入配合齿轮参数】对话框，在【齿数】文本框中输入 33，在【变位系数】文本框中输入 0.1，单击 确定 按钮。系统返回【渐开线圆柱齿轮参数】对话框，此时【节圆直径】文本框的数值变为 142.5，单击 参数估计 按钮，【顶圆直径】文本框中的数值变为 147，单击 确定 按钮，如图 6-9 所示。

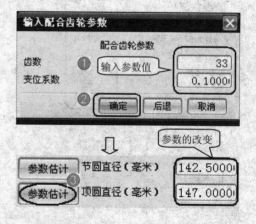

图 6-8　【渐开线圆柱齿轮参数】对话框　　　图 6-9　【输入配合齿轮参数】对话框

STEP 4　系统弹出【矢量】对话框，在绘图区选取 Z 轴的正方向为矢量方向，单击

确定 按钮，如图 6-10 所示。

　　STEP 5 系统弹出【点】对话框，在此对话框中输入如图 6-11 所示的坐标值，单击【确定】按钮，系统自动生成齿轮，如图 6-12 所示。

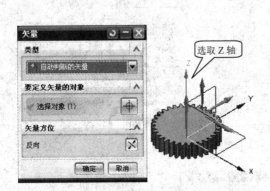

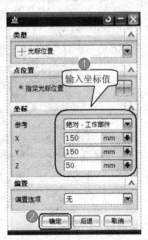

图 6-10　【矢量】对话框　　　　　　　图 6-11　【点】对话框

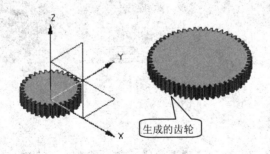

图 6-12　生成的从动齿轮

6.1.3　齿轮啮合

操作步骤

　　STEP 1 单击【齿轮建模-标准化与定制】工具栏上的 按钮，系统弹出【渐开线圆柱齿轮建模】对话框，在此对话框中选择 ⊙齿轮啮合 单选按钮，单击 确定 按钮，如图 6-13 所示。

　　STEP 2 系统弹出【选择齿轮啮合】对话框，在【所有存在齿轮】列表框中选择 gear_1（general gear），单击 设置主动齿轮 按钮，接着选择 gear_2（general gear），并单击 设置从动齿轮 按钮，单击 中心连线向量 按钮，如图 6-14 所示。

　　STEP 3 系统弹出【矢量】对话框，在绘图区选择 X 轴为矢量方向，并单击两次 确定 按钮，绘图区的两个齿轮就会自动啮合在一起，如图 6-15 所示。

图 6-13 【渐开线圆柱齿轮建模】对话框

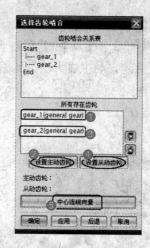

图 6-14 【选择齿轮啮合】对话框

图 6-15 齿轮的啮合

6.1.4 修改齿轮参数

修改齿轮参数指的是对已绘制好的齿轮进行参数修改，使之符合客户的要求。下面举例说明修改齿轮参数的操作步骤。

 操作步骤

STEP 1 打开本书配套光盘中的文件原始文件\cha06\06_2_1.prt，如图 6-16 所示.

STEP 2 单击【齿轮建模-标准化与定制】工具栏上的 ✎ 按钮，系统弹出【渐开线圆柱齿轮建模】对话框，在此对话框中选择 ◉修改齿轮参数 单选按钮，单击 确定 按钮，如图 6-17 所示。

图 6-16 范例文件中的齿轮

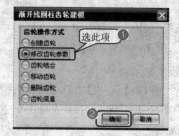

图 6-17 【渐开线圆柱齿轮建模】对话框

STEP 3 系统弹出【选择齿轮进行操作】对话框,在此对话框中单击 wn(general gear) 选项,单击 确定 按钮,如图 6-18 所示。

STEP 4 系统弹出【渐开线圆柱齿轮类型】对话框,在此对话框中(用户可以根据实际情况来修改齿轮的类型)选择 ◉斜齿轮 和 ◉内啮合齿轮 单选按钮,单击 确定 按钮,如图 6-19 所示。

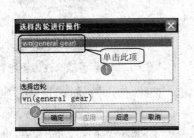

图 6-18 【选择齿轮进行操作】对话框 图 6-19 【渐开线圆柱齿轮类型】对话框

STEP 5 系统弹出【渐开线圆柱齿轮参数】对话框,在此对话框中单击 默认参数 按钮,系统自动更改齿轮参数,单击 确定 按钮,系统自动生成新的齿轮,如图 6-20 所示。

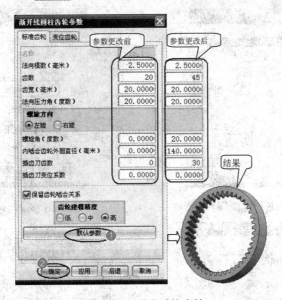

图 6-20 更改后的齿轮

6.1.5 移动齿轮

移动齿轮的功能是把创建的齿轮移动到用户所指定的位置。下面举例说明其操作过程。

操作步骤

STEP 1 打开本书配套光盘中的文件原始文件\cha06\06_2_1.prt,如图 6-21 所示。

STEP 2 单击【齿轮建模-标准化与定制】工具栏上的 按钮，系统弹出【渐开线圆柱齿轮建模】对话框，在此对话框中选择 移动齿轮 单选按钮，单击 确定 按钮，如图 6-22 所示

图 6-21　范例文件中的齿轮　　　　图 6-22　【渐开线圆柱齿轮建模】对话框

STEP 3 系统弹出【选择齿轮进行操作】对话框，在此对话框中选取 gear_2(general gear) 选项，单击 确定 按钮，如图 6-23 所示。

STEP 4 系统弹出【移动齿轮】对话框，单击 从一点移到另一点 按钮，如图 6-24 所示。系统弹出【点】对话框，如图 6-25 所示。

STEP 5 在绘图区的齿轮 1 上选取一点，在齿轮 2 上选取一点，单击【点】对话框中的【确定】按钮。结果如图 6-26 所示。

图 6-23　【选择齿轮进行操作】对话框

图 6-24　【移动齿轮】对话框

图 6-25　【点】对话框

图 6-26　齿轮移动的结果

6.1.6　删除齿轮

删除齿轮指的是对已创建的齿轮进行删除。下面举例说明删除齿轮的操作步骤。

STEP① 打开本书配套光盘中的文件原始文件\cha06\06_2_1.prt，如图 6-27 所示。

STEP② 单击【齿轮建模-标准化与定制】工具栏上的 按钮，系统弹出【渐开线圆柱齿轮建模】对话框，在此对话框中选择 ⊙删除齿轮 单选按钮，单击 确定 按钮，如图 6-28 所示。

图 6-27　范例文件中的齿轮　　　　图 6-28　【渐开线圆柱齿轮建模】对话框

STEP③ 系统弹出【选择齿轮进行操作】对话框，在此对话框中选取 gear_3(general gear) 选项，单击 确定 按钮，系统自动删除齿轮，如图 6-29 所示。

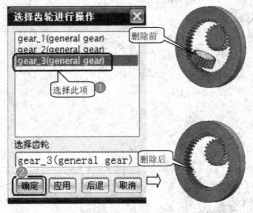

图 6-29　删除齿轮的结果

6.1.7　齿轮信息

齿轮信息指的是创建该齿轮的参数，例如齿轮的模数、齿数、名称等。下面举例说明如何查看齿轮信息。

STEP① 打开本书配套光盘中的文件原始文件\cha06\06_2_1.prt，如图 6-30 所示。

STEP② 单击【齿轮建模-标准化与定制】工具栏上的 按钮，系统弹出【渐开线圆柱齿轮建模】对话框，在此对话框中选择齿轮信息单选按钮，单击 确定 按钮，如图 6-31 所示。

图 6-30　范例文件中的齿轮　　　　图 6-31　【渐开线圆柱齿轮建模】对话框

STEP 3 系统弹出【选择齿轮进行操作】对话框，在此对话框中选取 gear_1(general gear) 选项，单击 确定 按钮，如图 6-32 所示。系统弹出【信息】窗口，即可查看齿轮信息，如图 6-33 所示。

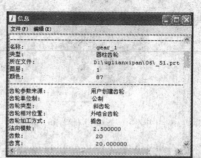

图 6-32　【选择齿轮进行操作】对话框　　　　图 6-33　【信息】窗口

6.2　锥齿轮建模

6.2.1　创建圆锥齿轮

STEP 1 选择【标准化与定制】|【齿轮建模】|【锥齿轮】命令，或者单击【齿轮建模-标准化与定制】工具栏上的 按钮，系统弹出【圆锥齿轮建模】对话框，在此对话框中选择 创建齿轮 单选按钮，单击 确定 按钮，如图 6-34 所示。

STEP 2 系统弹出【圆锥齿轮类型】对话框，在此对话框中选择 直齿轮 和 等顶隙收缩齿 单选按钮，单击 确定 按钮，如图 6-35 所示。

图 6-34　【圆锥齿轮建模】对话框　　　　图 6-35　【圆锥齿轮类型】对话框

STEP 3 系统弹出【圆锥齿轮参数】对话框在【齿轮建模精度】选项组选取【中】单选按钮，单击 默认参数 按钮，系统会自动输入圆锥齿轮参数，单击 确定 按钮，如图 6-36 所示。

STEP 4 系统弹出【矢量】对话框，在绘图区选取 Z 轴的正方向为齿轮的矢量方向，单击 确定 按钮，如图 6-37 所示。

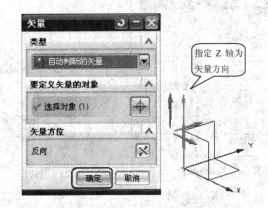

图 6-36 【圆锥齿轮参数】对话框　　　　图 6-37 指定矢量方向

STEP 5 系统弹出【点】对话框，在坐标值的 X、Y、Z 的文本框中输入 0、0、0，或在绘图区选择坐标系的原点，如图 6-38 所示。单击【点】对话框中的 确定 按钮，系统自动生成圆锥齿轮，如图 6-39 所示。

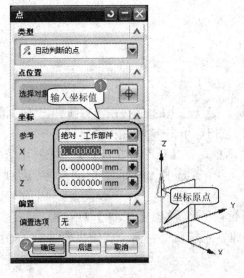

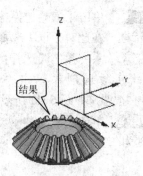

图 6-38 【点】对话框　　　　图 6-39 生成的圆锥齿轮

6.2.2 创建一个从动齿轮

STEP ① 参照 6.2.1 节步骤 1~步骤 4 的操作，并在【圆锥齿轮参数】对话框中将齿轮的名称改为 gear_2，单击 **确定** 按钮，如图 6-40 所示。

STEP ② 在弹出的【点】对话框中分别输入 X、Y、Z 的坐标值为 80、80、50，单击 **确定** 按钮，系统自动生成圆锥齿轮，如图 6-41 所示。

图 6-40 【圆锥齿轮参数】对话框

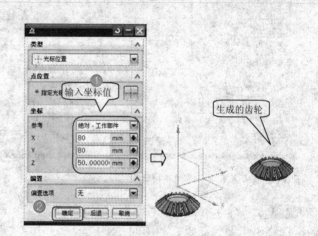

图 6-41 生成的圆锥齿轮

6.2.3 圆锥齿轮的啮合

STEP ① 单击【齿轮建模-标准化与定制】工具栏上的 按钮，系统弹出【圆锥齿轮建模】对话框，在此对话框中选择 ⊙齿轮啮合 单选按钮，单击 **确定** 按钮。

STEP ② 系统弹出【选择齿轮啮合】对话框，在【所有存在齿轮】列表框中选择 gear_1(general gear) 选项，单击 **设置主动齿轮** 按钮，接着选择 gear_2(general gear) 选项，单击 **设置从动齿轮** 按钮，如图 6-42 所示。

STEP ③ 单击 **从动齿轮轴向向量** 按钮，系统弹出【矢量】对话框，在绘图区选取 Y 轴为矢量的方向，单击两次 **确定** 按钮，系统就会将两个圆锥齿轮啮合，如图 6-43 所示。

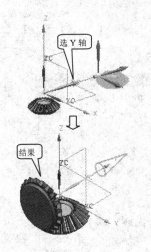

选Y轴

结果

图 6-42 【选择齿轮啮合】对话框   图 6-43 圆锥齿轮的啮合结果

6.3 格利森弧齿锥齿轮建模

6.3.1 创建一个格利森弧齿锥齿轮的主动轮

STEP 1 选择【标准化与定制】|【齿轮建模】|【格利森锥齿轮】命令，或单击【齿轮建模-标准化与定制】工具栏上的 🔧 按钮，系统弹出【格利森弧齿锥齿轮建模】对话框，如图 6-44 所示。

STEP 2 在此对话框中选择 ⊙创建齿轮 单选按钮，单击 确定 按钮，系统弹出【格利森弧齿锥齿轮类型】对话框，如图 6-45 所示。

图 6-44 【格利森弧齿锥齿轮建模】对话框   图 6-45 【格利森弧齿锥齿轮类型】对话框

STEP 3 在此对话框中，在【齿轮类型】选项组选择 ⊙格利森弧齿锥齿轮 单选按钮，在【齿高形式】选项组选择 ⊙等顶隙收缩齿 单选按钮，单击 确定 按钮，系统弹出【格利森弧齿锥齿轮参数】对话框，如图 6-46 所示。

STEP 4 在此对话框中单击 默认参数(主动齿轮) 按钮，系统自动赋予齿轮的名称和参数，单

击 确定 按钮。

STEP 5 系统弹出【矢量】对话框，在绘图区选择 Z 轴为齿轮的矢量方向，单击 确定 按钮，如图 6-47 所示。

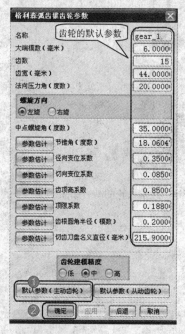

图 6-46 【格利森弧齿锥齿轮参数】对话框

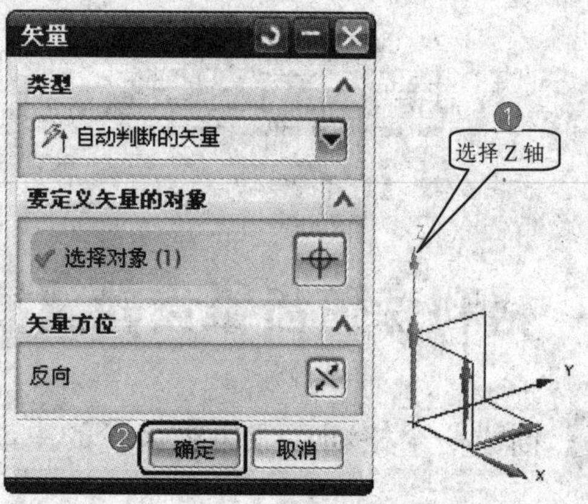

图 6-47 【矢量】对话框

STEP 6 系统弹出【点】对话框，在绘图区选取坐标系的原点，或在【坐标】选项组 X、Y、Z 的文本框中输入 0、0、0，单击 确定 按钮，系统自动生成格利森弧齿锥齿轮主动轮，如图 6-48 所示。

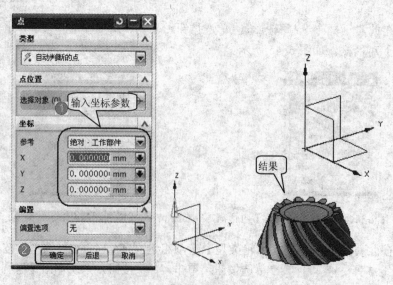

图 6-48 【点】对话框和生成的齿轮

6.3.2　创建一个格利森弧齿锥齿轮的从动轮

操作步骤

STEP 1 参照 6.3.1 节的步骤 1~步骤 3 的操作，在弹出的【格利森弧齿锥齿轮参数】的对话框中单击 默认参数（从动齿轮） 按钮，系统自动赋予齿轮的名称和参数，单击 确定 按钮，如图 6-49 所示。

STEP 2 系统弹出【矢量】对话框，在绘图区选择 Z 轴的正方向为齿轮的矢量方向，单击 确定 按钮，如图 6-50 所示。

图 6-49 【格利森弧齿锥齿轮参数】对话框　　　　图 6-50 【矢量】对话框

STEP 3 系统弹出【点】对话框，在此对话框的【坐标】选项组 X、Y、Z 的文本框中分别输入 80、80、55，单击 确定 按钮，系统自动生成格利森弧齿锥齿轮的从动轮，如图 6-51 所示。

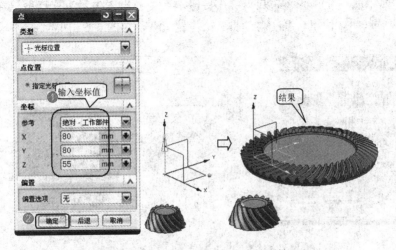

图 6-51 【点】对话框和生成的齿轮

6.3.3 齿轮啮合

操作步骤

STEP 1 单击【齿轮建模-标准化与定制】工具栏上的 ❷ 按钮，系统弹出【格利森弧齿锥齿轮建模】对话框，在此对话框中选择 ⦿齿轮啮合 单选按钮，单击 确定 按钮，如图 6-52 所示。

STEP 2 系统弹出【选择齿轮啮合】对话框，在【所有存在齿轮】列表框中选择 gear_1(general gear) 选项，单击 设置主动齿轮 按钮；接着选择 gear_2(general gear) 选项，单击 设置从动齿轮 按钮，此时对话框中会显示主动轮是 gear_1(general gear)，从动轮是 gear_2(general gear)，如图 6-53 所示。

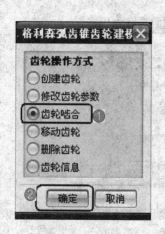

图 6-52 【格利森弧齿锥齿轮建模】对话框　　图 6-53 【选择齿轮啮合】对话框

STEP 3 单击 从动齿轮轴向向量... 按钮，系统弹出【矢量】对话框，在绘图区选择 X 轴，单击两次 确定 按钮，系统自动将两个齿轮啮合，如图 6-54 所示。

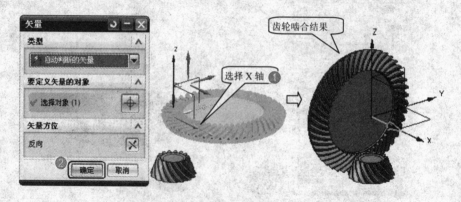

图 6-54 【矢量】对话框和齿轮啮合结果

6.4　奥林康摆线齿锥齿轮建模

6.4.1　创建一个奥林康摆线齿锥齿轮的主动轮

 操作步骤

STEP 1 选择【标准化与定制】|【齿轮建模】|【奥林康锥齿轮】命令，或单击【齿轮建模-标准化与定制】工具栏上的 ✍ 按钮，系统弹出【奥林康摆线齿锥齿轮建模】对话框，如图 6-55 所示。

STEP 2 在此对话框中选择 ⊙创建齿轮 单选按钮，单击 确定 按钮，系统弹出【奥林康摆线齿锥齿轮参数】对话框，如图 6-56 所示。

STEP 3 在此对话框中单击 默认参数（主动齿轮） 按钮，系统自动赋予齿轮的名称和参数，单击 确定 按钮。

图 6-55　【奥林康摆线齿锥齿轮建模】对话框

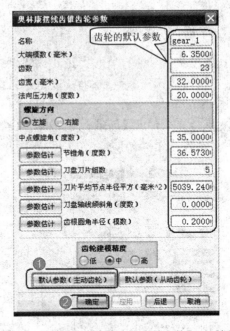

图 6-56　【奥林康摆线齿锥齿轮参数】对话框

STEP 4 系统弹出【矢量】对话框，在绘图区选择 Z 轴为齿轮的矢量方向，单击 确定 按钮，如图 6-57 所示。

STEP 5 系统弹出【点】对话框，在绘图区选取坐标系的原点，或在【坐标】选项组 X、Y、Z 的文本框中输入 0、0、0，如图 6-58 所示。

STEP 6 单击 确定 按钮，系统自动生成奥林康摆线齿锥齿轮主动轮，如图 6-59 所示。

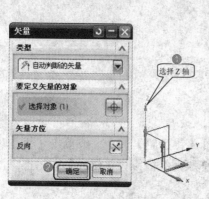

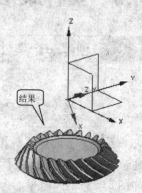

图 6-57 【矢量】对话框　　　　　图 6-58 【点】对话框　　　　　图 6-59　奥林康摆线齿锥
齿轮生动轮

6.4.2　创建一个奥林康摆线齿锥齿轮的从动轮

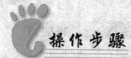
操作步骤

STEP 1　参照 6.4.1 节的步骤 1 和步骤 2 的操作，在弹出的【奥林康摆线齿锥齿轮参数】对话框中单击 默认参数（从动齿轮） 按钮，系统自动赋予齿轮的名称和参数，单击 确定 按钮，如图 6-60 所示。

STEP 2　系统弹出【矢量】对话框，在绘图区选择 Z 轴的正方向为齿轮的矢量方向，单击 确定 按钮，如图 6-61 所示。

图 6-60 【奥林康摆线齿锥齿轮参数】对话框　　　　　图 6-61 【矢量】对话框

STEP 3　系统弹出【点】对话框，在此对话框中【坐标】选项组的 X、Y、Z 的文本框中分别输入 80、80、55，单击 确定 按钮，系统自动生成奥林康摆线齿锥齿轮的从动轮，如图 6-62 所示。

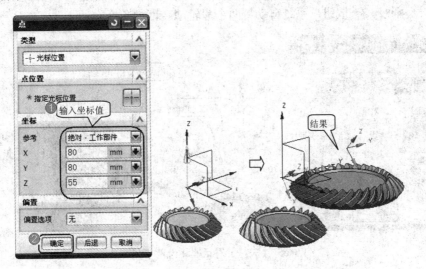

图 6-62 【点】对话框和生成的齿轮

6.4.3 齿轮啮合

STEP ① 单击【齿轮建模-标准化与定制】工具栏上的 按钮，系统弹出【奥林康摆线齿锥齿轮建模】对话框，在此对话框中选择 ⊙齿轮啮合 选项，并单击 确定 按钮，如图 6-63 所示。

STEP ② 系统弹出【选择齿轮啮合】对话框，在【所有存在齿轮】列表框中选择 gear_1(general gear) 选项，单击 设置主动齿轮 按钮；接着选择 gear_2(general gear) 选项，单击 设置从动齿轮 按钮，此时对话框中会显示主动轮是 gear_1(general gear)，从动轮是 gear_2(general gear)，如图 6-64 所示。

图 6-63 【奥林康摆线齿锥齿轮建模】对话框

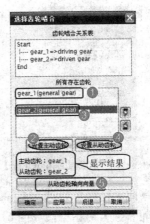

图 6-64 【选择齿轮啮合】对话框

STEP 3 单击 从动齿轮轴向向量 按钮，系统弹出【矢量】对话框，在绘图区选择 X 轴，单击两次 确定 按钮，系统自动将两个齿轮啮合，如图 6-65 所示。

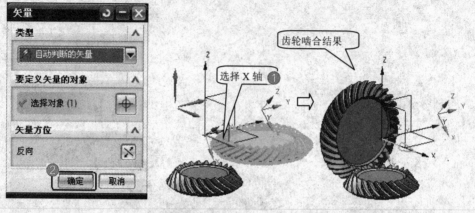

图 6-65 【矢量】对话框和齿轮啮合结果

6.5 格利森弧齿准双曲面齿轮建模

6.5.1 创建一个格利森弧齿准双曲面齿轮的主动轮

 操作步骤

STEP 1 选择【标准化与定制】|【齿轮建模】|【格利森准双曲线轮】命令，或单击【齿轮建模-标准化与定制】工具栏上的 按钮，系统弹出【格利森弧齿准双曲面齿轮建模】对话框，如图 6-66 所示。

STEP 2 在此对话框中选择 创建齿轮 单选按钮，单击 确定 按钮，系统弹出【格利森弧齿准双曲面齿轮类型】对话框，如图 6-67 所示。

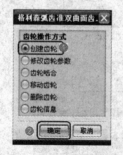 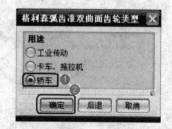

图 6-66 【格利森弧齿准双曲面齿轮建模】对话框　图 6-67 【格利森弧齿准双曲面齿轮类型】对话框

STEP 3 在此对话框中，选择 轿车 单选按钮，单击 确定 按钮，系统弹出【格利森弧齿准双曲面齿轮参数】对话框，如图 6-68 所示。

STEP 4 在此对话框中，选择【主动齿轮】选项卡，单击 默认参数 按钮，系统自动赋予齿轮的名称和参数，单击 确定 按钮。

STEP⑤ 系统弹出【矢量】对话框，在绘图区选择 Z 轴为齿轮的矢量方向，单击 确定 按钮，如图 6-69 所示。

图6-68 【格利森弧齿准双曲面齿轮参数】对话框　　　图6-69 【矢量】对话框

STEP⑥ 系统弹出【点】对话框，在绘图区选取坐标系的原点，或在【坐标】选项组的 X、Y、Z 的文本框中输入 0、0、0，单击 确定 按钮，系统自动生成格利森弧齿准双曲面齿轮主动轮，如图 6-70 所示。

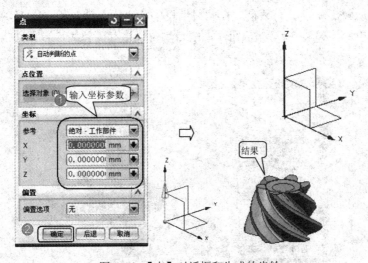

图6-70 【点】对话框和生成的齿轮

6.5.2 创建一个格利森弧齿准双曲面齿轮的从动轮

 操作步骤

STEP 1 参照 6.5.1 节的步骤 1~步骤 3 的操作，在弹出的【格利森弧齿准双曲面齿轮参数】对话框中选取【从动齿轮】选项卡，单击 默认参数 按钮，系统自动赋予齿轮的名称和参数，单击 确定 按钮，如图 6-71 所示。

STEP 2 系统弹出【矢量】对话框，在绘图区选择 Z 轴的正方向为齿轮的矢量方向，单击 确定 按钮，如图 6-72 所示。

图 6-71 【格利森弧齿准双曲面齿轮参数】对话框　　　　图 6-72 【矢量】对话框

STEP 3 系统弹出【点】对话框，在此对话框中【坐标】选项组 X、Y、Z 的文本框中分别输入 80、80、55，单击 确定 按钮，系统自动生成格利森弧齿准双曲面齿轮的从动轮，如图 6-73 所示。

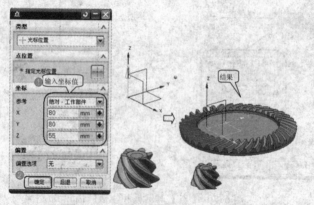

图 6-73 【点】对话框和生成的齿轮

6.5.3　齿轮啮合

STEP 1 单击【齿轮建模-标准化与定制】工具栏上的 按钮，系统弹出【格利森弧齿准双曲面齿轮建模】对话框，在此对话框中选择 ⊙齿轮啮合 单选按钮，单击 确定 按钮，如图 6-74 所示。

STEP 2 系统弹出【选择齿轮啮合】对话框，在【所有存在齿轮】列表框中选择 gear_1(general gear) 选项，单击 设置主动齿轮 按钮；接着选择 gear_2(general gear) 选项，单击 设置从动齿轮 按钮，此时对话框中会显示主动轮是 gear_1(general gear)，从动轮是 gear_2(general gear)，如图 6-75 所示。

图 6-74　【格利森弧齿准双曲面齿轮建模】对话框　　　图 6-75　【选择齿轮啮合】对话框

STEP 3 单击 从动齿轮轴向向量 按钮，系统弹出【矢量】对话框，在绘图区选择 X 轴，单击两次 确定 按钮，系统自动将两个齿轮啮合，如图 6-76 所示。

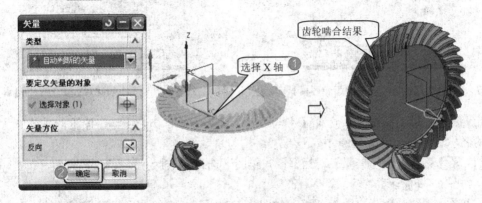

图 6-76　【矢量】对话框和齿轮啮合结果

6.6 奥林康摆线齿准双曲面齿轮建模

6.6.1 创建一个奥林康摆线齿准双曲面齿轮的主动轮

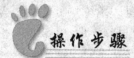

STEP 1 选择【标准化与定制】|【齿轮建模】|【奥林康准双曲线齿轮】命令，或单击【齿轮建模-标准化与定制】工具栏上的 ❷ 按钮，系统弹出【奥林康摆线齿准双曲面齿轮建模】对话框，如图 6-77 所示。

STEP 2 在此对话框中选择 ◉创建齿轮 单选按钮，单击 确定 按钮，系统弹出【Oerlikon Hypoid Gear Parameter】对话框，如图 6-78 所示。

图 6-77 【奥林康摆线齿准双曲面齿轮建模】对话框

图 6-78 【Oerlikon Hypoid Gear Parameter】对话框

STEP 3 在此对话框中，选择【主动齿轮】选项卡，单击 默认参数 按钮，系统自动赋予齿轮的名称和参数，单击 确定 按钮。

STEP 4 系统弹出【矢量】对话框，在绘图区选择 Z 轴为齿轮的矢量方向，单击 确定 按钮，如图 6-79 所示。

STEP 5 系统弹出【点】对话框，如图 6-80 所示。在绘图区选取坐标系的原点，或在

【坐标】选项组 X、Y、Z 的文本框中输入 0、0、0，单击 确定 按钮，系统自动生成奥林康摆线齿准双曲面齿轮的主动轮，如图 6-81 所示。

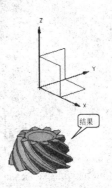

| 图 6-79 【矢量】对话框 | 图 6-80 【点】对话框 | 图 6-81 生成的齿轮 |

6.6.2 创建一个奥林康摆线齿准双曲面齿轮的从动轮

操作步骤

STEP 1 参照 6.6.1 节的步骤 1 和步骤 2 的操作，在弹出的【Oerlikon Hypoid Gear Parameter】对话框中选取【从动齿轮】选项卡，单击 默认参数 按钮，系统自动赋予齿轮的名称和参数，单击 确定 按钮，如图 6-82 所示。

STEP 2 系统弹出【矢量】对话框，在绘图区选择 Z 轴的正方向为齿轮的矢量方向，单击 确定 按钮，如图 6-83 所示。

图 6-82 【Oerlikon Hypoid Gear Parameter】对话框

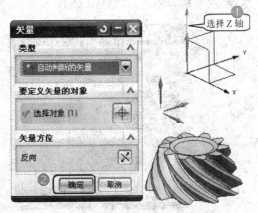

图 6-83 【矢量】对话框

STEP 3 系统弹出【点】对话框，在此对话框中【坐标】选项组 X、Y、Z 的文本框中分别输入 80、0、55，单击 确定 按钮，系统自动生成奥林康摆线齿准双曲面齿轮的从动轮，如图 6-84 所示。

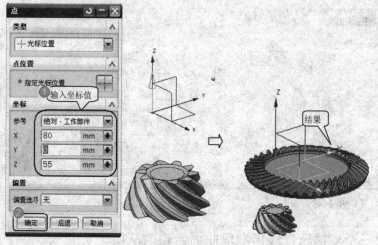

图 6-84 【点】对话框和生成的齿轮

6.6.3 齿轮啮合

STEP 1 单击【齿轮建模-标准化与定制】工具栏上的 按钮，系统弹出【奥林康摆线齿准双曲面齿轮建模】对话框，在此对话框中选择 ⊙齿轮啮合 单选按钮，单击 确定 按钮，如图 6-85 所示。

STEP 2 系统弹出【选择齿轮啮合】对话框，在【所有存在齿轮】列表框中选择 gear_1(general gear) 选项，单击 设置主动齿轮 按钮；接着选择 gear_2(general gear) 选项，单击 设置从动齿轮 按钮，此时对话框中会显示主动轮是 gear_1(general gear)，从动轮是 gear_2(general gear)，如图 6-86 所示。

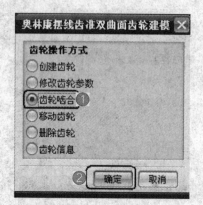

图 6-85 【奥林康摆线齿准双曲面齿轮建模】对话框

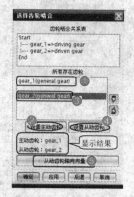

图 6-86 【选择齿轮啮合】对话框

STEP 3 单击 从动齿轮轴向向量 按钮，系统弹出【矢量】对话框，在绘图区选择 X 轴，单击两次 确定 按钮，系统自动将两个齿轮啮合，如图 6-87 所示。

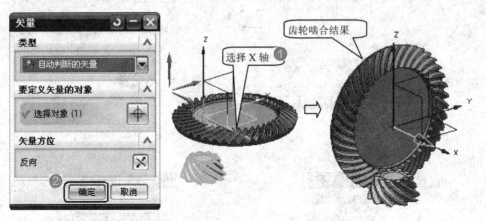

图 6-87 【矢量】对话框和齿轮啮合结果

6.7 显示齿轮

使用【显示齿轮】命令，可以在列表框中显示齿轮的名字和类型，也可以在绘图区选取齿轮来显示其类型和名称。下面介绍显示齿轮的操作步骤。

STEP 1 打开本书配套光盘中的文件原始文件\cha06\06_6_1.prt，如图 6-88 所示。

STEP 2 选择【标准化与定制】|【齿轮建模】|【显示齿轮】命令，或单击【齿轮建模-标准化与定制】工具栏上的 按钮，系统弹出【显示齿轮类型】对话框，如图 6-89 所示。

图 6-88 范例文件中的齿轮

图 6-89 【显示齿轮类型】对话框

STEP 3 在【显示齿轮类型】对话框的列表中已显示了 4 种齿轮，每种齿轮的类型都不相同，选择哪个齿轮名称，在绘图区就光亮显示此齿轮，如图 6-90 所示。

用户也可以通过单击 从图形区选择齿轮 按钮，在绘图区选择齿轮，这时【显示齿轮类型】对话框中就会显示该齿轮的名称和类型，如图 6-91 所示。

图 6-90　显示齿轮

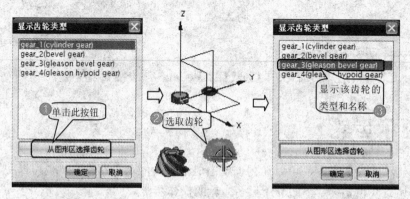

图 6-91　显示齿轮

6.8　本章小结

　　本章主要通过齿轮创建操作及其啮合的过程来介绍位于【标准化与定制】工具栏上的命令以及其他相关的编辑命令。通过学习本章，读者能够更快速地掌握齿轮的创建操作，从而节省齿轮设计的时间，提高工作效率。

第7章　UG NX 7.5装配造型设计与实例精讲

本章主要讲述 UG NX 7.5 装配模块的设计流程，装配造型主要包括"自下而上"的装配和"自上而下"的设计装配，自下而上装配是把已经设计好的零件使用约束工具使其装配在一起，主要运用在逆向工程；而自上而下的设计装配是把设计概念在装配模块直接设计成零件，主要运用在正向工程。

本章要点

- 装配基础
- "自下而上"装配
- "自上而下"设计

- 编辑装配
- 装配爆炸图
- 装配造型设计实例精讲

本章案例

 光盘路径	原始文件	原始文件\cha07 文件夹
	结果文件	结果文件\cha07\07_001 文件
	录像文件	录像文件\cha07\装订机文件

7.1 装配基础

7.1.1 装配的概念

1．组件与组件部件

组件是指装配体中引用的几何体和特征，它并不创建这些对象的副本。该技术不仅将装配部件文件的大小最小化，还提供高级关联性。而在装配中，特定部件可用于多个位置。每次对特定部件的使用都使其成为组件，而包含该组件实际几何体的文件称为组件部件，如图 7-1 所示。例如，汽车装配可由两个轮轴子装配，每个轮轴子装配有两个车轮部件。这样，汽车中有四个车轮组件和两个轮轴组件，但只有两个组件部件（一个车轮和一个轮轴）。

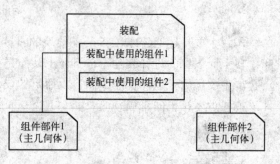

图 7-1　装配部件、组件与组件部件的关系

2．"自下而上"与"自上而下"的建模方式

"自下而上"的建模方式是先单独创建单个模型，然后再将其添加到装配。而"自上而下"的建模方式是直接在装配级创建模型。这两种建模方式可以来回切换。

3．显示部件与工作部件

显示部件是指当前显示在图形窗口中的部件。

工作部件是目前处于激活状态，可以在其中创建和编辑几何体的部件。

工作部件可以是已显示的部件，或包含在已显示的装配部件中的所有组件文件。当将一个零件设置为显示部件时，它同时也是工作部件。

4．关联设计

当显示部件为装配时，可将工作部件更改为装配中的任意组件（除了未加载的部件和不同单位的部件）。然后可将几何体、特征和组件添加到工作部件或在工作部件中编辑。工作部件外的几何体可在许多建模操作中引用。引用的对象将添加到用于表示工作部件的引用集中。

5．配对约束

配对约束用于定位装配中的组件。可使用不同约束的组合以完全指定组件在装配中的位置。系统将某个组件视为固定在一个恒定的位置，然后计算满足指定约束的其他组件的位置。

6．引用集

引用集是指部件中已命名的几何体集合。使用引用集可减少图形显示。对于大型的、复杂的装配可通过使用引用集过滤用于表示给定组件或子装配的数据量来简化图形。引用集可用于大幅减少（甚至完全消除）装配的部分图形表示，而不用修改实际的装配结构或基本的几何模型。每个组件都可使用不同的引用集，从而允许单个装配内的相同部件具有不同的表示。

7.1.2　进入装配模式

UG NX 7.5 的装配功能是嵌入到其他模块中使用的，是作为一个可以开启和关闭的应用模块显示在【应用模块】工具栏中。当打开装配功能后会在当前界面上增加一个【装配】工具栏（默认在视图窗口的下方），如图 7-2 所示为建模环境下的【装配】工具栏。

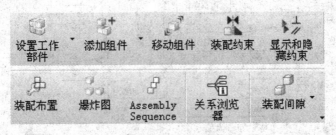

图 7-2　建模环境下的【装配】工具栏

打开装配功能，或者说进入装配模式，有两种方式。

1．新建文件时选择【装配】模板

启动 UG NX 7.5，选择【文件】|【新建】命令，或者单击【标准】工具栏上的 按钮，然后在【新建】对话框中选择【装配】模板，单击【确定】按钮后就会进入装配的应用环境，并且系统会弹出【添加组件】对话框，如图 7-3 所示。如果当前系统已经打开了其他的部件，它们会显示在【已加载的部件】列表框中以方便选择。

图 7-3　【添加组件】对话框

> 野火专家提示：当在不同的应用模块间切换时，系统会保持【装配】工具栏开启或关闭的状态。

2．在【应用】菜单中开启或关闭【装配】工具栏

启动 UG NX 7.5 并进入其中一个应用模块，单击【标准】工具栏上的 开始 按钮，然后从下拉菜单中选择【装配】命令，或者选择【应用】（需定制，此菜单项默认没有显示）|【装配】命令，可以切换【装配】工具栏的开启与关闭。如果该命令前有打勾的标记，说明【装配】工具栏的状态为开启，这时再次选择该命令即将其关闭。

7.1.3　装配导航器

1．装配导航器的窗口

装配导航器显示在资源条中，默认位于部件导航器上方，它是一个可视化的窗口，能够显示装配结构树，以及树中节点各组件的显示状态、加载情况、装配关系、位置和引用集等，如图 7-4 所示。

2．装配导航器的操作

在装配导航器中进行各种操作，主要是通过快捷菜单。如图 7-5a 所示为当选中一个组

件后单击鼠标右键时弹出的快捷菜单，而图 7-5b 所示为在装配导航器空白处单击鼠标右键或者选择【工具】|【装配导航器】命令时弹出的快捷菜单。部分命令的解释见表 7-1。

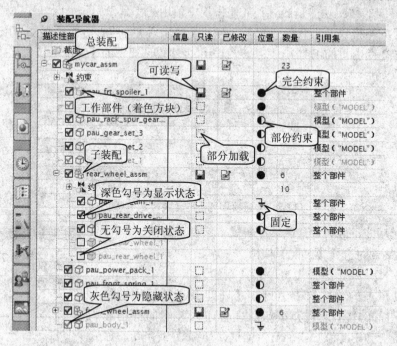

图 7-4　装配导航器

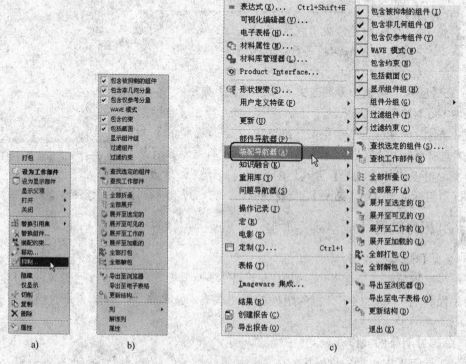

图 7-5　装配导航器的操作

表 7-1　【装配导航器】快捷菜单中命令的说明

命令名称	说明
打包	在同一个组件中，将所有具有相同名称的装配部件用一个部件名称来表示，其表示方式为"部件名×相同部件的数目"
设为工作部件	将选定的组件设置为工作部件
设为显示部件	将选定的组件设置为显示部件
显示父项	从子菜单中选择。将当前组件的父级组件（选中的）设置为显示部件
打开	在装配结构中打开所选的部件（将其加载）
关闭	在装配结构中关闭所选部件
替换引用集	从子菜单中选择。使用其中一个现有的引用集替换图形窗口中组件的显示
替换组件	允许用另一个组件替换选定的组件
装配约束	允许更改所选组件的配对条件
移动	允许重定位所选组件
抑制	将所选部件进行抑制。该功能与删除有所不同，抑制之后仍可以将其恢复
隐藏	隐藏选定的组件和子装配。如果隐藏子装配，则其子级也将隐藏 直接单击组件前面的小方框也可以在显示和隐藏两种状态之间切换
切削	剪切所选组件并将其放在剪贴板上
复制	复制所选组件并将其放在剪贴板上
粘贴	将剪贴板上的项目粘贴到工作部件中。仅当剪贴板上有内容时，才显示该选项
删除	删除所选组件
属性	打开组件属性对话框，其中包含有关选定组件的信息

7.1.4　【装配】工具栏

完整的【装配】工具栏如图 7-6 所示，该工具栏集中了 NX 主要的装配功能。表 7-2 是对该工具栏上各命令的简要说明。关于常用命令在后面的相关章节中详细介绍。

图 7-6　【装配】工具栏

表 7-2　【装配】工具栏中命令的说明

名　称	图　标	说　明
查找组件		允许查找一个组件
打开组件		允许打开一个组件
按邻近度打开		提供用来加载靠近选定组件的组件的选项
仅显示		只显示选定的组件。所有其他组件都被隐藏
显示产品轮廓		显示或隐藏产品轮廓，或如果未定义产品轮廓，则进行定义
保存关联		保存当前装配的关联
恢复关联		恢复原先的关联
添加组件		允许向装配中插入现有的组件
新建组件		允许创建新的组件并将其插入到装配中

（续）

名　称	图　标	说　明
新建父对象		为当前显示的部件新建父对象
创建组件阵列		允许创建组件阵列
替换组件		允许替换装配中的组件
移动（重定位）组件		移动（重定位）装配中的组件
装配约束（配对组件）		通过指定约束关系，相对装配中的其他组件重定位组件
显示和隐藏约束		显示和隐藏约束及使用其关系的组件
记住约束		记住部件中的装配约束，以供在其他组件中重用
镜像装配		允许相对于一个平面镜像一个装配
抑制组件		抑制选定的组件
取消抑制组件		打开【选择抑制的组件】对话框，可在其中选择一个或多个被抑制的组件以取消抑制。 如果没有被抑制的组件，则会收到一条消息
编辑抑制状态		打开【抑制】对话框，可在其中定义选定组件的抑制状态
编辑布置		打开【装配布置】对话框，可在其中创建和编辑布置
替换引用集		允许定义或改变装配的引用集。单击该按钮，弹出对话框列表。该列表包含选定组件的可能的引用集，可以列出最多 25 个引用集
爆炸图		打开【爆炸图】工具栏，以创建或编辑爆炸图
装配序列		允许查看和更改创建装配的序列。单击此按钮，将出现【序列导航器】、【装配序列】和【运动】工具栏（如果已经启用它们）
设为工作部件		允许将选定部件更改为工作部件
设为显示部件		允许将选定部件更改为显示部件
WAVE 几何链接器		允许在工作部件中创建关联的或非关联的几何体
产品界面		当其他装配部件需要参考时，可将表达式和几何对象声明为部件的首选界面
部件间链接浏览器		提供有关链接对象、特征和部件相关性的信息。部件间链接浏览器还提供用于修改链接的选项
关系浏览器		提供有关部件间链接的图形信息
检查间隙		对照装配中的其他组件检查选定组件的可能干涉

7.1.5 装配首选项

可以设置某些系统首选项，以控制装配功能的特定参数。选择【首选项】|【装配】命令，系统弹出【装配首选项】对话框，如图 7-7 所示。该对话框选项的说明见表 7-3。

表 7-3 【装配首选项】对话框选项的说明

选 项 名 称		说　明
工作部件	强调	用与其他装配不同的颜色显示工作部件
	保持	在更改显示的部件时保持以前的工作部件。如果在更改显示的部件时未选中此复选框，则显示部件将成为工作部件
	显示为整个部件	当更改工作部件时，此选项临时将新工作部件的引用集更改为整个部件
添加组件时预览		允许将组件添加到装配之前预览该组件。例如，组件预览功能可以确保选择正确的组件
交互	配对条件	使【配对组件】和【重定位组件】对话框可用
	装配约束	使【装配约束】和【移动组件】对话框可用

野火专家提示：系统提供装配交互模式【配对条件】和【装配约束】。本章后面的讲解均是在【配对条件】模式下进行的，特此说明。

7.1.6 装配加载选项

当打开已存在的装配文件时，可以设置部件文件的加载选项，方法是单击【打开部件文件】对话框左下角的【选项】按钮，系统弹出【装配加载选项】对话框，如图 7-8 所示。该对话框选项的说明见表 7-4。

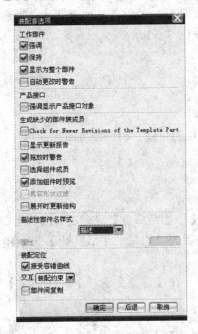

图 7-7 【装配首选项】对话框

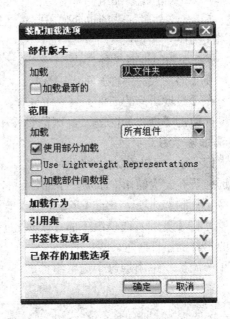

图 7-8 【装配加载选项】对话框

表 7-4 【装配加载选项】对话框选项的说明

选 项 名 称		说　明
部件版本 / 加载	用于指定系统从何处加载组件	
	按照保存的	按照保存该装配体时各部件文件所在的路径查找并加载组件
	从文件夹	这是默认选项，即从装配文件所在的文件夹加载该装配所用到的组件。为减少出错，最好将装配文件以及该装配所用到的所有部件文件放在同一文件夹中
	从搜索文件夹	选择此选项，可以指定几个文件夹的位置，让系统从中搜索所需要的部件文件
范围	加载	用于选择要加载组件的范围。从下拉列表中选择相应的选项
	使用部分加载	勾选此复选框，允许系统不用加载组件的所有细节以提高加载的速度
	加载部件间数据	用于指定是否加载部件之间的关联数据。当修改包含链接几何体的部件时，如果包含其父几何体的部件未加载或仅部分加载，则部件可能会相对于链接几何体的父几何体过时。要防止发生这种情况，或要控制受影响的部件，可以选择加载部件间数据
加载行为		用于指定当系统未找到所需组件时的行为
引用集		用于指定系统加载组件时所使用的引用集
已保存的加载选项		可以将当前设置保存为默认选项，或者从默认选项中恢复

7.2 "自下而上"装配

7.2.1 添加组件

运用【添加组件】命令可以通过"自下而上"的设计方法创建装配，将一个或者多个部件作为组件添加到工作部件中。

单击【装配】工具栏中的【添加组件】按钮 ，或者选择【装配】|【组件】|【添加组件】命令，系统弹出【添加组件】对话框，允许指定要添加的组件。如前所述，当选择【装配】模板来新建文件时，系统也会弹出此对话框（见图7-3）。

1. 指定组件

指定要添加的组件有 3 种方式。

- 可在【已加载的部件】列表中选择。
- 可在【最近访问的部件】列表中选择。
- 鼠标单击【打开】按钮 ，浏览要添加的部件的目录，再选择要添加的组件。

2. 添加多个组件

通过下列方式可以添加多个组件。

- 选择要在一次操作中添加多个部件。
- 将【复制】选项组下的【多重添加】设置为【添加后重复】来重复前面的操作。
- 通过将【复制】选项组下的【多重添加】设置为【添加后生成阵列】来创建已添加的组件的组件阵列。
- 在一次操作中添加每个选定组件的多个实例（在【重复】选项下的【数量】文本框中输入数量）。

> 野火专家提示：同时添加多个组件时，如果选中【放置】选项组下的【分散】复选框可以防止将组件放置在同一位置。

3. 定位组件

在【定位】下拉列表中选择添加组件后定位组件的方式。

- 绝对原点：将添加的组件放在绝对坐标系的原点(0,0,0)上。
- 选择原点：将添加的组件放在选定点上。
- 通过约束：在定义了添加的组件的装配约束后，将其与其他组件放在一起。
- 移动：在定义了如何放置添加的组件的方式后再放置它们。

> 野火专家提示：一般情况下，第一个添加的组件使用【绝对原点】方式来定位，随后添加的组件就选择【配对】方式进行定位。

7.2.2 装配约束

1. 方法

1）将现有部件作为组件添加到装配中，在【添加组件】对话框的【定位】下拉列表中选择【通过约束】选项，单击【应用】或【确定】按钮后，系统弹出【装配约束】对话框，此时新组件显示在【组件预览】窗口中，通过该对话框建立约束关系来定位新组件，如图 7-9 所示。

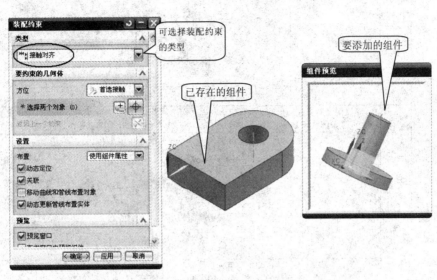

图 7-9 【装配约束】对话框与【组件预览】窗口

2）对于已经添加到装配中的组件，单击【装配】工具栏上的 按钮，或者鼠标右键单击已存在的组件会弹出快捷菜单，系统弹出【装配约束】对话框，然后从装配中选择现有组件来建立配对关系。

2.【装配约束】对话框

关于【装配约束】对话框选项的说明见表 7-5。

表 7-5 【装配约束】对话框选项的说明

选 项 名 称			说明及图解
装配约束的类型	接触对齐	接触	定位相同类型的两个对象，使它们重合。对于平面对象，其法向将指向相反的方向
		对齐	对于平面对象，将两个对象定位，使它们共面和相邻。对于轴对称对象，则对齐轴

（续）

选 项 名 称		说明及图解
接触对齐	自动判断中心/轴	 对于组件间可以通过自动选择中心/轴进行约束
角度		定义两个对象间的角度，如指定边和面之间，或者面与面之间的角度。当选择【角度】装配约束类型，【角的选项】将被激活，用于选择角度值是【平面的】、【3D】还是【定位】
	3D	 3D 角度约束需要"源"几何体和"目标"几何体，不指定旋转轴；解算器只选择可以满足指定几何体之间角度的位置
	方向角度	定位角约束需要"源"几何体和"目标"几何体，而且还需要一个定义旋转轴的预先约束。如果没有合适的预先约束，则创建定位角约束失败。为此，尽可能创建平面和 3D 角度约束，而不创建方向角度约束。 一个简单示例是两个长方体。如果在两条边（分别位于两个长方体）之间创建了对齐约束，则随后可以使用该对齐约束在包含这两条边的面之间创建定位角约束。不使用该对齐约束，就不能创建方向约束
中心	1 对 2	 将单个对象置于一对"目标"对象之间
	2 对 1	 将一对"目标"对象居中到单个"源"对象
	2 对 2	 将一对"源"对象居中到一对"目标"对象

装配约束的类型

（续）

选项名称	说明及图解
装配约束的类型	**平行** 定义两个对象的方向矢量为互相平行
	垂直 定义两个对象的方向矢量为互相垂直
	距离 指定两个对象之间的最小 3D 距离。可通过使用正负值来控制解应在表面的哪一侧
	同心 指定两个圆或者圆弧边（面）达到同一圆心，从而约束
返回上一个约束	在完成一个或者两个约束以上，可以用其退回到上一个约束进行修改

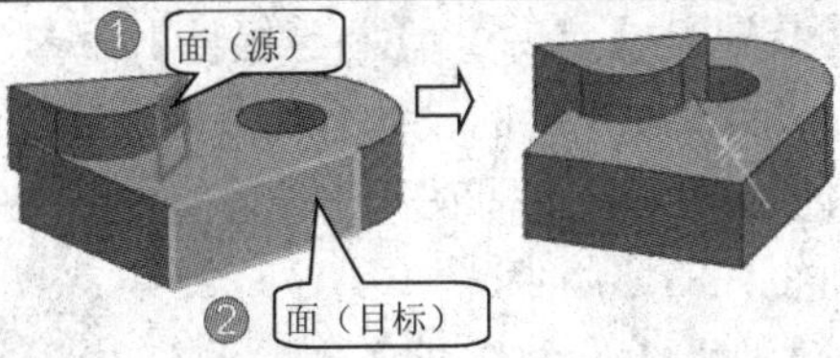

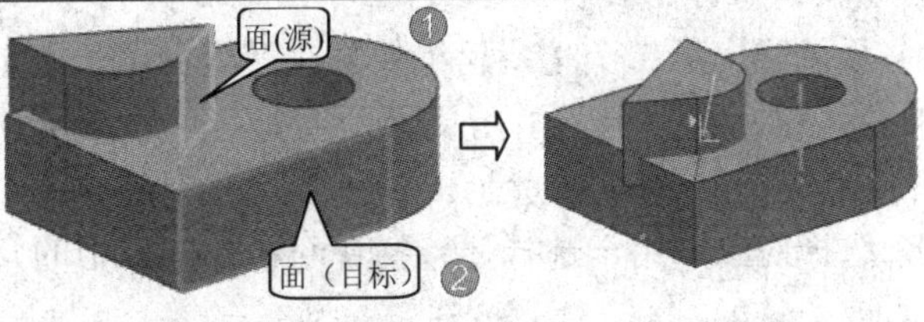

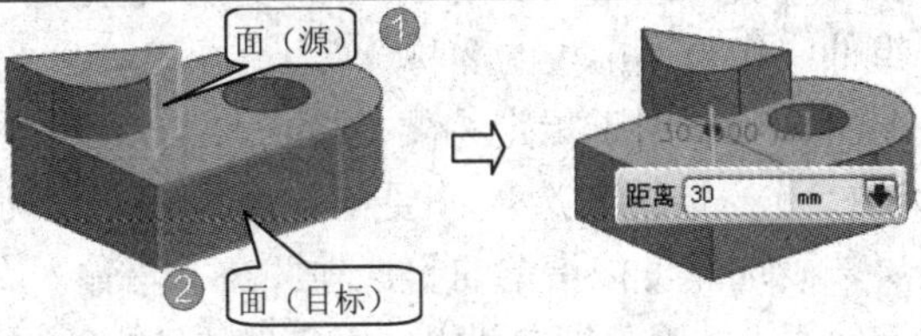

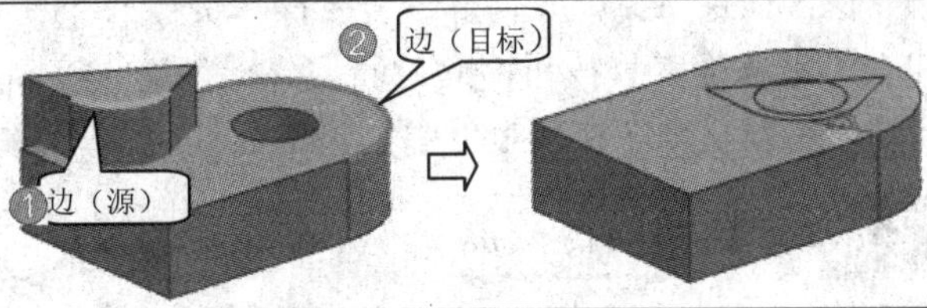

7.2.3 自由度箭头

一个组件在没有添加约束之前具有 6 个自由度，即可以向 4 个方向来回移动和在 2 个方向来回转动，在添加约束后，组件的自由度将减少，如果组件完全定位，自由度将减少为零。在添加配对关系的过程中，从自由度箭头的显示可以观察到组件的定位状态，如图 7-10 所示。

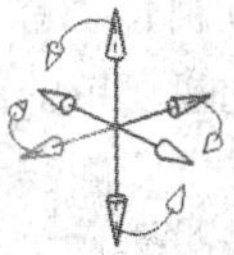

图 7-10　自由度箭头

7.3 "自上而下"设计

"自上而下"设计的一般步骤为首先创建新部件并将其添加至装配，然后进行关联设计，其中包括将新部件设置为工作部件，利用 WAVE 几何链接器抽取其他几何体到工作部件中，可使用这些对象在该工作部件中创建和编辑几何体。

7.3.1 新建组件

选择【装配】|【组件】|【新建组件】命令，或者单击【装配】工具栏上的 按钮，该选项允许使用"自上而下"的设计方式来创建装配。使用此方式，可在装配的关联中设计组件部件，或使用黑箱表示法，可在其中设计组件部件的总体轮廓，从而建立装配-部件关系。

创建新组件的通用步骤如下：

1）系统弹出【新建组件】对话框，用于指定新部件的文件名以及欲保存的文件夹位置。

2）系统弹出第二个【新建组件】对话框，用于指定新组件的参数，包括组件名、引用集、引用集名称、图层选项以及组件原点等，如图 7-11 所示。

图 7-11 【新建组件】对话框

- 选择对象：用于选择要包括在新组件部件中的几何体或子装配。

- 引用集名称：用于指定在上一步骤中选定的对象在新组件中作为引用集的名称。

- 图层选项：用于指定将要放置组件几何体的工作部件的图层。要指定工作图层，则选择【工作的】选项；要指定原始图层，则选择【原先的】选项；要指定其他图层，则选择【按指定的】选项并在文本输入字段中输入所需图层号。

- 组件原点：用于指定新组件原点是与父装配的 WCS 对齐，还是与绝对坐标系对齐。

- 删除原对象：指定是否要从装配中删除原始几何体（删除原始几何体与移动操作类似，而保留原始几何体与复制操作类似）。

3）单击【确定】按钮，此时新组件已创建。将新组件设置为"工作部件"或"显示部件"，即可用建模功能在新组件中创建特征。

7.3.2 WAVE 几何链接器

1. 定义

WAVE 的核心是通过创建几何体的部件特征来创建关联部件几何体的能力。在部件间关联地复制几何体之后，即使未加载包含定义几何体的部件时，该几何体也可由建模操作引用，以这种方法创建的几何体称为链接几何体。

几何体可向上、向下或跨装配链接，为"自上而下"和"自下而上"设计提供很大的灵活性。创建简单的链接，一个组件的几何体可驱动另一个组件，其位置由装配控制，比如需要基于某些部件的特征位置来定位的孔，或使用某一部件的某些面来定义另一部件中的扫掠体的轮廓。通过创建"自上而下"的链接，则允许使用高级产品几何体来驱动子组件，加快"自上而下"的设计，并可以从顶级装配开始驱动整个设计。

图 7-12 【WAVE 几何链接器】对话框

单击【装配】工具栏上的 按钮，或者选择【插入】|【关联复制】|【WAVE 几何链接器】命令，系统弹出【WAVE 几何链接器】对话框，如图 7-12 所示。

2.【WAVE 几何链接器】对话框选项

在【类型】下拉列表中可以选择要复制的几何体类型：复合曲线、点、基准、面和体等。

在【设置】选项组下有关联、隐藏原先的、固定于当前时间戳记等。其中：

- 关联：用于指定是否将链接特征关联到父几何体，使其在父几何体更改时随之更新。
- 固定于当前时间戳记：用于指定链接特征所在的时间戳记是否为固定的。如果为固定，当对具有较大时间戳记的（即之后的）特征进行添加或修改操作时，链接特征不会更新。

7.4　编辑装配

7.4.1　引用集

1．定义

引用集为命名的对象集合，且可从另一个部件引用这些对象。使用引用集可以急剧减少甚至完全消除部分装配的图形表示，而不用修改实际的装配结构或基本的几何体模型。

任何部件都可以有许多引用集。引用集有两种类型。

- 自动引用集：由系统自动管理，有 6 个，即空(Empty)、整个部件(Entire part)、模型(Model)、简化(SIMPLIFIED、MATE 和 RAWING。
- 用户定义的引用集：可以按自己的目的创建和修改。

2．替换引用集

可以用下列方法来替换引用集：

1）选择【装配】|【组件】|【替换引用集】命令。

2）使用【引用集】对话框上的【设为当前的】选项。

3）在图形窗口中，在组件上单击鼠标右键，使用弹出的快捷菜单中的【替换引用集】命令。

4）在装配导航器中，在组件上单击鼠标右键，使用弹出的快捷菜单中的【替换引用集】命令。

5）使用【装配】工具栏中的【替换引用集】下拉列表 SIMPLIFIED 或 按钮。

3．创建及编辑引用集

选择【格式】|【引用集】命令，系统弹出【引用集】对话框，如图 7-13 所示。使用该对话框，用户可以创建新的引用集或者编辑已有的引用集。

7.4.2　新建父对象

【新建父对象】命令为当前显示的部件创建新的父对象。在该操作过程中，将创建一个空的装配，且当前显示的部件作为子对象添加到该装配中。操作完成后，新的父装配就显示为工作部件。

选择【装配】|【组件】|【新建父对象】命令，或者单击

图 7-13　【引用集】对话框

【装配】工具栏上的 按钮，系统弹出【新建父对象】对话框，如图 7-14 所示。

图 7-14　新建父对象

7.4.3　创建组件阵列

　　【创建组件阵列】命令用来创建和编辑一个装配中组件的相关联阵列。可根据特征实例集，或通过创建线性或圆形阵列来创建阵列组件。

　　对于特征实例集阵列，在实例集中的每个特征均有一个组件，而组件自动与相应的面配对。在创建特征实例集阵列时，必须首先通过配对条件定位组件，以便组件配对到实例集中的一个特征。

　　单击【装配】工具栏上的 按钮，或者选择【装配】|【组件】|【创建组件阵列】命令，如果当前没有组件被选中，系统将弹出【类选择】对话框，在选择了要阵列的组件之后，再进行阵列的定义。图 7-15 演示了创建【线性】类型的阵列。

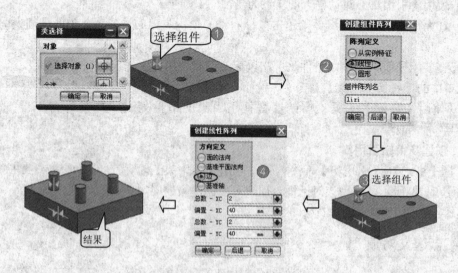

图 7-15　创建组件阵列

　　如果选择【从实例特征】类型的阵列，则需要根据组件的轴线进行配对关系。如果选择【圆型】类型的阵列，则需要先定义阵列的旋转轴，再输入阵列的数量和角度。

7.4.4　替换组件

【替换组件】命令可移去现有组件并按与原始组件完全相同的方向和位置添加其他组件。

选择【装配】|【组件】|【替换组件】命令，或者单击【装配】工具栏上的 按钮，系统弹出【替换组件】对话框，按图 7-16 所示进行操作。

图 7-16　替换组件

7.4.5　重定位组件

选择一个或多个组件（当为同一父部件的子组件时），然后单击【装配】工具栏上的 按钮，或者选择【装配】|【组件】|【重定位组件】命令，系统弹出【重定位组件】对话框并在图形窗口显示动态拖动手柄。可使用【重定位组件】对话框上的选项或者通过使用拖动手柄来将所选组件移到新的位置。

7.4.6　镜像装配

很多装配实际上是对称程度相当高的，使用镜像装配功能，用户仅需创建装配的一侧，再创建镜像版本以形成装配的另一侧。可以对整个装配进行镜像，也可以选择个别组件进行镜像，还可指定要从镜像的装配中排除的组件。

单击【装配】工具栏上的 按钮，或者选择【装配】|【组件】|【镜像装配】命令，将启动镜像装配向导。

7.4.7　检查间隙

【检查间隙】命令可以用一种简单的方式检查所有选定组件的间隙。

选择【装配】|【组件】|【检查间隙】命令，或者单击【装配】工具栏上的 按钮，如果当前没有组件被选中，系统将弹出【类选择】对话框，在选择了要检查的组件后，系统以报告的形式显示检查结果，如图 7-17 所示。此报告列出了在选定组件和装配其余部分之间的所有硬干涉、软干涉和接触干涉。

图 7-17　检查间隙报告

下面介绍【干涉检查】对话框中的选项。

- 所选的组件：显示选定组件的部件名。此列也包含一个图标用来显示干涉类型，即硬干涉、软干涉或接触干涉（【状态】列也会显示干涉类型）。
- 干涉组件：显示与选定组件干涉的组件的部件名。
- 状态：说明干涉是新的还是已存在的，是硬干涉、软干涉，还是接触干涉。
- 隔离干涉：对于所选干涉，单击此按钮可以隐藏与干涉无关的所有对象。也可以在报告中通过双击来孤立干涉。

7.5　装配爆炸图

7.5.1　创建爆炸图

1. 爆炸图的定义

在产品装配中，使用爆炸图可以将指定的部件和子装配从其实际（模型）位置中移出，以便清晰地反映组件的装配关系，如图 7-18 所示。这些组件仅在爆炸图中重定位，它们在真实装配中的位置不受影响。

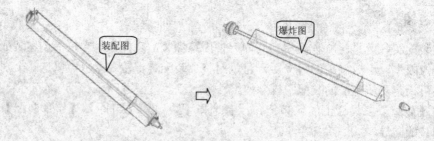

图 7-18　装配图与爆炸图

可以在任何应用模块中创建爆炸图，且可以输出到工程图中。爆炸图和显示部件相关联一起保存为独立于视图的命名对象，只有在显示部件中含有爆炸部件时才可看到爆炸图。一个装配图可以创建多个爆炸图，且可以随时切换爆炸图的显示。

单击【装配】工具栏上的　按钮，可以切换【爆炸图】工具栏的显示与关闭。【爆炸图】工具栏以及菜单选项如图 7-19 所示。关于各命令的简单介绍见表 7-6。

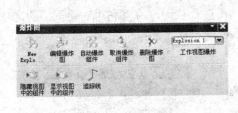

图 7-19　【爆炸图】工具栏及菜单

表 7-6　【爆炸图】工具栏中命令的说明

名　称	图　标	说　明
创建爆炸图		创建一个新的爆炸图
编辑爆炸图		编辑一个现有爆炸图中的爆炸组件
自动爆炸组件		基于组件间的配对条件，自动爆炸组件
取消爆炸组件		允许取消爆炸一个或多个选定的爆炸组件
删除爆炸图		删除选定的爆炸图
工作视图爆炸	Explosion 1	列出现有爆炸。可以通过从该列表中选择爆炸图来激活它，或如果不想激活任何爆炸图，则可以选择（无爆炸）
隐藏视图中的组件		允许隐藏当前视图中选定的组件
显示视图中的组件		允许显示当前视图中选定的隐藏组件
追踪线		启动追踪线工具，该工具允许在爆炸图中创建追踪线，以定义组件在该视图中爆炸时所沿用的路径

2．创建爆炸图的操作

创建爆炸图只是新建一个爆炸图及爆炸图的名称，并不涉及爆炸图的参数，具体的爆炸图参数通过【编辑爆炸图】命令设置。

单击【爆炸图】工具栏上的 按钮，系统弹出【New Explosion】（创建爆炸图）对话框，该对话框仅供输入爆炸图的名称，如图 7-20 所示。

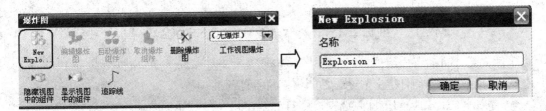

图 7-20　打开【New Explosion】对话框

如果视图中已经有一个爆炸图，可以使用现有爆炸图作为起点创建新的爆炸图。

7.5.2　编辑爆炸图

【编辑爆炸图】命令允许将选定的组件移到一个新的或现有的爆炸图中所希望的位置。

单击【爆炸图】工具栏上的【编辑爆炸图】按钮，系统弹出【编辑爆炸图】对话框，如图 7-21 所示。先选择要移动的组件，再进行移动。可以利用对话框中的选项来定义组件在爆炸图中的位置。也可以通过拖动动态移动手柄来确定位置。

图 7-21　打开【编辑爆炸图】对话框

> 野火专家提示：在编辑爆炸图的过程中，如果发现有的组件所处的当前位置不便于编辑，可以单击对话框中的【取消爆炸】按钮，或者使用【取消爆炸组件】按钮将选定的组件放回原位后再重新编辑。

7.5.3　自动爆炸组件

【自动爆炸组件】命令允许通过指定爆炸偏置来自动创建爆炸组件。

单击【爆炸图】工具栏上的【自动爆炸组件】按钮，如果当前没有组件被选中，系统弹出【类选择】对话框，在选择了要爆炸的组件后，系统弹出【自动爆炸组件】对话框，图 7-22 所示。

图 7-22　【自动爆炸组件】对话框及操作过程

下面介绍【自动爆炸组件】对话框中的选项。

- 距离：为爆炸组件定义偏置距离，该值可正可负。
- 添加间隙：如果勾选此复选框，则自动创建间隙偏置。

每个选定的组件沿着一个法向矢量爆炸，并基于以下因素：组件的配对条件、从用户表达式的选择组合中取得的一个幅值、从视图中组件边框得到的间隙值，如图 7-23 所示。

使用此命令第一次创建的爆炸图可能不完美，但它是

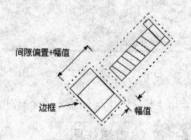

图 7-23　自动爆炸组件

一个良好的开端。随后可以使用【编辑爆炸图】命令来编辑参数，继续完善爆炸图。

野火专家提示：该命令对于没有装配关系的组件不起作用。

7.5.4 取消爆炸组件

【取消爆炸组件】命令用于取消爆炸一个或多个选定组件（即将它们移回装配中的原始位置）。

单击【爆炸图】工具栏上的【取消爆炸组件】按钮，如果当前没有组件被选中，系统弹出【类选择】对话框，然后选择要取消爆炸的组件即可。

7.5.5 删除爆炸图

【删除爆炸图】命令可以删除一个现有爆炸图。如果一个或多个选定的爆炸图与其他视图相关联，将显示一个警告，列出这些爆炸图并说明必须首先删除相关联的视图。当前处于激活状态的爆炸图不能删除。

单击【爆炸图】工具栏上的【删除爆炸图】按钮，系统将弹出包含所有爆炸图列表的【爆炸图】对话框，选择爆炸图的名称后单击【确定】按钮即可。

7.5.6 隐藏视图中的组件

【隐藏视图中的组件】命令将隐藏爆炸图中的组件。

单击【爆炸图】工具栏上的【隐藏视图中的组件】按钮，系统弹出【隐藏视图中的组件】对话框，如图7-24所示。然后选择要隐藏的组件即可。

图7-24 打开【隐藏视图中的组件】对话框

7.5.7 显示视图中的组件

【显示视图中的组件】命令用于显示爆炸图中选定的隐藏组件。

单击【爆炸图】工具栏上的【显示视图中的组件】按钮，系统弹出一个含有隐藏组件的列表，然后从此列表中选择一个组件。如果没有隐藏组件，将收到一条消息说明没有该操作有效的组件，如图7-25所示。

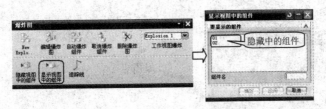

图7-25 打开【显示视图中的组件】对话框

7.5.8 追踪线

处于爆炸图中时，可以为指定的组件创建追踪线，以显示其路径。追踪线只能在它们创建时所在的爆炸图中显示，退出爆炸图后，追踪线则不再显示。追踪线还可以继承到图样上，但必须在建模视图中创建。

单击【爆炸图】工具栏上的【追踪线】按钮，系统弹出【追踪线】对话框，如图 7-26所示。分别指定起点和终点就可以创建追踪线。使用【备选解】选项可完全把握追踪线的各种可能性，也可以选择任一段拖动手柄（追踪线段中的绿色小箭头）进行拖动，直到追踪线形成所需的形状为止。

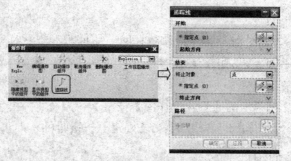

图 7-26　打开【追踪线】对话框

> 野火专家提示：追踪线是相关联的对象。如果在创建追踪线之后编辑了组件的位置，与该组
> 件相关的追踪线也会相应更新。

7.6　装配造型设计实例精讲

下面演示如何由已存在的部件来创建装配。在本例（装订机）中所用的部件如图 7-27 所示。

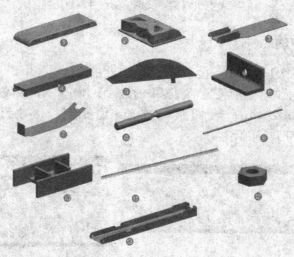

图 7-27　所用的部件

该装配所用的部件文件位于本书配套光盘中的 example\cha07 文件下，在装配之前应先将这些文件复制到本地计算机磁盘的文件中（注意，文件夹路径不得包含中文字符，因为 NX 不支持）。

STEP① 新建文件。

1）新建一个空白文件。在【新建】对话框中，选择【装配】模板，输入文件名 07_001.prt，并将文件夹路径指定到与前面存放部件相同的位置，如图 7-28 所示。单击【确定】按钮。

2）系统弹出【添加组件】对话框，单击该对话框中的【打开】按钮 ，然后浏览存放部件文件的文件夹，选择 01.prt 将该部件加载，如图 7-29 所示。

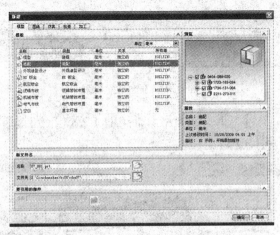

图 7-28　【新建】对话框

3）新加载的部件显示在【组件预览】窗口中。因为这是第一个组件，所以选择【绝对原点】定位方式，然后单击鼠标中键或者【应用】按钮，将第一个组件放置到工作部件的原点位置，如图 7-30 所示。

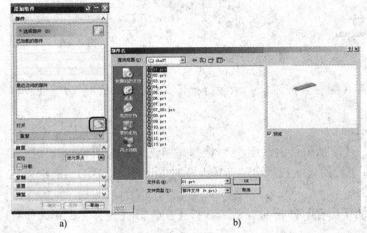

a)　　　　　　　　　　　　　b)

图 7-29　【添加组件】对话框

图 7-30　放置第一个组件

STEP 2 添加组件 02.prt。

1）单击【添加组件】对话框中的【打开】按钮，选择并加载 02.prt，在【添加组件】对话框中选择放置方式为【通过约束】，在【组件预览】窗口中也可以旋转、缩放、或者平移视图，以方便选取所需的几何体对象。其操作约束如图 7-31 所示。

图 7-31　添加装配约束

2）再次添加约束。在【装配约束】对话框中的【方位】下拉列表中选择【自动判断中心轴】选项，其操作如图 7-32 所示。

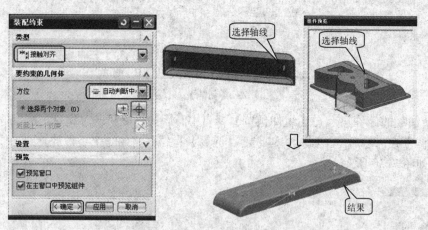

图 7-32　再次添加约束

3）单击【标准】工具栏上的【保存】按钮，或者选择【文件】|【保存】命令来保存装配体。

STEP 3 再次添加组件 02.prt。

1）单击【装配】工具栏上的【添加组件】按钮，选择并加载 02.prt 组件。首先按照步骤 2 中 1）的操作方法对组件进行约束，然后通过选择组件的边（源）进行第二次约束，其操作结果如图 7-33 所示。

2）单击【标准】工具栏上的【保存】按钮，或者选择【文件】|【保存】命令来保存装配体。

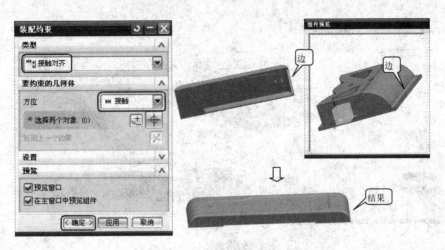

图 7-33　接触边约束操作过程

STEP④ 添加组件 03.prt。

1）单击【装配】工具栏上的【添加组件】按钮 ，选择并加载 03.prt 组件。

2）在【添加组件】对话框中选择放置方式为【通过约束】，单击【确定】按钮，系统弹出【装配约束】对话框。在该对话框的【类型】下拉列表中选择【接触对齐】选项，在【方位】下拉列表选择【接触】选项，选择组件的接触面进行约束，单击 应用 按钮，完成面约束，其操作如图 7-34 所示。

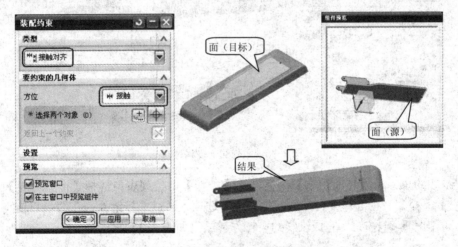

图 7-34　接触面约束操作过程

3）添加约束。在【装配约束】对话框的【类型】下拉列表中选择【接触对齐】选项，在【方位】下拉列表中选择【自动判断中心轴】选项，选择组件的圆柱自动捕捉轴，对其进行约束，单击 确定 按钮，完成轴线约束操作，如图 7-35 所示。

4）单击【标准】工具栏上的【保存】按钮 ，或者选择【文件】|【保存】命令来保存装配体。

STEP⑤ 添加组件 13.prt。

1）单击【装配】工具栏上的【添加组件】按钮 ，选择并加载 13.prt 组件。

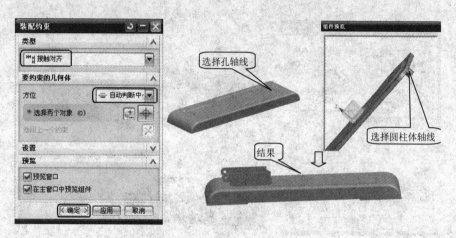

图 7-35　轴线约束操作过程

2）在【添加组件】对话框中选择放置方式为【通过约束】，单击【确定】按钮，系统弹出【装配约束】对话框。在该对话框的【类型】下拉列表中选择【平行】选项选择组件的接触面进行平行约束，然后单击 应用 按钮，完成平行约束，如图 7-36 所示。

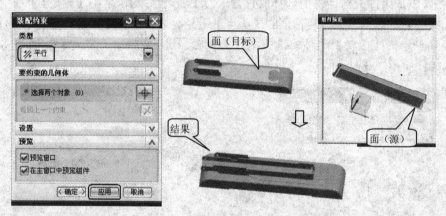

图 7-36　平行约束操作过程

3）添加约束。在【装配约束】对话框的【类型】下拉列表中选择【接触对齐】选项，在【方位】下拉列表中选择【自动判断中心轴】选项，通过选择组件的孔的中心轴线对其进行约束，单击 确定 按钮，完成轴线约束操作。结果如图 7-37 所示。

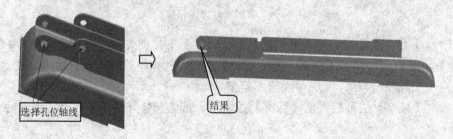

图 7-37　轴线约束结果

4）单击【标准】工具栏上的【保存】按钮，或者选择【文件】|【保存】命令来保存装配体。

STEP 6 添加组件 10.prt。

1）单击【装配】工具栏上的【添加组件】按钮，选择并加载 10.prt 组件。

2）在【添加组件】对话框中选择放置方式为【通过约束】，单击【确定】按钮，系统弹出【装配约束】对话框。在该对话框的【类型】下拉列表中选择【接触对齐】选项，在【方位】下拉列表中选择【接触】选项，选择组件的接触面进行约束，单击 应用 按钮，完成面约束，其操作如图 7-38 所示。

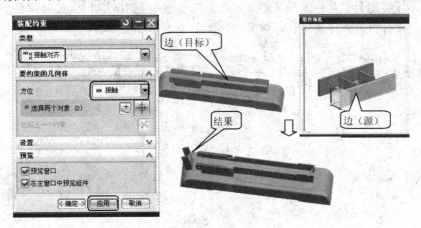

图 7-38　面约束操作过程

3）添加约束。在【装配约束】对话框的【类型】下拉列表中选择【垂直】选项，选择组件的面（目标）、面（源），对其进行垂直约束，单击 应用 按钮，完成垂直约束，其操作如图 7-39 所示。

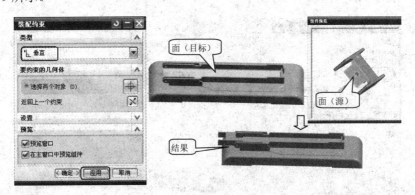

图 7-39　垂直约束操作过程

4）添加接触约束。在【装配约束】对话框的【类型】下拉列表中选择【接触对齐】选项，在【方位】下拉列表中选择【接触】选项，选择组件的面（源）、面（目标），对组件进行面的接触约束，单击 确定 按钮，完成接触约束。结果如图 7-40 所示。

5）单击【标准】工具栏上的【保存】按钮，或者选择【文件】|【保存】命令来保存装配体。

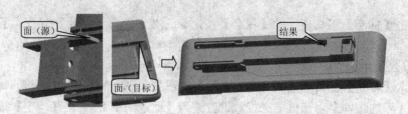

图 7-40　接触约束结果

STEP 7 添加组件 09.prt。

1）单击【装配】工具栏上的【添加组件】按钮，选择并加载 09.prt 组件。

2）隐藏部分组件，以便进行约束操作，如图 7-41 所示。

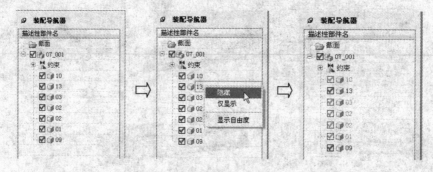

图 7-41　隐藏组件

3）在【添加组件】对话框中选择放置方式为【通过约束】，单击【确定】按钮，系统弹出【装配约束】对话框。在该对话框的【类型】下拉列表中选择【接触对齐】选项，在【方位】下拉列表选择【接触】选项，选择组件的面（源）、面（目标）进行约束，单击 应用 按钮，完成面约束。结果如图 7-42 所示。

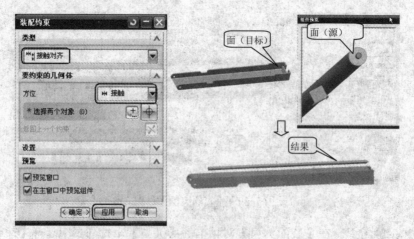

图 7-42　接触面约束操作过程

4）添加约束。在【装配约束】对话框的【类型】下拉列表中选择【接触对齐】选项，在【方位】下拉列表中选择【自动判断中心轴】选项，通过选择组件的孔的中心轴线对其进行约束，单击 确定 按钮，完成轴线约束操作，其操作如图 7-43 所示。

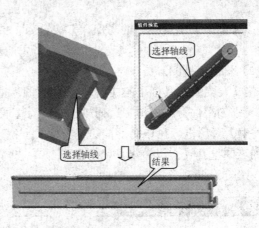

图 7-43　轴线约束操作

5）单击【标准】工具栏上的【保存】按钮，或者选择【文件】|【保存】命令来保存装配体。

STEP 8　添加组件 11.prt。

1）单击【装配】工具栏上的【添加组件】按钮，选择并加载 11.prt 组件。

2）运用上述的方法，隐藏部分组件，以便约束的操作。在【添加组件】对话框中选择放置方式为【通过约束】，单击【确定】按钮，系统弹出【装配约束】对话框。在该对话框的【类型】下拉列表中选择【接触对齐】选项，在选项【方位】下拉列表选择【自动判断中心轴】选项，选择组件的轴线，单击 应用 按钮，完成约束操作，如图 7-44 所示。

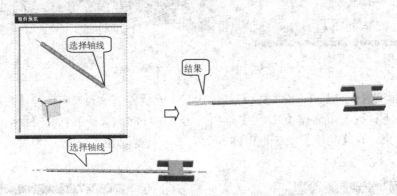

图 7-44　11.prt 轴线约束操作

3）添加接触约束。在【装配约束】对话框的【类型】下拉列表中选择【接触对齐】选项，在【方位】下拉列表中选择【接触】选项，选择组件的面（源）、面（目标），对组件进行面的接触约束，单击 确定 按钮，完成接触约束。结果如图 7-45 所示。

图 7-45　效果图

4）单击【标准】工具栏上的【保存】按钮■，或者选择【文件】|【保存】命令来保存装配体。

STEP 9 添加组件 04.prt。

1）单击【装配】工具栏上的【添加组件】按钮，选择并加载 04.prt 组件。

2）在【添加组件】对话框中选择放置方式为【通过约束】，单击【确定】按钮，系统弹出【装配约束】对话框。在该对话框的【类型】下拉列表中选择【接触对齐】选项，在【方位】下拉列表中选择【自动判断中心轴】选项，选择组件的轴线，单击 应用 按钮，完成约束操作，如图 7-46 所示。

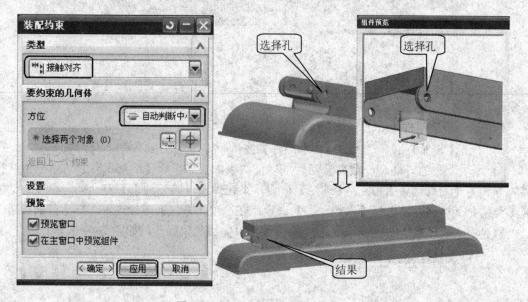

图 7-46　04.prt 轴线约束操作过程

3）添加角度约束。在【装配约束】对话框的【类型】下拉列表中选择【角度】选项，在【子类型】下拉列表中选择【3D 角】选项，选择组件的面（源）、面（目标），对组件进行面的角度约束，在【角度】文本框中输入 75，单击 确定 按钮，完成角度约束，操作如图 7-47 所示。

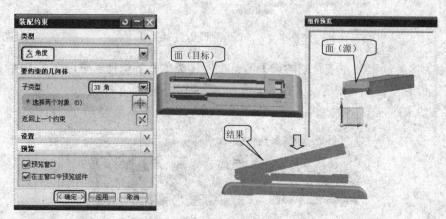

图 7-47　04.prt 角度约束操作过程

4）单击【标准】工具栏上的【保存】按钮█，或者选择【文件】|【保存】命令来保存装配体。

STEP 10 添加组件 08.prt。

1）单击【装配】工具栏上的【添加组件】按钮█，选择并加载 08.prt 组件。

2）在【添加组件】对话框中选择放置方式为【通过约束】，单击【确定】按钮，系统弹出【装配约束】对话框。在该对话框的【类型】下拉列表选择【接触对齐】选项，在【方位】下拉列表中选择【自动判断中心轴】选项，选择组件的轴线，单击█应用█按钮，完成约束操作，如图 7-48 所示。

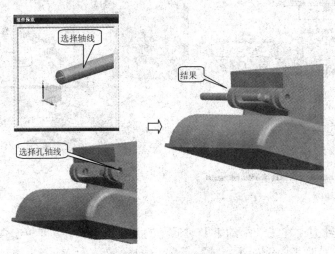

图 7-48　08.prt 轴线约束操作

3）添加距离约束。在【装配约束】对话框的【类型】下拉列表中选择【距离】选项，在【子类型】下拉列表中选择【3D 角】选项，选择组件的面（源）、面（目标），对组件进行面的距离约束，在【距离】文本框中输入 0.1，单击█确定█按钮，完成距离约束，如图 7-49 所示。

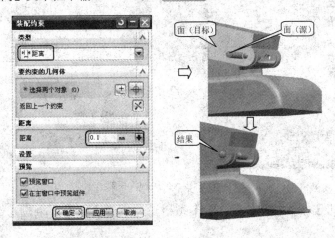

图 7-49　08.prt 距离约束操作

4）单击【标准】工具栏上的【保存】按钮█，或者选择【文件】|【保存】命令来保存装配体。

STEP⑪ 添加组件 05.prt。

1）单击【装配】工具栏上的【添加组件】按钮 ，选择并加载 05.prt 组件。

2）在【添加组件】对话框中选择放置方式为【通过约束】，单击【确定】按钮，系统弹出【装配约束】对话框。在该对话框的【类型】下拉列表中选择【接触对齐】选项，在【方位】下拉列表中选择【自动判断中心轴】选项，选择组件的轴线，单击 应用 按钮，完成约束操作，如图 7-50 所示。

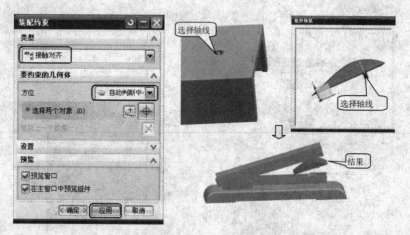

图 7-50　05.prt 轴线约束操作

3）添加接触约束。在【装配约束】对话框的【类型】下拉列表中选择【接触对齐】选项，在【方位】下拉列表中选择【接触】选项，选择组件的边（源）、边（目标），对组件进行面的接触约束，单击 确定 按钮，完成接触约束，如图 7-51 所示。

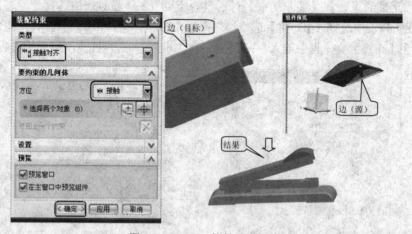

图 7-51　05.prt 接触约束操作

4）单击【标准】工具栏上的【保存】按钮 ，或者选择【文件】|【保存】命令来保存装配体。

STEP⑫ 添加组件 07.prt。

1）为方便约束操作，隐藏部分组件。单击【装配】工具栏上的【添加组件】按钮 ，选择并加载 07.prt 组件。

2）在【添加组件】对话框中选择放置方式为【通过约束】，单击【确定】按钮，系统弹出【装配约束】对话框。在该对话框的【类型】下拉列表中选择【接触对齐】选项，在【方位】下拉列表中选择【接触】选项，选择组件的面（源）、面（目标），单击 应用 按钮，完成约束操作，如图 7-52 所示。

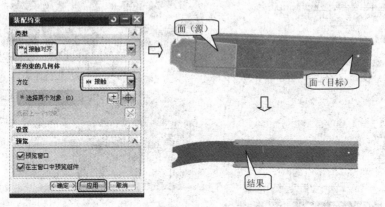

图 7-52　07.prt 接触约束操作

3）添加接触对齐约束。在【装配约束】对话框的【类型】下拉列表中选择【接触对齐】选项，在【方位】下拉列表中选择【自动判断中心轴】选项，选择组件的轴线，对组件进行轴线约束，单击 确定 按钮，完成约束，如图 7-53 所示。

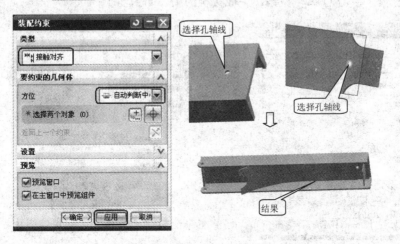

图 7-53　07.prt 轴线约束操作

4）单击【标准】工具栏上的【保存】按钮 ，或者选择【文件】|【保存】命令来保存装配体。

STEP13 添加组件 06.prt。

1）为方便约束操作，隐藏部分组件。单击【装配】工具栏上的【添加组件】按钮 ，选择并加载 06.prt 组件。

2）在【添加组件】对话框中选择放置方式为【通过约束】，单击【确定】按钮，系统弹出【装配约束】对话框。在该对话框的【类型】下拉列表中选择【接触对齐】选项，在【方位】下拉列表中选择【自动判断中心轴】选项，选择组件的轴线，单击 应用 按钮，完成约束操作，如图 7-54 所示。

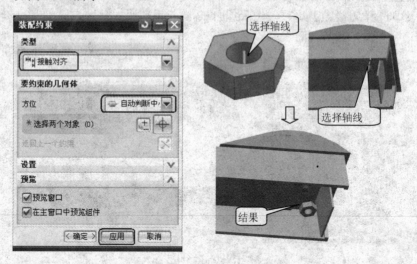

图 7-54　06.prt 轴线约束操作

3）添加接触约束。在【装配约束】对话框的【类型】下拉列表中选择【接触对齐】选项，在【方位】下拉列表中选择【接触】选项，选择组件的边（源）、边（目标），对组件进行面的接触约束，单击 确定 按钮，完成接触约束，如图 7-55 所示。

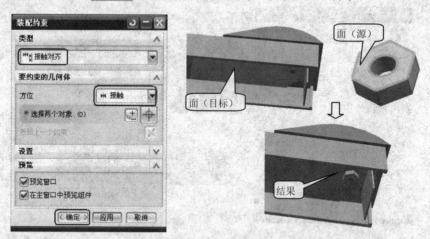

图 7-55　06.prt 接触约束操作

4）单击【标准】工具栏上的【保存】按钮 🔲，或者选择【文件】|【保存】命令来保存装配体。

STEP 14 添加组件 12.prt。

1）为方便约束操作，隐藏部分组件。单击【装配】工具栏上的【添加组件】按钮 ，选择并加载 12.prt 组件。

2）在【添加组件】对话框中选择放置方式为【通过约束】，单击【确定】按钮，系统弹出【装配约束】对话框。在该对话框的【类型】下拉列表中选择【接触对齐】选项，在【方位】下拉列表中选择【自动判断中心轴】选项，选择组件的轴线，单击 应用 按钮，完成约束操作，如图7-56所示。

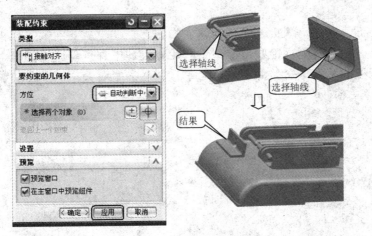

图7-56　12.prt 轴线约束操作

3）添加接触约束。在【装配约束】对话框的【类型】下拉列表中选择【接触对齐】选项，在【方位】下拉列表中选择【接触】选项，选择组件的边（源）、边（目标），对组件进行面的接触约束，单击 确定 按钮，完成接触约束，如图7-57所示。

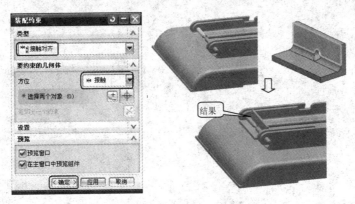

图7-57　12.prt 接触约束操作

4）单击【标准】工具栏上的 按钮，或者选择【文件】|【保存】命令来保存装配体。

STEP 15 显示所有的组件，完成的装配图如图7-58所示。

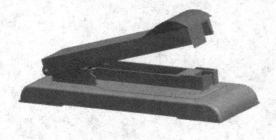

图7-58　装配图

7.7　本章小结

　　本章主要介绍了创建及编辑装配体的基本知识，以及"从下至上"和"从上至下"两种创建模型的方法。装配功能在产品造型和模具设计中都有着广泛的应用，希望读者认真领会有关装配的基本概念，并通过练习掌握装配的配对关系以及在装配体中创建模型的方法。

第8章 工程图设计与实例精讲

本章主要介绍工程图的设计，包括了解制图的命令，建立视图，构造尺寸标注和注释，以及编辑视图。制图环境是一个应用模块，通过它可以方便地从建模或装配部件中生成符合行业标准的工程图样。这些图样与模型完全关联，对模型所做的任何更改都会在图样中自动反映出来。

本章要点

- 制图基础
- 建立视图
- 尺寸标注和注释

- 编辑视图
- 工程图实例精讲

本章案例

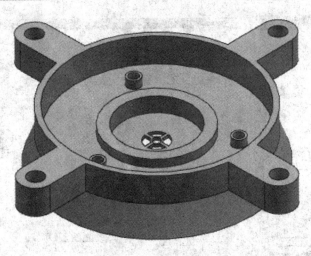

光盘路径	原始文件	原始文件\cha08\example_2 文件
	结果文件	结果文件\cha08 文件夹
	录像文件	录像文件\cha08 文件夹

8.1 制图基础

8.1.1 进入工程图模式

工程图模式有两种类型。

1. 自包含

自包含模式是将工程图与模型保存在同一个文件当中。首先打开模型文件，然后单击【标准】工具栏上的 开始·按钮，并从下拉列表中选择【制图】命令，或者直接按快捷键〈Ctrl+Shift+D〉，进入自包含的制图模式。如果该模型文件中还没有创建图纸，系统将弹出【片体】对话框（应该是图纸页），如图 8-1 所示。在该对话框中设置新建图纸页的大小、比例、名称、单位以及投影视角。

2. 主模型

主模型模式是将模型作为组件装配到一个空的装配文件中，然后对该装配文件创建工程图，其操作与自包含模式相同。主模型模式的工程图保存在装配文件中，因此，不会影响原始的模型文件，不需要拥有对模型文件写的权限。使用该模式创建工程图可以更好地实现文件共享和读写权限的控制。

要创建主模型的工程图，还可以使用新建文件，然后在【新建】对话框中选择图纸模板，并指定要创建图纸的模型，如图 8-2 所示。

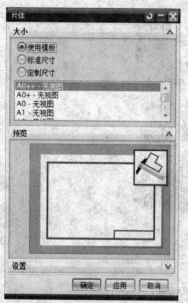

图 8-1 【片体】对话框

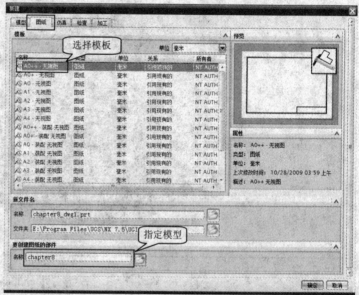

图 8-2 【新建】对话框

8.1.2 制图环境

制图环境如图 8-3 所示。与其他应用模块一样，制图环境是可以定制的。

1. 菜单栏

可以从菜单栏中访问到大部分与制图有关的命令以及其他常用命令。

2. 工具栏

工具栏提供各命令的快速访问方式。

● 选项条：当从【制图】工具栏或菜单中进行选择之后，会在图形窗口上显示选项条。使用这些选项，可将光标保持在图形窗口上并执行常见的操作。例如，在尺寸创建过程中，可以通过与【尺寸】选项条上的选项进行交互来更改精度、公差类型、公差精度和公差值。

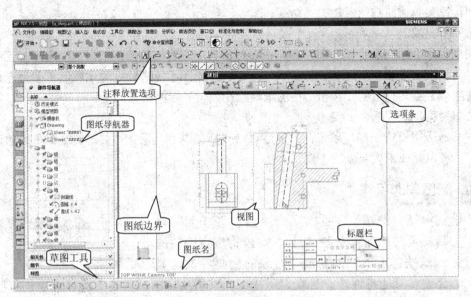

图 8-3　制图环境

● 捕捉点工具栏：位于工具栏的【选择条】上，用于指定在创建或编辑制图对象时使用的点方式。

● 注释放置选项：位于【选择条】上，帮助用户创建和放置指引线和对象的原点。只有适用于特定对象的那些选项才可用。

● 图纸工具栏：为图纸和视图提供选项。图纸页选项用于创建、打开和删除图纸页。图纸视图选项用于添加正交视图、轴测图、断开视图和局部剖视图。此外，还提供了执行下列操作的选项：更新、对齐和移动/复制视图；定义视图边界；在图纸视图和建模视图之间切换。

● 注释工具栏：使用该工具栏所提供的选项，可以在图纸上添加/编辑符号、文本、剖面线，并自动继承特征和草图尺寸以及形位公差显示实例。此外，还有添加光栅图像和用户定义符号的选项。

● 尺寸工具栏：提供了用于创建尺寸类型的选项。工具栏可以定制，以便所有尺寸的选项都可作为图标来使用，也可以使用尺寸类型下拉菜单以控制工具栏的大小。

● 中心线工具栏：提供绘制中心线的各种工具。

● 制图编辑工具栏：提供了编辑制图对象的选项。可在图形窗口上选择对象，然后单击工具栏中相应的图标。也可以先单击工具栏上的图标，然后选择相应的对象进行编辑。

- 表格工具栏：提供了用于创建零件明细表、表格注释、导入选项、导出选项以及创建自动标注的选项。
- 草图工具栏：可以使用草图工具在图纸视图中创建需要的曲线。

3．资源条

可从【资源条】制图模板选项拖放模板文件，以自动创建零件明细表、表格注释和图纸。另外，使用部件导航器中包括的"图纸"节点，可以在当前部件中快速访问图纸。还可以使用快捷菜单访问与图纸相关的命令。

4．图形窗口

图纸显示会填充整个图形窗口并可在图形窗口中查看当前的图纸。虚线用于显示图纸页的边界，图纸名显示在图形屏幕的左下角。可通过选择【视图】|【显示图纸页】命令，或者单击【图纸】工具栏中的 按钮，在图纸显示和模型显示间进行切换。

5．快捷菜单

与其他应用模块一样，系统在大多数对象上都提供了上下文相关的快捷菜单。通过这些快捷菜单可以完成绝大部分的工作。

8.1.3 制图首选项

使用菜单【首选项】下的各项命令，或者【制图首选项】工具栏上的选项（见图 8-4），可以指定首选项的各项设置。这些首选项控制新创建对象的创建参数、显示参数、公差和其他特性。一旦设定了特殊的首选项，随后创建的所有对象都将符合该设置。

图 8-4 【制图首选项】工具栏

与制图有关的首选项的简要介绍见表 8-1。关于具体的各选项内容，读者可以自行打开这些对话框进行了解。对于常用的设置，可参考本章中的有关实例。

表 8-1 制图首选项的说明

首选项名称	说　　　明
制图	控制视图和注释的版本、在创建视图时的预览式样、抽取的边缘面、小平面视图和视图边界的显示以及保留的注释的显示
注释	【注释首选项】对话框包含【尺寸】、【直线/箭头】、【文字】、【符号】、【单位】、【径向】、【填充/剖面线】、【零件明细表】、【截面】、【单元格】、【适合方法】以及【层叠】的首选项
剖切线	控制添加至图纸的剖面线的显示。可以更改剖切线箭头显示，包括箭头长度、角度和箭头线。另外，可以更改剖切线的颜色、显示、线型、宽度和样式
视图	控制隐藏线、可见线、光顺边、虚拟交线、剖面线和背景线在正交视图和剖视图中的显示。可以在【视图首选项】对话框的选项菜单中进行选择，从而更改这些线的颜色、线型和宽度。还可以控制投影视图、局部放大图和剖视图的约束
视图标签	控制所有视图类型的视图标签和视图比例标签的显示。对于视图标签，可以更改前缀名、字母格式和字母大小。对于视图比例标签，可以更改视图比例位置、前缀、前级文本比例因子、数值格式、数值文本比例因子和字母
可视化	在【可视化首选项】对话框中的【颜色设置】选项卡下的【图纸部件设置】可以将图纸设置为单色显示。可以单击【预选】、【选择】、【前景】和【背景】颜色框来指定颜色设置。还可以指定是否为单色显示而显示线宽

野火专家提示:【首选项】仅更改全局设置, 其设置始终是有效的, 在任意系统操作期间都不会影响操作顺序。不过, 要在创建尺寸或其他制图对象的过程中更改首选项, 可以单击鼠标右键, 在弹出的快捷菜单中选择【样式】命令, 这样就可以在不必退出当前功能的情况下为尺寸或制图对象创建若干不同的格式。另外,【首选项】下的选项不能用来编辑现有对象。要编辑现有对象, 可使用【编辑】|【样式】命令, 或者使用快捷菜单中的【样式】命令。

8.1.4　制图标准

可使用一组预定义的设置来配置用于制图和视图的标准。例如, 可使用 NX 提供的 ISO 标准, 也可以使用此功能保存一组设置, 以定义要用做默认标准的自己定义的标准。

选择【文件】|【实用工具】|【用户默认设置】|【制图】|【常规】|【标准】命令, 或者在制图模块中选择【工具】|【制图标准】命令, 来更改当前 NX 会话的标准设置。系统提供下列标准: ISO、ASME、JIS 和 DIN, 如图 8-5 所示。

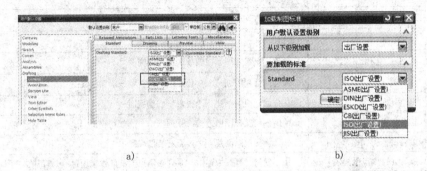

a)　　　　b)

图 8-5　选择制图标准

8.1.5　导出工程图

要将工程图导出至 2D DWG 或者 DXF 文件, 应选择【文件】|【导出】|【2D Exchange】命令, 系统弹出【2D Exchange 选项】对话框, 如图 8-6 所示。在指定了各选项后, 单击【确定】按钮, 系统会弹出一个 DOS 窗口并自动调用相应的转换器进行文件转换。

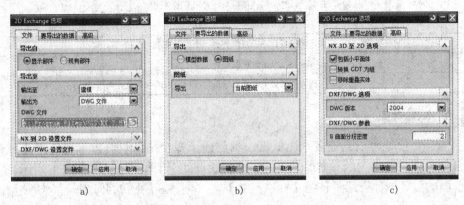

a)　　　　b)　　　　c)

图 8-6　【2D Exchange 选项】对话框

8.2 建立视图

8.2.1 【图纸】工具栏

【图纸】工具栏提供了创建各种视图的选项，如图 8-7 和表 8-2 所示。在后面的小节中将对常用的选项进行较为详细的介绍。

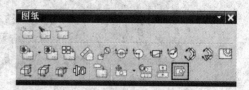

图 8-7 【图纸】工具栏

表 8-2 【图纸】工具栏选项的说明

图 标	名 称	说 明
	新建图纸页	使用【工作表】对话框新建图纸页
	显示图纸页	用于在建模视图显示与图纸页显示之间切换
	打开图纸页	打开现有的图纸页。当模型中有多个图纸页时，使用该选项可以在不同的图纸页之间切换
	基本视图	添加基本视图到图纸页
	投影视图	从任何父视图创建投影正交或辅助视图
	局部放大图	创建一个包含图纸视图放大部分的视图
	剖视图	从任何父视图创建一个投影全剖视图或阶梯剖视图
	半剖视图	从任何父视图创建一个投影半剖视图
	折叠剖视图	使用任何父视图中连接一系列指定点的剖切线来创建一个折叠剖视图
	旋转剖视图	从任何父视图创建一个投影旋转剖视图
	展开的点到点剖视图	使用任何父视图中连接一系列指定点的剖切线来创建一个展开剖视图
	展开的点和角度剖视图	通过指定剖切线分段的位置和角度创建展开剖视图
	局部剖	通过在任何父视图中移除一个部件区域来创建局部剖剖视图
	定向剖视图	通过指定切割方位和位置来创建剖视图
	轴测剖视图	从任何父视图创建一个基于轴测（3D）视图的全剖或阶梯剖视图
	轴测半剖视图	从任何父视图创建一个基于轴测（3D）视图的半剖剖视图
	图纸视图	添加一个空视图到图纸页。该空视图常用于创建草图以及与视图相关的对象
	更新视图	更新选定的视图以反映对模型的更改
	断开视图	将视图分解成多个边界，从而隐藏不感兴趣的部分来减小视图
	移动/复制视图	将视图移动或复制到另一个图纸页上
	对齐视图	使图纸页上的视图对齐
	视图边界	为图纸页上的特定成员视图指定新的视图边界类型

8.2.2 插入图纸页

对于同一个模型可以创建多个图纸页。当创建了多个图纸页时，可以使用【打开图纸页】按钮，或者使用图纸导航器来设置哪个图纸页处于工作状态，如图 8-8 所示。

在前面的叙述中，介绍了使用【标准尺寸】方式创建新的图纸页。下面介绍使用图纸页模板。

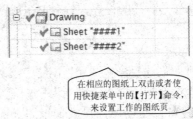

图 8-8　打开图纸页

图纸页模板可将图纸页添加到当前的工作部件中。如果部件没有图纸页，则软件将创建图纸页；如果部件有图纸页，则软件将添加其他图纸页。图纸页模板的功能与【新建】对话框中的图纸模板相同，所不同的是，图纸模板可创建引用主部件文件的新部件。

可以通过以下两种方式调用图纸页模板：

● 在【片体】对话框中，选择【使用模板】单选按钮。

● 在资源条上，单击相应的图纸页模板（英制或公制）。

使用图纸页模板可根据模板中预定义的内容快速地将图纸页添加到当前工作部件，如图 8-9 所示。

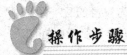

在一个新图纸中，要使用基本视图功能来添加第一个视图。

操作步骤

STEP 1 选择【插入】|【视图】|【基本视图】命令，或者单击【图纸】工具栏上的 按钮，系统弹出【基本视图】对话框，如图 8-10 所示。

图 8-9　使用图纸页模板　　　图 8-10　【基本视图】对话框

STEP 2 如需要，可以选择【基本视图】对话框中的任何选项，或使用快捷菜单中的命令，来更改基本视图的类型、比例，或设置预览样式，以及设置样式参数等。

STEP 3 将光标移到所需的位置，然后单击放置视图。

8.2.4　投影视图

可以从任何父视图创建投影视图。当围绕着父视图中心呈圆形移动光标时，系统会智能地自动判断出投影正交和辅助视图，出现的辅助虚线可以帮助用户在放置视图之前将视图对齐，如图 8-11 所示。

下面介绍创建投影视图的操作步骤。

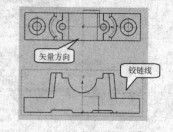

图 8-11　正交与辅助投影视图

STEP 1 选择以下任意一种方法启动创建投影视图的选项。

- 创建一个基本视图，则系统会自动转至投影视图模式。
- 当显示图纸页且已有一个或多个视图时，选择【插入】|【视图】|【投影】命令，或者单击【图纸】工具栏上的 ✎ 按钮。
- 选择成员视图后，单击鼠标右键，从弹出的快捷菜单中选择【添加投影视图】命令。
- 在图纸导航器中选定的成员视图上单击鼠标右键，从弹出的快捷菜单中选择【添加投影视图】命令。

执行以上操作，系统都会弹出【投影视图】对话框，如图 8-12 所示。

STEP 2 如需要，可单击 🔁 按钮，然后选择另一个基本视图作为投影的父视图。

STEP 3 如需要，可编辑【投影视图】对话框，或使用快捷菜单来定制投影视图。

STEP 4 移动光标到所需位置，然后单击以放置视图。

8.2.5　剖视图

【剖视图】命令用于查看部件的内部。使用此命令可以创建两种类型的剖视图。

- 全剖视图：通过使用单个剖切平面将部件分开而创建的。
- 阶梯剖视图：可以用多个剖切段、折弯段和箭头段来创建一个含有线性阶梯的剖面。所创建的全部折弯段和箭头段都与剖切段垂直，如图 8-13 所示。

图 8-12　【投影视图】对话框

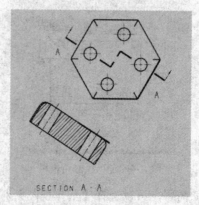

图 8-13　阶梯剖视图

下面介绍创建剖视图的操作步骤。

STEP 1 选择下列任一方法以启动创建剖视图的选项:
- 在选定的父视图上单击鼠标右键,在弹出的快捷菜单中选择【添加剖视图】命令。
- 在图纸导航器中的父视图上单击鼠标右键,在弹出的快捷菜单中选择【添加剖视图】命令。
- 在【图纸】工具栏上单击 按钮,或者选择【插入】|【视图】|【剖视图】命令,然后选择一个父视图。

执行以上操作,系统都会弹出【剖视图】选项条,如图 8-14 所示(其中有部分选项是在放置剖切线之后才出现的)。

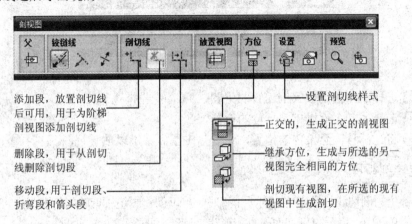

图 8-14 【剖视图】选项条

STEP 2 将动态剖切线移至所希望的剖切位置点,并单击鼠标左键以放置剖切线。

STEP 3 如果要创建阶梯剖,则执行此步骤。单击鼠标右键,在弹出的快捷菜单中选择【添加段】命令,或者单击【剖视图】选项条上的 按钮,然后选择下一个点并单击鼠标左键。根据需要继续添加折弯和剖切。

STEP 4 将光标移到所需的位置(如果是阶梯剖,则需要先结束【添加段】命令,或者单击选项条上的【放置视图】按钮),然后单击鼠标左键以放置视图。

8.2.6 半剖视图

对于对称的结构,可以使用半剖视图将部件的一半剖切以反映内部结构,另一半未剖切以反映外部结构。半剖类似于全剖和阶梯剖,但只包含一个箭头、一个折弯和一个剖切段,如图 8-15 所示。

下面介绍创建半剖视图的操作步骤。

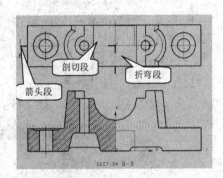

图 8-15 半剖视图

操作步骤

STEP① 选择下列任一方法启动创建半剖视图的选项：

● 在选定的父视图上单击鼠标右键，在弹出的快捷菜单中选择【添加半剖视图】命令。

● 在图纸导航器中的父视图上单击鼠标右键，在弹出的快捷菜单中选择【添加半剖视图】命令。

● 在【图纸】工具栏上单击⛏按钮，或者选择【插入】|【视图】|【半剖视图】命令，然后选择一个视图为父视图。

执行以上任一操作，系统都会弹出【半剖视图】选项条，如图 8-16 所示（其中有部分选项是在放置剖切线之后才出现的）。

图 8-16 【半剖视图】选项条

STEP② 选择点以指定放置剖切线的位置。

STEP③ 选择另一个点以指定折弯的位置。

STEP④ 将光标移动至希望的位置，然后单击鼠标左键以放置视图。

8.2.7 旋转剖视图

当剖切部位的剖切线与投影的方向不垂直时，可以创建围绕轴旋转的剖视图，将所有剖面都旋转到一个公共面中，以反映剖切面的真实形状。旋转剖视图可包含一个旋转剖面，也可以包含阶梯以形成多个剖切面，如图 8-17 所示。

选择下列任一方法启动创建旋转剖视图的选项：

● 在选定的父视图上单击鼠标右键，在弹出的快捷菜单中选择【添加旋转剖视图】命令。

● 在图纸导航器中的父视图上单击鼠标右键，在弹出的快捷菜单中选择【添加旋转剖视图】命令。

● 在【图纸】工具栏上单击⊙按钮，选择【插入】|【视图】|【旋转剖视图】命令，然后选择一个视图为投影父视图，如图 8-18 所示。

执行以上任一操作，系统都会弹出【旋转剖视图】选项条以

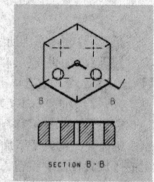

图 8-17 旋转剖视图

及动态剖切线支线，动态剖切线支线会随光标移动并在旋转点为放置提供视觉辅助。

图 8-18 【旋转剖视图】选项条

8.2.8 折叠剖视图

通过【折叠剖视图】命令，可以创建一个无折弯的多段剖切视图；折叠视图与父视图为正交对齐。视图会在剖切线段与段相连的位置显示一条线，如图 8-19 所示。

下面介绍创建折叠剖视图的操作步骤。

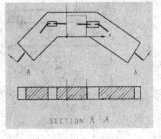

图 8-19 折叠剖视图

操作步骤

STEP① 单击【图纸】工具栏上的 按钮，或者选择【插入】|【视图】|【折叠剖视图】命令，然后选择一个视图为投影父视图，系统弹出【折叠剖视图】选项条，如图 8-20 所示。

图 8-20 【折叠剖视图】选项条

STEP② 定义铰链线。可以选择与铰链线平行的直线来定义，或者通过【矢量构造器】按钮 来定义投影方向。

STEP③ 依次选择各剖切段上的点来定义各剖切段。

STEP④ 单击选项条上的 按钮，或者单击鼠标右键，在弹出的快捷菜单中选择【放置视图】命令，然后移动光标至需要的位置并单击以放置视图。

8.2.9 局部剖视图

【局部剖视图】命令允许通过移除部件的某个区域来查看部件内部。该区域由闭环的局部剖曲线来定义，如图 8-21 所示。

下面介绍创建局部剖视图的操作步骤。

操作步骤

STEP① 创建局部剖的边界曲线。此边界曲线必须是视图相关曲线。首先在要创建局部剖的视图上单击鼠标右键，在弹出的快捷菜单中选择【扩展成员视图】命令，系统将以单独的窗口显示该视图。然后使用曲线工具绘制局部剖的边界（如果曲线工具没有显示，或以定制将其显示）。如图 8-22a 所示，在要创建局部剖的地方绘制了一条封闭的样条曲线。边界曲线绘制完成，再次单击鼠标右键，在弹出的快捷菜单中选择【扩展】命令，以退出扩展状态。

STEP② 单击【图纸】工具栏上的 按钮，或者选择【插入】|【视图】|【局部剖视图】命令，然后选择要创建剖视图的视图。也可以先选择视图，再启动【局部剖视图】命令。系统弹出【局部剖】对话框，如图 8-23 所示。

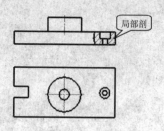

图 8-21　局部剖视图

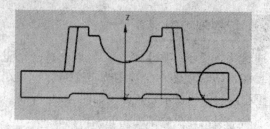

图 8-22　绘制边界曲线

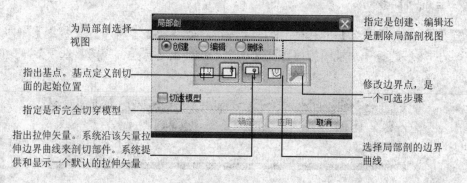

图 8-23　【局部剖】对话框

STEP③【局部剖】对话框包含几个步骤按钮，用于完成创建局部剖所需的交互步骤。当完成每个步骤之后，会自动跳到下一个步骤。当然也可以手动切换。单击【应用】按钮，创建局部剖视图，如图 8-24 所示。

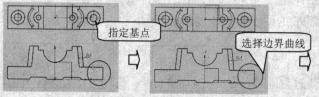 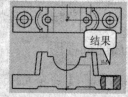

图 8-24　创建局部剖视图

8.2.10　局部放大图

局部放大图是包含现有图纸视图的放大部分的视图，用于显示在原视图中不明显的细节，如图 8-25 所示。可以用圆形或者矩形的曲线边界来创建局部放大图。

下面介绍创建局部放大图的操作步骤。

操作步骤

STEP① 单击【图纸】工具栏上的 🔧 按钮，或者选择

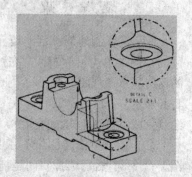

图 8-25　局部放大图

【插入】|【视图】|【局部放大图】命令，系统弹出【局部放大图】对话框，如图 8-26 所示。

STEP 2 选择局部放大图边界曲线的类型（圆形或者矩形）。

STEP 3 在父视图上绘制边界曲线。

STEP 4 如需要，可重新选择父视图，或编辑比例或其他选项。

STEP 5 将光标移动到所需的位置，单击以放置视图。

图 8-26 【局部放大图】对话框

8.3 尺寸标注和注释

8.3.1 尺寸标注

【尺寸】工具栏上提供了尺寸标注的选项，如图 8-27 所示。这些选项在【插入】|【尺寸】下的列表中也可以找到。其中部分选项与草图生成器中尺寸标注选项的使用方法相同，这里就不再重复。下面仅介绍制图环境中特有的选项。

1. 倒斜角

倒斜角尺寸类型显示倒斜角尺寸大小。此选项仅支持 45° 倒斜角。可使用【首选项】或【样式】命令设置倒斜角尺寸的样式。

下面介绍创建倒斜角尺寸的操作步骤。

STEP 1 单击【尺寸】工具栏上的 ✧ 按钮，或者选择【插入】|【尺寸】|【倒斜角】命令，系统弹出【倒斜角尺寸】选项条，如图 8-28 所示。

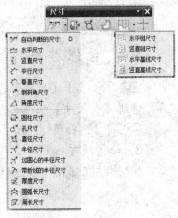

图 8-27 【尺寸】工具栏

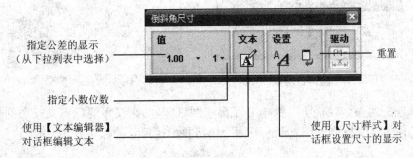

图 8-28 【倒斜角尺寸】选项条

STEP 2 如需要，可利用【倒斜角尺寸】选项条上的选项设置倒斜角尺寸的样式。其中

【尺寸样式】对话框中【倒斜角】的选项如图 8-29 所示。

STEP 3 选择要标注尺寸的倒斜角边，然后移动光标到所需位置并单击鼠标左键放置尺寸，如图 8-30 所示（在放置尺寸之前的任何时候都可以编辑倒斜角的尺寸样式）。

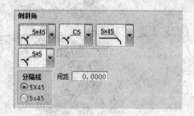

图 8-29 【倒斜角】选项

图 8-30 创建倒斜角尺寸

2. 孔

使用此选项可以用一条指引线标注任何圆特征的直径尺寸。创建尺寸时，尺寸文本中包含了一个直径符号，如图 8-31 所示。可以使用【首选项】|【注释】|【径向】中的选项将该直径符号更改为另一个符号。

下面介绍创建倒角尺寸的操作步骤。

 操作步骤

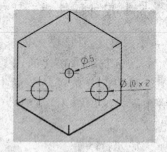

图 8-31 孔尺寸

STEP 1 单击【尺寸】工具栏上的 ⌀ 按钮，或者选择【插入】|【尺寸】|【孔】命令，系统弹出【孔尺寸】选项条，如图 8-32 所示。

STEP 2 选择要标注尺寸的孔或圆，然后移动光标到所需位置并单击鼠标左键放置尺寸。

3. 半径尺寸

半径尺寸的标注，如图 8-33 所示。

图 8-32 【孔尺寸】选项条

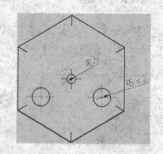

图 8-33 半径尺寸的标注

当要标注的圆弧半径极大（其中心脱离了图纸区域），又需要标识其圆心的位置时，就需要缩短半径显示或折叠半径显示。下面介绍折叠半径尺寸的标注方法。

 操作步骤

STEP 1 折叠半径需要一个偏置中心点。该点必须是可捕捉到的点或者现有点，如果图

中相应位置没有可捕捉的对象，则需要先创建一个点。

STEP 2 单击【尺寸】工具栏上的 ⤢ 按钮，或者选择【插入】|【尺寸】|【折叠半径】命令。

STEP 3 选择要标注的圆弧。

STEP 4 选择偏置中心点。

STEP 5 在需要折叠的位置单击鼠标左键。

STEP 6 移动鼠标至需要的位置并单击以放置尺寸。

4．厚度

使用该选项可以创建两个曲线（包括样条）之间的厚度尺寸。创建厚度尺寸时，用户选择两条曲线，系统测量第一条曲线上的一个点与过该指定点的法线与第二条曲线的交点之间的距离，如图8-34所示。

单击【尺寸】工具栏上的 ⤢ 按钮，或者选择菜单【插入】|【尺寸】|【厚度】命令，然后选择两曲线就可以创建厚度尺寸。

5．圆柱形

圆柱尺寸是两个对象或两个点位置之间的线性距离。使用此选项可以为圆柱的轮廓视图标注尺寸，直径符号会自动附加至尺寸。可以使用【首选项】|【注释】|【径向】中的选项更改直径符号。

单击【尺寸】工具栏上的 ⤢ 按钮，或者选择【插入】|【尺寸】|【圆柱形】命令，然后选择两个图素，单击鼠标中键就可以创建厚度尺寸。另外，选择圆柱的面或者圆柱中心线可直接创建该圆柱的直径尺寸。

使用该选项要注意的是，系统基于所选的对象类型和所选的对象的顺序来确定以何种方式显示值。如果所选对象是两直线或点，系统标注两对象间的真实距离；如果所选择对象之一是中心线，则分以下两种情况，如图8-35所示。

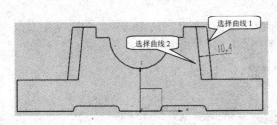

图8-34 厚度尺寸

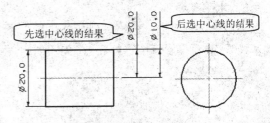

图8-35 创建圆柱尺寸的选择顺序

6．水平链

使用此选项可以创建多个端到端放置的水平尺寸，这些尺寸从前一个尺寸的延伸线连续延伸，并形成一组成链尺寸，如图8-36所示。

下面介绍创建水平链尺寸的操作步骤。

操作步骤

STEP 1 单击【尺寸】工具栏中的 ⤢ 按钮，或者选择【插入】|【尺寸】|【水平链】命令。

STEP 2 如需要，可利用【水平链尺寸】选项条上的选项编辑水平链尺寸的样式。在【尺寸样式】对话框的【尺寸】选项卡中可以设置水平链尺寸的偏置，设置偏置为 5，如图 8-37 所示。

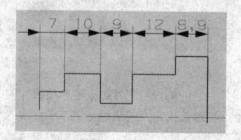 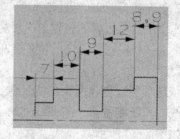

图 8-36 水平链尺寸   图 8-37 链偏置

STEP 3 选择第一个端点。

STEP 4 选择后续端点，直到选取了所有端点为止。

STEP 5 移动光标定位第一个尺寸的位置，然后单击鼠标左键放置水平链尺寸。

> 野火专家提示：创建水平尺寸链后，移动链中第一个尺寸的位置，链中的其他尺寸会跟随移动。如要编辑链尺寸样式，需先选中整个集（即链中所有尺寸），而不是其中某一个尺寸。

7. 竖直链

竖直链尺寸与水平链相似，只是标注的是竖直方向的尺寸，如图 8-38 所示。这里不再重复。

8. 水平基线

使用此选项可以创建一系列从公共基线测量的关联水平尺寸（所选的第一个对象定义公共基线），竖直偏置每个连续尺寸，以防止重叠上一个尺寸，如图 8-39 所示。

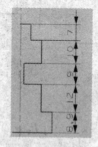 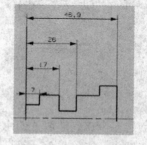

图 8-38 竖直链尺寸   图 8-39 水平基线尺寸

下面介绍创建水平链尺寸的操作步骤。

操作步骤

STEP 1 单击【尺寸】工具栏中的 按钮，或者选择【插入】|【尺寸】|【水平基线】

命令。

STEP 2 如需要，可利用【水平基线尺寸】选项条上的选项编辑水平链尺寸的样式。在【尺寸样式】对话框的【尺寸】选项卡中可以编辑水平基线尺寸的偏置值，设偏置为 5，如图 8-40 所示。

STEP 3 选择第一个端点。

STEP 4 选择后续端点，直到选取了所有端点为止。

STEP 5 移动光标定位第一个尺寸的位置，然后单击鼠标左键放置水平基线尺寸。

9. 竖直基线

竖直基线尺寸与水平基线相似，只是标注的是竖直方向的尺寸，如图 8-41 所示。这里不再重复。

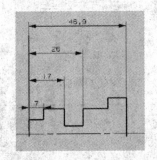
图 8-40　链偏置尺寸

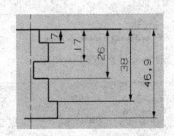
图 8-41　竖直基线尺寸

8.3.2 制图注释

使用【注释】工具栏所提供的选项，可以在图纸上添加/编辑符号、文本、剖面线，并自动继承特征和草图尺寸以及形位公差显示实例。另外，还有添加光栅图像和用户定义符号的选项。【注释】工具栏如图 8-42 所示。这些选项在【插入】菜单下也可以找到。

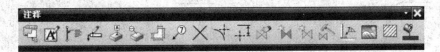
图 8-42　【注释】工具栏

下面仅介绍比较常用的选项。

1. 文本注释

使用该选项可将文本注释添加到图纸页中。文本注释可以有指引线，也可以没有指引线，如图 8-43 所示。

下面介绍创建文本注释的操作步骤。

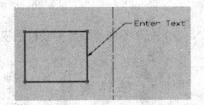
图 8-43　文本注释

🐾 **操作步骤**

STEP 1 单击【注释】工具栏上的 A 按钮，或者选择【插入】|【注释】命令，系统弹出【注释】对话框，如图 8-44 所示。

STEP 2 在【文本输入】选项组中输入所需文本并设置文本样式，或者使用【设置】选项组下的【样式】选项，系统弹出【样式】对话框，如图 8-45 所示。

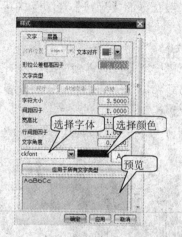

图 8-44　【注释】对话框　　　　　图 8-45　【样式】对话框

野火专家提示：如需要更多的字体类型，可以将字体文件复制到 NX 安装目录下的 UGII\ugfonts 文件夹下，然后就可以在字体下拉列表中选择这些字体了。

STEP 3 在希望放置注释的位置单击鼠标左键。如果文本注释要使用指引线，首先在指引线箭头要指向的对象或位置按下鼠标左键并拖动，然后移动光标至所需位置并单击以放置文本，如图 8-46 所示。可使用【指引线】选项组下的选项来指定指引线类型。

2. 特征控制框

使用该选项可以构建形位公差特征控制框注释，如图 8-47 所示。

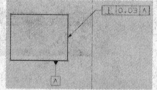

图 8-46　放置文本　　　　　　　　　图 8-47　形位公差注释

下面介绍创建特征控制框的操作步骤。

STEP 1 单击【注释】工具栏上的　按钮，或者选择【插入】|【特征控制框】命令，系统弹出【特征控制框】对话框，如图 8-48 所示。

STEP 2 在对话框中选择相应的特征符号并填写所需的条目。

STEP 3 在图纸上放置特征控制框，其操作同放置文本注释。

3．基准特征符号

该选项可创建形位公差基准特征符号（带或不带指引线）来指示制图上的基准特征。
下面介绍创建基准特征符号的操作步骤。

 **操作步骤**

STEP① 单击【注释】工具栏上的 按钮，或者选择【插入】|【基准特征符号】命令，系统弹出【基准特征符号】对话框，如图 8-49 所示。

图 8-48 【特征控制框】对话框

图 8-49 【基准特征符号】对话框

STEP② 输入基准字母。

STEP③ 在图纸上放置基准特征符号，其操作同放置文本注释。

4．符号

符号的添加包括标识符号、目标点符号、相交符号、偏置中心点符号，这里介绍标识符号。

- 标识符号：使用该选项可在图纸上创建和编辑 ID 符号。可以将 ID 符号作为独立的符号进行创建，也可以使用指引线创建。

单击【注释】工具栏中的 按钮，或者选择【插入】|【符号】|【标识符号】命令，系统弹出【标识符号】对话框，可以指定符号类型、文本、大小和放置，如图 8-50 所示。

- 目标点符号：该选项创建可用于进行尺寸标注的目标点符号。如果将该符号放在现有对象上，系统会将该符号中心放在离所选位置最近的对象上。如果目标点放置得太远从而无法捕捉现有数据，则将在屏幕位置创建这些目标点。

单击【注释】工具栏中的 按钮，或者选择【插入】|【符号】|【目标点符号】命令，系统弹出【目标点符号】对话框，然后在需要创建点的位置单击即可，如图 8-51 所示。使用【设置】选项组下的选项可以设置点符号的样式。

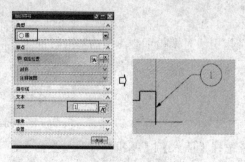

图 8-50　标识符号　　　　　　　　　　图 8-51　目标点符号

8.3.3　中心线

UG NX 7.5 单独设置了【中心线】工具栏，如图 8-52 所示。也可使用菜单【插入】|【中心线】中的命令来激活相应的选项。

各种中心线的说明见表 8-3。

图 8-52　【中心线】工具栏

表 8-3　各种中心线的说明

图　标	名　　称	图解及说明
	中心线标记	选择圆弧中心
		创建通过点或圆弧的中心线
	螺栓圆中心线	创建通过点或圆弧的完整螺栓圆，其半径始终等于从螺栓圆中心到选取的第一个点的距离。定义螺栓圆有两种方法：通过 3 个或更多点和中心点
	圆形中心线	类似螺栓圆中心线
	对称中心线	选择中点 1　　　　　选择中点 2
		使用此选项可以在图纸上创建对称中心线，以指明几何体中的对称位置，这样就节省了必须绘制对称几何体另一半的时间
	3D 中心线	选择曲面 中心线
		基于面或曲线输入创建中心线，该中心线是真实的 3D 中心线

（续）

图 标	名 称	图解及说明
	2D 中心线	a) 从曲线　　　　　　　　　b) 根据点
		通过选择两曲线或者两点来创建中心线
	自动中心线	此选项可自动在所选择的视图中创建中心线标记、圆形中心线和圆柱形中心线

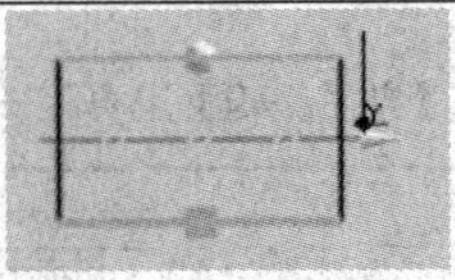

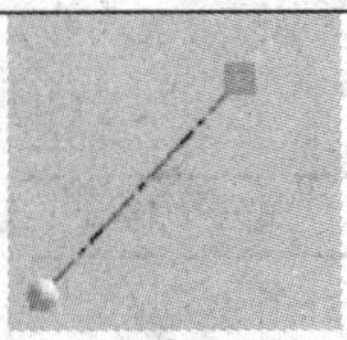

8.3.4 表格与零件明细表

　　【表格】工具栏上提供了创建和编辑表格的选项，如图 8-53 以及表 8-4 所示。还有一些选项，此处不再一一说明。

图 8-53　【表格】工具栏

8.4　编辑视图

8.4.1 【制图编辑】工具栏

　　【制图编辑】工具栏上提供了编辑制图对象的选项，如图 8-54 和表 8-5 所示。

图 8-54　【制图编辑】工具栏

表 8-4　【表格】工具栏选项的说明

图 标	名 称	图解及说明
	表格注释	插入包含 5 行 5 列的一般空表格注释，在光标单击位置处放置。双击表格的单元格以输入文本，或者使用快捷菜单编辑表格
	零件明细表	插入包含 3 列的一般零件明细表。零件明细表为创建装配材料清单提供了一种简便的方法，它提供了很多方便定制的选项。可以在创建装配的任何时候创建一个或多个零件明细表，随着所需装配的增大或更新，零件明细表可以自动进行更新。个别部件号可以根据需要被锁定或重新编号
	编辑表格	允许使用切换选项，选择或取消选择要从零件明细表中添加或移除的组件的实体、曲线或视图。选择一个零件明细表，然后启动该选项，系统弹出【零件明细表级别】选项条
	编辑文本	使用【文本编辑器】对话框来编辑表的单元格。需要先选取表的一个单元格，然后激活该选项
	插入选项	使用下拉菜单可以在表格中插入空行（需先选取表的一行或多行）或空列（需先选取表的一列或多列）
	合并单元格	合并所选的相连单元格。如果有多个单元格包含文本，则只有左上角单元格的内容被保留，所有其他的单元格都将被擦除。要选择多个单元格，可在单元格上按下鼠标左键拖动以选取一个区域
	自动符号标注	使用该选项可以从一个或多个与零件明细表相关联的视图自动创建 ID 符号标注。激活该选项后，先选择一个零件明细表，再选择要标注 ID 符号的视图

　　要编辑制图对象，可先选择要编辑的对象，然后单击工具栏中相应的按钮，也可以先单

击工具栏上的按钮，然后选择相应的对象进行编辑。使用所选对象的快捷菜单也可快速访问这些选项。

表 8-5 【制图编辑】工具栏选项的说明

图 标	名 称	图解及说明
AA	编辑样式	编辑注释或者视图的样式。根据所选对象系统会弹出【样式】对话框或者【视图样式】对话框
	编辑注释	基于选定注释的类型编辑注释。系统会弹出创建该注释的对话框来进行编辑
	编辑尺寸关联性	将现有尺寸重新关联到新的制图对象
A	编辑文本	使用【文本】对话框编辑所选的文本注释
	抑制制图对象	用于控制一个或多个制图对象的显示：尺寸、制图辅助、几何公差和表格化注释。每个制图对象的可见性由为表达式指定的值来控制。如果控制表达式的值为零，则制图对象变得不可见。如果控制表达式的值为非零，则显示制图对象
	编辑坐标	可修改不能使用其他选项编辑的某些坐标尺寸和尺寸集。可将一个或多个坐标集合并到选定的"基本"集中，或者将尺寸从一个坐标集移动到另一个坐标集
	零件明细表级别	启动【编辑零件明细表级别】对话框，同【编辑表格】选项
	隐藏视图中的组件	隐藏工作视图中的组件
	显示视图中的组件	显示工作视图中隐藏的组件
	编辑图纸页	编辑活动图纸页的名称、大小、比例、测量单位和投影角
	编辑剖切线	启动【剖切线】对话框，在此对话框中可以修改剖切线
	视图中的剖切	启动【视图中的剖切】对话框，在此对话框中可以将"剖视图"的装配组件编辑为剖切的或非剖切的
	视图相关编辑	启动【视图相关编辑】对话框，在该对话框中可以编辑所选成员视图中对象的显示

8.4.2 视图相关编辑

单击【制图编辑】工具栏上的 按钮，系统弹出【视图相关编辑】对话框，如图 8-55 所示。

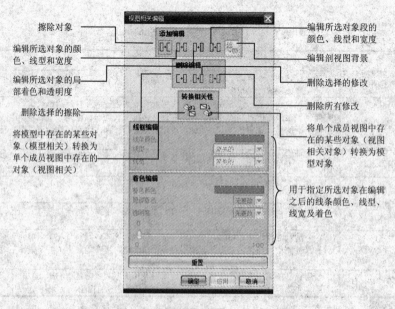

图 8-55 【视图相关编辑】对话框

1．添加编辑

STEP① 选择要编辑的视图。

STEP② 选择添加编辑的类型。

STEP③ 指定对象编辑之后的属性（如线条颜色、线型以及线宽等），然后单击【应用】按钮（如果编辑的类型是【擦除对象】，则无此步骤）。

STEP④ 选择要编辑的对象。

2．删除编辑

STEP① 选择要编辑的视图。

STEP② 选择删除编辑的类型。

STEP③ 系统弹出【类选择】对话框，并在图形窗口高亮显示已编辑的对象。选择相应的对象将其恢复到未编辑时的状态（如果选择的是【删除所有修改】选项，则会弹出一个确定对话框）。

8.4.3 视图中的可见图层

当最初将视图放在图纸页上时，它会继承其父级视图的图层设置。图纸页上的每个视图都有其自己的一组图层设置，用来定义图层是可见的还是不可见的。

选择【格式】|【在视图中可见】命令，可以为所选定的视图分别指定图层的可见性，以达到在不同的视图显示不同的对象的目的。

8.4.4 对齐视图

使用平移视图时的辅助线，可以快速将视图大致对齐。但要更准确地对齐，应使用【对齐视图】对话框。

单击【图纸】工具栏上的 按钮，或者选择【编辑】|【视图】|【对齐视图】命令，系统弹出【对齐视图】对话框，如图 8-56 所示。

图 8-56 【对齐视图】对话框

STEP① 在【对齐视图】对话框中选择一个对齐选项（模型点、视图中心或点到点）。

STEP② 在视图内部选择一个静止视图或点。

STEP③ 选择要对齐的视图。

STEP④ 在 5 种对齐方法中选择一种（叠加、水平、竖直、垂直于直线或自动判断）。

8.4.5 更新视图

选择【编辑】|【视图】|【更新视图】命令，系统弹出【更新视图】对话框，如图 8-57 所示。

图 8-57 【更新视图】对话框

该命令可以手工更新选定的图纸视图，以便反映在上次更新视图以来模型所发生的更改，可更新的项目包括隐藏线、轮廓线、视图边界、剖视图和剖视图细节。

由于实体上会发生任何模型更改或可见性更改，或者关联视图方向、关联视图锚点、关联视图边界曲线、关联铰链线或追踪线会发生任何更改，因此图纸会过时。这时会在图纸名（图纸显示的左下角）旁边显示"Out of Date"（过时）这一信息。当图纸中包含任何无效的剖面线时，也显示该信息。

也可以在视图边界或者图纸边界上单击鼠标右键，然后在弹出的快捷菜单中选择【更新】命令以更新该视图或图纸页。

8.5 工程图实例精讲

本例制作一个散热风扇固定座零件的工程图。下面介绍具体的操作过程。

STEP 1 打开部件文件。

打开本书配套光盘中的文件原始文件\cha08\example_2.prt，如图 8-58 所示。

STEP 2 进入制图应用模块。

单击【标准】工具栏上的 开始·按钮，并从下拉列表中选择【制图】命令，单击【图纸】工具栏上的 按钮，系统会弹出【片体】对话框，选择 A3 图纸，1:1 的比例，以及第一投影视角，单击【确定】按钮，如图 8-59 所示。

STEP 3 插入视图。

进入制图模式后，【基本视图】命令自动启动，在【基本视图】对话框上选择视图方位为 Top，并在图纸适当位置单击以放置该基本视图。然后【投影视图】命令自动启动，移动光标至适当位置单击以添加一个正交视图，如图 8-60 所示。图中已将视图边界和栅格的显示设置为关。按〈Esc〉键结束插入视图命令。

图 8-58 要制作工程图的部件

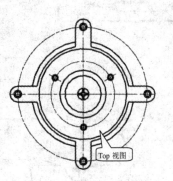

图 8-59 设置图纸属性

图 8-60 插入视图

STEP 4 添加一个剖视图。

1）选择 Top 视图，单击鼠标右键，在弹出的快捷菜单中选择【添加剖视图】命令，系统弹出【剖视图】选项条。

2）移动光标至 Top 视图的正下侧并单击以放置视图，然后按〈Esc〉键退出【剖视图】命令。结果如图 8-61 所示。

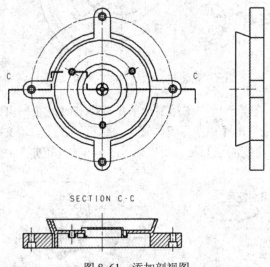

图 8-61 添加剖视图

3）编辑剖面线。将截面视图放大，双击剖面线，或者选择剖面线单击鼠标右键，在弹出的快捷菜单中选择【编辑】命令，系统弹出【剖面线】对话框。将剖面线的距离改为 3，然后单击【确定】按钮，如图 8-62 所示。

STEP 5 添加一个局部放大图。

1）单击【图纸】工具栏上的 按钮，系统弹出【局部放大图】对话框，然后按图 8-63 所示进行操作。按〈Esc〉键退出【局部放大图】命令。

图 8-62　编辑剖面线

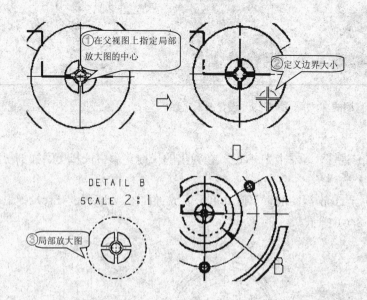

图 8-63　添加局部放大图

2）编辑视图标签。在局部放大图标签上单击鼠标右键，在弹出的快捷菜单中选择【编辑视图标签】命令，系统弹出【视图标签样式】对话框。在【前缀文本比例因子】文本框中输入 0.8，在【数值文本比例因子】文本框中输入 1，单击【确定】按钮，如图 8-64 所示。

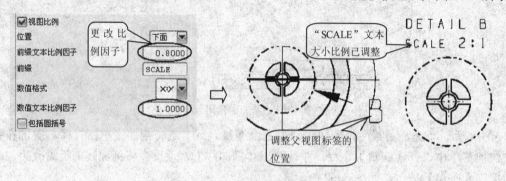

图 8-64　编辑视图标签

3）同理，添加两个局部放大图，如图 8-65 所示。

STEP 6 添加一个轴测视图。

单击【图纸】工具栏上的 ![button] 按钮，系统弹出【基本视图】对话框，选择视图方位为 ![TFR-ISO] ，然后移动光标至合适位置单击以放置轴测视图，如图 8-66 所示。

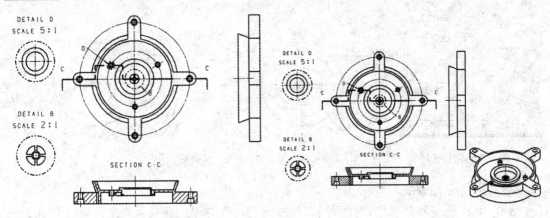

图 8-65 添加局部放大图   图 8-66 添加轴测视图

STEP 7 添加中心线。

使用中心线工具添加中心线，结果如图 8-67 所示。图中使用的选项为中心标记 ![icon]、螺旋圆中心线标记 ![icon] 和圆柱中心线标记 ![icon]。

STEP 8 标注尺寸。

利用【尺寸】工具栏上的选项标注必要的尺寸。结果如图 8-68 所示。

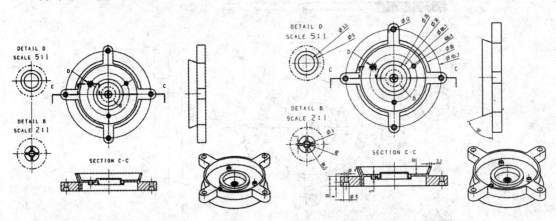

图 8-67 添加中心线   图 8-68 标注尺寸

> **野火专家提示：** 在放置尺寸时，系统会捕捉到已存在对象上的点以使它们对齐。如果不希望系统捕捉这些对齐点，可以按住〈Alt〉键。

STEP 9 编辑剖切线。

1）选择 Top 视图中的 C-C 剖切线，单击鼠标右键，在弹出的快捷菜单中选择【样式】命令，系统弹出【剖切线样式】对话框，选择如图 8-69 所示的标准，单击【确定】按钮。

2）单击鼠标右键，在弹出的快捷菜单中选择【编辑】命令，系统弹出【剖切线】对话框，选择【移动段】选项，然后按图 8-70 所示进行操作后单击【应用】按钮。

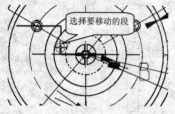

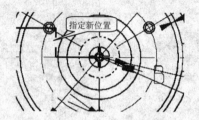

图 8-69 编辑剖切线样式　　　　　　　　　图 8-70 编辑剖切线

STEP ⑩ 显示隐藏线。

选择 Top 视图和前视图，然后单击鼠标右键，在弹出的快捷菜单中选择【样式】命令，系统弹出【视图样式】对话框，按图 8-71 所示设置隐藏线的线型和线宽，单击【确定】按钮。

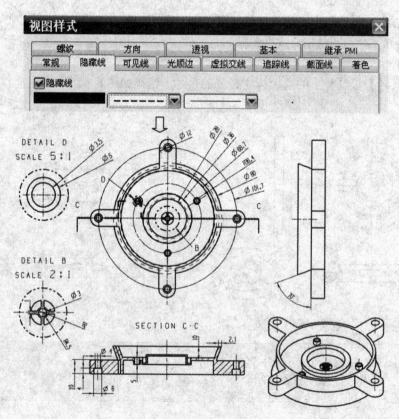

图 8-71 显示隐藏线

STEP ⑪ 添加图纸格式，可以导入已有的图纸格式。本例将采用手动方式创建一个简单的图纸边框和标题栏。

1）单击【草图】工具栏上的□按钮，绘制一个矩形作为图纸边框，如图 8-72 所示。

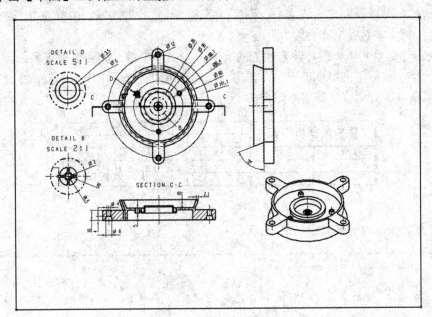

图 8-72 绘制图纸边框

2）单击表格与零件明细表工具栏上的▦按钮，先创建一个 5×5 的空表，然后用鼠标拖动表格单元格的边线对表的行宽和列宽进行调整。拖动时系统会动态显示当前的行宽和列宽的大小。根据需要可以添加/删除行和列，并对相应的单元格进行合并。最后将表格移动到图纸边框的右下角，如图 8-73 所示。

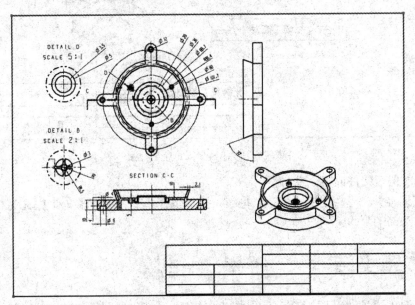

图 8-73 添加表格

3）将鼠标移至表格左上角，当整个表格高亮显示时单击鼠标左键，这样就选择了整个表格。然后单击鼠标右键，在弹出的快捷菜单中选择【单元格格式】命令，系统弹出【注释样式】对话框，可以设置文字的大小、颜色、字体以及对齐方式等。在本例中，将字体设置为 chinesef，将文本对齐方式设置为中心 ▤。

4）双击一个单元格，然后输入相应的文字并按鼠标中键。如要使用更多选项，应先选择一个单元格，然后单击鼠标右键，在弹出的快捷菜单中选择【编辑文本】命令，系统将弹出【文本编辑器】对话框。结果如图 8-74 所示。

散热风扇固定座		比例		
		数量		
制图		材料		
审核			野火科技	
校对				

图 8-74　标题栏

5）制作工程图的结果如图 8-75 所示。

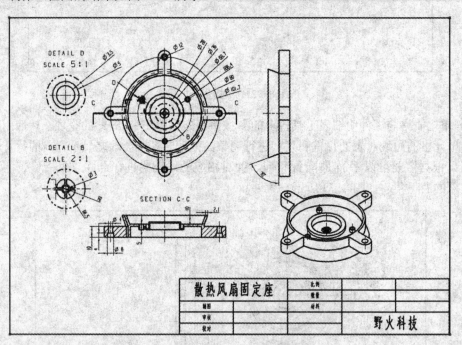

图 8-75　散热风扇固定座工程图

STEP 12 保存文件或将文件另存

单击【标准】工具栏上的【保存】按钮将文件保存，或者选择【文件】|【另存为】命令将文件保存为新的复本。

8.6　本章小结

本章主要讲述了利用 UG NX 7.5 进行制图的实用功能，制图模块实用功能包括零件视图的建立、尺寸的标注和注释、视图编辑等。本章在最后配合一个完整的工程制图案例，让读者在认识功能的基础上得到巩固与提高。

第9章 综合实例精讲——UG NX 7.5 玩具车造型

　　本章主要介绍玩具车主体造型及其装配过程，综合运用了【特征】工具条、【曲面】工具栏、【曲线】工具栏中的命令进行造型的实例演练。通过本章的学习可以让读者把复杂的造型特征变得简单化，从而进一步提高产品设计开发的能力。

- ● 确定玩具车装配造型设计思路图解
- ● 创建玩具车外形
- ● 创建玩具车外形的细节特征
- ● 创建玩具车底板
- ● 创建玩具车车轮
- ● 创建玩具车车轮轴
- ● 创建玩具车螺钉
- ● 装配玩具车

结果文件　　结果文件\cha09 文件夹

录像文件　　录像文件\cha09 文件夹

9.1 确定玩具车装配造型设计思路图解

好模具和好产品是正相关的，所以，在设计模具之前必须综合考虑，从而得出合理可靠的开模与顶出机构。设计者在设计之前必须掌握与设计有关的技术资料，全面考虑制造与生产工艺，然后从多个角度进行分析，如设计的模具能否加工、成型工艺是否合理、模具寿命长短等，这对设计者来说至关重要。首先来了解产品的内外结构、尺寸大小、技术要求，然后考虑模具设计的工艺分析。工艺分析思路图解见表 9-1。

表 9-1 工艺分析思路图解

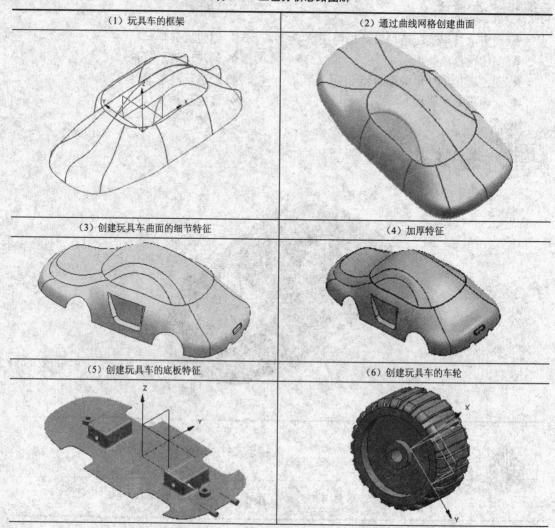

（1）玩具车的框架	（2）通过曲线网格创建曲面
（3）创建玩具车曲面的细节特征	（4）加厚特征
（5）创建玩具车的底板特征	（6）创建玩具车的车轮

（续）

（7）创建玩具车的车轮轴	（8）创建螺钉
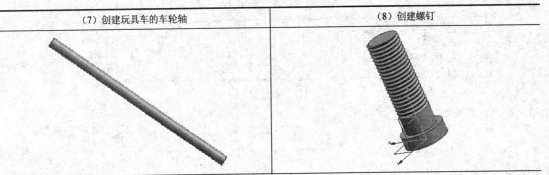	

（9）总装配结果

9.2 创建玩具车外形

9.2.1 玩具车线架设计

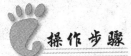 **操作步骤**

STEP 1 运行 UG NX 7.5 软件，选择【文件】|【新建】命令，或单击工具栏中的□按钮，系统弹出【新建】对话框，如图 9-1 所示。

STEP 2 在【新建】对话框的【新文件名】选项组下的【名称】文本框中输入wjc.prt，单击 确定 按钮，进入建模界面。

STEP 3 选择【插入】|【草图】命令，或单击【特征】工具栏上的品按钮，系统弹出【创建草图】对话框。在绘图区选择 XY 平面为基准平面，进入草绘界面，绘制如图 9-2 所示的截面。

STEP 4 绘制好截面后，单击 完成草图 按钮，完成草绘操作，如图 9-3 所示。

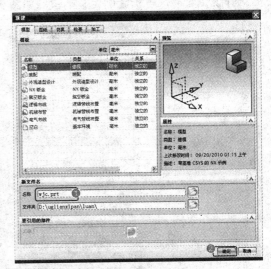

图 9-1 【新建】对话框

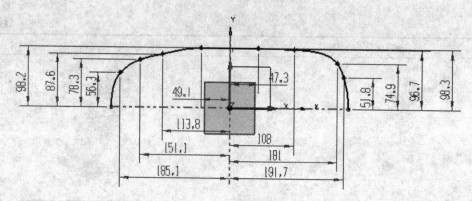

图 9-2　草绘截面

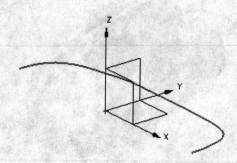

图 9-3　草绘结果

STEP 5 镜像曲线。单击【特征】工具栏上的 按钮，系统弹出【实例几何体】对话框，在【类型】下拉列表中选择【镜像】选项，在绘图区选择镜像曲线，单击鼠标中键，接着选择镜像平面，单击【确定】按钮，如图 9-4 所示。

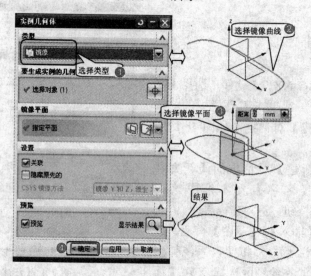

图 9-4　镜像曲线

STEP 6 选择【插入】|【草图】命令，或单击【特征】工具栏上的 按钮，系统弹出【创建草图】对话框。在绘图区选择 XY 平面为基准平面，进入草绘界面，绘制如图 9-5 所示

的截面。

STEP 7 绘制好截面后，单击 ✖ 完成草图 按钮，完成草绘操作，如图9-6所示。

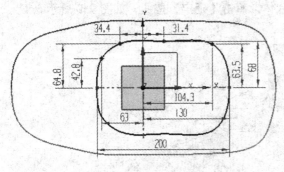

图9-5 草绘截面1

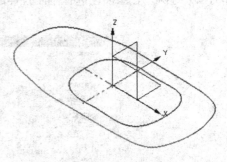

图9-6 草绘结果

STEP 8 选择【插入】|【设计特征】|【拉伸】命令，或单击【特征】工具栏上的 ⚙ 按钮，系统弹出【拉伸】对话框。在绘图区选择 YX 平面为基准平面，进入草绘界面，绘制如图9-7所示的截面。

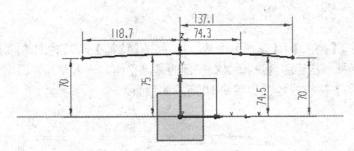

图9-7 草绘截面2

STEP 9 绘制好截面后，单击 ✖ 完成草图 按钮，返回【拉伸】对话框，在【限制】选项组下的【结束】下拉列表中选择【对称值】选项，在【距离】文本框中输入 100，单击【确定】按钮，如图9-8所示。

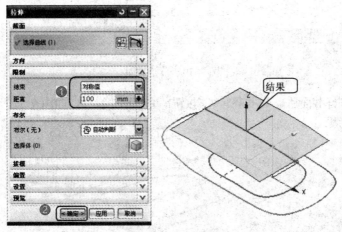

图9-8 拉伸结果

STEP 10 投影曲线。单击【曲线】工具栏上的 按钮，系统弹出【投影曲线】对话框，在绘图区选取步骤 7 所创建的曲线为要投影的曲线，在【要投影的对象】选项组下激活【选择对象】选项，在绘图区选择刚刚拉伸的片体，单击【确定】按钮，如图 9-9 所示。

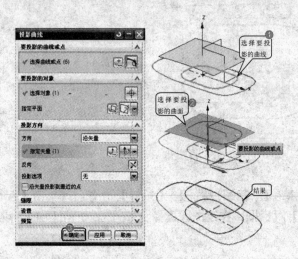

图 9-9　投影曲线

STEP 11 选择【插入】|【草图】命令，或单击【特征】工具栏上的 按钮，系统弹出【创建草图】对话框。在绘图区选择 XZ 平面为基准平面，进入草绘界面，使用【交点】按钮 、【艺术样条】按钮 绘制如图 9-10 所示的截面。

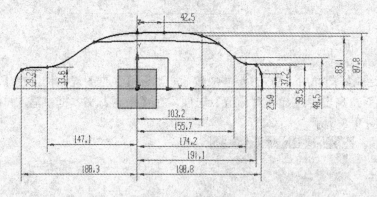

图 9-10　草绘截面

STEP 12 绘制好截面后，单击 按钮，完成草绘操作，如图 9-11 所示。

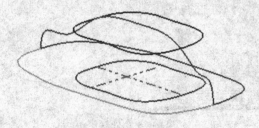

图 9-11　草绘结果

STEP⑬ 创建基准平面。选择【插入】|【基准/点】|【基准平面】命令，或单击【特征】工具栏上的□按钮，系统弹出【基准平面】对话框，在【类型】下拉列表中选择【成一角度】选项，在绘图区选择 XZ 平面为参考平面，选择 Z 轴为基准轴，在【角度】文本框中输入–21，单击【确定】按钮，如图 9-12 所示。

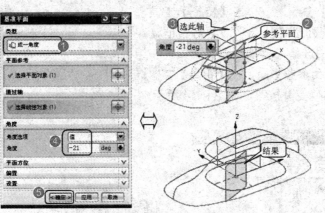

图 9-12 创建基准平面

STEP⑭ 选择【插入】|【草图】命令，或单击【特征】工具栏上的⊡按钮，系统弹出【创建草图】对话框。在绘图区选择刚刚创建的平面为基准平面，进入草绘界面，使用【交点】按钮⊡、【艺术样条】按钮∿绘制如图 9-13 所示的截面。

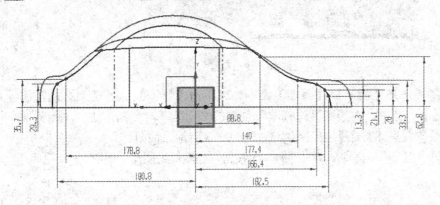

图 9-13 草绘截面

STEP⑮ 绘制好截面后，单击✖完成草图按钮，完成草绘操作，如图 9-14 所示。

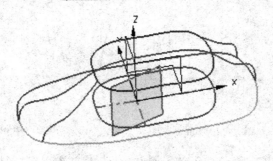

图 9-14 草绘结果

STEP 16 使用步骤 13~步骤 15 的操作方法，创建基准平面（角度为 21°）、绘制草绘截面。结果如图 9-15 所示。

STEP 17 创建基准平面。选择【插入】|【基准/点】|【基准平面】命令，或单击【特征】工具栏上的□按钮，系统弹出【基准平面】对话框，在【类型】下拉列表中选择【自动判断】选项，在绘图区选择 YZ 平面为参考平面，在【距离】文本框中输入 85，单击【确定】按钮，如图 9-16 所示。

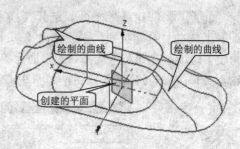

图 9-15　草绘曲线结果

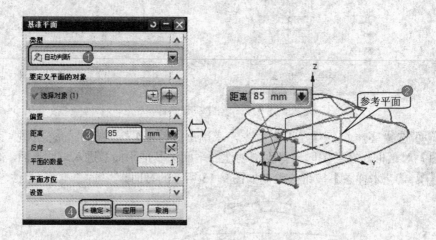

图 9-16　创建基准平面

STEP 18 选择【插入】|【草图】命令，或单击【特征】工具栏上的品按钮，系统弹出【创建草图】对话框。在绘图区选择刚刚创建的平面为基准平面，进入草绘界面，使用【交点】按钮、【艺术样条】按钮～绘制如图 9-17 所示的截面。

STEP 19 绘制好截面后，单击完成草图按钮，完成草绘操作，如图 9-18 所示。

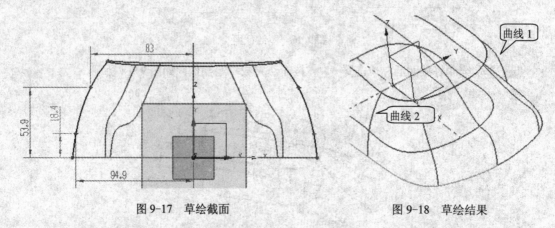

图 9-17　草绘截面　　　　　　　　图 9-18　草绘结果

STEP 20 使用步骤 17~步骤 19 的操作方法，创建基准平面（偏置距离为 30）、草绘两条曲线。结果如图 9-19 所示。

STEP 21 选择【插入】|【草图】命令，或单击【特征】工具栏上的按钮，系统弹出【创建草图】对话框。在绘图区选择 YZ 平面为基准平面，进入草绘界面，使用【艺术样条】按钮绘制如图 9-20 所示的截面。

STEP 22 绘制好截面后，单击完成草图按钮，完成草绘操作，如图 9-21 所示。

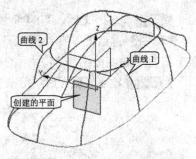

图 9-19　草绘曲线

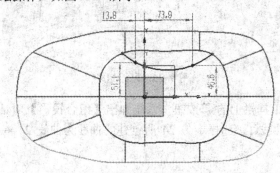

图 9-20　草绘截面

图 9-21　草绘结果

STEP 23 选择【插入】|【草图】命令，或单击【特征】工具栏上的按钮，系统弹出【创建草图】对话框。在绘图区选择 XZ 平面为基准平面，进入草绘界面，使用【艺术样条】按钮绘制如图 9-22 所示的截面。

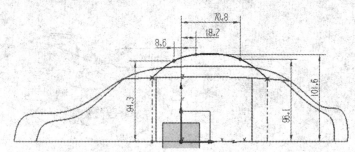

图 9-22　草绘截面

STEP 24 绘制好截面后，单击完成草图按钮，完成草绘操作，如图 9-23 所示。

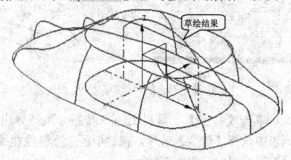

图 9-23　草绘结果

STEP 25 选择【插入】|【草图】命令，或单击【特征】工具栏上的 按钮，系统弹出【创建草图】对话框。在绘图区选择 XZ 平面为基准平面，进入草绘界面，使用【艺术样条】按钮 绘制如图 9-24 所示的截面。

STEP 26 绘制好截面后，单击 按钮，完成草绘操作，如图 9-25 所示。

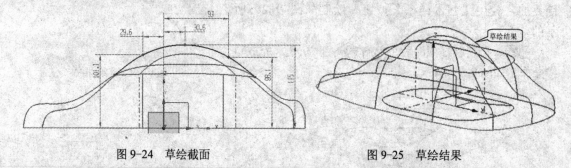

图 9-24　草绘截面　　　　　　　　　　　　图 9-25　草绘结果

STEP 27 组合投影曲线。单击【曲线】工具栏上的 按钮，系统弹出【组合投影】对话框，在绘图区选择步骤 22 所创建的曲线为曲线 1，选择步骤 24 所创建的曲线为曲线 2，单击【确定】按钮。结果如图 9-26 所示。

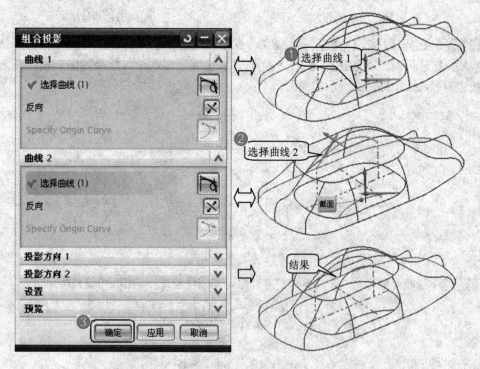

图 9-26　组合投影曲线

STEP 28 镜像曲线。单击【特征】工具栏上的 按钮，系统弹出【实例几何体】对话框，在【类型】下拉列表中选择【镜像】选项，在绘图区选择镜像曲线，单击鼠标中键，选择镜像平面，单击【确定】按钮，如图 9-27 所示。

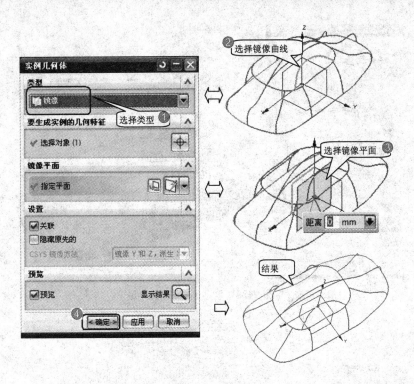

图 9-27　镜像曲线

9.2.2 玩具车外形设计

操作步骤

STEP1 选择【插入】|【网格曲面】|【通过曲线网格】命令，或单击【曲面】工具栏上的 按钮，系统弹出【通过曲线网格】对话框。在【选择条】中单击 相切曲线 下拉菜单选择 单条曲线 选项，单击 按钮，在绘图区依次选择主曲线 Primary Curve 1 、Primary Curve 2 ，单击鼠标中键，依次选择交叉曲线 Cross Curve 1 、 Cross Curve 2 、 Cross Curve 3 、Cross Curve 4，单击【确定】按钮，完成曲线网格的操作，如图 9-28 所示。

STEP2 同理，完成玩具车对称部分的曲面，如图 9-29 所示。

STEP3 选择【插入】|【网格曲面】|【通过曲线网格】命令，或单击【曲面】工具栏上的 按钮，系统弹出【通过曲线网格】对话框。在【选择条】中单击 相切曲线 下拉菜单中选择 单条曲线 选项，单击 按钮，在绘图区选择 Primary Curve 1 、Primary Curve 2 为主曲线，Cross Curve 1 、 Cross Curve 2 、 Cross Curve 3 为交叉曲线，如图 9-30 所示。

STEP4 单击【通过曲线网格】对话框上的 连续性 选项组，单击 第一交叉线串 G0(位置) 下拉菜单选择 G1(相切) 选项，在绘图区选取一个相切的曲面。同理，选择 最后交叉线串 G0(位置) 下拉菜单中的 G1(相切) 选项，在绘图区选择一个相切面，单击【确定】按钮，如图 9-31 所示。

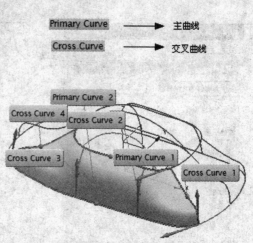

图 9-28　创建网格曲面 1

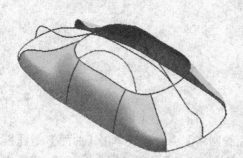

图 9-29　创建曲格曲面 2

图 9-30　创建网格曲面 3

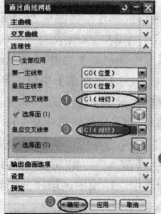
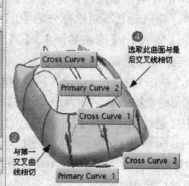

图 9-31　创建网络曲面 4

STEP 5 同理，创建网格曲面。结果如图 9-32 所示。

STEP 6 选择【插入】|【网格曲面】|【通过曲线网格】命令，或单击【曲面】工具栏上的 按钮，系统弹出【通过曲线网格】对话框。在【选择条】中单击 相切曲线▼ 下拉菜单选择 单条曲线▼ 选项，单击┼┼按钮，在绘图区依次选择主曲线 Primary Curve 1、Primary Curve 2、Primary Curve 3，单击鼠标中键，依次选择交叉曲线 Cross Curve 1、Cross Curve 2，单击【确定】按钮，完成曲线网格的操作，如图 9-33 所示。

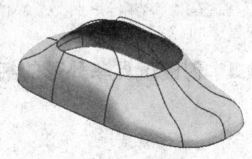

图 9-32 创建网格曲面 5

STEP 7 选择【插入】|【网格曲面】|【通过曲线组】命令，或单击【曲面】工具栏上的 按钮，系统弹出【通过曲线组】对话框，在绘图区选择 Section 1、Section 2 曲线截面，单击鼠标中键，单击【确定】按钮，如图 9-34 所示。

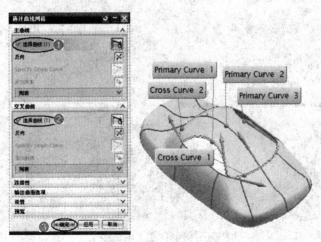

图 9-33 创建网格曲面 6

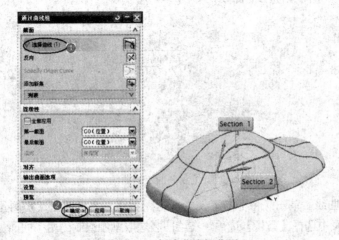

图 9-34 创建曲线组曲面

STEP 8 使用步骤 7 的操作方法完成对称部分的曲线组曲面。结果如图 9-35 所示。

9.3 创建玩具车外形的细节特征

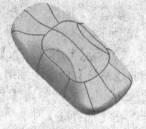

图 9-35 创建完成的曲线组曲面

STEP 1 在曲面上绘制曲线。单击【曲线】工具栏上的 按钮，系统弹出【曲面上的曲线】对话框，在绘图区选取样条曲面，单击鼠标中键，在样条的面上绘制样条曲线，如图 9-36 所示。

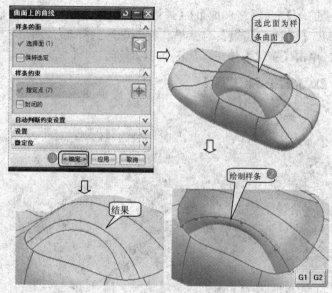

图 9-36 绘制曲面上的曲线 1

STEP 2 同理，绘制曲面上的曲线，如图 9-37 所示。

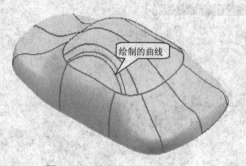

图 9-37 绘制曲面上的曲线 2

STEP 3 镜像曲线。单击【特征】工具栏上的 按钮，系统弹出【实例几何体】对话框，在【类型】下拉列表中选择【镜像】选项，在绘图区选取刚刚绘制的两条曲面上的曲线为镜像特征，单击鼠标中键，选取 XZ 平面为镜像平面，单击【确定】按钮，如图 9-38 所示。

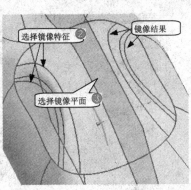

图 9-38　镜像曲线

STEP 4 修剪曲线。单击【编辑曲面】工具栏上的 按钮，系统弹出【剪断曲面】对话框，在绘图区选择要修剪的曲面为目标面，单击鼠标中键，选取曲面上的曲线为剪断曲线，单击【确定】按钮，如图9-39所示。

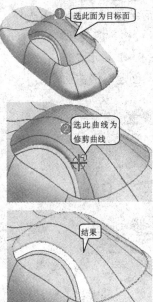

图 9-39　剪断曲面

STEP 5 同理，修剪其余曲面。结果如图 9-40 所示。

STEP 6 选择【插入】|【网格曲面】|【通过曲线网格】命令，或单击【曲面】工具栏上的 按钮，系统弹出【通过曲线网格】对话框。在【选择条】中单击 相切曲线 ▼ 下拉菜单选择 单条曲线 ▼ 选项，单击 ╫ 按钮，在绘图区依次选择主曲线 Primary Curve 1 、Primary Curve 2 ，单击鼠标中键，依次选择交叉曲线 Cross Curve 1 、Cross Curve 2 ，如图9-41所示。

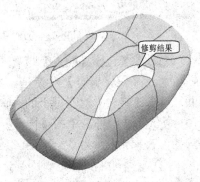

图 9-40　曲面的修剪结果

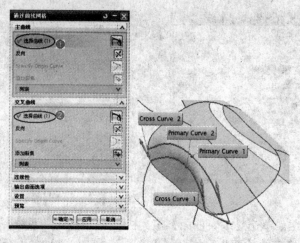

图 9-41　创建网格曲面 1

STEP7 单击【通过曲线网格】对话框上的 连续性 选项组，单击 第一交叉线串
GO（位置）▼ 下拉菜单选择 G1（相切）▼ 选项，在绘图区选取一个相切的曲面。同理，选择
最后交叉线串 GO（位置）▼ 下拉菜单中的 G1（相切）▼ 选项，在绘图区选择一个相切曲面，单击
【确定】按钮，如图 9-42 所示。

STEP8 同理，创建网格曲面。结果如图 9-43 所示。

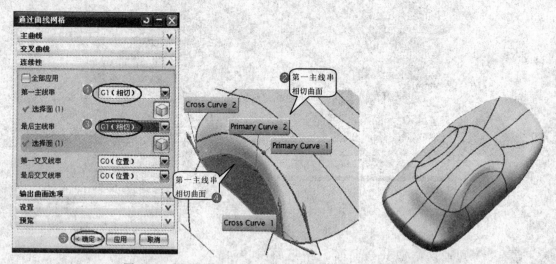

图 9-42　创建网格曲面 2　　　　　　　　　　　　图 9-43　创建网格曲面 3

STEP9 选择【插入】|【组合】|【缝合】命令，或单击【特征操作】工具栏上的 按
钮，系统弹出【缝合】对话框。在绘图区选取一个曲面为目标体，选取与目标体缝合的曲
面，单击【缝合】对话框上的 确定 按钮，完成缝合操作，如图 9-44 所示。

STEP10 拉伸。单击【特征】工具栏上的 按钮，系统弹出【拉伸】对话框，在绘图区
选择 XY 基准平面为草绘平面，系统自动进入草绘界面，绘制如图 9-45 所示的截面。

STEP11 绘制好草绘截面后，单击 完成草图 按钮，系统返回【拉伸】对话框，在【距离】
文本框中输入 100，单击 确定 按钮，如图 9-46 所示。

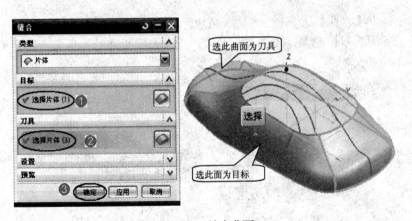

图 9-44 缝合曲面

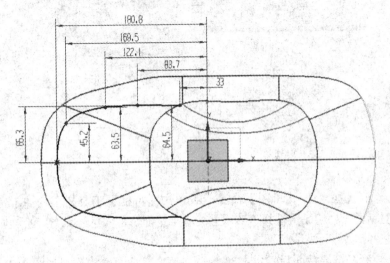

图 9-45 草绘截面

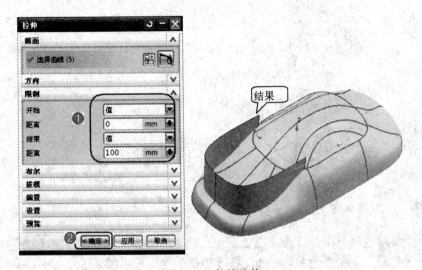

图 9-46 拉伸片体

STEP 12 单击【特征】工具栏上的 ⬜ 按钮，系统弹出【修剪体】对话框，在绘图区选择刚刚缝合的曲面为目标曲面，单击鼠标中键，选取刚刚拉伸的片体为刀具，单击 ＜确定＞ 按钮，如图 9-47 所示。

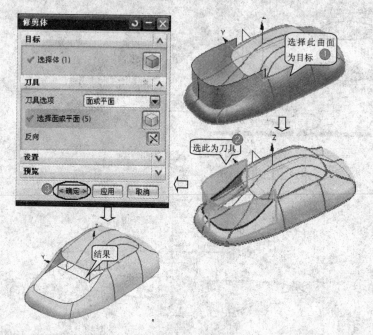

图 9-47　修剪曲面

STEP 13 选择【插入】|【草图】命令，或单击【特征】工具栏上的 ⬜ 按钮，系统弹出【创建草图】对话框。在绘图区选择 XY 平面为基准平面，进入草绘界面，绘制如图 9-48 所示的截面。

STEP 14 绘制好草绘截面后，单击 ⬚ 完成草图 按钮，完成草绘操作，如图 9-49 所示。

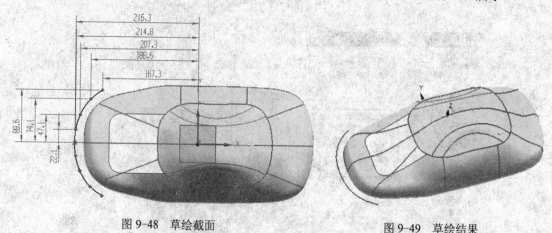

图 9-48　草绘截面　　　　　　　　　　图 9-49　草绘结果

STEP 15 创建基准平面。单击【特征】工具栏上的 ⬜ 按钮，系统弹出【基准平面】对话框，在绘图区选择 XZ 平面为参考平面，在【距离】文本框中输入 50，单击 ＜确定＞ 按钮，如图 9-50 所示。

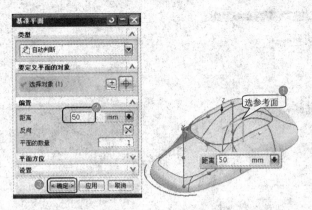

图 9-50 创建基准平面

STEP 16 选择【插入】|【草图】命令，或单击【特征】工具栏上的  按钮，系统弹出【创建草图】对话框。在绘图区选择 XY 平面为基准平面，进入草绘界面，绘制如图 9-51 所示的截面。

STEP 17 绘制好截面后，单击 完成草图 按钮，完成草绘操作，如图 9-52 所示。

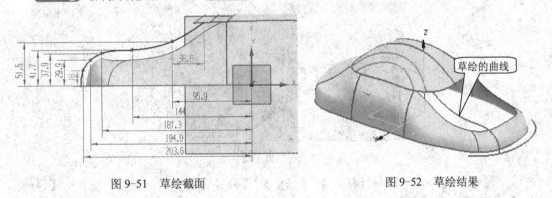

图 9-51 草绘截面　　　　　　　　　　图 9-52 草绘结果

STEP 18 使用步骤 15~步骤 17 的操作方法，创建基准平面（距离为–50）、草绘曲线，如图 9-53 所示。

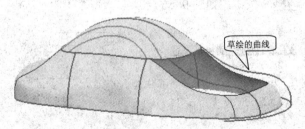

图 9-53 草绘结果

STEP 19 选择【插入】|【网格曲面】|【通过曲线网格】命令，或单击【曲面】工具栏上的 按钮，系统弹出【通过曲线网格】对话框。在【选择条】中单击 相切曲线 下拉菜单单选择 单条曲线 选项，单击 按钮，在绘图区依次选择主曲线 Primary Curve 1、Primary Curve 2，单击鼠标中键，依次选择交叉曲线 Cross Curve 1、Cross Curve 2，单击【确定】按钮，完成曲线网格的操作，如图 9-54 所示。

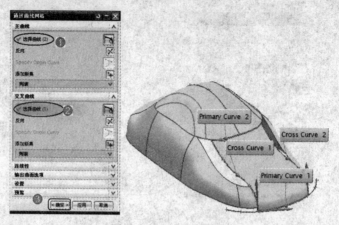

图 9-54　创建网格曲面

STEP 20 在曲面上绘制曲线。单击【曲线】工具栏上的 按钮，系统弹出【曲面上的曲线】对话框，在绘图区选取样条曲面，单击鼠标中键，在样条的面上绘制样条曲线，如图 9-55 所示。

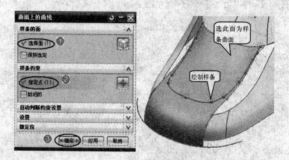

图 9-55　在曲面上绘制曲线

STEP 21 修剪片体。选择【插入】|【修剪】|【修剪的片体】命令，系统弹出【修剪的片体】对话框。在绘图区选取步骤 19 创建的网格曲面为目标体，单击鼠标中键，选取刚刚创建的曲面上的曲线为边界对象，在【修剪的片体】对话框中的【区域】选项组下选择 保持 单选按钮，单击 确定 按钮，如图 9-56 所示。

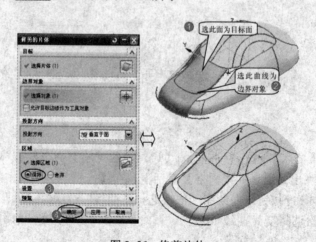

图 9-56　修剪片体

STEP 22 选择【插入】|【网格曲面】|【通过曲线网格】命令，或单击【曲面】工具栏上的 按钮，系统弹出【通过曲线网格】对话框。在【选择条】中单击 相切曲线 下拉菜单选择 单条曲线 选项，单击 ╫ 按钮，在绘图区依次选择主曲线 Primary Curve 1、Primary Curve 2，单击鼠标中键，依次选择交叉曲线 Cross Curve 1、Cross Curve 2，单击【确定】按钮，完成曲线网格的操作，如图9-57所示。

STEP 23 选择【插入】|【草图】命令，或单击【特征】工具栏上的 按钮，系统弹出【创建草图】对话框。在绘图区选择 XY 平面为基准平面，进入草绘界面，绘制如图9-58所示的截面。

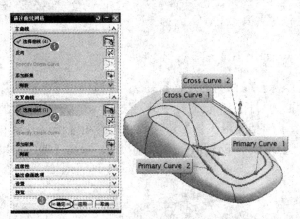

图9-57 创建网格曲面

图9-58 草绘截面

STEP 24 绘制好截面后，单击 完成草图 按钮，完成草绘操作，如图9-59所示。

STEP 25 偏置曲线。单击【曲线】工具栏上的 按钮，系统弹出【偏置曲线】对话框，在【类型】下拉列表中选择【距离】选项，在绘图区选择刚刚草绘的曲线为偏置曲线，单击 按钮，使其向内偏置，单击 确定 按钮，如图9-60所示。

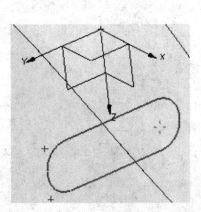

图9-59 草绘结果

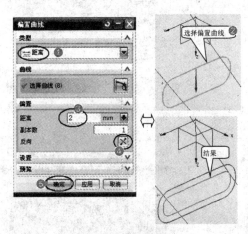

图9-60 偏置曲线

STEP 26 偏置曲面。选择【插入】|【偏置\缩放】|【偏置曲面】命令，系统弹出【偏置曲面】对话框。在绘图区选择要偏置的曲面，在【偏置曲面】对话框的【偏置】文本框中输入3，单击 按钮，使其向内偏置，单击【确定】按钮，如图9-61所示。

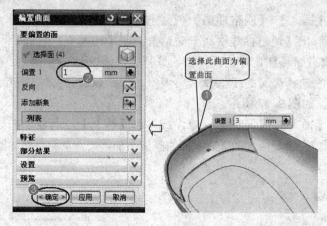

图 9-61 偏置曲面

STEP 27 修剪曲面。选择【插入】|【修剪】|【修剪的片体】命令，系统弹出【修剪的片体】对话框。在绘图区选择刚刚偏置的曲面为目标，单击鼠标中键，选择步骤 25 中偏置的曲线为边界曲线，在【投影方向】选项组下选择【沿矢量】选项，并在绘图区指定矢量方向，取消选中☑投影两侧复选框，在【区域】选项卡下选择◉舍弃单选按钮，单击【确定】按钮，如图 9-62 所示。

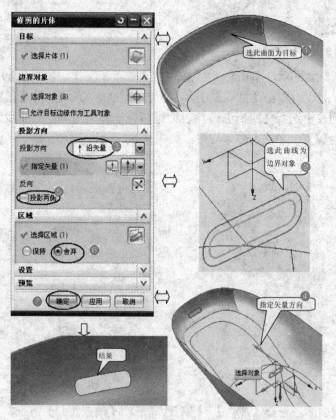

图 9-62 修剪曲面

STEP 28 使用同样的操作方法修剪曲面。结果如图 9-63 所示。

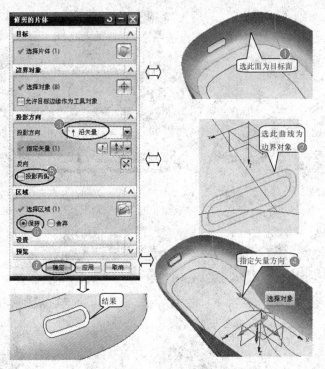

图 9-63　修剪曲面

STEP **29** 创建样条曲线。单击【曲线】工具栏上的  按钮，系统弹出【艺术样条】对话框，在绘图区绘制样条，如图 9-64 所示。

STEP **30** 通过曲线组创建曲面。单击【曲面】工具栏上的 按钮，系统弹出【通过曲线组】对话框，在绘图区选择 Section 1、Section 2 曲线，单击 < 确定 > 按钮，如图 9-65 所示。

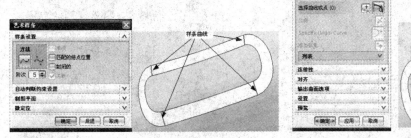

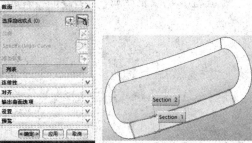

图 9-64　绘制样条曲线　　　　　　　　　图 9-65　创建曲面

STEP **31** 使用同样的操作方法完成其余曲面的创建。结果如图 9-66 所示。

STEP **32** 缝合。单击【特征】工具栏上的 按钮，系统弹出【缝合】对话框，在绘图区选取一个曲面为目标，选择与其相接的曲面为刀具，单击【确定】按钮，如图 9-67 所示。

STEP **33** 采用步骤 26~步骤 32 的操作方法创建玩具车车尾的车牌位。结果如图 9-68 所示。

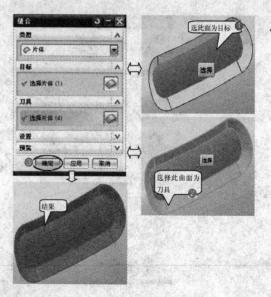

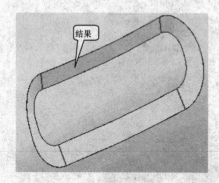

图 9-66　创建曲面

图 9-67　缝合曲面

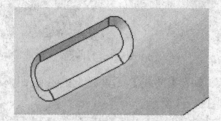

图 9-68　创建的曲面

STEP 34 单击【特征】工具栏上的 按钮，系统弹出【创建草图】对话框，选择 YZ 平面为草绘平面，系统自动进入草绘界面，绘制如图 9-69 所示的截面。

STEP 35 草绘完成后，单击 完成草图 按钮，完成草绘操作，如图 9-70 所示。

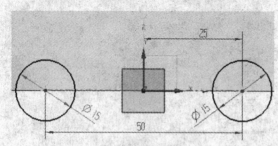

图 9-69　草绘截面

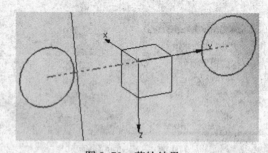

图 9-70　草绘结果

STEP 36 参考步骤 27 修剪曲面。结果如图 9-71 所示。

STEP 37 单击【特征】工具栏上的 按钮，系统弹出【创建草图】对话框，选择 XZ 平面为草绘平面，系统自动进入草绘界面，绘制如图 9-72 所示的截面。

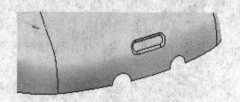

图 9-71　修剪曲面结果

STEP 38 草绘完成后，单击 ❌️完成草图 按钮，完成草绘操作，如图9-73所示。

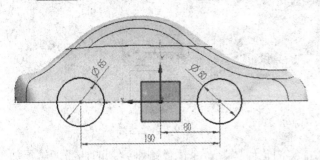

图9-72 草绘截面

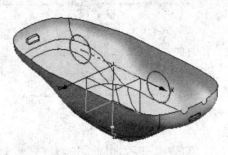

图9-73 草绘结果

STEP 39 参考步骤27修剪曲面。结果如图9-74所示。

STEP 40 单击【特征】工具栏上的🔲按钮，系统弹出【创建草图】对话框，选择XZ平面为草绘平面，系统自动进入草绘界面，绘制如图9-75所示的截面。

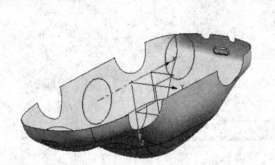

图9-74 修剪结果

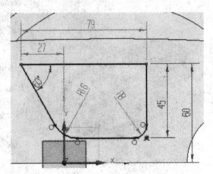

图9-75 草绘截面

STEP 41 草绘完成后，单击 ❌️完成草图 按钮，完成草绘操作，如图9-76所示。

STEP 42 参考步骤27修剪曲面。结果如图9-77所示。

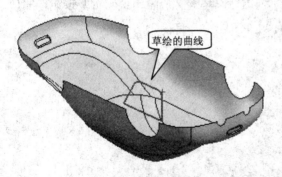

图9-76 草绘结果

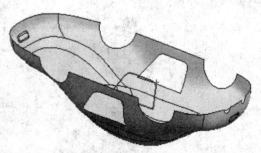

图9-77 修剪结果

STEP 43 单击【特征】工具栏上的🔲按钮，系统弹出【创建草图】对话框，选择XY平面为草绘平面，系统自动进入草绘界面，绘制如图9-78所示的截面。

STEP 44 草绘完成后，单击 ❌️完成草图 按钮，完成草绘操作，如图9-79所示。

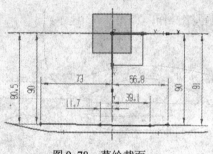

图 9-78　草绘截面　　　　　　　　　　　图 9-79　草绘结果

STEP 45 镜像曲线。选择【特征】|【实例几何体】命令镜像刚刚绘制的曲线。结果如图 9-80 所示。

STEP 46 单击【曲线】工具栏上的 按钮，系统弹出【艺术样条】对话框，在绘图区创建如图 9-81 所示的样条曲线，单击【确定】按钮。

图 9-80　镜像曲线　　　　　　　　　　　图 9-81　绘制样条曲线

STEP 47 选择【插入】|【网格曲面】|【通过曲线网格】命令，或单击【曲面】工具栏上的 按钮，系统弹出【通过曲线网格】对话框。在【选择条】中单击 相切曲线 下拉菜单选择 单条曲线 选项，单击 按钮，在绘图区依次选择主曲线 Primary Curve 1、Primary Curve 2，单击鼠标中键，依次选择交叉曲线 Cross Curve 1、Cross Curve 2，单击【确定】按钮，完成曲线网格的操作，如图 9-82 所示。

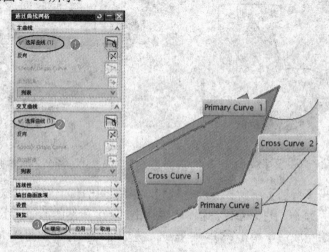

图 9-82　创建曲面

STEP 48 偏置曲线。单击【曲线】工具栏上的 按钮，系统弹出【偏置曲线】对话框，在绘图区选择要偏置的曲线，在【距离】文本框中输入 5，单击 按钮，使其向内偏置，单击【确定】按钮，如图9-83所示。

STEP 49 修剪曲面。使用步骤27的操作方法修剪曲面。结果如图9-84所示。

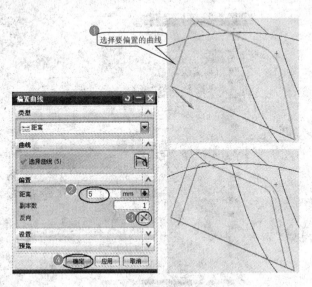

图9-83　偏置曲线

图9-84　修剪曲面

STEP 50 采用步骤46的操作方法绘制样条。结果如图9-85所示。

STEP 51 参考步骤30~步骤32的操作方法创建曲面。结果如图9-86所示。

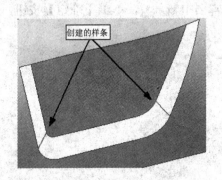

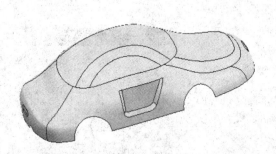

图9-85　绘制样条

图9-86　创建曲面

STEP 52 采用同样的操作方法创建另一面的车门位置。结果如图9-87所示。

STEP 53 缝合曲面。单击【特征】工具栏上的 按钮，系统弹出【缝合】对话框，在绘图区选取一个曲面为目标，选择要与之缝合的曲面为刀具，单击【确定】按钮，如图9-88所示。

STEP 54 单击【特征】工具栏上的 按钮，系

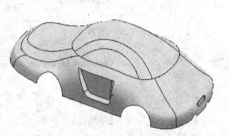

图9-87　创建的曲面结果

统弹出【拉伸】对话框，在绘图区选择要拉伸的曲线，在【结束】下拉列表中选择【对称值】选项，在【距离】文本框中输入25；在【偏置】下拉列表中选择【两侧】选项，在【结束】文本框中输入 1；在【布尔】下拉列表中选择【求差】选项，在绘图区选择目标，单击【确定】按钮，如图 9-89 所示。

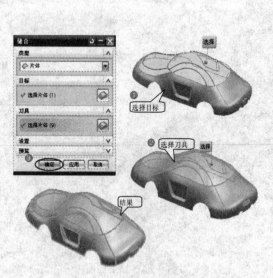

图 9-88　缝合曲面　　　　　　　　　　　　图 9-89　拉伸求差

STEP 55 加厚。选择【插入】|【偏置/缩放】|【加厚】命令，系统弹出【加厚】对话框，在绘图区选择要加厚的曲面，在【偏置 1】文本框中输入 1，单击【确定】按钮，如图 9-90 所示。

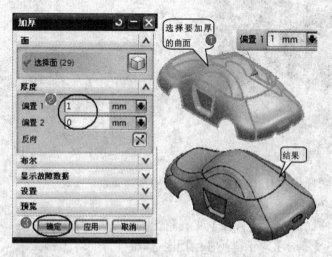

图 9-90　加厚

STEP 56 单击【特征】工具栏上的 按钮，系统弹出【拉伸】对话框，在绘图区选择 XY 平面为草绘平面，进入草绘界面，绘制如图 9-91 所示的截面。

STEP57 草绘完成后，单击  完成草图按钮，系统返回【拉伸】对话框，在【开始】、【结束】下拉列表分别选择【值】选项，在【距离】文本框中分别输入 10、50，单击【确定】按钮，如图 9-92 所示。

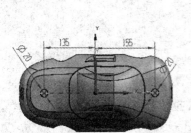

图 9-91 草绘截面

结果

图 9-92 拉伸结果

STEP58 单击【特征】工具栏上的 按钮，系统弹出【修剪体】对话框，在绘图区选择刚刚拉伸的实体为目标，单击鼠标中键，选择玩具车的曲面为刀具，单击【确定】按钮，如图 9-93 所示。

STEP59 使用拉伸求差命令创建沉孔，使用求和命令使拉伸实体与玩具车合并，如图 9-94 所示。

① 选择目标

② 选择此曲面为刀具

图 9-93 修剪实体

孔的直径为10，深度为18

图 9-94 拉伸求差

STEP60 保存文件。

9.4 创建玩具车底板

操作步骤

STEP1 将刚刚保存的文件复制一份并命名为 002.prt，打开此文件。在建模界面中，在模型树中删除文件的操作步骤，只留下如图 9-95 所示的曲线。

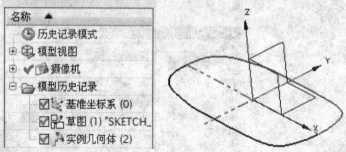

图 9-95 删除后的结果

STEP 2 单击【特征】工具栏上的 按钮，系统弹出【拉伸】对话框，在绘图区选择草绘曲线，【距离】文本框中输入 2，单击【确定】按钮，如图 9-96 所示。

STEP 3 单击【特征】工具栏上的 按钮，系统弹出【拉伸】对话框，在绘图区选择 XY 平面为草绘平面，进入草绘界面，绘制如图 9-97 所示的截面。

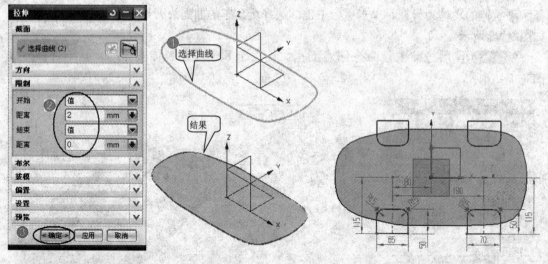

图 9-96 拉伸结果   图 9-97 草绘截面

STEP 4 草绘完成后，单击 完成草图 按钮，系统返回【拉伸】对话框，在【结束】下拉列表中选择【对称值】选项，在【距离】文本框中输入 5，在【布尔】下拉列表中选择【求差】选项，单击【确定】按钮，如图 9-98 所示。

STEP 5 单击【特征】工具栏上的 按钮，系统弹出【拉伸】对话框，在绘图区选择 XY 平面为草绘平面，进入草绘界面，绘制如图 9-99 所示的截面。

STEP 6 草绘完成后，单击 完成草图 按钮，系统返回【拉伸】对话框，在【结束】下拉列表中选择【值】选项，在【距离】文本框中输入 30，在【布尔】下拉列表中选择【求和】选项，单击【确定】按钮，如图 9-100 所示。

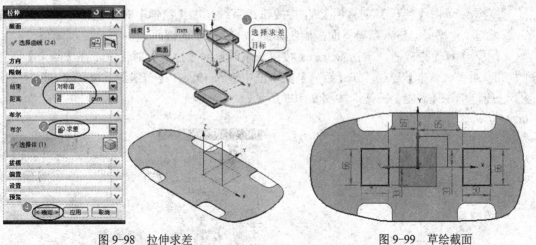

图 9-98 拉伸求差   图 9-99 草绘截面

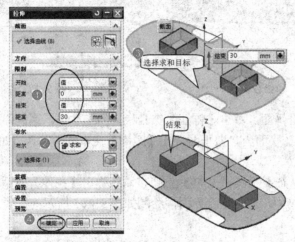

图 9-100 拉伸实体

STEP⑦ 倒圆角。单击【特征】工具栏上的 按钮，系统弹出【边倒圆】对话框，在 'Radius 1文本框中输入 5，在绘图区选择要倒圆角的边，选完后单击 按钮，如图 9-101 所示。

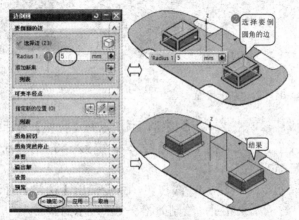

图 9-101 倒圆角

STEP 8 单击【特征】工具栏上的 按钮，系统弹出【拉伸】对话框，在绘图区选择 XZ 平面为草绘平面，进入草绘界面，绘制如图 9-102 所示的截面。

STEP 9 草绘完成后，单击 完成草图 按钮，系统返回【拉伸】对话框，在【结束】下拉列表中选择【对称值】选项，在【距离】文本框中输入 40，在【布尔】下拉列表中选择【求差】选项，单击【确定】按钮，如图 9-103 所示。

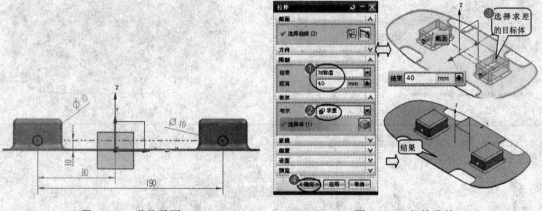

图 9-102 草绘截面   图 9-103 拉伸求差

STEP 10 创建基准平面。单击【特征】工具栏上的 按钮，系统弹出【基准平面】对话框，在绘图区选择 YZ 平面为参考平面，在【距离】文本框中输入 170，单击 确定 按钮，如图 9-104 所示。

STEP 11 单击【特征】工具栏上的 按钮，系统弹出【拉伸】对话框，在绘图区选择刚刚创建的平面为草绘平面，进入草绘界面，绘制如图 9-105 所示的截面。

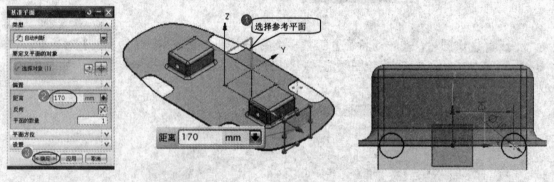

图 9-104 创建基准平面   图 9-105 草绘截面

STEP 12 草绘完成后，单击 完成草图 按钮，系统返回【拉伸】对话框，在【开始】、【结束】下拉列表中选择【值】选项，在【距离】文本框中输入 40，在【布尔】下拉列表中选择【求和】选项，单击【确定】按钮，如图 9-106 所示。

STEP 13 单击【特征】工具栏上的 按钮，系统弹出【拉伸】对话框，在绘图区选择 XY 平面为草绘平面，进入草绘界面，绘制如图 9-107 所示的截面。

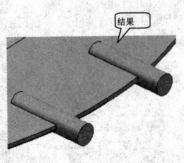

结果

图 9-106　拉伸结果

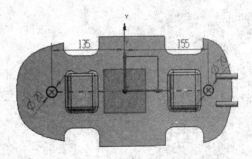

图 9-107　草绘截面

STEP 14 草绘完成后，单击 **完成草图** 按钮，系统返回【拉伸】对话框，在【开始】、【结束】下拉列表中选择【值】选项，在【距离】文本框中输入 10，在【布尔】下拉列表中选择【求和】选项，单击【确定】按钮，如图 9-108 所示。

STEP 15 采用拉伸求差的操作方法创建沉孔和通孔，如图 9-109 所示。

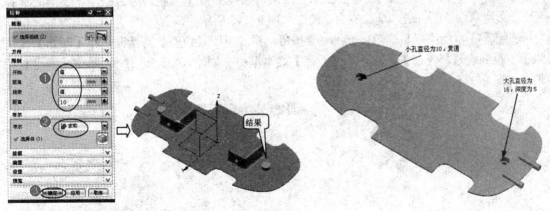

结果

小孔直径为10，贯通

大孔直径为16，深度为5

图 9-108　拉伸结果　　　　　　　　　　　　图 9-109　拉伸求差

9.5　创建玩具车车轮

操作步骤

STEP 1 单击工具栏中的 按钮，系统弹出【新建】对话框，在【名称】文本框中输入 003.prt，单击 **确定** 按钮，系统自动进入建模界面。

STEP 2 单击【特征】工具栏上的 按钮，系统弹出【旋转】对话框，在绘图区选择 XY 平面为草绘平面，进入草绘界面，绘制如图 9-110 所示的截面。

STEP 3 草绘完成后，单击 **完成草图** 按钮，系统返回【旋转】对话框，在【限制】选项组下进行如图 9-111 所示的设置，单击【确定】按钮。

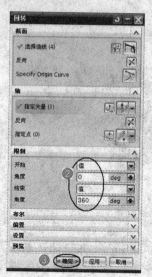

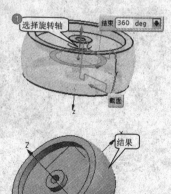

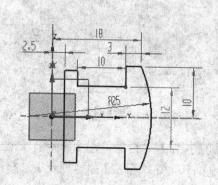

图 9-110　草绘截面

图 9-111　旋转

STEP 4 单击【特征】工具栏上的 按钮，系统弹出【拉伸】对话框，在绘图区选择 XY 平面为草绘平面，进入草绘界面，绘制如图 9-112 所示的截面。

STEP 5 草绘完成后，单击 完成草图 按钮，系统返回【拉伸】对话框，在【开始】、【结束】下拉列表选择【值】选项，在【距离】文本框中分别输入 27.5、23.5，单击【确定】按钮，如图 9-113 所示。

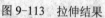

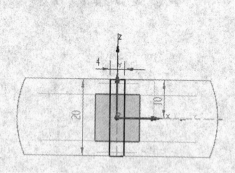

图 9-112　草绘截面

图 9-113　拉伸结果

STEP 6 使用【倒圆角】命令，将刚刚创建的拉伸体倒圆角，如图 9-114 所示。

STEP 7 单击【特征】工具栏上的 按钮，系统弹出【实例几何体】对话框，在【类型】下拉列表中选择【旋转】选项，在绘图区选择对象并指定矢量方向，在【角度】文本框中输入 18，在【副本数】文本框中输入 20，单击【确定】按钮，如图 9-115 所示。

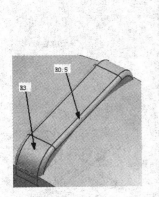   

图 9-114　倒圆角 　　　　　　图 9-115　实例阵列

STEP 8 使用【求和】命令使实例阵列和旋转实体合并。结果如图 9-116 所示。

STEP 9 保存文件。

STEP 10 使用相同的操作方法创建后车轮。结果如图 9-117 所示。

 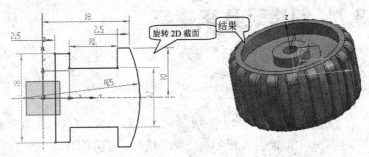

图 9-116　实体求和结果 　　　　　图 9-117　创建的后车轮

STEP 11 保存文件。

9.6 创建玩具车车轮轴

操作步骤

STEP 1 单击工具栏中的 按钮，系统弹出【新建】对话框，在【名称】文本框中输入 004.prt，单击 确定 按钮，系统自动进入建模界面。

STEP 2 单击【特征】工具栏上的 按钮，系统弹出【拉伸】对话框，在绘图区选择 XY 平面为草绘平面，进入草绘界面，绘制如图 9-118 所示的截面。

STEP 3 草绘完成后，单击 完成草图 按钮，系统返回【拉伸】对话框，在【结束】下拉列表中选择【对称值】选项，在【距离】文本框中输入 100，单击【确定】按钮，如图 9-119 所示。

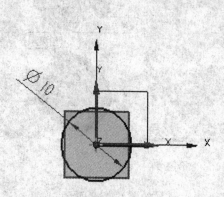

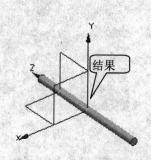

图 9-118　草绘截面

图 9-119　拉伸结果

STEP 4 保存文件。

9.7　创建玩具车螺钉

操作步骤

STEP 1 单击工具栏中的 □ 按钮，系统弹出【新建】对话框，在【名称】文本框中输入 005.prt，单击 确定 按钮，系统自动进入建模界面。

STEP 2 单击【特征】工具栏上的 □ 按钮，系统弹出【拉伸】对话框，在绘图区选择 XY 平面为草绘平面，进入草绘界面，绘制如图 9-120 所示的截面。

STEP 3 草绘完成后，单击 完成草图 按钮，系统返回【拉伸】对话框，在【结束】下拉列表中选择【值】选项，在【距离】文本框中输入 4，单击【确定】按钮，如图 9-121 所示。

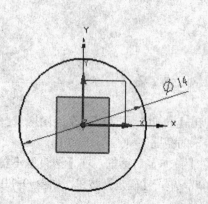

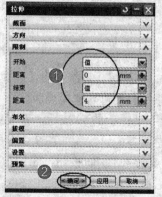

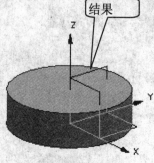

图 9-120　草绘截面

图 9-121　拉伸结果

STEP④ 同理，使用【拉伸】命令创建一个直径为10、高度为30的圆柱体。结果如图 9-122 所示。

STEP⑤ 创建螺纹。选择【插入】|【设计特征】|【螺纹】命令，系统弹出【螺纹】对话框，在【螺纹类型】处选择【详细】单选按钮，在绘图区选择要创建螺纹的柱体表面，在【螺纹】对话框中输入参数，单击【确定】按钮，如图 9-123 所示。

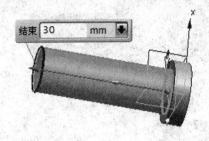

图 9-122 拉伸实体

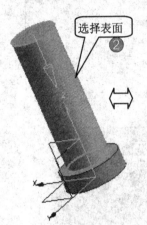
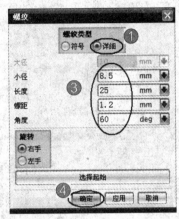
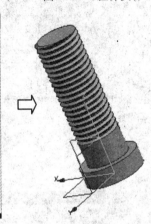

图 9-123 创建螺纹

STEP⑥ 保存文件。

9.8 装配玩具车

STEP① 单击工具栏上的 按钮，系统弹出【打开】对话框，打开本书配套光盘中的原始文件 cha09\002.prt 文件，系统自动进入建模界面。

STEP② 装配车轮轴。单击【装配】工具栏上的 按钮，系统弹出【添加组件】对话框。在此对话框中单击 按钮，系统弹出【打开】对话框，在【打开】对话框中选择 004.prt 文件，单击【OK】按钮，系统返回【添加组件】对话框。在【定位】下拉列表中选择【通过约束】选项，单击【确定】按钮，如图 9-124 所示。

STEP③ 系统弹出【装配约束】对话框，在【类型】下拉列表中选择【接触对齐】选项，在【/t 方位】下拉列表中选择【自动判断中心/轴】选项，在绘图区分别选取车轮轴的中心线和要装配车轮轴孔的中心线，单击【应用】按钮，如图 9-125 所示。

STEP④ 在【装配约束】对话框中，在【类型】下拉列表中选择【距离】选项，在绘图区选择曲面 1 和曲面 2，在【距离】文本框中输入 67，单击【确定】按钮，如图 9-126 所示。

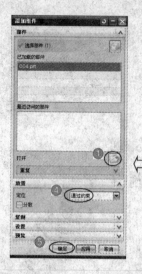
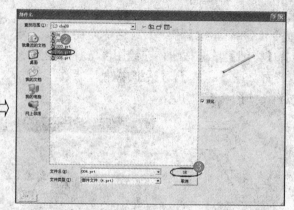

图 9-124　添加组件

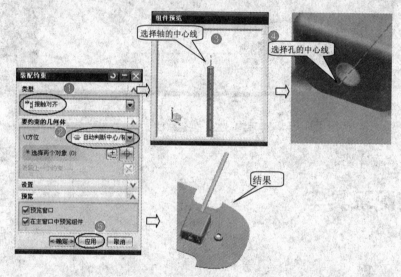

图 9-125　约束中心线对齐

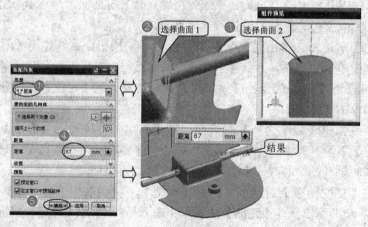

图 9-126　装配约束

STEP 5 使用相同的操作方法装配另一条车轮轴。结果如图 9-127 所示。

STEP 6 装配车轮。参考步骤 2 和步骤 3 的操作方法，打开 006.prt 文件，利用中心装配约束。结果如图 9-128 所示。

图 9-127　装配约束结果　　　　　　　　图 9-128　装配约束

STEP 7 在【装配约束】对话框中，在【类型】下拉列表中选择【接触对齐】选项，在【t/方位】下拉列表中选择【对齐】选项，在绘图区选择曲面 1 和曲面 2，单击【确定】按钮，如图 9-129 所示。

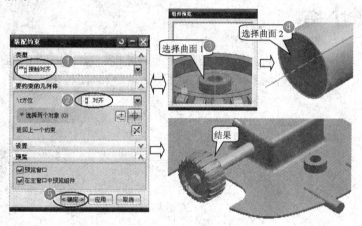

图 9-129　对齐约束

STEP 8 使用同样的操作方法装配另一个后车轮和两个 003.prt 文件的前轮。结果如图 9-130 所示。

STEP 9 参考步骤 2～步骤 8 的操作方法装配玩具车的螺钉。结果如图 9-131 所示。

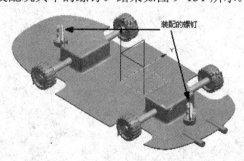

图 9-130　车轮的装配结果　　　　　　　图 9-131　装配的螺钉

STEP⑩ 同理，使用约束装配方法装配玩具车的外壳。结果如图 9-132 所示。

图 9-132　装配结果

9.9　本章小结

本章主要以玩具车为例，讲述了其造型及装配的过程，通过不同的曲面创建方法介绍了曲面的创建技巧，使读者能够从不同的角度掌握曲面造型和装配的操作方法。

第 10 章 综合设计实例精讲——打印机造型+装配+工程图

本章主要介绍打印机的造型设计和装配过程。本套产品由 8 个零件组成。本章介绍整体设计方案，最后导出产品来设计。通过本例可以让读者在进一步掌握产品设计和装配的过程中，提高综合技巧和能力。

本章要点

- 确定打印机装配造型设计思路图解
- 创建打印机上盖装配体
- 创建打印机机盒
- 创建打印机进纸上盖
- 创建打印机进纸运动杆
- 创建打印机打印运动杆
- 创建打印机出纸运动杆
- 创建打印机底座
- 创建打印机底座螺钉
- 导出打印机零部件
- 打印机整体装配全过程
- 创建打印机工程图

本章案例

	原始文件	原始文件\cha10\ dayinji、luosi 文件
光盘路径	结果文件	结果文件\cha10 文件夹
	录像文件	录像文件\cha10 文件夹

10.1 确定打印机装配造型设计思路图解

从结构上分析，该产品主要由六大部分组成：打印机上盖、打印机主体机盒、打印机进纸上盖、打印机运动杆、打印机底座、打印机安装螺钉。本例主要是通过整体思路来造型，分别导出各部分零件再进行装配。打印机设计过程如表 10-1 所示。

思路图解

表 10-1　打印机设计过程

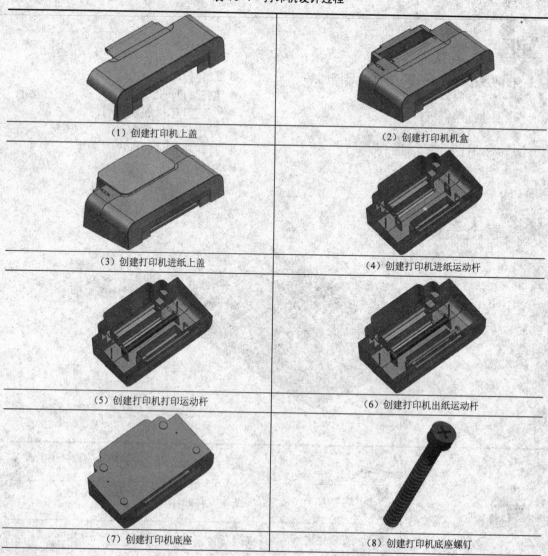

（1）创建打印机上盖	（2）创建打印机机盒
（3）创建打印机进纸上盖	（4）创建打印机进纸运动杆
（5）创建打印机打印运动杆	（6）创建打印机出纸运动杆
（7）创建打印机底座	（8）创建打印机底座螺钉

（续）

（9）最后整体结果1	（10）最后整体结果2

导出的各部分部件见表10-2。

表10-2　导出的各部分部件

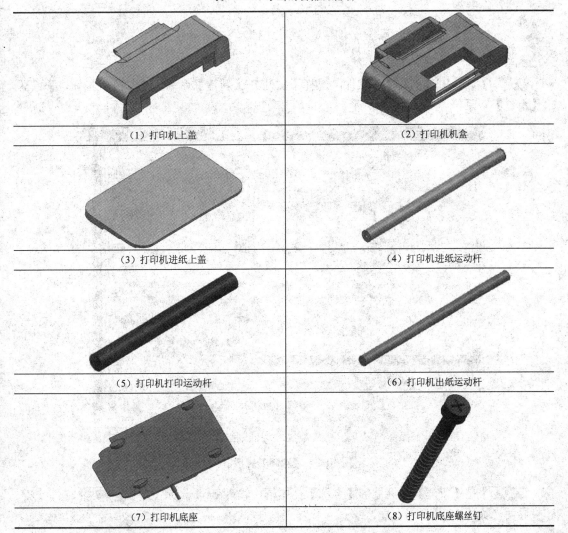

（1）打印机上盖	（2）打印机机盒
（3）打印机进纸上盖	（4）打印机进纸运动杆
（5）打印机打印运动杆	（6）打印机出纸运动杆
（7）打印机底座	（8）打印机底座螺丝钉

10.2 创建打印机上盖装配体

创建打印机上盖装配体，结果如图 10-1 所示。

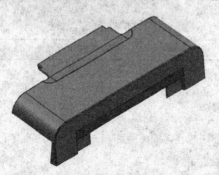
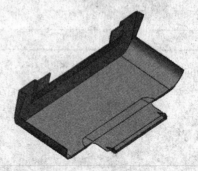

图 10-1 打印机上盖

操作步骤

STEP① 运行 UG NX 7.5 软件，选择【文件】|【新建】命令，或单击▯按钮，系统弹出【新建】对话框，如图 10-2 所示。

图 10-2 【新建】对话框

STEP② 在【新建】对话框的【名称】文本框中输入 dayinji.prt，单击 确定 按钮，进入建模界面，如图 10-3 所示。

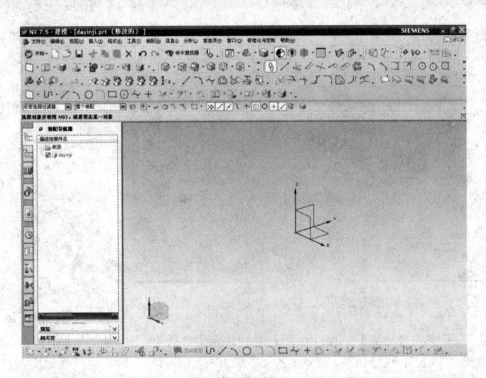

图 10-3 建模界面

STEP 3 选择【插入】|【设计特征】|【拉伸】命令，或单击【特征】工具栏上的 ▥· 按钮，系统弹出【拉伸】对话框。在界面中选取 XZ 方向的基准平面，进入草绘界面，绘制截面，如图 10-4 所示。

STEP 4 绘制好截面后，单击 ✦完成草图 按钮，返回【拉伸】对话框。在【限制】选项组的【结束】下拉列表中选择【对称值】选项，在【距离】文本框中输入 250。单击【拉伸】对话框上的 ◂确定▸ 按钮，完成拉伸操作，如图 10-5 所示。

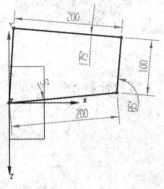

图 10-4 草绘截面

图 10-5 拉伸特征

STEP 5 选择【插入】|【设计特征】|【拉伸】命令，或单击【特征】工具栏上的 ▥· 按钮，系统弹出【拉伸】对话框。在界面中选取一个基准平面为草绘平面，进入草绘界面，绘制截面，如图 10-6 所示。

STEP 6 绘制好截面后，单击 完成草图 按钮，返回【拉伸】对话框。在【限制】选项组下的结束【距离】文本框中输入 3，在【布尔】下拉列表中选择【求差】选项，单击【拉伸】对话框上的 确定 按钮，完成拉伸操作，如图 10-7 所示。

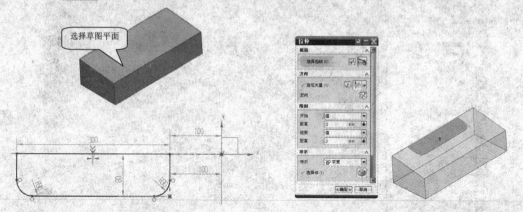

图 10-6　绘制截面　　　　　　　　　　　图 10-7　拉伸求差截面

STEP 7 单击【特征】工具栏上的 按钮，系统弹出【边倒圆】对话框。在界面中选取要倒圆角的边。在【边倒圆】对话框的文本框中输入倒圆角值 100，单击【边倒圆】对话框上的 确定 按钮，完成倒圆角操作，如图 10-8 所示。

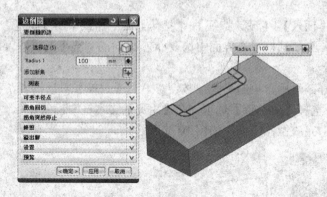

图 10-8　倒圆角

STEP 8 选择【插入】|【设计特征】|【拉伸】命令，或单击【特征】工具栏上的 按钮，系统弹出【拉伸】对话框。在界面中选取一个基准平面为草绘平面，进入草绘界面，绘制两个对称截面，如图 10-9 所示。

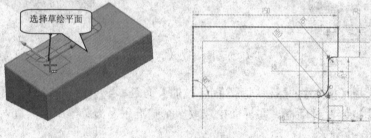

图 10-9　草绘截面

STEP 9 绘制好截面后，单击 完成草图 按钮，返回【拉伸】对话框。在【限制】选项组下的结束【距离】文本框中输入 300，在【布尔】下拉列表中选择【求差】选项，单击【拉伸】对话框上的 <确定> 按钮，完成拉伸操作，如图 10-10 所示。

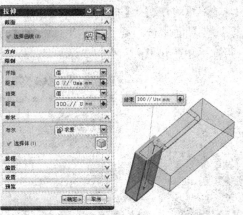

图 10-10 拉伸求差截面

STEP 10 单击【特征】工具栏上的 按钮，系统弹出【边倒圆】对话框。在界面中选取要倒圆角的边。在【边倒圆】对话框的文本框中输入倒圆角值 40，单击 应用 按钮，在【边倒圆】对话框的文本框中输入倒圆角值 2，在界面选取要倒圆角的边，单击 <确定> 按钮，完成倒圆角操作，如图 10-11 所示。

图 10-11 倒圆角

STEP 11 选择【插入】|【设计特征】|【拉伸】命令，或单击【特征】工具栏上的 按钮，系统弹出【拉伸】对话框。在界面中选取一个基准平面为草绘平面，进入草绘界面，绘制截面，如图 10-12 所示。

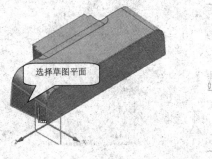

图 10-12 绘制草图截面

STEP 12 绘制好截面后，单击 ▓ 完成草图 按钮，返回【拉伸】对话框，在【限制】选项组的开始【距离】文本框中输入 70，在结束【距离】文本框输入 430。在【布尔】下拉列表中选择【求差】选项，单击 <确定> 按钮，完成拉伸操作，如图 10-13 所示。

STEP 13 选择【插入】|【偏置/缩放】|【抽壳】命令，或单击【特征】工具栏上的 按钮，系统弹出【壳】对话框，在界面中选取要抽壳的平面，在【厚度】文本框中输入 2，单击 <确定> 按钮，完成抽壳操作，如图 10-14 所示。

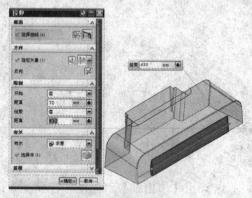

图 10-13　拉伸求差截面

图 10-14　抽壳

STEP 14 选择【插入】|【设计特征】|【拉伸】命令，或单击【特征】工具栏上的 按钮，系统弹出【拉伸】对话框。在界面中选取一个基准平面为草绘平面，进入草绘界面，绘制截面，如图 10-15 所示。

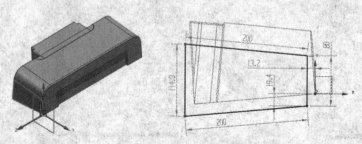

图 10-15　绘制截面

STEP 15 绘制好截面后，单击 ▓ 完成草图 按钮，返回【拉伸】对话框。在【限制】选项组下的结束【距离】文本框中输入 600，在【布尔】下拉列表中选择【求差】选项，单击 <确定> 按钮，完成拉伸操作，如图 10-16 所示。

STEP 16 选择【插入】|【设计特征】|【拉伸】命令，或单击【特征】工具栏上的 按钮，系统弹出【拉伸】对话框。在界面中选取一个基准平面为草绘平面，进入草绘界面，绘制截面，如图 10-17 所示。

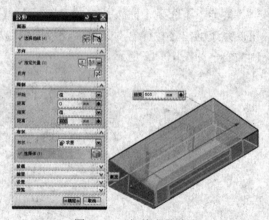

图 10-16　拉伸求差截面

STEP 17 绘制好截面后，单击 完成草图 按钮，返回【拉伸】对话框，在【限制】选项组下的结束【距离】文本框中输入 350，在【布尔】下拉列表中选择【求差】选项，单击 <确定> 按钮，完成拉伸操作，如图 10-18 所示。

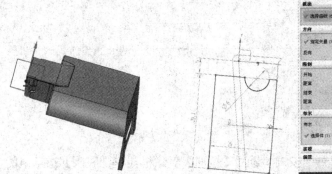

图 10-17　绘制草图截面　　　　　　　　　图 10-18　拉伸求差截面

STEP 18 选择【插入】|【设计特征】|【拉伸】命令，或单击【特征】工具栏上的 按钮，系统弹出【拉伸】对话框。在界面中选取一个基准平面为草绘平面，进入草绘界面，绘制截面，如图 10-19 所示。

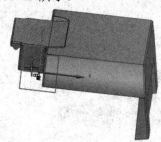

图 10-19　绘制草图截面

STEP 19 绘制好截面后，单击 完成草图 按钮，返回【拉伸】对话框。在【限制】选项组的【结束】下拉列表中选择【对称值】选项，在【距离】文本框中输入 400，在【布尔】下拉列表中选择【求差】选项。单击 <确定> 按钮，完成拉伸操作，如图 10-20 所示。

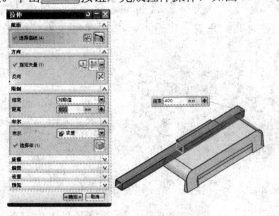

图 10-20　拉伸求差截面

STEP 20 选择【插入】|【设计特征】|【拉伸】命令，或单击【特征】工具栏上的 按钮，系统弹出【拉伸】对话框。在界面中选取一个基准平面为草绘平面，进入草绘界面，绘制截面，如图 10-21 所示。

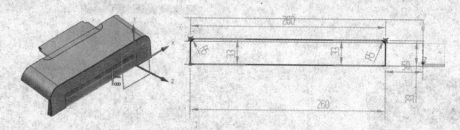

图 10-21　绘制草图截面

STEP 21 绘制好截面后，单击 完成草图 按钮，返回【拉伸】对话框。在【限制】选项组的【结束】下拉列表中选择【对称值】选项，在【距离】文本框中输入 10，在【布尔】下拉列表中选择【求差】选项。单击 <确定> 按钮，完成拉伸操作，如图 10-22 所示。

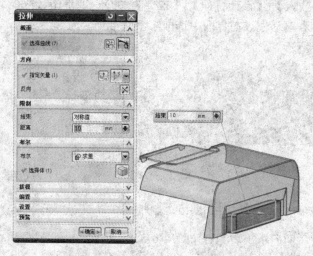

图 10-22　拉伸求差截面

STEP 22 选择【插入】|【设计特征】|【拉伸】命令，或单击【特征】工具栏上的 按钮，系统弹出【拉伸】对话框。在界面中选取一个基准平面为草绘平面，进入草绘界面，绘制截面，如图 10-23 所示。

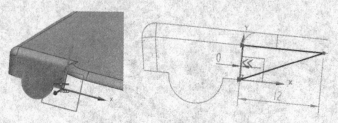

图 10-23　绘制草图截面

STEP 23 绘制好截面后，单击 完成草图 按钮，返回【拉伸】对话框。在【限制】选项组下的结束【距离】文本框中输入 2，在【布尔】下拉列表中选择【求和】选项，单击 < 确定 > 按钮，完成拉伸操作，如图 10-24 所示。

STEP 24 参照步骤 22 和步骤 23，在对称的另一边创建一个相同的拉伸求和实体。

STEP 25 选择【插入】|【设计特征】|【拉伸】命令，或单击【特征】工具栏上的 按钮，系统弹出【拉伸】对话框。在界面中选取一个基准平面为草绘平面，进入草绘界面，绘制截面，如图 10-25 所示。

图 10-24　拉伸求和截面

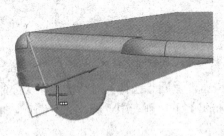
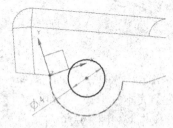

图 10-25　绘制草图截面

STEP 26 绘制好截面后，单击 完成草图 按钮，返回【拉伸】对话框。在【限制】选项组下的结束【距离】文本框中输入 2，在【布尔】下拉列表中选择【求和】选项，单击 < 确定 > 按钮，完成拉伸操作，如图 10-26 所示。

STEP 27 参照步骤 24 和步骤 25，在对称的另一边创建一个相同的拉伸求和实体。

至此，打印机上盖造型完成。

10.3　创建打印机机盒

创建打印机机盒，结果如图 10-27 所示。

图 10-26　拉伸求和截面

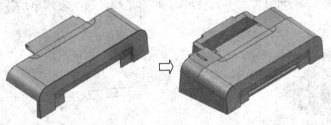

图 10-27　在打印机上盖基础上创建打印机机盒

操作步骤

STEP 1 选择【插入】|【设计特征】|【拉伸】命令，或单击【特征】工具栏上的 ▥·按钮，系统弹出【拉伸】对话框。在界面中选取一个基准平面为草绘平面，进入草绘界面，绘制截面，如图10-28所示。

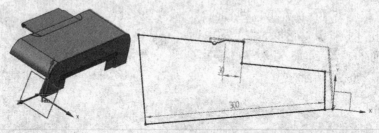

图10-28　绘制草图截面

STEP 2 绘制好截面后，单击 ▧ 完成草图 按钮，返回【拉伸】对话框。在【限制】选项组下的结束【距离】文本框中输入 500，在【布尔】下拉列表中选择【无】选项，单击 <确定> 按钮，完成拉伸操作，如图10-29所示。

图10-29　创建拉伸截面

STEP 3 选择【插入】|【设计特征】|【拉伸】命令，或单击【特征】工具栏上的 ▥·按钮，系统弹出【拉伸】对话框。在界面中选取一个基准平面为草绘平面，进入草绘界面，绘制截面，如图10-30所示。

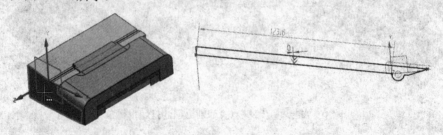

图10-30　绘制草图截面

STEP 4 绘制好截面后，单击 按钮，返回【拉伸】对话框。在【限制】选项组下的结束【距离】文本框中输入 130，在【布尔】下拉列表中选择【无】选项，单击 按钮，完成拉伸操作，如图 10-31 所示。

STEP 5 单击【特征】工具栏上的 按钮，系统弹出【求和】对话框，单击【目标】选项组中的【选择体】按钮，选择实体 1，单击【刀具】选项组中的【选择体】按钮，然后选择实体 2，单击 按钮，完成此操作，如图 10-32 所示。

图 10-31　拉伸截面

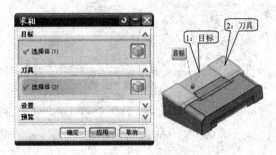

图 10-32　求和实体

STEP 6 单击【特征】工具栏上的 按钮，系统弹出【求和】对话框，单击【目标】的【选择体】按钮，在界面选择实体，单击【刀具】选项组下的【选择体】按钮，在界面上选取实体，单击 按钮，完成此操作，如图 10-33 所示。

STEP 7 选择【插入】|【设计特征】|【拉伸】命令，或单击【特征】工具栏上的 按钮，系统弹出【拉伸】对话框。在界面中选取一个基准平面为草绘平面，进入草绘界面，绘制截面，如图 10-34 所示。

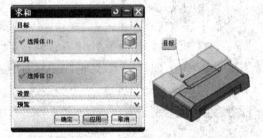

图 10-33　求和实体

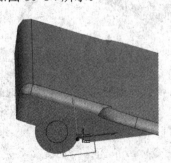
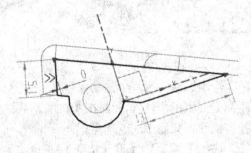

图 10-34　绘制草图截面

STEP 8 绘制好截面后，单击 按钮，返回【拉伸】对话框。在【限制】选项组下的开始【距离】文本框输入 0.2，在结束【距离】文本框中输入 50，在【布尔】下拉列表中选择【无】选项，单击 ＜确定＞ 按钮，完成拉伸操作，如图 10-35 所示。

STEP 9 单击【特征】工具栏上的 按钮，系统弹出【镜像特征】对话框，单击【选择特征】按钮，在界面上选择镜像特征，单击【镜像平面】选项组中的【选择平面】按钮，在界面上选择绝对坐标的 XZ 平面，单击 ＜确定＞ 按钮，完成此操作，如图 10-36 所示。

图 10-35　拉伸截面　　　　　　　　　　　图 10-36　镜像体操作

STEP 10 单击【特征】工具栏上的 ·按钮，系统弹出【求和】对话框，单击【目标】选项组下的【选择体】按钮，在界面选择实体，单击【刀具】选项组下的【选择体】按钮，在界面上选取实体，单击 ＜确定＞ 按钮，完成此操作，如图 10-37 所示。

STEP 11 选择【插入】|【设计特征】|【拉伸】命令，或单击【特征】工具栏上的 ·按钮，系统弹出【拉伸】对话框。在界面中选取一个基准平面为草绘平面，进入草绘界面，绘制截面，如图 10-38 所示。

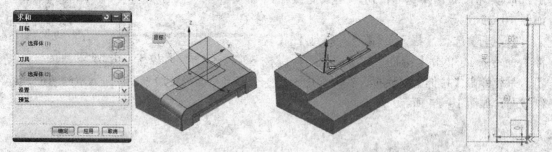

图 10-37　求和实体　　　　　　　　　　图 10-38　绘制草图截面

STEP 12 绘制好截面后，单击 完成草图 按钮，返回【拉伸】对话框。在【限制】选项组下的结束【距离】文本框中输入 50，在【布尔】下拉列表中选择【求差】选项，单击 ＜确定＞ 按钮，完成拉伸操作，如图 10-39 所示。

STEP 13 选择【插入】|【设计特征】|【拉伸】命令，或单击【特征】工具栏上的 ·按钮，系统弹出【拉伸】对话框。在界面中选取一个基准平面为草绘平面，进入草绘界面，绘制截面，如图 10-40 所示。

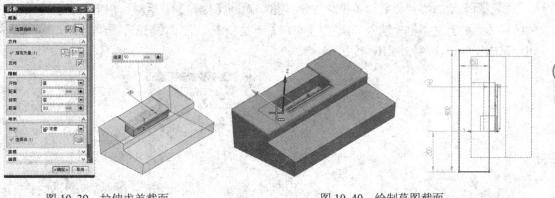

图 10-39　拉伸求差截面　　　　　　　　图 10-40　绘制草图截面

STEP⒁ 绘制好截面后，单击 完成草图 按钮，返回【拉伸】对话框。在【限制】选项组下的结束【距离】文本框中输入 5，在【布尔】下拉列表中选择【求差】选项，单击 <确定> 按钮，完成拉伸操作，如图 10-41 所示。

STEP⒂ 选择【插入】|【设计特征】|【拉伸】命令，或单击【特征】工具栏上的 按钮，系统弹出【拉伸】对话框。在界面中选取一个基准平面为草绘平面，进入草绘界面，绘制截面，如图 10-42 所示。

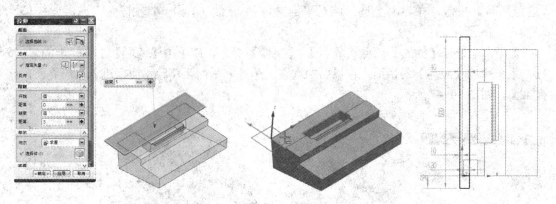

图 10-41　拉伸求差截面　　　　　　　　图 10-42　绘制草图截面

STEP⒃ 绘制好截面后，单击 完成草图 按钮，返回【拉伸】对话框。在【限制】选项组下的结束【距离】文本框中输入 500，在【布尔】下拉列表中选择【求差】选项，单击 <确定> 按钮，完成拉伸操作，如图 10-43 所示。

STEP⒄ 选择【插入】|【设计特征】|【拉伸】命令，或单击【特征】工具栏上的 按钮，系统弹出【拉伸】对话框。在界面中选取一个基准平面为草绘平面，进入草绘界面，绘制截面，如图 10-44 所示。

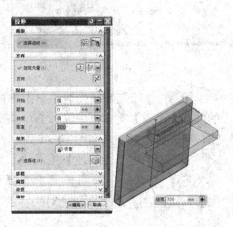

图 10-43　拉伸求差截面

STEP 18 绘制好截面后，单击 **完成草图** 按钮，返回【拉伸】对话框。在【限制】选项组下的结束【距离】文本框中输入 30，在【布尔】下拉列表中选择【求差】选项，单击 **确定** 按钮，完成拉伸操作，如图 10-45 所示。

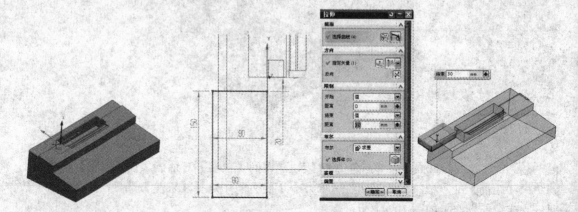

图 10-44　绘制草图截面　　　　　　　图 10-45　拉伸求差截面

STEP 19 单击【特征】工具栏上的 按钮，系统弹出【镜像特征】对话框，单击【选择特征】按钮，在绘图界面上选择拉伸求差的特征，单击【镜像平面】选项组中的【选择平面】按钮，在界面上选择绝对坐标的 XZ 平面，单击 **确定** 按钮，完成此操作，如图 10-46 所示。

STEP 20 选择【插入】|【设计特征】|【拉伸】命令，或单击【特征】工具栏上的 按钮，系统弹出【拉伸】对话框。在界面中选取一个基准平面为草绘平面，进入草绘界面，绘制截面，如图 10-47 所示。

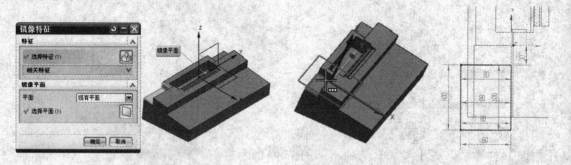

图 10-46　镜像特征体　　　　　　　图 10-47　绘制草图截面

STEP 21 绘制好截面后，单击 **完成草图** 按钮，返回【拉伸】对话框。在【限制】选项组下的结束【距离】文本框中输入 30，在【布尔】下拉列表中选择【求差】选项，单击 **确定** 按钮，完成拉伸操作，如图 10-48 所示。

STEP 22 单击【特征】工具栏上的 按钮，系统弹出【镜像特征】对话框，单击【选择特征】按钮，在绘图界面上选择镜像特征，单击【镜像平面】选项组中的【选择平面】按钮，在界面上选择绝对坐标的 XZ 平面，单击 **确定** 按钮，完成此操作，如图 10-49 所示。

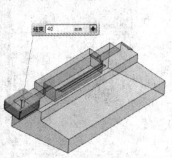

图 10-48　拉伸求差截面　　　　　　　　　　图 10-49　镜像特征操作

STEP 23 选择【插入】|【设计特征】|【拉伸】命令，或单击【特征】工具栏上的 按钮，系统弹出【拉伸】对话框。在界面中选取一个基准平面为草绘平面，进入草绘界面，绘制截面，如图 10-50 所示。

STEP 24 绘制好截面后，单击 完成草图 按钮，返回【拉伸】对话框。在【限制】选项组下的结束【距离】文本框中输入 200，在【布尔】下拉列表中选择【求差】选项，单击 确定 按钮，完成拉伸操作，如图 10-51 所示。

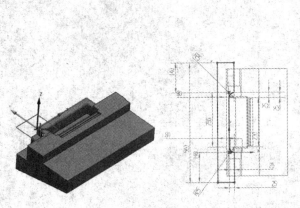
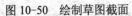

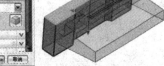

图 10-50　绘制草图截面　　　　　　　　　　图 10-51　拉伸求差截面

STEP 25 选择【插入】|【设计特征】|【拉伸】命令，或单击【特征】工具栏上的 按钮，系统弹出【拉伸】对话框。在界面中选取一个基准平面为草绘平面，进入草绘界面，绘制截面，如图 10-52 所示。

STEP 26 绘制好截面后，单击 完成草图 按钮，返回【拉伸】对话框。在【限制】选项组下的结束【距离】文本框中输入 120，在【布尔】下拉列表中选择【求差】选项，单击 确定 按钮，完成拉伸操作，如图 10-53 所示。

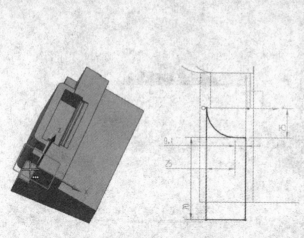

图 10-52　绘制草图截面　　　　　　　　　　图 10-53　拉伸求差截面

STEP 27 单击【特征】工具栏上的 ▣ · 按钮，系统弹出【镜像特征】对话框，单击【选择特征】按钮，在绘图界面上选择镜像特征，单击【镜像平面】选项组中的【选择平面】按钮，在界面上选择绝对坐标的 XZ 平面，单击 ＜确定＞ 按钮，完成此操作，如图 10-54 所示。

STEP 28 选择【插入】|【设计特征】|【拉伸】命令，或单击【特征】工具栏上的 ▣ · 按钮，系统弹出【拉伸】对话框。在界面中选取一个基准平面为草绘平面，进入草绘界面，绘制截面，如图 10-55 所示。

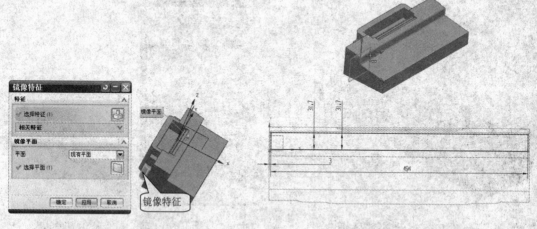

图 10-54　镜像特征　　　　　　　　　　　　图 10-55　绘制草图截面

STEP 29 绘制好截面后，单击 ▨ 完成草图 按钮，返回【拉伸】对话框。在【限制】选项组下的结束【距离】文本框中输入 200，在【布尔】下拉列表中选择【求和】选项，单击 ＜确定＞ 按钮，完成拉伸操作，如图 10-56 所示。

STEP 30 单击【同步建模】工具栏上的 ▣ · 按钮，系统弹出【设为共面】对话框，选取界面上盖的对象为运动面和固定面，单击 ＜确定＞ 按钮，完成此操作，如图 10-57 所示。

图 10-56　拉伸求和截面

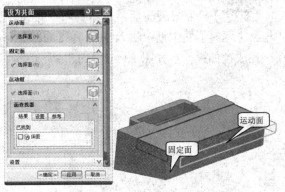

图 10-57　设为共面操作

STEP 31 选择【插入】|【设计特征】|【拉伸】命令，或单击【特征】工具栏上的 按钮，系统弹出【拉伸】对话框。在界面中选取一个基准平面为草绘平面，进入草绘界面，绘制截面，如图 10-58 所示。

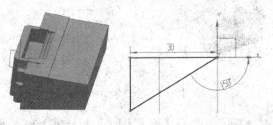

图 10-58　绘制草图截面

STEP 32 绘制好截面后，单击 按钮，返回【拉伸】对话框。在【限制】选项组下的结束【距离】文本框中输入 60，在【布尔】下拉列表中选择【求差】选项，单击 按钮，完成拉伸操作，如图 10-59 所示。

STEP 33 单击【特征】工具栏上的 按钮，系统弹出【镜像特征】对话框，单击【选择特征】按钮，在绘图界面上选择镜像特征，单击【镜像平面】选项组下的【选择平面】按钮，在界面上选择绝对坐标的 XZ 平面，单击 按钮，完成此操作，如图 10-60 所示。

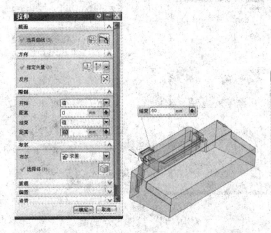

图 10-59　拉伸求和截面

图 10-60　镜像特征

STEP 34 选择【插入】|【设计特征】|【拉伸】命令，或单击【特征】工具栏上的 按钮，系统弹出【拉伸】对话框。在界面中选取一个基准平面为草绘平面，进入草绘界面，绘

制截面，如图 10-61 所示。

STEP 35 绘制好截面后，单击 完成草图 按钮，返回【拉伸】对话框。在【限制】选项组下的结束【距离】文本框中输入 50，在【布尔】下拉列表中选择【求差】选项，单击 确定 按钮，完成拉伸操作，如图 10-62 所示。

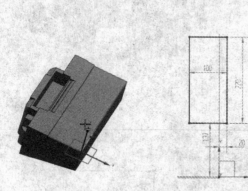

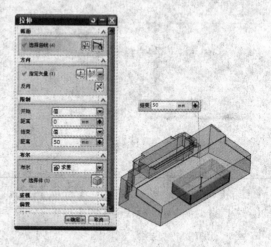

图 10-61　绘制草图截面　　　　　　　　　　　图 10-62　拉伸求差截面

STEP 36 选择【插入】|【设计特征】|【拉伸】命令，或单击【特征】工具栏上的 按钮，系统弹出【拉伸】对话框。在界面中选取一个基准平面为草绘平面，进入草绘界面，绘制截面，如图 10-63 所示。

STEP 37 绘制好截面后，单击 完成草图 按钮，返回【拉伸】对话框。在【限制】选项组下的结束【距离】文本框中输入 20，在【布尔】下拉列表中选择【求差】选项，单击 确定 按钮，完成拉伸操作，如图 10-64 所示。

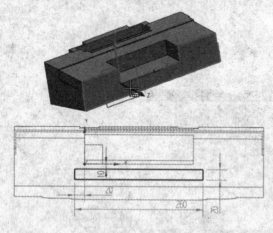

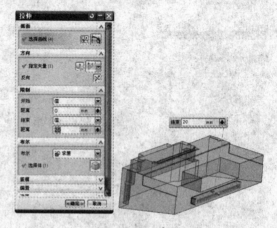

图 10-63　绘制草图截面　　　　　　　　　　　图 10-64　拉伸求差截面

STEP 38 选择【插入】|【设计特征】|【拉伸】命令，或单击【特征】工具栏上的 按钮，系统弹出【拉伸】对话框。在界面中选取一个基准平面为草绘平面，进入草绘界面，绘制截面，如图 10-65 所示。

STEP 39 绘制好截面后，单击 完成草图 按钮，返回【拉伸】对话框。在【限制】选项组下的结束【距离】文本框中输入 4.5，在【布尔】下拉列表中选择【求差】选项，单击 确定 按钮，完成拉伸操作，如图 10-66 所示。

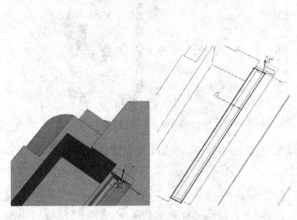

图 10-65 绘制草图截面

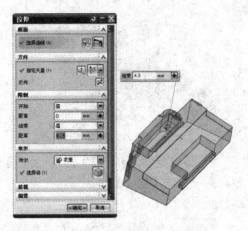

图 10-66 拉伸求差截面

STEP 40 单击【特征】工具栏上的 按钮，系统弹出【边倒圆】对话框。在界面中选取要倒圆角的边。在【边倒圆】对话框的文本框中输入倒圆角值 40，单击 确定 按钮，完成倒圆角操作，如图 10-67 所示。

STEP 41 选择【插入】|【偏置/缩放】|【抽壳】命令，或单击【特征】工具栏上的 按钮，系统弹出【壳】对话框，在界面中选取要抽壳的平面，在【厚度】文本框中输入 2，单击 确定 按钮，完成抽壳操作，如图 10-68 所示。

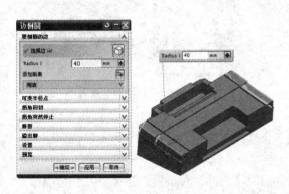

图 10-67 倒圆角

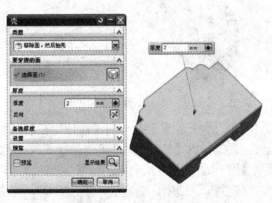

图 10-68 抽壳

STEP 42 选择【插入】|【设计特征】|【拉伸】命令，或单击【特征】工具栏上的 按钮，系统弹出【拉伸】对话框。在界面中选取一个基准平面为草绘平面，进入草绘界面，绘制截面，如图 10-69 所示。

STEP 43 绘制好截面后，单击 完成草图 按钮，返回【拉伸】对话框。在【限制】选项组下的结束【距离】文本框中输入 10，在【布尔】下拉列表中选择【求差】选项，单击 确定 按钮，完成拉伸操作，如图 10-70 所示。

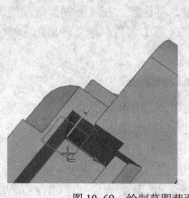
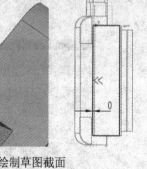

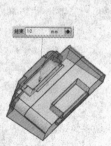

图 10-69　绘制草图截面　　　　　　　　　　图 10-70　拉伸求差截面

STEP 44 选择【插入】|【设计特征】|【拉伸】命令，或单击【特征】工具栏上的 ▣· 按钮，系统弹出【拉伸】对话框。在界面中选取一个基准平面为草绘平面，进入草绘界面，绘制截面，如图 10-71 所示。

STEP 45 绘制好截面后，单击 ▧ 完成草图 按钮，返回【拉伸】对话框。在【限制】选项组下的结束【距离】文本框中输入 50，在【布尔】下拉列表中选择【求差】选项，单击 ＜确定＞ 按钮，完成拉伸操作，如图 10-72 所示。

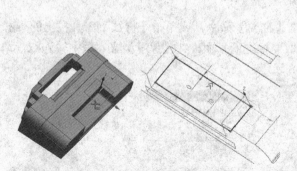
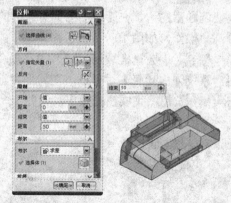

图 10-71　绘制草图截面　　　　　　　　　　图 10-72　拉伸求差截面

STEP 46 选择【插入】|【设计特征】|【拉伸】命令，或单击【特征】工具栏上的 ▣· 按钮，系统弹出【拉伸】对话框。在界面中选取一个基准平面为草绘平面，进入草绘界面，绘制截面，如图 10-73 所示。

STEP 47 绘制好截面后，单击 ▧ 完成草图 按钮，返回【拉伸】对话框。在【限制】选项组下的结束【距离】文本框中输入 10，在【布尔】下拉列表中选择【求差】选项，单击 ＜确定＞ 按钮，完成拉伸操作，如图 10-74 所示。

STEP 48 选择【插入】|【设计特征】|【拉伸】命令，或单击【特征】工具栏上的 ▣· 按钮，系统弹出【拉伸】对话框。在界面中选取一个基准平面为草绘平面，进入草绘界面，绘制截面，如图 10-75 所示。

STEP 49 绘制好截面后，单击 ▧ 完成草图 按钮，返回【拉伸】对话框。在【限制】选项组下的结束【距离】文本框中输入 10，在【布尔】下拉列表中选择【求和】命令，单击 ＜确定＞ 按钮，完成拉伸操作，如图 10-76 所示。

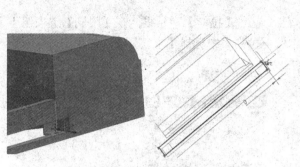

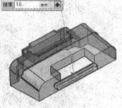

图 10-73　绘制草图截面　　　　　　　　图 10-74　拉伸求差截面

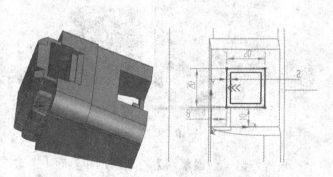
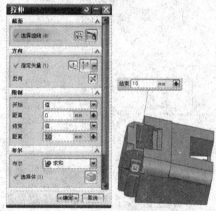

图 10-75　绘制草图截面　　　　　　　　图 10-76　拉伸求和截面

STEP 50 选择【插入】|【设计特征】|【拉伸】命令，或单击【特征】工具栏上的按钮，系统弹出【拉伸】对话框。在截面上选取 4 条边，在【限制】选项组下的结束【距离】文本框中输入 10，在【布尔】下拉列表中选择【求差】选项，单击 确定 按钮，完成拉伸操作，如图 10-77 所示。

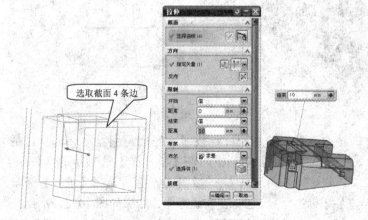

图 10-77　拉伸求差截面

STEP 51 选择【插入】|【设计特征】|【拉伸】命令，或单击【特征】工具栏上的 按钮，系统弹出【拉伸】对话框。在界面中选取一个基准平面为草绘平面，进入草绘界面，绘制截面，如图 10-78 所示。

STEP 52 绘制好截面后，单击 完成草图 按钮，返回【拉伸】对话框。在【限制】选项组下的结束【距离】文本框中输入 10，在【布尔】下拉列表中选择【求差】选项，单击 确定 按钮，完成拉伸操作，如图 10-79 所示。

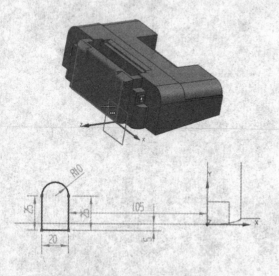

图 10-78　绘制草图截面　　　　　　　　　　　　图 10-79　拉伸求差截面

STEP 53 选择【插入】|【草图】命令，系统弹出【创建草图】对话框，在界面上选取草绘平面，单击 确定 按钮，进入草绘界面，绘制截面，如图 10-80 所示。

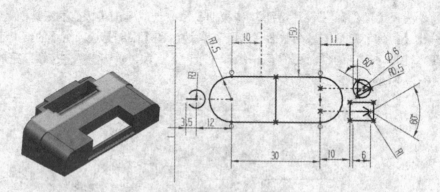

图 10-80　绘制草图截面

STEP 54 绘制好截面后，单击 完成草图 按钮，完成草图绘制。选择【插入】|【扫掠】|【管道】命令，系统弹出【管道】对话框，在【横截面】选项组的【外径】文本框中输入 0.5，在【内径】文本框中输入 0，在【布尔】下拉列表中选择【求差】选项，每次选择草图的曲线后就单击 应用 按钮，直到选择完曲线为止。结果如图 10-81 所示。

STEP 55 选择【插入】|【设计特征】|【球】命令，系统弹出【球】对话框。捕捉界面

上步骤 52 绘制草图的圆心为中心，单击【球】对话框上的 ⊞ 按钮，进入【点】对话框，在【坐标】选项组中的【ZC】文本框输入 4，单击【点】对话框上的 应用 按钮，返回【球】对话框。在【球】对话框的【尺寸】选项组下的【直径】文本框输入 17，在【布尔】下拉列表选择【求差】选项。结果如图 10-82 所示。

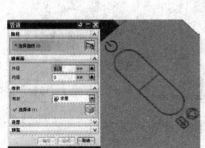

图 10-81 求差管道截面   图 10-82 球体求差截面

STEP 56 参照步骤 54，绘制另一个球体求差，如图 10-83 所示。

STEP 57 选择【插入】|【设计特征】|【拉伸】命令，或单击【特征】工具栏上的 ⊞ 按钮，系统弹出【拉伸】对话框。在界面中选取一个基准平面为草绘平面，进入草绘界面，绘制截面，如图 10-84 所示。

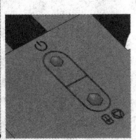

图 10-83 球体求差   图 10-84 绘制草图截面

STEP 58 绘制好截面后，单击 完成草图 按钮，返回【拉伸】对话框。在【限制】选项组下的结束【距离】文本框中输入 5，在【布尔】下拉列表中选择【求和】选项，单击 < 确定 > 按钮，完成拉伸操作，如图 10-85 所示。

STEP 59 单击【特征】工具栏上的 ⊞ 按钮，系统弹出【镜像特征】对话框，单击【选择特征】按钮，在绘图界面上选择镜像特征，单击【镜像平面】选项组中的【选择平面】按钮，在界面上选择绝对坐标的 XZ 平面，单击 < 确定 > 按钮，完成此操作，如图 10-86 所示。

图 10-85　拉伸求和截面

图 10-86　镜像特征

STEP 60 选择【插入】|【设计特征】|【拉伸】命令，或单击【特征】工具栏上的 按钮，系统弹出【拉伸】对话框。在界面中选取一个基准平面为草绘平面，进入草绘界面，绘制截面，如图 10-87 所示。

STEP 61 绘制好截面后，单击 完成草图 按钮，返回【拉伸】对话框。在【限制】选项组下的结束【距离】文本框中输入 70，在【布尔】下拉列表中选择【求和】选项，单击 确定 按钮，完成拉伸操作，如图 10-88 所示。

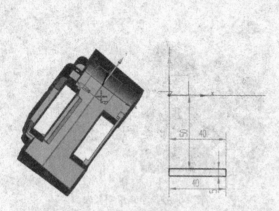

图 10-87　绘制草图截面

图 10-88　拉伸求和截面

STEP 62 选择【插入】|【设计特征】|【拉伸】命令，或单击【特征】工具栏上的 按钮，系统弹出【拉伸】对话框。在界面中选取一个基准平面为草绘平面，进入草绘界面，绘制截面，如图 10-89 所示。

STEP 63 绘制好截面后，单击 完成草图 按钮，返回【拉伸】对话框。在【限制】选项组下的结束【距离】文本框中输入 80，在【布尔】下拉列表中选择【求和】选项，单击 确定 按钮，完成拉伸操作，如图 10-90 所示。

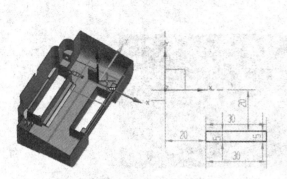

图 10-89 绘制草图截面 图 10-90 拉伸求和截面

STEP 64 单击【特征】工具栏上的 按钮，系统弹出【边倒圆】对话框。在界面中选取要倒圆角的边。在【边倒圆】对话框的文本框中输入倒圆角值 10，单击 确定 按钮，完成倒圆角操作，如图 10-91 所示。

STEP 65 选择【插入】|【设计特征】|【拉伸】命令，或单击【特征】工具栏上的 按钮，系统弹出【拉伸】对话框。在界面中选取一个基准平面为草绘平面，进入草绘界面，绘制截面，如图 10-92 所示。

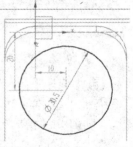

图 10-91 倒圆角 图 10-92 绘制草图截面

STEP 66 绘制好截面后，单击 完成草图 按钮，返回【拉伸】对话框。在【限制】选项组下的结束【距离】文本框中输入 10，在【布尔】下拉列表中选择【求差】选项，单击 确定 按钮，完成拉伸操作，如图 10-93 所示。

STEP 67 选择【插入】|【设计特征】|【拉伸】命令，或单击【特征】工具栏上的 按钮，系统弹出【拉伸】对话框。在界面中选取一个基准平面为草绘平面，进入草绘界面，绘制截面，如图 10-94 所示。

STEP 68 绘制好截面后，单击 完成草图 按钮，返回【拉伸】对话框。在【限制】选项组下的结束【距离】文本框中输入 10，在【布尔】下拉列表中选择【求差】选项，单击 确定 按钮，完成拉伸操作，如图 10-95 所示。

STEP 69 单击【特征】工具栏上的 按钮，系统弹出【镜像特征】对话框，单击【选择特征】按钮，在绘图界面上选择镜像特征，单击【镜像平面】选项组中的【选择平面】按钮，在界面上选择绝对坐标的 XZ 平面，单击 确定 按钮，完成此操作，如图 10-96 所示。

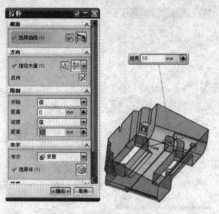

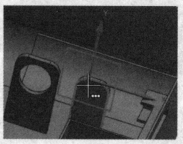

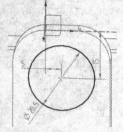

图 10-93 拉伸求差截面　　　　　　　　图 10-94 绘制草图截面

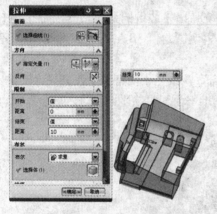

图 10-95 拉伸求差截面　　　　　　　　图 10-96 镜像特征

STEP 70 选择【插入】|【设计特征】|【拉伸】命令，或单击【特征】工具栏上的 按钮，系统弹出【拉伸】对话框。在界面中选取一个基准平面为草绘平面，进入草绘界面，绘制截面，如图 10-97 所示。

STEP 71 绘制好截面后，单击 完成草图 按钮，返回【拉伸】对话框。在【限制】选项组下的结束【距离】文本框中输入 10，在【布尔】下拉列表中选择【无】选项，单击 <确定> 按钮，完成拉伸操作，如图 10-98 所示。

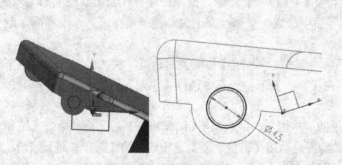

图 10-97 绘制草图截面　　　　　　　　图 10-98 拉伸实体

STEP 72 单击【特征】工具栏上的 按钮，系统弹出【求差】对话框，在界面上选择目标选择体和刀具选择体，单击 按钮，完成求差操作，如图 10-99 所示。

STEP 73 选择【插入】|【设计特征】|【拉伸】命令，或单击【特征】工具栏上的 按钮，系统弹出【拉伸】对话框。在界面中选取一个基准平面为草绘平面，进入草绘界面，绘制截面，如图 10-100 所示。

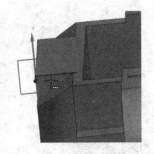
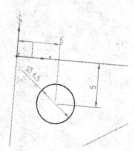

图 10-99　求差截面　　　　　　　　　图 10-100　绘制草图截面

STEP 74 绘制好截面后，单击 完成草图 按钮，返回【拉伸】对话框。在【限制】选项组下的结束【距离】文本框中输入 10，在【布尔】下拉列表中选择【求差】选项，单击 按钮，完成拉伸操作，如图 10-101 所示。

STEP 75 选择【插入】|【设计特征】|【拉伸】命令，或单击【特征】工具栏上的 按钮，系统弹出【拉伸】对话框。在界面中选取一个基准平面为草绘平面，进入草绘界面，绘制截面，如图 10-102 所示。

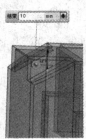
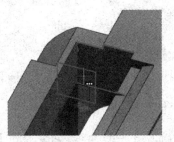
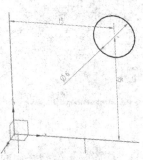

图 10-101　拉伸求差截面　　　　　　　图 10-102　绘制草图截面

STEP 76 绘制好截面后，单击 完成草图 按钮，返回【拉伸】对话框。在【限制】选项组下的结束【距离】文本框中输入 10，在【布尔】下拉列表中选择【求和】命令，单击 按钮，完成拉伸操作，如图 10-103 所示。

STEP 77 单击【特征】工具栏上的 按钮，系统弹出【镜像特征】对话框，单击【选择特征】按钮，在绘图界面上选择镜像特征，单击【镜像平面】选项组中的【选择平面】按钮，在界面上选择绝对坐标的 XZ 平面，单击 <确定> 按钮，完成此操作，如图 10-104 所示。

图 10-103 拉伸求和截面   图 10-104 镜像特征截面

STEP 78 单击【特征】工具栏上的 □· 按钮，系统弹出【基准平面】对话框，在界面上选择绝对坐标的 XY 平面为要定义的平面对象，在【偏置】选项组的【距离】文本框中输入 80，单击 <确定> 按钮，完成操作，如图 10-105 所示。

STEP 79 选择【插入】|【设计特征】|【拉伸】命令，或单击【特征】工具栏上的 ⅢI· 按钮，系统弹出【拉伸】对话框。在界面中选取一个基准平面为草绘平面，进入草绘界面，绘制截面，如图 10-106 所示。

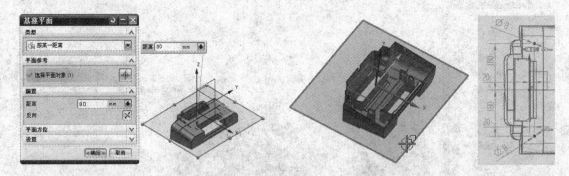

图 10-105 创建基准平面   图 10-106 绘制草图截面

STEP 80 绘制好截面后，单击 完成草图 按钮，返回【拉伸】对话框。在【限制】选项组下的结束【距离】文本框中输入 10，在【布尔】下拉列表中选择【无】选项，单击 <确定> 按钮，完成拉伸操作，如图 10-107 所示。

STEP 81 单击【同步建模】工具栏上的 按钮，系统弹出【设为共面】对话框，在界面上选择好运动面和固定面后，单击 应用 按钮，连续两次同样的操作把步骤 79 的特征设为共面。单击 <确定> 按钮，完成操作，如图 10-108 所示。

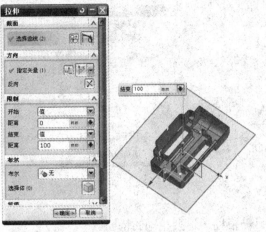
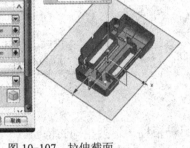

图 10-107 拉伸截面

图 10-108 设为共面

STEP 82 单击【特征】工具栏上的 按钮，系统弹出【求和】对话框，单击【目标】选项组下的【选择体】按钮，在界面选择实体，单击【刀具】选项组下的【选择体】按钮，在界面上选取实体，单击 确定 按钮，完成此操作，如图 10-109 所示。

STEP 83 选择【插入】|【设计特征】|【拉伸】命令，或单击【特征】工具栏上的 按钮，系统弹出【拉伸】对话框。在界面中选取一个基准平面为草绘平面，进入草绘界面，绘制截面，如图 10-110 所示。

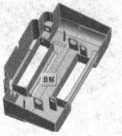

图 10-109 求和

图 10-110 绘制草图截面

STEP 84 绘制好截面后，单击 完成草图 按钮，返回【拉伸】对话框。在【限制】选项组下的结束【距离】文本框中输入 50，在【布尔】下拉列表中选择【求差】选项，单击 确定 按钮，完成拉伸操作，如图 10-111 所示。

STEP 85 选择【插入】|【设计特征】|【螺纹】命令，系统弹出【螺纹】对话框。在【螺纹类型】选项组中单击【详细】单选按钮，在【旋转】选项组中单击【右手】按钮，在界面上选择要钻螺纹的对象，在【长度】文本框中输入 40，在【螺距】文本框中输入 2，单击 确定 按钮，完成操作，如图 10-112 所示。

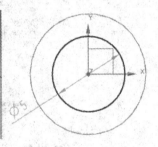

图 10-111 拉伸求差截面

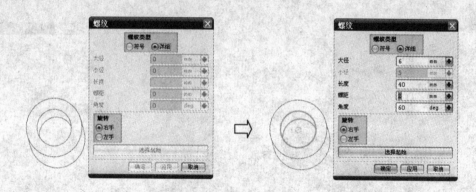

图 10-112 旋转螺纹

STEP 86 参照步骤 82～步骤 84，在对称的另一根柱子造型相同的特征。

STEP 87 单击【特征】工具栏上的 按钮，系统弹出【边倒圆】对话框。在界面中选取要倒圆角的边。在【边倒圆】对话框的文本框中输入倒圆角值 2，单击 < 确定 > 按钮，完成倒圆角操作，如图 10-113 所示。

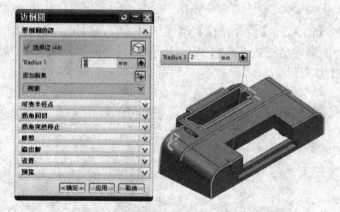

图 10-113 倒圆角

至此，打印机机盒造型完成。

10.4 创建打印机进纸上盖

创建打印机进纸上盖，结果如图 10-114 所示。

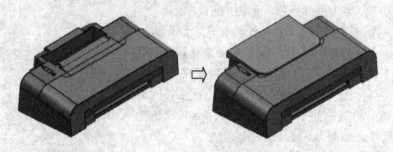

图 10-114 创建打印机进纸上盖

STEP 1 选择【插入】|【设计特征】|【拉伸】命令，或单击【特征】工具栏上的 按钮，系统弹出【拉伸】对话框。在界面中选取一个基准平面为草绘平面，进入草绘界面，绘制截面，如图 10-115 所示。

STEP 2 绘制好截面后，单击 完成草图 按钮，返回【拉伸】对话框。在【限制】选项组下的结束【距离】文本框中输入 300，在【布尔】下拉列表中选择【无】选项，单击 确定 按钮，完成拉伸操作，如图 10-116 所示。

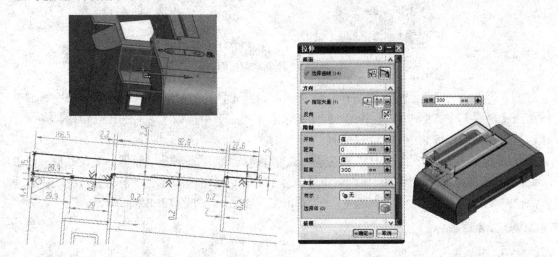

图 10-115　绘制草图截面　　　　　　图 10-116　拉伸截面

STEP 3 单击【同步建模】工具栏上的 按钮，系统弹出【设为共面】对话框，在界面上选择好运动面和固定面后，单击 确定 按钮，完成操作，如图 10-117 所示。

图 10-117　设为共面

STEP④ 选择【插入】|【设计特征】|【拉伸】命令，或单击【特征】工具栏上的 按钮，系统弹出【拉伸】对话框。在界面中选取一个基准平面为草绘平面，进入草绘界面，绘制截面，如图10-118所示。

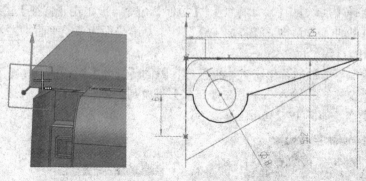

图10-118 绘制草图截面

STEP⑤ 绘制好截面后，单击 按钮，返回【拉伸】对话框。在【限制】选项组下的结束【距离】文本框中输入59.5，在【布尔】下拉列表中选择【无】选项，单击 按钮，完成拉伸操作，如图10-119所示。

STEP⑥ 单击【特征】工具栏上的 按钮，系统弹出【镜像体】对话框，单击【选择体】按钮，选择镜像的实体，单击【镜像平面】选项组中的【选择平面】按钮，在界面上选择绝对坐标的XZ平面，单击 按钮，完成此操作，如图10-120所示。

图10-119 拉伸截面

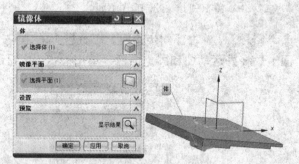

图10-120 镜像体

STEP⑦ 单击【特征】工具栏上的 按钮，系统弹出【求和】对话框，单击【目标】选项组下的【选择体】按钮，在界面选择实体，单击【刀具】选项组下的【选择体】按钮，在界面上选取实体，单击 按钮，完成此操作，如图10-121所示。

STEP⑧ 选择【插入】|【设计特征】|【拉伸】命令，或单击【特征】工具栏上的

图10-121 求和截面

按钮，系统弹出【拉伸】对话框。在界面中选取一个基准平面为草绘平面，进入草绘界面，绘制截面，如图 10-122 所示。

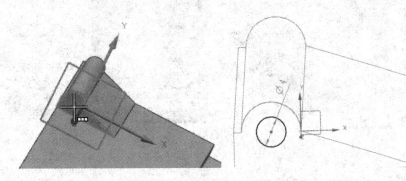

图 10-122 草绘截面

STEP⑨ 绘制好截面后，单击 完成草图 按钮，返回【拉伸】对话框。在【限制】选项组下的结束【距离】文本框中输入 3，在【布尔】下拉列表中选择【求和】选项，单击 确定 按钮，完成拉伸操作，如图 10-123 所示。

STEP⑩ 单击【特征】工具栏上的 按钮，系统弹出【镜像特征】对话框，单击【选择特征】按钮，在绘图界面上选择镜像特征，单击【镜像平面】选项组下的【选择平面】按钮，在界面上选择绝对坐标的 XZ 平面，单击 确定 按钮，完成此操作，如图 10-124 所示。

图 10-123 拉伸求和截面

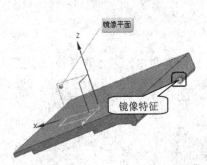

图 10-124 镜像特征

STEP⑪ 单击【特征】工具栏上的 按钮，系统弹出【边倒圆】对话框。在界面中选取要倒圆角的边。在【边倒圆】对话框的文本框中输入倒圆角值 40，单击 应用 按钮，在【边倒圆】对话框的文本框中输入倒圆角值 2，在界面选取要倒圆角的边，单击 确定 按钮，完成倒圆角操作，如图 10-125 所示。

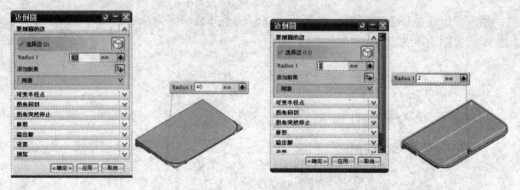

图 10-125 倒圆角

至此，完成打印机进纸上盖造型。

10.5 创建打印机进纸运动杆

创建打印机进纸运动杆，结果如图 10-126 所示。

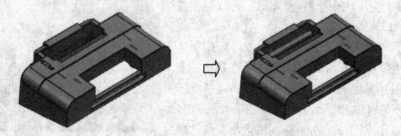

图 10-126 创建打印机进纸运动杆

操作步骤

STEP 1 选择【插入】|【设计特征】|【拉伸】命令，或单击【特征】工具栏上的 按钮，系统弹出【拉伸】对话框。在界面中选取一个基准平面为草绘平面，进入草绘界面，绘制截面，如图 10-127 所示。

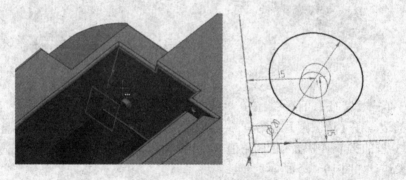

图 10-127 绘制草图截面

STEP 2 绘制好截面后，单击 **完成草图** 按钮，返回【拉伸】对话框。在【限制】选项组下的开始【距离】文本框中输入 0.5，在结束【距离】文本框中输入 239，在【布尔】下拉列表中选择【无】选项，单击 **确定** 按钮，完成拉伸操作，如图 10-128 所示。

STEP 3 选择【插入】|【设计特征】|【拉伸】命令，或单击【特征】工具栏上的 按钮，系统弹出【拉伸】对话框。在界面中选取一个基准平面为草绘平面，进入草绘界面，绘制截面，如图 10-129 所示。

图 10-128　拉伸截面　　　　　　　　　图 10-129　绘制草图截面

STEP 4 绘制好截面后，单击 **完成草图** 按钮，返回【拉伸】对话框。在【限制】选项组下的结束【距离】文本框中输入 4，在【布尔】下拉列表中选择【求差】选项，单击 **确定** 按钮，完成拉伸操作，如图 10-130 所示。

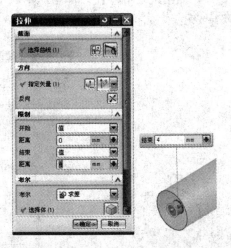

图 10-130　拉伸求差截面

STEP 5 参照步骤 3 和步骤 4，在运动杆对称的另一边创建相同的孔。

至此，完成打印机进纸运动杆造型。

10.6 创建打印机打印运动杆

创建打印机打印运动杆，结果如图 10-131 所示。

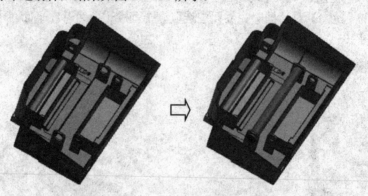

图 10-131　创建打印机打印运动杆

操作步骤

STEP① 选择【插入】|【设计特征】|【拉伸】命令，或单击【特征】工具栏上的 按钮，系统弹出【拉伸】对话框。在界面中选取一个基准平面为草绘平面，进入草绘界面，绘制截面，如图 10-132 所示。

STEP② 绘制好截面后，单击 按钮，返回【拉伸】对话框。在【限制】选项组下的开始【距离】文本框输入-10，在结束【距离】文本框中输入 318，在【布尔】下拉列表中选择【无】选项，单击 按钮，完成拉伸操作，如图 10-133 所示。

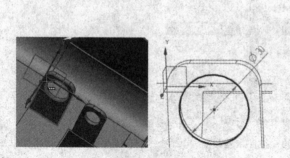

图 10-132　创建草图截面

图 10-133　拉伸截面

至此，完成打印机打印运动杆造型。

10.7　创建打印机出纸运动杆

创建打印机出纸运动杆，结果如图 10-134 所示。

图 10-134　创建打印机出纸运动杆

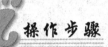 操作步骤

STEP① 选择【插入】|【设计特征】|【拉伸】命令，或单击【特征】工具栏上的 按钮，系统弹出【拉伸】对话框。在界面中选取一个基准平面为草绘平面，进入草绘界面，绘制截面，如图 10-135 所示。

STEP② 绘制好截面后，单击 完成草图 按钮，返回【拉伸】对话框。在【限制】选项组下的开始【距离】文本框中输入-10，在结束【距离】文本框中输入 275，在【布尔】下拉列表中选择【无】选项，单击 确定 按钮，完成拉伸操作，如图 10-136 所示。

图 10-135　绘制草图截面

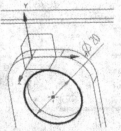

图 10-136　拉伸截面

至此，完成打印机出纸运动杆造型。

10.8　创建打印机底座

创建打印机底座，结果如图 10-137 所示。

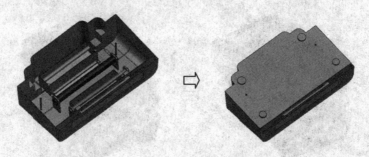

图 10-137　创建打印机底座

STEP 1 选择【插入】|【设计特征】|【拉伸】命令，或单击【特征】工具栏上的 按钮，系统弹出【拉伸】对话框。在界面中选取一个基准平面为草绘平面，进入草绘界面，绘制截面，如图 10-138 所示。

STEP 2 绘制好截面后，单击 完成草图 按钮，返回【拉伸】对话框。在【限制】选项组下的结束【距离】文本框中输入 5，在【布尔】下拉列表中选择【无】选项，单击 确定 按钮，完成拉伸操作，如图 10-139 所示。

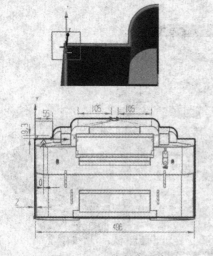

图 10-138　绘制草图截面

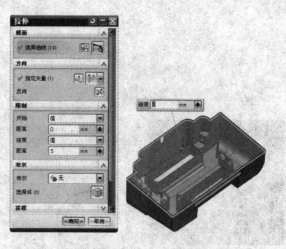

图 10-139　拉伸截面

STEP 3 选择【插入】|【设计特征】|【拉伸】命令，或单击【特征】工具栏上的 按钮，系统弹出【拉伸】对话框。在界面中选取一个基准平面为草绘平面，进入草绘界面，绘制截面，如图 10-140 所示。

STEP④ 绘制好截面后，单击  完成草图 按钮，返回【拉伸】对话框。在【限制】选项组下的结束【距离】文本框中输入 5，在【布尔】下拉列表中选择【求和】选项，单击<确定>按钮，完成拉伸操作，如图 10-141 所示。

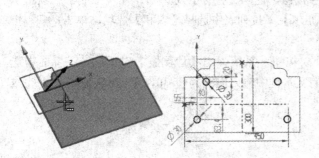

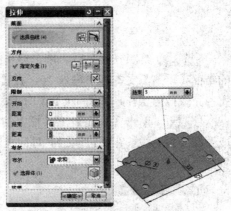

图 10-140 绘制草图截面   图 10-141 拉伸截面

STEP⑤ 选择【插入】|【设计特征】|【拉伸】命令，或单击【特征】工具栏上的 按钮，系统弹出【拉伸】对话框。在界面中选取一个基准平面为草绘平面，进入草绘界面，绘制截面，如图 10-142 所示。

STEP⑥ 绘制好截面后，单击 完成草图 按钮，返回【拉伸】对话框。在【限制】选项组下的结束【距离】文本框中输入 10，在【布尔】下拉列表中选择【求和】选项，单击<确定>按钮，完成拉伸操作，如图 10-143 所示。

图 10-142 绘制草图截面   图 10-143 拉伸截面

STEP⑦ 同理，在其他 3 个圆柱上创建相同的造型。

STEP⑧ 选择【插入】|【设计特征】|【拉伸】命令，或单击【特征】工具栏上的 按钮，系统弹出【拉伸】对话框。在界面中选取一个基准平面为草绘平面，进入草绘界面，绘制截面，如图 10-144 所示。

图 10-144　绘制草图截面

STEP ⑨ 绘制好截面后，单击 ▨ 完成草图 按钮，返回【拉伸】对话框。在【限制】选项组下的结束【距离】文本框中输入 10，在【布尔】下拉列表中选择【求和】选项，单击 < 确定 > 按钮，完成拉伸操作，如图 10-145 所示。

STEP ⑩ 单击【特征】工具栏上的 ▨ · 按钮，系统弹出【边倒圆】对话框。在界面中选取要倒圆角的边。在【边倒圆】对话框的文本框中输入倒圆角值 30，单击 < 确定 > 按钮，完成倒圆角操作，如图 10-146 所示。

图 10-145　拉伸截面　　　　　　　　　　　　图 10-146　倒圆角

STEP ⑪ 选择【插入】|【设计特征】|【拉伸】命令，或单击【特征】工具栏上的 ▥ · 按钮，系统弹出【拉伸】对话框。在界面中选取 10.3 节步骤 77 的基准平面为草绘平面，进入草绘界面，绘制截面，如图 10-147 所示。

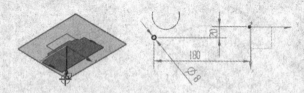

图 10-147　绘制草图截面

STEP ⑫ 绘制好截面后，单击 ▨ 完成草图 按钮，返回【拉伸】对话框。在【限制】选项组下的结束【距离】文本框中输入 100，在【布尔】下拉列表中选择【无】选项，单击 < 确定 > 按钮，完成拉伸操作，如图 10-148 所示。

STEP ⑬ 选择【插入】|【设计特征】|【拉伸】命令，或单击【特征】工具栏上的 ▥ · 按钮，系统弹出【拉伸】对话框。在界面中选取步骤 9 的一个圆柱面为绘制草图的平面，进入草绘界面，绘制截面，如图 10-149 所示。

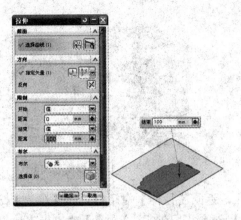

图 10-148　拉伸截面　　　　　　　　　图 10-149　绘制草图截面

STEP⑭ 绘制好截面后，单击 完成草图 按钮，返回【拉伸】对话框。在【限制】选项组下的开始【距离】文本框中输入 20，在结束【距离】文本框中输入 100，在【布尔】下拉列表中选择【求和】选项，单击 确定 按钮，完成拉伸操作，如图 10-150 所示。

STEP⑮ 单击【同步建模】工具栏上的 按钮，系统弹出【替换面】对话框，在界面上选择要替换的面和替换面后，单击 确定 按钮，完成操作，如图 10-151 所示。

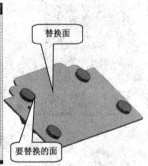

图 10-150　拉伸求和截面　　　　　　　　图 10-151　设为共面

STEP⑯ 单击【特征】工具栏上的 按钮，系统弹出【求和】对话框，单击【目标】选项组下的【选择体】按钮，在界面上选择实体，单击【刀具】选项组下的【选择体】按钮，在界面上选取实体，单击 确定 按钮，完成此操作，如图 10-152 所示。

STEP⑰ 选择【插入】|【设计特征】|【拉伸】命令，或单击【特征】工具栏上的 按钮，系统弹出【拉伸】对话框。在界面中选取步骤 9 的一个圆柱面为绘制草图的平面，进入草绘界面，绘制截面，如图 10-153 所示。

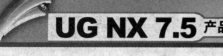

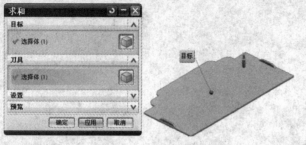

图 10-152　求和截面

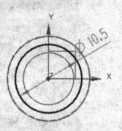

图 10-153　绘制草图截面

STEP 18 绘制好截面后，单击 **完成草图** 按钮，返回【拉伸】对话框。在【限制】选项组下的开始【距离】文本框中输入 2，在【限制】选项组下的结束【距离】文本框中输入 50，在【布尔】下拉列表中选择【求差】选项，单击 **确定** 按钮，完成拉伸操作，如图 10-154 所示。

STEP 19 选择【插入】|【设计特征】|【拉伸】命令，或单击【特征】工具栏上的 按钮，系统弹出【拉伸】对话框。在界面中选取步骤 9 的一个圆柱面为绘制草图的平面，进入草绘界面，绘制截面，如图 10-155 所示。

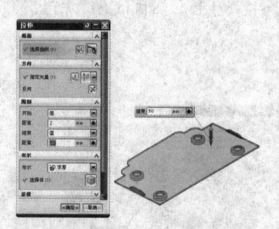

图 10-154　拉伸求差截面

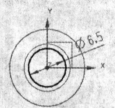

图 10-155　绘制草图截面

STEP 20 绘制好截面后，单击 **完成草图** 按钮，返回【拉伸】对话框。在【限制】选项组下的结束【距离】文本框中输入 100，在【布尔】下拉列表中选择【求差】选项，单击 **确定** 按钮，完成拉伸操作，如图 10-156 所示。

STEP 21 参照步骤 8～步骤 16，在对称基准坐标 X 轴的一边创建一个相同的特征体。

至此，打印机底座造型结束。

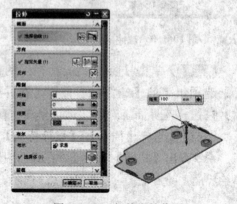

图 10-156　拉伸求差截面

10.9 创建打印机底座螺钉

创建打印机底座螺钉，结果如图 10-157 所示。

操作步骤

STEP 1 选择【插入】|【设计特征】|【拉伸】命令，或单击【特征】工具栏上的 按钮，系统弹出【拉伸】对话框。在界面中选取基准坐标的 XY 平面为草绘平面，进入草绘界面，绘制截面，如图 10-158 所示。

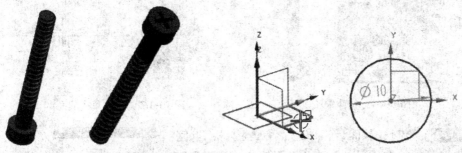

图 10-157 创建打印机底座螺钉　　　　图 10-158 绘制草图截面

STEP 2 绘制好截面后，单击 完成草图 按钮，返回【拉伸】对话框。在【限制】选项组下的结束【距离】文本框中输入 5，单击 确定 按钮，完成拉伸操作，如图 10-159 所示。

STEP 3 选择【插入】|【设计特征】|【拉伸】命令，或单击【特征】工具栏上的 按钮，系统弹出【拉伸】对话框。在界面中选取一个基准坐平面为草绘平面，进入草绘界面，绘制截面，如图 10-160 所示。

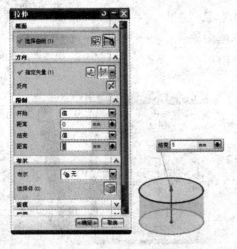

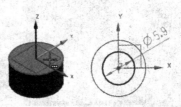

图 10-159 拉伸截面　　　　图 10-160 绘制草图截面

STEP 4 绘制好截面后，单击 完成草图 按钮，返回【拉伸】对话框。在【限制】选项组下的结束【距离】文本框中输入 50，在【布尔】下拉列表中选择【求和】选项，单击 确定 按

钮，完成拉伸操作，如图 10-161 所示。

STEP 5 选择【插入】|【设计特征】|【拉伸】命令，或单击【特征】工具栏上的 按钮，系统弹出【拉伸】对话框。在界面中选取一个基准平面为草绘平面，进入草绘界面，绘制截面，如图 10-162 所示。

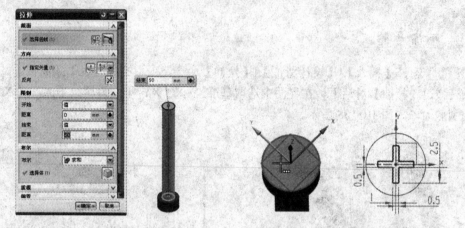

图 10-161 拉伸求和截面   图 10-162 绘制草图截面

STEP 6 绘制好截面后，单击 完成草图 按钮，返回【拉伸】对话框。在【限制】选项组下的结束【距离】文本框中输入 3，在【布尔】下拉列表中选择【求差】选项，单击 确定 按钮，完成拉伸操作，如图 10-163 所示。

STEP 7 选择【插入】|【设计特征】|【螺纹】命令，系统弹出【螺纹】对话框。在【螺纹类型】选项组中单击【详细】单选按钮，在【旋转】选项组中单击【右手】单选按钮，在界面上选择要钻螺纹的对象，在【长度】文本框中输入 40，在【螺距】文本框中输入 2，单击 确定 按钮，完成操作，如图 10-164 所示。

图 10-163 拉伸求差截面

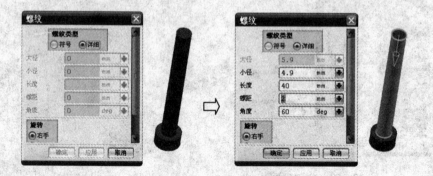

图 10-164 创建螺纹

至此，完成创建打印机底座螺钉。

10.10 导出打印机零部件

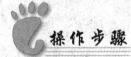

操作步骤

STEP 1 选择【插入】|【文件】|【导出】|【部件】命令，系统弹出【导出部件】对话框。在【部件规格】选项组中单击【新建】单选按钮，在【特征参数】选项组中单击【移除单数】单选按钮，其他选项组为系统默认命令。单击【指定部件】按钮，系统会弹出【选择部件名】对话框。在【查找范围】下拉列表中选择保存该部件的文件夹，在【文件名】文本框中输入文件名 A，单击 OK 按钮返回【导出部件】对话框。单击【类选择】按钮，系统会弹出【类选择】对话框，在界面上选择要导出的部件，单击【类选择】对话框上的 确定 按钮返回【导出部件】对话框，单击 确定 按钮，完成此操作，如图 10-165 所示。

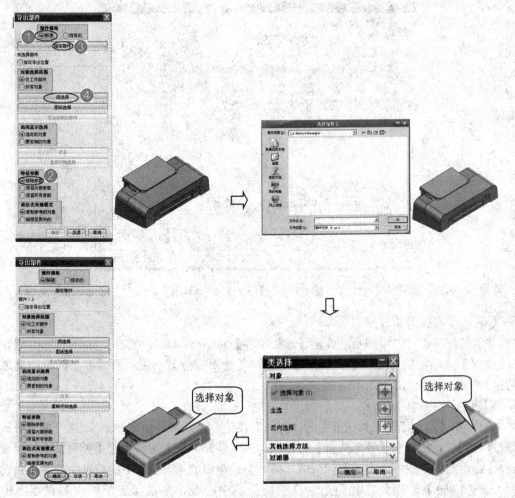

图 10-165 导出打印机上盖部件操作

STEP 2 参照步骤 1，导出部件打印机机盒、进纸上盖、进纸运动杆、打印运动杆、出纸运动杆、底座、底座螺钉。

至此，导出打印机的全部零部件。

10.11   打印机整体装配全过程

操作步骤

STEP 1 参照 10.2 节步骤 1。

STEP 2 在【新建】对话框的【模板】选项组选择【装配】模板，在【新文件名】选项组的【名称】文本框中输入 dayinjizhuangpei.prt，在【文件夹】选项中选择要保存的文件夹，单击 确定 按钮，进入建模界面，如图 10-166 所示。

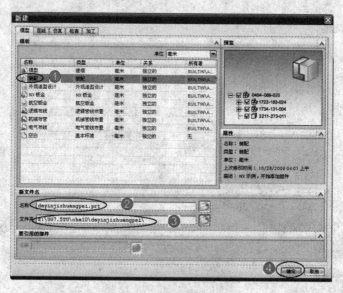

图 10-166 【新建】对话框

STEP 3 添加组件 B.prt。

进入装配界面后，系统自动弹出【添加组件】对话框，单击 按钮，打开 B.prt 组件，在【放置】选项组的【定位】下拉列表中选择【绝对原点】选项，然后单击鼠标中键或者【应用】按钮，如图 10-167 所示。

STEP 4 添加组件 A.prt。

1）单击【添加组件】对话框中的【打开】按钮 ，选择并加载 A.prt，选择放置方式为【通过约束】，系统弹出【装配约束】对话框。在【装配约束】对话框的【类型】下拉列表中选择【接触对齐】选项，在【要约束的几何体】选项组的【方位】下拉列表中选择【自动捕捉中心线】/轴】选项。在界面上选择要捕捉的中心线，单击【装配约束】对话框中的 应用 按钮，完成操作，如图 10-168 所示。

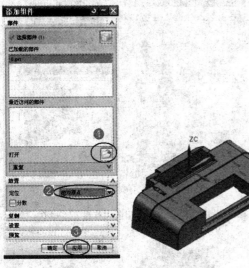

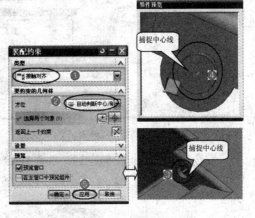

图 10-167　添加第一个组件　　　　　　　　图 10-168　接触对齐约束组件

2）在【装配约束】对话框的【类型】下拉列表中选择【角度】选项，在界面中选择目标，在【角度】文本框中输入 60，单击 确定 按钮，完成操作，如图 10-169 所示。

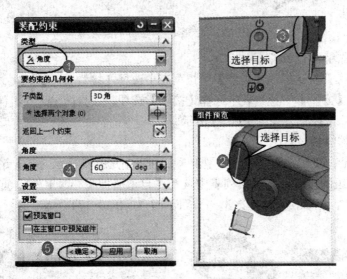

图 10-169　角度约束组件

STEP⑤ 添加组件 C.prt。

1）在【装配约束】对话框的【类型】下拉列表中选择【接触对齐】选项，在【要约束的几何体】选项组的【方位】下拉列表中选择【自动捕捉中心线】/轴选项。在界面上选择要捕捉的中心线，单击 应用 按钮，完成操作，如图 10-170 所示。

2）在【装配约束】对话框的【类型】下拉列表中选择【角度】选项，在界面中选择目标，在【角度】文本框中输入 150，单击 确定 按钮，完成操作，如图 10-171 所示。

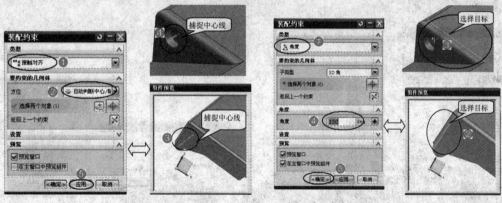

图 10-170　接触对齐约束组件　　　　　　　图 10-171　角度约束组件

STEP 6 参照步骤 5 的 1），约束 E.prt 、F.prt 和 G.prt 组件。结果如图 10-172 所示。

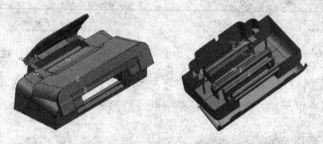

图 10-172　步骤 1~步骤 6 的结果图

STEP 7 添加组件 D.prt。

在【装配约束】对话框的【类型】下拉列表中选择【接触对齐】选项，在【要约束的几何体】选项组的【方位】下拉列表中选择【接触】选项。在界面上选择组件间接触的面，单击 确定 按钮，完成操作，如图 10-173 所示。

STEP 8 添加组件 H.prt。

1）在【装配约束】对话框的【类型】下拉列表中选择【接触对齐】选项，在【要约束的几何体】选项组的【方位】下拉列表中选择【自动捕捉中心线】/轴】选项。在界面上选择要捕捉的中心线，单击 应用 按钮，完成操作，如图 10-174 所示。

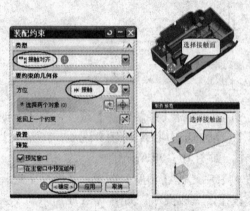

图 10-173　通过接触来约束组件

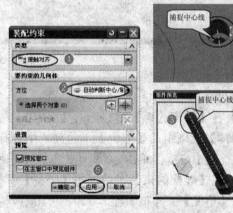

图 10-174　通过接触对齐捕捉中心线约束

2）在【装配约束】对话框的【类型】下拉列表中选择【接触对齐】选项，在【要约束的几何体】选项组的【方位】下拉列表中选择【接触】选项。在界面上选择组件间接触的面，单击 确定 按钮，完成操作，如图 10-175 所示。

STEP 8 同理，组件 J.prt 装配在另一个螺钉孔。

至此，装配打印机结束。结果如图 10-176 所示。

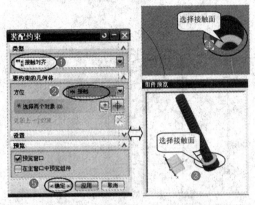

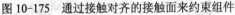

图 10-175　通过接触对齐的接触面来约束组件

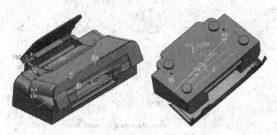

图 10-176　打印机装配结果图

10.12　创建打印机工程图

STEP 1 打开本书配套光盘中的文件原始文件\cha10\dayinjizhuangpei.prt，如图 10-177 所示。

STEP 2 单击【标准】工具栏上的 开始·按钮，从下拉列表中选择【制图】选项，单击【图纸】工具栏上的 按钮，系统弹出【片体】对话框，选择 A1 图纸，1：2 的比例，以及第一投影视角，单击【确定】按钮，如图 10-178 所示。

图 10-177　实例文件中的实体

图 10-178　设计图纸属性

STEP 3 进入制图模式后，【基本视图】命令自动启动，在【基本视图】对话框上选择视图方位为 TOP，在【比例】下拉列表中选择【1：2】选项，并在图纸的适当位置单击以放置该基本视图。【投影视图】命令自动启动，移动光标至适当位置单击以添加一个正交视图，如图 10-179 所示。图中已将视图边界和栅格的显示设置为关。按〈Esc〉键结束插入视图命令。

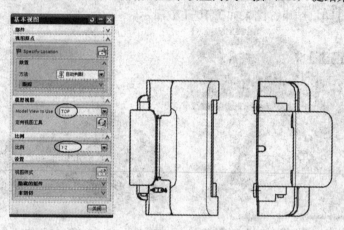

图 10-179　插入三视图

STEP 4 添加一个剖视图。

1）选择 Top 视图，单击鼠标右键，在弹出的快捷菜单中选择【添加剖视图】命令，系统弹出【剖视图】选项条。

2）移动光标至 Top 视图的正下侧并单击以放置视图，然后按〈Esc〉键退出剖视图命令。结果如图 10-180 所示。

STEP 5 添加一个轴测图。单击【图纸】工具栏上的按钮，系统弹出【基本视图】对话框，选择视图方位为 TFR-ISO，在【比例】下拉列表中选择【1：2】选项，然后移动光标至合适位置单击以放置轴测图，如图 10-181 所示。

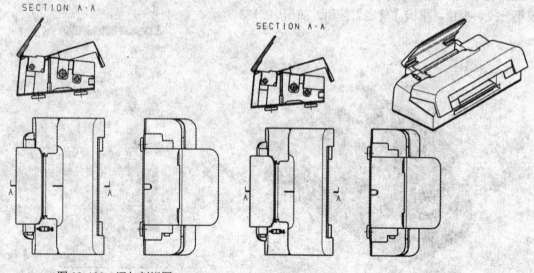

图 10-180　添加剖视图　　　　　　　图 10-181　添加轴测图

STEP 6 定向视图。由于图 10-181 的视图是正投影放置的，但产品是有斜度的，要表示准确的产品尺寸，就要增加定向视图。选中 Top 视图单击鼠标右键，在弹出的快捷菜单中选择【编辑】命令，系统会弹出【基本视图】对话框，单击对话框上的 ⚙ 按钮，系统会弹出【定向视图工具】对话框和【定向视图】窗口，按图 10-182 所示进行操作。单击【定向视图工具】对话框中的【确定】按钮和【基本视图】对话框中的【关闭】按钮。结果如图 10-183 所示。

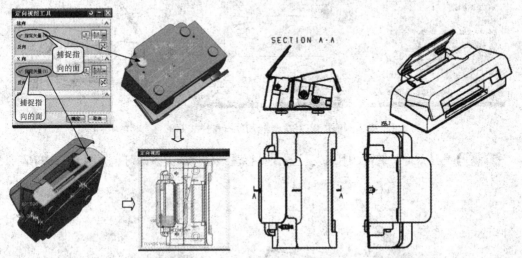

图 10-182 定向视图操作　　　　　　图 10-183 定向视图后的结果图

STEP 7 添加零件明细表。单击【表格】工具栏上的 ▦ 零件明细表 按钮，然后在图纸的适当位置单击，这样就插入了零件明细表，如图 10-184 所示。

STEP 8 添加自动标注零件 ID。

1）单击【表格】工具栏上的【自动符号标注】按钮 ⚙ ，系统会弹出【零件明细表自动符号标注】对话框，选择刚刚插入的零件明细表，单击【确定】按钮。

2）系统会弹出如图 10-185a 所示的对话框，可以从该列表中，或者在图形窗口中选取剖切图，然后单击【确定】按钮。结果如图 10-185b 所示。

9	[J] 螺钉	1
8	[H] 螺钉	1
7	[D] 打印机底盖	1
6	[G] 打印机出纸运动槽	1
5	[F] 打印机打印运动槽	1
4	[E] 打印机运动槽	1
3	[C] 打印机进纸上盖	1
2	[A] 打印机上盖	1
1	[B] 打印机机箱	1
PC NO	PART NAME	QTY

图 10-184 零件明细表

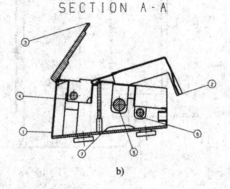

SECTION A-A

a)　　　　　　　　　b)

图 10-185 自动标注 ID 符号

3）编辑 ID 符号样式。选择刚才创建的 ID 符号，单击鼠标右键，在弹出的快捷菜单中选择【样式】命令，按图 10-186 所示的操作方式改变 ID 样式。

图 10-186　编辑 ID 符号样式

STEP 9 标注尺寸。装配图尺寸标注只需要标注装备体的关系即可，如图 10-187 所示。

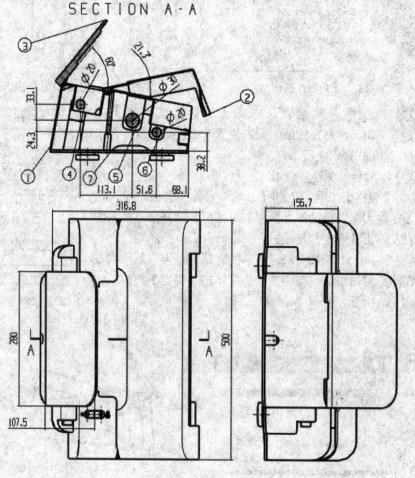

图 10-187　添加尺寸

STEP 10 添加如图 10-188 所示的边框。

此至，装配工程图完毕。

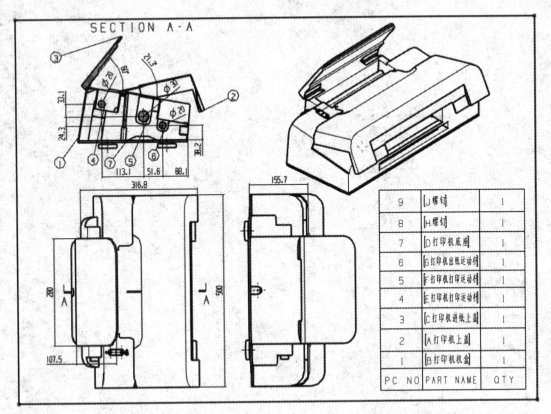

PC NO	PART NAME	QTY
9	J螺钉	1
8	H螺钉	1
7	D打印机底圈	1
6	G打印机出纸运动轴	1
5	F打印机打印运动轴	1
4	E打印机打印运动轴	1
3	C打印机进纸上盖	1
2	A打印机上盖	1
1	B打印机机盒	1

图 10-188　装配工程图

10.13　本章小结

　　本章介绍了打印机由造型到装配再到出工程图，囊括了整个设计过程，锻炼了读者从造型构思到实际操作，再到图纸的操作，是非常有实际意义的一章。通过学习本章，大大提高了读者由之前熟悉的简单命令进行实际操作的综合技能。